KNAUR

Folgender Roman der Autorin ist bereits bei Knaur erschienen:
Das Antiquariat an der Seine

Über die Autorin:
Lorenza Gentile, 1988 in Mailand geboren, wuchs zwischen Florenz und Mailand auf und studierte in London und Paris. Nach *Das Antiquariat an der Seine* erscheint mit *Die kleine Werkstatt der geretteten Dinge* endlich ihr zweiter Roman – beide Romane eroberten die italienischen Bestsellerlisten im Sturm.

LORENZA GENTILE

Die kleine Werkstatt der geretteten Dinge

Roman

Aus dem Italienischen
von Gabriela Schönberger

KNAUR

Die italienische Originalausgabe erschien 2023 unter dem Titel
»Le cose che ci salvano« bei Giangiacomo Feltrinelli Editore Milano.

Besuchen Sie uns im Internet:
www.droemer-knaur.de

MIX
Papier | Fördert gute Waldnutzung
FSC® C083411

Deutsche Erstausgabe Oktober 2024

Redaktion: Birthe Vogelmann
Covergestaltung: buxdesign, München, Übernahme
des italienischen Originalverlags Feltrinelli
Coverabbildung: Lisa Höfner unter Verwendung
einer Illustration von Marcella Onzo
Satz und Layout: Adobe InDesign im Verlag
Druck und Bindung: CPI books GmbH, Leck
ISBN 978-3-426-44866-3

2 4 5 3 1

Für Martino

Das Leben ist ein unablässiges Sorglossein.

João Guimarães Rosa

Reparieren heißt, sich Gegenständen mit Liebe zu widmen.

Natalia Ginzburg

Gesegnet sind die Augenblicke, die Millimeter,
die Schatten der kleinen Dinge.

Fernando Pessoa

1.

Wegwerfen heißt, eine Gelegenheit zu vergeuden – häufig die beste. Aber was soll man bloß anfangen mit einem wilden Mix aus Verbindungskabeln, zwei durchgebrannten Glühbirnen, einem Seekartenkompass, einer Trillerpfeife, einer Packung Latexhandschuhe, achtzehn Seifenresten, fünfunddreißig leeren Klopapierrollen, einem Rokokotischchen, von dem ich ein Bein repariert habe, einer wasserdichten Folie, einer Solartaschenlampe, einem geschnitzten Spazierstock, einem Lampenschirm ohne Lampe und einem Brieföffner mit eingravierter Blume?

Doch genau darum geht es: Alles kann früher oder später nützlich sein. Das, was du davor rettest, weggeworfen zu werden, kann eines Tages dich retten.

Manche Menschen gehen bis ans Ende der Welt, um ein neues Kapitel in ihrem Leben aufzuschlagen, ich bin nach Mailand gekommen. Vor fünf Jahren, um meine Großmutter um Rat zu fragen. Ich war mutterseelenallein auf der Welt, und sie war die Einzige, die mir helfen konnte, aber in der Nacht vor meiner Ankunft ging sie mit leichten Kopfschmerzen früh zu Bett und stand nicht mehr auf. Sie hinterließ mir nichts außer meiner Traurigkeit, einer Werkzeugtasche und der kleinen Keramikgans, die ich in meiner Tasche trug.

Das Viertel war genauso, wie ich es als Kind in Erinnerung hatte: die kleinen Läden, das Kopfsteinpflaster, die Straßenbahn, die kleine Brücke, die Kirche. Es war perfekt und hat mich mit offenen Armen aufgenommen. Deshalb überschreite ich nie seine Grenzen. Man weiß nie, was einem draußen so alles passieren kann.

Im Norden trennt uns die Umgehungsstraße vom Zentrum. Sie ist ringförmig angelegt, und auf ihr sind tagaus, tagein die unterschiedlichsten Gestalten unterwegs. Da hasten Leute mit Laptoprucksäcken ins Büro, die zuweilen aussehen, als wären sie lieber woanders oder als stellten sie sich gar die Frage: »Wer zwingt mich eigentlich dazu?« Keine Wahl zu haben, kann auch eine Erleichterung sein, denn sobald man glaubt, man sei der Schöpfer seines eigenen Schicksals, wird alles zum Kampf: Verliert man, hat man persönlich versagt. Menschen wie sie würde ich am liebsten in den Arm nehmen und zu ihnen sagen: Bei dem Thema kenne ich mich aus.

Dann sind da noch die, die sich den ganzen Tag auf der Ringstraße aufhalten und Tüten und Taschen aller Arten mit sich herumschleppen, in denen sich ihr ganzes Leben befindet, weil sie kein Zuhause mehr haben. Menschen, die erst hineingesaugt wurden in die Großstadt, um anschließend von ihr wieder ausgespuckt zu werden. Sie sind einsam und schemenhaft wie Gespenster und haben immer eine Geschichte zu erzählen. Das weiß ich von Angelina, denn sie nimmt sich die Zeit, ihnen zuzuhören, wenn sie im *Il Nulla,* ihrer Imbissbar, auftauchen. Zumindest eine Möglichkeit, ihnen ihre Existenz wiederzugeben. Ich habe Angelina einmal darauf angesprochen, und sie hat mir recht gegeben.

Manchmal, wenn mir einen ganzen Tag lang kein Mensch in die Augen schaut, frage ich mich, ob ich überhaupt noch auf der Welt bin. Wenn im Wald ein Baum umfällt und niemand das hört, macht er dann ein Geräusch? Ich glaube nicht: Die Welt kann nicht existieren, wenn es niemanden gibt, der sie wahrnimmt. Und auch wir existieren nur, wenn uns jemand ansieht, uns zuhört, erkennt, dass wir da sind. Nicht zuletzt aus diesem Grund schaue ich gern im *Nulla* vorbei, um Angelina zu helfen. Ich rede vielleicht nicht viel, aber ich höre zu und fühle mich so lebendig.

Auf der vom Verkehr verstopften Ringstraße bewegen sich auch viele Menschen, die weder Fisch noch Fleisch sind, Raupen, die noch nicht wissen, ob sie sich in Schmetterlinge verwandeln werden. Wird auch in ihrem Blick eines Tages die Frage liegen: »Wer zwingt mich eigentlich dazu?« Werden sie ein Wägelchen mit all ihren Habseligkeiten hinter sich herziehen? Oder werden sie die Abende mit Blick auf die Skyline in einer Penthousewohnung im Stadtzentrum verbringen? Werden sie dorthin zurückkehren, woher sie gekommen sind? Werde ich ihnen auf dem Treppenabsatz wiederbegegnen?

Es ist ein ruhiges Viertel, in dem ich wohne. Im Osten und Westen wird es von den zwei Navigli begrenzt, ein Umstand, den man nicht unterschätzen sollte. Das Wasser in den Kanälen erinnert einen daran, dass man jederzeit den Anker lichten und in See stechen kann. Dann bleibe ich stehen und schaue zu, wie es vorbeifließt. Das schenkt mir ein Gefühl von Leichtigkeit, von Freiheit, als könnte ich eines Tages von vorne beginnen, die Vergangenheit wie einen alten Schrank zerlegen und einen neuen daraus zusammenbauen.

Leute, die mich beim Angeln im Kanal antreffen, scheinen diesen Umstand seltsam zu finden. Aber ist es nicht viel abwegiger, eine Tiefkühlsuppe aus dem Supermarkt zu essen, für die acht verschiedene Fische und Krustentiere aus Indien, China, Peru, Griechenland, Argentinien und Indonesien importiert wurden, um dann ganz woanders mit Sulfiten und anderen Zusatzstoffen vermengt und haltbar gemacht zu werden? Vielleicht wäre es die Mühe wert, meinen Standpunkt darzulegen, aber ich traue mich nicht. Ich mag die Menschen. Ich will, dass sie mich mögen. Deswegen halte ich lieber den Mund, wenn sie mich schief ansehen, und lächle, als wollte ich mich dafür entschuldigen, eine so merkwürdige Type zu sein.

Ehrlich gesagt, auf meiner Arche Noah würde ich keinen Supermarkt haben wollen. Warum sollte man dort – zum Beispiel – ein Shampoo kaufen, in dem Paraffin steckt, das wiederum ein Erdölderivat ist, wenn man sich die Haare ebenso gut mit einem Brei aus Kichererbsenmehl und lauwarmem Wasser waschen kann? Und warum eine in Übersee hergestellte Blumenvase erwerben, wenn es eine leere Waschmittelflasche aus Plastik genauso tut? Und damit meine ich eine Plastikflasche, die ich auf der Straße gefunden habe, weil eigentlich auch kein Grund besteht, ein Waschmittel zu kaufen, wenn es schließlich Essig, Kernseife und Natron gibt.

Wir verbringen unsere Zeit damit, Berufe auszuüben, die uns nicht gefallen, um anschließend Dinge zu kaufen, die wir nicht benötigen. Letztlich braucht es nur ein wenig Einfallsreichtum, um gut zu leben. Weniger arbeiten und sich dafür mehr Gedanken machen, sagte mein Vater immer.

Arbeit gibt es genug auf dieser Welt, und ich bin in unserem Wohnblock quasi das Mädchen für alles. Aber die Leute trauen mir oft nichts zu. Handwerkerin gilt nicht als Frauenberuf. Handwerkliche Allrounder sind meistens muskelbepackte Männer in Overalls. Einen Overall trage ich auch, allerdings eine Latzhose aus Jeansstoff, auf deren Beine ich zwei Taschen genäht habe, und wer einmal die Erfahrung gemacht hat, wie viele Dinge ich reparieren, zusammenbauen, auseinandernehmen, reinigen und neu einstellen kann, der beauftragt mich normalerweise immer wieder.

Man bräuchte nicht viel, um gut zu leben. Außer besagtem Einfallsreichtum vielleicht noch ein bisschen gute Laune. Aber gute Laune lässt sich nicht so einfach herstellen, und viel davon ist nicht in Umlauf.

Manche sagen, allein zu leben sei traurig, vor allem wenn man erst siebenundzwanzig Jahre alt ist wie ich. Aber wenigstens ist niemand entsetzt, wenn ich mit Salat zwischen den Zähnen lächle oder zwei unterschiedliche Socken trage. Und *allein* bin ich letzten Endes auch nicht. In meinem Leben gibt es die Signora Dalia, die als eine Art Concierge für das ganze Haus fungiert; Trofeo, meinen fünfundsechzig Jahre alten Nachbarn, der nie den Mund aufmacht; Angelina, die Besitzerin der Imbissbar *Il Nulla*, und ihren Sohn Eugenio, der unbedingt Busfahrer werden will. Ganz zu schweigen von den Ladenbesitzern im Viertel und den vielen Leuten, die mir auf meinem täglichen Rundgang über den Weg laufen, mir zulächeln und mich manchmal sogar grüßen. Das sind wahre Wohltaten, Höhepunkte des Tages. In diesen Momenten fühle ich mich eins mit dem Leben, und die Zukunft macht mir etwas weniger Angst.

Denn manchmal wache ich mitten in der Nacht mit wild klopfendem Herzen auf und habe das Gefühl, wieder auf dem Land zu sein. Ich sehe meinen Vater mit seinem zauseligen Bart und dem karierten Hemd in der Tür stehen und höre ihn sagen, dass man sich Albträumen stellen muss, weil sie nun mal zum Leben gehören. Mein Vater stellte sich seit zwanzig Jahren seinen Albträumen. Zu gewissen Zeiten hatte auch ich täglich neue, die mir jedes Mal einen gehörigen Schrecken einjagten, aber das offenbarte ich nur meinem Bruder Andrea. Er hatte in einem Buch, das er auf der Straße gefunden hatte, gelesen, dass Albträume die Folgen von *psychischem Stress* seien. Wahrscheinlich leide ich unter diesem Stress, sagte er, und das war der Grund, weshalb ich ab einem bestimmen Zeitpunkt nicht mehr mit ihm darüber sprach. Hatte ich einen Albtraum, behielt ich ihn für mich und versuchte, ihn zu vergessen. Die Vorstellung, dass mit mir etwas nicht in Ordnung war, das nicht geheilt werden konnte, verursachte mir Herzrasen.

Albträume habe ich noch immer, manche wiederkehrend, und ich habe noch immer nicht gelernt, damit umzugehen. Der schlimmste zwingt mich, Nacht für Nacht etwas zu erleben, das wirklich passiert ist. Meinetwegen.

Ich wache schweißgebadet auf, und meine Hände zittern so stark, dass ich nicht einmal nach dem Glas Wasser greifen kann, das auf meinem Nachttisch steht. Ich muss mich aufsetzen und tief durchatmen, bis ich mich wieder beruhigt habe und meine Angst verschwindet. Oder zumindest weniger wird. Die Welt kann für jeden beängstigend sein, für manche sogar noch ein bisschen mehr.

Ich bekomme solche Panikattacken auch tagsüber in den unmöglichsten Momenten. Während ich Zucchini schneide, einen Spülkasten repariere oder einen Schatz nach Hause trage, den ich unterwegs gefunden habe. Das Blut schießt mir in Arme und Beine, mein Herz implodiert zu einem schwarzen Loch, meine Kehle wird trocken, im Kopf kommt es zu einem Kurzschluss, und ich weiß kaum noch, wer ich bin. Ich habe das Gefühl, auf der Stelle in ein Krankenhaus zu müssen. Die Vorstellung ist so schrecklich, dass ich mich sofort wieder beruhige.

Ich weiß nicht, ob die Leute um mich herum etwas davon mitbekommen: Ich sage nichts in dem Moment, konzentriere mich auf einen festen Punkt, male mir aus, dass ich in die Notaufnahme muss, und warte, bis die Attacke wieder vorbei ist. Was mir wie eine Ewigkeit vorkommt, dauert nur ein paar Minuten.

Irgendwo habe ich gelesen, dass man darauf achten sollte, was vor dem Anfall passiert. Ein Beispiel. Ich schneide Zucchini in Scheiben, schaue auf das Messer, die Klinge fängt einen Sonnenstrahl ein, und ich denke mir, wenn mir jetzt das Messer aus der Hand gleitet, könnte ich mir einen Finger abschneiden, und *zack*, schon ist sie da, die Panikattacke. Noch ein Beispiel. Der reparierte Spülkasten füllt sich, alles ist wieder normal, aber wenn immer weiter Wasser einläuft, es schließlich überläuft und das ganze Gebäude überschwemmt? *Zack.*

Das ist es, was zuvor passiert: Dieses *Wenn.* Eine Hypothese, ein mögliches Missgeschick. Wenn der Zug entgleist. Wenn der Regen nicht aufhört. Wenn ich keine neue Arbeit bekomme. Wenn die Nachbarn den Gashahn aufgedreht lassen. Wenn ich keine Liebe finde. Wenn mein ganzes Leben aus der Luft gegriffen ist?

»Wenn« – ein kleines Wörtchen, das mir die Seele aufisst, mich von mir selbst entfremdet und mich fragen lässt: Und wenn es mich gar nicht gibt? Und so existiere ich nur in meinem Kopf und hoffe, dass die Menschen um mich herum mein Verschwinden nicht bemerken.

Andererseits beginnt jedes Erdbeben mit einer kleinen Erschütterung. So wie damals, als ich in die Stadt kam, um meine Großmutter um Rat zu fragen, und sie nicht mehr da war.

»Wenn ich Ärger vermeiden will, darf ich auf keinen Fall auffallen«, nahm ich mir vor.

Unter dem Radar fliegen, um sich keine Probleme einzuhandeln, wie die Leute hier salopp sagen. Trotzdem hatte ich das Gefühl, genau am richtigen Ort zu sein. Und ich scheine mich nicht geirrt zu haben. Wenigstens nicht allzu sehr. Irgendwo muss auch ich Glück haben. Die Welt ist voller Gefahren, Katastrophen lauern an jeder Ecke, und Glück hilft.

2.

Im Falle eines Brandes befindet sich die Sammelstelle in der Mitte des Innenhofs.

Den Satz habe ich dick mit Rotstift auf allen laminierten Hinweisschildern unterstrichen, die im Haus aushängen. Nach einer Weile nimmt das Auge bestimmte Dinge nämlich nicht mehr wahr, wenn man sie zu oft sieht. Das ist wissenschaftlich erwiesen, und deshalb beschrifte ich die Schilder hin und wieder neu mit wechselnden Farben. Es ist wichtig zu wissen, wie man sich in einem Notfall verhält. Jeder muss informiert sein. Jeder.

Dazu habe ich ein Schild geschrieben und am Eingang aufgehängt:

SEID STETS AUF DER HUT,
DIE GEFAHR LAUERT HINTER JEDER ECKE.
ACHTET AUF DIE SIGNALE!

Irgendjemand hat daneben einen Pfeil und ein Wildschwein gemalt, und vor ein paar Tagen hat jemand das Schild ganz abgenommen. Im Ernst, darüber sollte man keine Witze machen: Es gibt Orte, wo man wirklich vor Wildschweinen auf der Hut sein muss, so wie dort, wo ich aufgewachsen bin. Wenn diese haarigen Säugetiere mit den dicken Hauern beschließen, aus den Wäldern auszubrechen, um ein Feld zu verwüsten, dann hält sie niemand auf. Und sie beschließen das oft, weil sie ständig Hunger haben. Sie können sehr aggressiv sein, deshalb ist es besser, so wenig wie möglich mit ihnen zu tun zu haben, falls man nicht darauf vorbereitet ist wie ich. Albträume, Wildschweine, Außerirdische … Papà hat uns darauf trainiert, mit allen Eventualitäten fertigzuwerden. Aber hier ist das anders. Wir sind uns einig, dass es ironisch gemeint ist, wenn man in Mailand von Wildschweinen spricht. Trotzdem denke ich, sag niemals nie! Wenn der Mensch fähig ist, auf dem Mond zu landen, dann können Wildschweine auch in die Navigli einfallen. Wir bleiben stets auf der Hut!

Auf jedem Stockwerk des Hauses hängt zusätzlich noch ein weiteres laminiertes Hinweisschild: Wenn Sie den Ausbruch eines Brandes bemerken, wählen Sie unverzüglich die Nummer 115. Drehen Sie das Gas in Ihrer Wohnung ab und schalten Sie den Hauptstromverteiler aus. Alarmieren Sie die anderen Bewohner. Benutzen Sie nicht den Aufzug. Beim Verlassen des Gebäudes rennen und schreien Sie nicht, verursachen Sie keine Panik. Wenn Sie dazu in der Lage sind, schalten Sie die Hauptschalter des Gebäudes aus. Bitte nicht die Notausgänge blockieren.

Auf jedem Schild habe ich mit Kugelschreiber hinzugefügt: Wenn Sie in Ihrer Wohnung festsitzen, schließen Sie die Fenster, um den Flammen keine Nahrung zu geben. Dichten Sie die Ritzen unter den Türen mit nassen Lappen ab. Suchen Sie Zuflucht im Badezimmer und füllen Sie Waschbecken, Bidet und Badewanne mit Wasser. Machen Sie den Boden nass, schließen Sie die Tür und kippen Sie Wasser darüber, damit sich das Feuer nicht weiter ausbreiten kann.

Ich glaube nicht, dass es einem automatisch in den Sinn kommt, die Fenster zu schließen, wenn es brennt, und sich in der Wohnung zu verbarrikadieren. Deswegen finde ich es wichtig, die Nachbarn zu informieren.

Es hängt auch ein Zettel in der Nische, wo die Abfalltonnen stehen, direkt über dem Biomüll. Ich überprüfe ihn jedes Mal, wenn ich den Müll für die Signora Dalia oder für Trofeo nach unten bringe. Vorsichtshalber ziehe ich dabei den Kopf ein, damit mir nicht das Trommelfell platzt, falls jemand gerade Flaschen oder Gläser einwirft.

Vielleicht wissen nicht alle, dass bei einem Brand Fenster zerbersten oder Heizkessel explodieren und einen Heidenlärm veranstalten können. In diesem Fall reicht es nicht, den Kopf einzuziehen, aber dann wäre ich ohnehin viel zu beschäftigt, um noch auf meine Trommelfelle zu achten.

Ich würde nämlich ganz schnell die Wohnungstür von Signora Dalia aufschließen müssen, um sie in Sicherheit zu bringen. Ihren Schlüssel würde ich unter dem Topf der Yuccapalme neben der Tür finden. Ich würde die Signora unterhaken und sie in die Mitte des Hofs begleiten. Dort würde sie auf Trofeo stoßen, dem ich in der Zwischenzeit über die Gegensprechanlage Bescheid gegeben hätte.

Anschließend würde ich zum Parkplatz laufen, um dort alle Autoalarmanlagen auszulösen, da es im ganzen Haus keine Sirene gibt. Mit dem Motorrad von unserem Querulanten würde ich anfangen. Ich nenne diesen speziellen Nachbarn deswegen so, weil er aussieht wie einer, der permanent auf Krawall gebürstet ist. Es würde mich wundern, wenn er keine Alarmanlage hätte, so eifersüchtig, wie er über seine Sachen wacht. Als lebte er unter lauter Dieben und Räubern, denen man nur mit Misstrauen und Verachtung begegnen kann. Gleich danach käme der Smart von Madame an die Reihe, in dem hoffentlich nicht wieder Zucchero, ihr Chihuahua, sitzt, den sie einmal auf dem Rücksitz vergessen hat. In diesem Fall wäre ich gezwungen, die Scheibe mit dem Hammer einzuschlagen, den ich immer an einer Schlaufe meiner Latzhose befestigt habe.

Trofeo ließ ich schwören, sich im Falle eines Brandes umgehend an die Haussprechanlage zu hängen und alle zu informieren, dass sie sofort in den Hof hinunterlaufen sollen. Sie dürften keine Minute verlieren und müssten unbedingt Nase und Mund bedecken. Und auf keinen Fall sollten sie die Aufzüge benutzen. Er hat mir versprochen, dass er das tun, dass er ausnahmsweise den Mund aufmachen würde, da es sich schließlich um einen Notfall handelt. Ich habe ihn das mehrmals wiederholen lassen. Besser gesagt, ich habe ihn mehrmals darum gebeten, und er hat mit immer größerer Überzeugungskraft genickt, bis er gesehen hat, dass ich zufrieden war.

Trofeo ist fünfundsechzig Jahre alt und Besitzer einer weißen Maus. Er läuft ständig in einem Trainingsanzug herum und spricht nie auch nur ein einziges Wort. Nicht einmal mit mir. Seine Wörter hat er offenbar alle aufgebraucht, und dem hat er nichts mehr hinzuzufügen. Aber man glaubt es kaum, wie viel man ausdrücken kann, ohne den Mund aufzumachen. Ihm genügen die Augen und seine spezielle Art, die Lippen zu kräuseln. Ich weiß, dass er die Morgendämmerung mag und den Sonnenuntergang fürchtet. Wütend machen ihn der Hausverwalter, Politiker, Fertigpackungen, plastische Chirurgen, Verfallsdaten.

Jeden Monatsersten stellt er sich bei der Post in die Schlange, um seine Invalidenrente abzuholen, was in ihm nach einem anfänglichen Gefühl der Erleichterung Trauer auslöst, da es ihn daran erinnert, dass er ein Champion hätte sein können, wenn er an diesem vermaledeiten Tag seine Mutter zum Orthopäden begleitet hätte, statt zum Training zu gehen. Wenn er etwas weniger ehrgeizig gewesen wäre, wenn er auf seinen Schutzengel gehört hätte, der ihm etwas ins Ohr flüsterte, worauf er jedoch nicht achtete. Und jetzt sitzt er da, ohne Trophäen auf dem Regal im Wohnzimmer, ohne glorreiche Vergangenheit. Vielleicht erinnert sich der eine oder andere ältere Bewohner des Viertels noch an ihn, an diesen Jungen mit dem goldenen Fuß und der Zukunft, die bereits vorherbestimmt schien. Schade, dass die Lettern nur mit Bleistift geschrieben waren und dass ein unbeabsichtigtes Foul an einem verregneten Tag diese Zukunft ausradiert hatte.

Du bist für dich die wahre Trophäe, sage ich immer zu Trofeo. Und würde mich eigentlich selbst gerne darauf besinnen, während ich das sage. Woraufhin er nur mit den Schultern zuckt, eingehend seine Pantoffeln mustert, wobei sein Blick an der verblichenen Narbe hängen bleibt, die sich seinen Knöchel entlangzieht, seine Mundwinkel nach unten wandern und er den Fernseher anschaltet.

Früher schaute er nur Sportsendungen, aber in letzter Zeit hat er eine Vorliebe für Tierdokumentationen entwickelt, vor allem für Jagdszenen aus der Savanne. Er nimmt sie auf und sieht sie sich stundenlang an. Dank ihm habe ich herausgefunden, dass eine Boa eine ganze Gazelle verschlingen kann. Sie braucht einen Monat, um sie zu verdauen. Wir sind uns beide einig, dass dies eine bemerkenswerte Tatsache ist.

Auf der letzten Eigentümerversammlung schlugen einige der neuen Bewohner eine »Verbesserung der Gemeinschaftsflächen« vor, verwundert, dass wir uns im Innenhof mit schlichtem Beton hatten abspeisen lassen, obwohl wir eine gepflegte Grünfläche, Abfallkörbe, Designerleuchten und neu gestrichene Bänke hätten fordern können.

Trofeo ist vor Wut rot angelaufen. Ich verstehe seine Empörung. Diese Hausgemeinschaft existiert seit den Zwanzigerjahren und umfasst mehr als hundertfünfzig Wohneinheiten. Manche Bewohner sind hier geboren, und viele der Älteren sind hier aufgewachsen. Hier wohnten die Leute, die in den umliegenden Werkstätten beschäftigt waren, Menschen, die ihre heimatlichen Dörfer verlassen und viele Opfer gebracht hatten, um hier einen Alltag zu leben, der mehr Mühsal als Freude bot. In diesem Hof lernten ihre

Kinder laufen, spielten Ball, rangelten miteinander, verliebten sich und trennten sich wieder. Damals waren die Wohnungen zwanzig Quadratmeter groß, und es gab ein Badezimmer pro Stockwerk, am Ende des Flurs.

In den letzten Jahren wurden viele der Wohnungen aufgekauft, zu geräumigeren Apartments zusammengelegt und von den neuen Bewohnern renoviert, von Typen wie unserem Querulanten, die sich nur für Sitzbänke, Designerleuchten und englischen Rasen interessieren.

Ich habe Trofeo die Hand auf den Arm gelegt, um ihn zu beruhigen. Geld ist nicht das Problem. Sollten die anderen die Mehrheit bekommen, werde ich seinen Anteil übernehmen. Ich werde ihm das Geld einfach in die Manteltasche stecken, ohne dass er es merkt, damit er nicht das Gefühl hat, mir etwas schuldig zu sein. Um das Geld zusammenzubekommen, werde ich eben ein paar Duschen mehr reparieren müssen, und vielleicht biete ich meine Arbeitskraft stundenweise als Haushaltshilfe an. Das habe ich eigentlich schon länger vor, aber bisher noch nicht den Mut gefunden, es in die Tat umzusetzen. Keine Ahnung, wer mir eine solche Aufgabe anvertrauen könnte, und eigentlich gefällt mir die Vorstellung nicht, Schubladen und Schränkchen in einer Wohnung zu öffnen, die nicht die meine ist, weil ich nicht weiß, was mich darin erwarten könnte.

Ich habe es Trofeo nicht verraten, aber in meiner Arche Noah hätte ich schon gerne ein paar Bänke. Sie vermitteln den Eindruck von Urlaub, Muße und Lebensart. Wenn man sie im Innenhof aufstellen würde, käme man sich vor wie in Shakespeares *Wintermärchen*. Ich hätte auch gerne einen Fischteich vorgeschlagen und vielleicht noch dekorative rote Bäume, unter denen sich im Herbst dann ein Teppich aus ockerfarbenen Blättern bilden könnte.

Wie es scheint, sind die Abfallkörbe im Innenhof bereits vor einiger Zeit entfernt worden, aus Angst, jemand könnte Knallkörper darin platzieren. Es waren die Siebzigerjahre und unser Viertel nicht unbedingt der idyllischste Ort der Welt. Da gab es noch nicht die Bars auf den Lastkähnen, die kleinen Märkte und den sonntäglichen Bummel.

Ich denke, es wäre besser, anstelle der Körbe solche durchsichtigen Antiterror-Plastiktüten in diesen speziellen Halterungen anzubringen. Schön sind sie nicht, aber sicher ist sicher. Obwohl trotzdem noch jemand hier drinnen einen Anschlag verüben könnte, auch wenn das eher unwahrscheinlich ist. Man muss nur die Zeitung aufschlagen, um das mitzukriegen. Ich hätte meine Meinung gerne den anderen Bewohnern mitgeteilt, aber bei der bloßen Aussicht … *Zack!* Herzklopfen, trockener Mund, Zittern und der übliche Rest. Ich habe die Idee aufgegeben, mich einzumischen.

Ich weiß ja, was die anderen über mich denken, sie zeigen es ziemlich offen. Laut geben sie ihre Kommentare ab, wenn ich an ihnen vorbeigehe, und ich ertappe sie dabei, dass sie mit dem Kopf in meine Richtung deuten. Ich versuche so zu tun, als ob nichts wäre. Wenn ich einen Fehler habe, dann sicher nicht den, dass ich eine Latzhose trage, Wasserhähne repariere oder Dinge aus dem Müll rette.

Signora Dalia weinte sich die Augen aus, als sie das erste Mal in dieses Haus kam; sie fühlte sich wie in einem Gefängnis. Sie kam vom Land, hatte noch nie eine Stadt gesehen. Enzo hatte ihr versprochen, dass es ihnen zusammen gut gehen würde in Mailand. Das sei alles eine Frage der Gewohnheit. Sie würden Reisen planen, die Wohnung sei schließlich nur ein Hafen.

Seit sechzig Jahren lebt Signora Dalia nun hier, nimmt die Pakete entgegen und unterschreibt für alle die Einschreiben, auch wenn niemand sie dafür bezahlt. Sie hat hennarotes Haar und lebhafte Augen, oft ist sie mürrisch, aber wenn man sie besser kennt, weiß man, dass das nur Fassade ist. Immer wieder erstaunlich, wie das

Leben einen überraschen kann, wenn man es zulässt. Denn wer hätte je gedacht, dass eine Frau wie sie und ich so viel gemeinsam haben könnten?

Ich solle aufhören, mir ständig Sorgen zu machen, dass ein Feuer ausbrechen, dass es zu einer versehentlichen Explosion, zu einem Attentat kommen könnte, sagt sie. Mit einem Wort, vor allem Angst zu haben. Aber es geht nicht um Angst, es geht um das kleine Wörtchen *Wenn*.

Mein Vater sprach immer von Szenarien namens SHTF *(Shit hit the fan)* oder TEOTWAWKI *(The end of the world as we know it)* als Folgen von Ereignissen katastrophalen Ausmaßes, die jederzeit unser soziales, politisches und wirtschaftliches System auf den Kopf stellen und unsere Umwelt bedrohen könnten. Ob es sich dabei um ein Erdbeben, eine Feuersbrunst, eine Flutwelle, einen Sonnensturm, den Einschlag eines Asteroiden auf der Erde oder den Dritten Weltkrieg handelte, es galten immer dieselben Regeln: Vorausschauen, verhindern, sich entsprechend verhalten.

Keines dieser Ereignisse durfte auf die leichte Schulter genommen werden.

3.

Der Balkon meiner Küche befindet sich in einer strategisch äußerst günstigen Position. Damit keine Zugluft hereinströmt, habe ich die Balkontür mit einem System aus Magnetverschlüssen abgedichtet. So kann ich Heizkosten sparen, und im Sommer bleibt die Wohnung kühl. Okay, manchmal, wenn es mal wieder richtig heiß ist, weiß ich mir nicht anders zu helfen und flüchte zu Trofeo. Während er fernsieht, sitze ich auf dem Boden, genieße die Kühle seiner Klimaanlage und habe ein schlechtes Gewissen dem Planeten gegenüber.

Neben dem Schränkchen, in dem ich alles aufbewahre, was mir für die Gartenarbeit nützlich sein könnte, stehen auf meinem Balkon Töpfe mit Paprika, Tomaten und Heilkräutern, daneben eine kleine Liege; eine alte Plastiktischdecke habe ich zu einer Art Markise umfunktioniert, um vor Sonne oder Regen geschützt zu sein.

Der Balkon liegt deswegen strategisch so günstig, weil er auf die Seitenstraße hinausgeht und ich von dort aus den Rollladen gut im Blick habe. *Meinen* roten Rollladen zwischen dem Tabakladen und der Münzwäscherei. Ihm gilt seit fünf Jahren mein erster Blick am Morgen und der letzte, bevor ich schlafen gehe, nicht mitgezählt die unzähligen Male, die ich tagsüber hinunterschaue. Ich kann einfach nicht anders: Immer hoffe ich, dass der Rollladen dieses Mal hochgezogen ist, doch meine Hoffnung zerschellt regelmäßig an dem kalten, harten Metall. Seit fünf Jahren befindet sich dieser rote Rollladen nun in derselben Position, unbeweglich, unverändert, als gäbe es nichts mehr dahinter. Das handgeschriebene Schild *Il Nuovo Mondo* ist von der Witterung verblichen.

Fünf Jahre. Anfangs schien die Zeit stillzustehen, dann vergingen die Jahre wie im Flug, sodass ich mich in der Rückschau oft frage, wo sie abgeblieben sind, ob ich sie wirklich erlebt oder daran verschwendet habe, auf etwas zu warten, das nie eintreffen wird.

Wenn ich mich solchen Überlegungen hingebe, läuft es bei mir ab wie in einem defekten elektrischen System: Die Erdung liefert keine ausreichende Reaktion mehr, und in mir kommt es zu einem Kurzschluss. Wie von einem Strudel erfasst, grüble ich stundenlang, bis ich schließlich feststelle, dass der Tag vorbei ist und ich immer noch keinen Schritt vor die Tür gemacht habe. Dann versuche ich, mit meiner Mutter zu reden. Ich bitte sie um Verzeihung, weil ich nicht früher verstanden habe. Entschuldige mich dafür, die Signale nicht erkannt zu haben. Meine Angst war zu groß, sie wirklich zu sehen, und ich war zu klein, um ihre Hand zu halten.

Dann wende ich mich an meinen Bruder und frage ihn, ob er mich noch liebt. Ist es meine Schuld, dass unser Glück zerstört wurde? Konnte man bei uns überhaupt von Glück reden?

An diesem Punkt hole ich gewöhnlich den Brief an meinen Vater heraus, an dem ich seit fünf Jahren schreibe. Mit ihm kann ich nicht reden, versuche es nicht einmal. Ich nehme den Füllfederhalter in die Hand, füge einen Satz hinzu, streiche etwas, fange erneut an. Die Wörter drehen sich im Kreis wie ausgeleierte Schrauben, ohne mir zu helfen, etwas zu erklären. Am Ende frage ich mich, was ich eigentlich sagen will. Dann lege ich den Stift weg und verstaue das Blatt Papier umgehend wieder in der Schublade.

»Mein Leben hier ist anders, als ich es mir vorgestellt habe«, gebe ich kleinklaut zu. Wie der Klang eines Motors, der nach Jahren der Untätigkeit angeworfen wird, durchbricht meine Stimme heiser die Stille. »Aber es geht mir gut in der Stadt, wirklich.«

An diesem Punkt gieße ich mir normalerweise ein Glas ein und trete damit hinaus auf den Balkon. Dort stehe ich dann und starre ins Leere. Ich betrachte den Kirchturm in der Ferne, die Pflanzen, die sich auf die Dunkelheit vorbereiten und ihre Blüten schließen, manchmal auch mein Spiegelbild in der Balkontür: meine zu einem Dutt hochgesteckten Haare, die Latzhose, die Schnürstiefel, meinen verwirrten und überraschten Gesichtsausdruck, noch immer auf der Welt zu sein.

Jeden Montag gehe ich zu der Abfüllstelle am Ende des Naviglio, bringe zwei leere Flaschen zurück und nehme zwei frisch gefüllte Flaschen San Colombano mit. Ich laufe zu Fuß dorthin. Auf meinem Weg die Felder entlang pflücke ich Wegerich, Brennnesseln und Löwenzahn, manchmal finde ich auch Kleidungsstücke, Hausrat und Zeitschriften. Wenn die Sachen in gutem Zustand sind, stecke ich sie in meinen Rucksack: Die Welt ist voller Geschenke für diejenigen, die ein geschultes Auge haben. Ich hebe diese Dinge auf, repariere sie und warte auf den richtigen Empfänger.

»In deinem Arbeitszimmer sieht es ja aus wie in einer richtigen Werkstatt«, sagte Eugenio an einem Sonntagabend einmal zu mir. Es schien ihm zu gefallen. Er mag Werkstätten sehr.

In dem Zimmer steht ein stabiler Schreibtisch aus Metall, und mein gesamtes Werkzeug ist hier untergebracht. Es stapeln sich alle wiederverwertbaren Materialien und alle Objekte, die ich unterwegs finde und die darauf warten, von mir repariert zu werden. Licht spendet eine Industrielampe, die ich aus einer verlassenen Fabrik in der Nähe mitgenommen habe.

Schlafen tue ich in dem Zimmer, das meiner Großmutter gehörte, es ist ein wenig geräumiger, mit dem Queensizebett im Schrank und dem Kruzifix an der Wand.

Im Wohnzimmer stehen die Gegenstände, die ich bereits repariert habe: ein geblümter Sessel, ein handbemalter Lampenschirm, zwei Sonnenschirme aus Reispapier, ein antiker Bilderrahmen, ein Spazierstock mit Entenkopfgriff, ein alter Blechkreisel, ein Schaukelstuhl und vieles mehr. Wie die Kirschblütentapete im Flur und die Stiche, die ich auf dem Bürgersteig gefunden und im Eingang aufgehängt habe, leisten auch diese Dinge mir Gesellschaft. Umgib dich mit Schönheit, pflegte meine Mutter zu sagen, und du wirst nie allein sein.

Außer Eugenio hat noch nie jemand meine Wohnung betreten.

Heute Morgen habe ich jedoch keine Zeit für negative Gedanken. Heute Morgen ist ein Wunder geschehen. Der Rollladen ist hochgegangen! Ich bin so daran gewöhnt, ihn unten zu sehen, dass ich einen Moment lang völlig perplex bin. Mein Blick sucht das Ladenschild, das noch da ist, immer noch verblichen: *Il Nuovo Mondo*.

Der rote Rollladen ist offen! Das kann nicht sein. Ich schließe die Augen, öffne sie wieder, er ist immer noch oben. Wenn ich mich über das Balkongeländer beuge, kann ich einen Blick auf die abblätternde Farbe der ebenfalls roten Tür- und Fensterrahmen des Ladens erhaschen, auf das vor Staub schwarze Schaufenster. Ich spähe in jede Richtung, um mich zu vergewissern, dass es sich nicht um einen Traum handelt: Alles scheint der Realität zu entsprechen. Der Tabakladen ist da, dort an der Ecke, und sein Besitzer steht rauchend und schwadronierend auf der Türschwelle, wie immer. Die Tür des Waschsalons steht weit offen: Ich erblicke die Füße eines der vielen Besucher, die ihn als Nachtlager nutzen. Am Himmel weiße Wolken, ein langsames Flugzeug. In der Ferne höre ich das Geräusch der Straßenbahn. Am Horizont schneidet der Kirchturm ein Stückchen aus dem Blau des Himmels. Ich überprüfe die Sonnenuhr, die ich selbst gebaut habe, der Schatten fällt, wie er soll. Ich schaue auf meine Hände, rechts und links fünf Finger. Ich springe in die Höhe, um zu sehen, ob ich schweben kann: Schön wär's.

Aus tiefster Seele habe ich mir gewünscht, dass dieser Rollladen eines Tages nach oben gehen würde. Nie habe ich aufgehört, mir das zu wünschen. Er musste es für mich tun, wenn aus sonst keinem anderen Grund. Und dann tat er es, völlig unerwartet, er tat es heute, an einem Samstag im Mai um halb acht Uhr morgens.

Ich versuche, mich noch weiter vorzubeugen, aber ich bin zu weit oben, um ins Innere des Ladens hineinsehen zu können. Ich überlege, ob ich vielleicht beim Querulanten klopfen soll, der unter mir wohnt. Ich könnte etwas auf seinen Balkon fallen lassen, um einen Vorwand zu haben, es wieder zurückzuholen, aber welcher Mensch hat schon den Mut, sich seinem durchdringenden Blick auszusetzen? Und außerdem würde er mich nie auf seinen Balkon lassen, er würde seine Frau hinschicken und mich so lange draußen vor der Tür warten lassen.

Letztes Jahr an Weihnachten, es war ihr erstes hier im Haus, hat mir seine Frau eine Flasche Strega-Likör und eine Schachtel Royal-Dansk-Butterkekse geschenkt: *Für Gea, den nettesten Menschen im Haus*, hatte sie dazu auf eine Karte geschrieben. Das hat mich sehr berührt, weil wir vorher noch nie auch nur ein einziges Wort gewechselt hatten. Wenn wir uns auf dem Hof trafen, lächelten wir einander bloß zaghaft zu.

Neulich bin ich ihr am Eingang begegnet. Sie verließ gerade das Haus, als ich zurückkam, und da war es schon zu spät, den Rückwärtsgang einzulegen. Seit sie mir das Geschenk gemacht hatte, ging ich ihr aus dem Weg, aus Angst, nicht den Mut aufzubringen, mich bei ihr zu bedanken, oder eventuell in ein Gespräch mit ihr verwickelt zu werden. Mit höflichem Small Talk habe ich es nicht so; ich fühle mich wohler bei konkreten Problemen wie der Reparatur eines Heizkessels oder dem Aufbau eines Schranks … Also hoffte ich, ihr war nicht aufgefallen, dass ich immer einen großen

Bogen um sie machte, oder dass sie es wenigstens nicht persönlich nahm.

Als ich ihr dann vor dem Briefkasten begegnete, konnte ich nicht anders, als mich aufzuraffen, mich bei ihr für das Geschenk zu bedanken und das Beste zu hoffen.

»Wie ich sehe, liest du gern«, erwiderte sie und deutete auf das Buch, das aus der Brusttasche meiner Latzhose lugte. Stimmt, ich schleppe immer ein Buch mit mir herum. Man weiß nie, wie lange man bei der Arbeit oder generell im Leben warten muss. Was gibt es Besseres, als zehn Minuten irgendwo zu sitzen und die eigene Existenz zu vergessen?

»Wenn du Lust hast, wir haben eine gut sortierte Bibliothek«, fügte sie hinzu und sah sich dabei um, als wäre es ein Geheimnis.

Ich spürte, wie ich rot wurde. Es war genauso, wie ich es mir gedacht hatte; sie wollte sich unterhalten. Das hätte mir nicht einmal missfallen, hätte ich nur gewusst, was ich sagen sollte.

»Außer mir liest sie niemand, unsere Bücher«, fuhr sie fort. »Du kannst dir jedes ausleihen, das du haben willst.«

Ich bedankte mich bei ihr, aber dann flüchtete ich mich in die Ausrede, ich sei schon spät dran und müsse mich beeilen. Und das tat ich dann auch und machte mich davon.

Wenn ich ehrlich sein soll, ich würde mir gern ein paar Bücher von ihr ausleihen, wäre sie nicht mit dem Querulanten verheiratet. Aber er macht mir Angst: Man weiß nie, wie er reagieren wird. Allein die Vorstellung, er könnte auf die Idee kommen, ich würde seine Frau um irgendwelcher Gefälligkeiten willen manipulieren oder aufdringlich sein, wäre noch viel schlimmer, als dasselbe Buch zum dreihundertsten Mal zu lesen.

Ich weiß nicht, was eine so freundliche und empathische Frau wie sie dazu gebracht hat, einen bärbeißigen und arroganten Kerl wie den Querulanten zu heiraten, aber es lohnt sich nicht, mich um die Angelegenheiten anderer Leute zu kümmern. Ich habe schon genug eigene Probleme.

Ich ziehe es noch einmal in Betracht, etwas auf ihren Balkon hinunterfallen zu lassen, in der Hoffnung, dass er nicht zu Hause ist, aber es ist Samstag, er wird sicher da sein, samt Zigarre und Pantoffeln. Da ist es besser, wenn ich das Risiko eingehe, meine samstagmorgendlichen Gewohnheiten über den Haufen zu werfen und dem Laden persönlich einen Besuch abzustatten.

Gewohnheiten sind für mich dasselbe wie das Netz für einen Trapezkünstler. Sie erlauben mir, auf dem Drahtseil zu balancieren, ohne allzu sehr an die gähnende Leere darunter zu denken. Leitplanken, die als Orientierung dienen, nicht nur für mich, sondern auch für viele Menschen in der Nachbarschaft. Aber das Geschäft ist offen. Der Rollladen ist hochgezogen!

Ich werde erst meine übliche Runde drehen und dann nachschauen gehen. Wer nichts wagt, der nichts gewinnt, hat mein Vater immer gesagt und zur Bekräftigung einen lauten Pfiff ausgestoßen. Er pfiff immer, wenn er zufrieden war oder etwas erfolgreich erledigt hatte. Ein lauter, tiefer Pfiff, der mir einen Adrenalinstoß versetzte, weil ich dann mit Sicherheit wusste, dass er glücklich war.

Endlich.

4.

Rosa Mountbatten.«

Angelina hat ihre wohlgeformten Arme auf den metallenen Tresen des *Nulla* aufgestützt. Wie jedes Mal, wenn sie mir von einer neuen Farbe erzählt, wird sie dabei ganz ernst. »Das erste Mal wurde sie im Jahre neunzehnhundertvierzig von Lord Mountbatten, Admiral der britischen Marine, verwendet.«

Ich nicke, um mein Interesse zu bekunden. Sie fährt sich mit der Hand durch ihre kurzen Haare, wirkt müde. Morgens kocht sie das Mittagessen vor, und wenn sie um sieben Uhr in der Früh den Rollladen der Bar hochzieht, hat sie bereits zwei Stunden Arbeit hinter sich.

Sie holt ihr Handy heraus, legt es auf die Ablage und tippt kurz auf das Display: Schon färbt es sich Mountbatten-Rosa. Ich verrate nicht, dass ich die Farbe sehr gut kenne. Mein Vater hat uns alle militärischen Tarnfarben gezeigt, und dieses Rosa war auch auf seiner Farbpalette. Hätten wir uns in dem Wald, der unser Haus umgab, verstecken müssen, hätte uns dieses Wissen sehr nützlich sein können.

»Wie findest du die Farbe?«, will Angelina von mir wissen.

»Langweilig, um ehrlich zu sein«, erwidere ich mit einem schiefen Lächeln.

Sie wirft erneut einen Blick darauf. »Ja, stimmt. Aber sie ist quasi von einem Lord, von Lord Mountbatten, erfunden worden. Er war ein Onkel väterlicherseits des Herzogs von Edinburgh.«

»Ah, trotzdem.«

»Ein wirklich faszinierender Mann …« Eine rasche Bewegung mit dem Daumen auf dem Display, und schon erscheint das Foto eines Herrn mit verträumtem Blick und der Uniform der britischen Marine. »Nicht schlecht, musst du zugeben.«

»Ganz im Stil von *Downton Abbey*«, bemerke ich. Ich weiß doch, dass sie das gerne hört.

»*Eine Farbe pro Tag*, keine schlechte Lebensstrategie. Danke für die Empfehlung.«

Eigentlich habe ich ihr nur erzählt, dass ich als kleines Mädchen jeden Morgen mit meiner Mutter deren Farbwörterbuch aufschlug und wir gemeinsam einen neuen Farbton auswählten, den wir dann bewunderten und uns einprägten. Ein Rosa pur, das gab es nicht, hat sie mich gelehrt. Welches Rosa denn? Amarant-Rosa, Azaleen-Rosa oder Himbeer-Rosa? Und welches Grün? Spargelgrün, helles Oliv oder antike Bronze? Jede Nuance besaß ihre eigene Persönlichkeit, eine besondere Harmonie aus Licht und Schatten. Hinterher gingen meine Mutter und ich immer hinaus in die Natur, um die Farben dort zu identifizieren. Sie unterscheiden zu können, machte die Welt lebendiger, realer.

Angelina ist eine der ganz wenigen, mit denen ich über solche Dinge reden kann. Sie spricht immer freiheraus und kennt keine Zweideutigkeiten. Und irgendwann beschloss sie, bei jedem unserer Treffen eine neue Farbe mitzubringen. So haben wir in den vergangenen Tagen ein strahlendes Kobaltblau, das Orangegelb einer Rotkehlchenbrust und ein sattes Perlmuttgrau bewundert …

»Heute hast du wirklich einen Volltreffer gelandet – eine geradezu aristokratische Farbe«, bemerke ich anerkennend.

Angelina hat eine Schwäche für alles, das nach Adel riecht, für gute Manieren. Sie liebt es, wenn etwas anständig gemacht wird, wie sie sich ausdrückt. Ungefähr so, wie ich Erbsenpüree, Stanley-Schraubenzieher und das Aufhängen von Schildern liebe.

Ich schaue mich um: Zwei Stammgäste lassen sich einen Bianchino schmecken und spielen Karten, ein anderer, ein wenig jünger, liest die Zeitung.

»Jetzt sag schon, was ist passiert?«

»Die Mikrowelle streikt«, seufzt Angelina und klappt das Brett an der Theke nach oben, um mich nach hinten durchzulassen. »Die Platte dreht sich, das Licht ist an, der Timer funktioniert … aber sie heizt nicht.«

»Du böses kleines Öfchen«, sage ich und streichle über den Kasten, bevor ich mich darüberbeuge. »Jetzt halt mal kurz die Luft an. Ich werde dir nicht wehtun, du wirst nur ein bisschen schlafen.«

Dann ziehe ich den Stecker. Mithilfe meines Schraubendrehers mit dem 4×100-mm-Schlitz entferne ich die Abdeckung. Ich ziehe die Sicherung heraus, die mit dem Starkstromanschluss verbunden ist. Sie ist defekt, das sehe ich mit bloßem Auge, aber um sicherzugehen, nehme ich den Spannungsprüfer her: Da fließt kein Strom mehr.

»Da muss eine neue Prothese her«, kläre ich Angelina augenzwinkernd auf. »Aber das kostet dich nicht viel. Ich hole schnell eine neue Sicherung.«

»Du bist ein Schatz. Und du vollbringst wahre Wunder.« Nachdem sie mir das Geld gegeben hat, nimmt Angelina eine Brioche aus der Vitrine. »Hier, Herzchen. Mit Himbeerfüllung, wie du es magst.«

Ich nicke zum Dank. Dann packt sie noch zwei Brioches in eine Papiertüte, eine mit Vanillecreme, die andere mit Schokolade, weil heute Samstag ist.

»Hör mal, Herzchen«, fährt sie fort und verschränkt die Arme vor der Brust. »Wärst du so nett und würdest diese Lasagne für dich und Eugenio mitnehmen? Ich sage ihm, dass er Sonntagabend zu dir kommen soll. Er ist schon groß, ich weiß, aber es macht mich einfach traurig, dass er allein essen soll.«

»Klar doch, wir leisten uns gegenseitig Gesellschaft.«

Jedes Mal bittet sie mich um Erlaubnis, und dieses Ritual macht unser Zusammensein zu etwas Besonderem, sodass es weder selbstverständlich ist noch zur Gewohnheit wird. Angelina hat ständig Angst, anderen zur Last zu fallen, aber ihr erster Gedanke ist immer der, anderen eine Last abzunehmen.

Ich mag Eugenio sehr, auch wenn er nur ein Thema kennt: Autobusse. Sonntagabend, immer kurz vor neun, stelle ich mich ans Fenster und warte, dass er das Licht in ihrer Wohnung im ersten Stock auf der gegenüberliegenden Etage löscht und den Hof überquert, um zu mir zu kommen.

Angelina schenkt mir ein erschöpftes Lächeln, nimmt eine Tüte und verstaut darin zwei Aluschalen.

»Weil ich Sonntagabend nämlich erst spät heimkomme«, fügt sie hinzu, als wäre sie mir eine Erklärung schuldig.

Ich weiß doch, dass sie bis spät in die Nacht arbeitet, weil sie auch noch zum Putzen dableibt, während ihr Mann an einem der Tische sitzt, Poker spielt und sich bedienen lässt.

Ich nehme meinen ganzen Mut zusammen. »Hast du schon gesehen, dass das *Il Nuovo Mondo* wieder offen hat?«, frage ich, bevor ich gehe.

In all diesen Jahren habe ich das Gespräch kein einziges Mal auf den Laden gebracht, weder bei ihr noch bei Signora Dalia, ganz zu schweigen von Trofeo. Eigentlich habe ich mit keinem Menschen darüber gesprochen. Hätte irgendjemand wissen wollen, warum mich das so interessiert, hätte ich keine Lust gehabt, es ihnen zu sagen. Das Versprechen, der Traum, die Schuld, die Enttäuschung, alles, was mich dazu gebracht hat, mich diesem Ort verbunden zu fühlen, sollte besser ein Geheimnis bleiben. Aber wenn in der Nachbarschaft etwas passiert, kann man sicher sein, dass Angelina zumindest schon etwas geahnt hat.

»Aber das ist doch ein uralter Laden«, erwidert sie achselzuckend. »Von wegen *Nuovo Mondo* – Neue Welt.«

»Wer weiß …«, sage ich, ein wenig enttäuscht.

Wie jedes Mal, bevor ich gehe, werfe ich noch einen Blick zurück über die Schulter auf das Schild der Imbissbar, die an dem mit Bäumen gesäumten Platz liegt: Neonrosa, Kursivschrift: *Il Nulla* – Das Nichts.

Als ich Angelina mal gefragt habe, warum ihre Bar so heißt, hat sie nur gemeint: »Wir waren erst kurz zuvor nach Mailand gekommen, und uns ist nichts Besseres eingefallen. Da wir quasi nichts hatten, schien uns das ein ehrlicher Name zu sein.«

»Und jetzt?«

»Jetzt haben wir unseren eigenen Laden, und das ist doch was. Aber das Schild zu ändern, das kommt jetzt nicht mehr infrage.« Und hat dazu ein kleines, feines Lachen ausgestoßen, wie wohl Königin Elisabeth gelacht hätte. Zumindest stelle ich mir das so vor.

»Samstagvormittag … Und jetzt rate mal, was es heute gibt! Brioche mit Schokoladenfüllung.«

Lächelnd greift Alì nach dem Gebäck. Er ist jemand, der ein wenig Ironie zu schätzen weiß. Gleich bei meinem ersten Besuch auf dem Markt habe ich mich für seinen Stand entschieden, weil er mir auf die Bitte, ob ich das Obst und das Gemüse bekommen könnte, das er sonst wegwerfen würde, wortlos eine volle Tüte überreicht und nichts dafür gewollt hat. »Dafür bringst du mir aber am nächsten Samstag was fürs Frühstück mit.«

Seit fünf Jahren bringe ich ihm nun jeden Samstag eine Schokoladenbrioche von Angelina vorbei, und er schenkt mir im Gegenzug das Gemüse, das für seine Kunden nicht mehr ansehnlich genug ist. Dabei schmeckt es köstlich.

Ich beobachte, wie er gerade eine Signora bedient, und versuche, den Mut aufzubringen, ihn noch mal anzusprechen. Wahrscheinlich glaubt er, dass ich, wie üblich, schon wieder weitergegangen bin, weil ich mich nicht mehr in seinem Blickfeld aufhalte. Trotz der Arroganz seiner Kundin bleibt er freundlich. Er lächelt, wiegt sorgfältig das Gemüse, rundet die Rechnung ab. Doch als die Signora geht, seufzt er erleichtert auf. Dann bemerkt er mich.

»Ist schon wieder Samstag?«

Er wirkt amüsiert, aber auch überrascht. Alì sieht eigentlich immer amüsiert aus, das ist das Schönste an ihm. Noch mehr als seine klaren Augen, die funkeln wie Bergseen.

»Kanntest du eigentlich *Il Nuovo Mondo*?«, stoße ich atemlos hervor. Und hoffe, dass ich nicht rot anlaufe.

Alì neigt den Kopf. »Die neue Welt? Wie meinst du das, Kleine?«

Seit wir uns kennen, haben wir noch nie einen so langen Dialog geführt.

»Der Trödelladen, gleich hier um die Ecke«, erkläre ich. Jetzt ist es zu spät, noch einen Rückzieher zu machen. »Sagt dir das was?«

»Ich kaufe grundsätzlich nur in der Via Monte Napoleone ein, Kleine.«

Schätzchen, Kleine, Herzchen … Manchmal wäre es mir lieber, bei meinem Namen genannt zu werden. Einfach Gea.

Aber Alì kennt meinen Namen nicht, er hat mich nie danach gefragt, ich kenne jedoch den seinen. Ein Kollege hat ihn einmal so genannt, und das habe ich mir gemerkt. Eine Person, die einen Namen hat, ist nicht mehr nur irgendwer. Zu wissen, wie andere heißen, bringt sie einem ein wenig näher. Das ist ein bisschen so wie mit den Farben. Es macht die Welt realer. Aber hinter mir hat sich jetzt eine Schlange gebildet, ich halte Alì nur unnötig auf.

»Hör mal, ich geh jetzt, und nächsten Samstag erzähle ich dir alles«, sage ich leise, mehr zu mir als zu ihm.

»Du findest mich wie immer hier, Kleine.«

»Ein paar Münzen für ein Liebesgedicht!«, ertönt die raue Stimme der Dichterin, die vor dem Markt auf dem Gehweg sitzt.

Ich beuge mich zu ihr hinunter und drücke ihr die letzte Brioche in die Hand. Mit der Zungenspitze leckt sie die Vanillecreme ab und überreicht mir ein Blatt Papier, auf dem ein mit Füller geschriebenes Gedicht steht. Sie fixiert mich mit dem wissenden Blick einer müden Prophetin, einer urbanen Sibylle, die trotzdem oder genau deswegen allein geblieben ist. Frauen, die mehr wissen als man selbst, machen Angst.

Mit ihren Versen schafft sie es, dass man sich beim Lesen selbst vergisst, meiner Meinung nach eine der großen Fähigkeiten von Literatur. Wir leben umgeben von begabten Menschen aller Art, auch wenn wir uns dessen oft nicht bewusst sind. Ich wäre gerne so mutig, ihr das zu sagen.

»Kanntest du eigentlich *Il Nuovo Mondo*?«, frage ich stattdessen. Es ist das erste Mal, dass ich sie anspreche.

»Neue Welt? Es ist doch immer dieselbe alte Geschichte.«

Vielleicht macht sie einen Scherz, vielleicht hat ihre Bemerkung etwas mit dem Laden selbst zu tun, ich komme nicht ganz dahinter. Also schwenke ich das Blatt Papier mit ihrem Gedicht und deute eine kleine Verbeugung an, bevor ich mich rasch verabschiede.

Vor der kleinen Brücke, die den Kanal überquert und zu der chamoisfarbenen Kirche führt, muss ich nicht lange warten. Die Frau mit der Krücke kommt humpelnd näher, die Zeitung unter dem Arm, und starrt wie jeden Morgen mit leerem Blick vor sich hin. Plötzlich scheint sie sich heftig mit jemandem zu streiten, aber da ist niemand neben ihr. Auf der Brücke angekommen, zündet sie sich eine Zigarre an. Ich glaube, sie geht deswegen immer hier entlang, weil sie ihre Krücke ablegen und sich an das Geländer lehnen kann.

Kurz darauf stößt sie einen Fluch aus, löscht die Zigarre und nimmt das Blatt Papier mit dem Gedicht, das ich für sie auf die Brüstung gelegt habe. Die Zeitung lässt sie liegen, ehe sie weiterhumpelt. Ich warte, bis sie etwas weiter weg ist, bevor ich sie mir hole.

Sie kauft die Zeitung jeden Tag an dem Kiosk in der Nähe der Kirche und nimmt sie mit ins Café, wo sie frühstückt, aber ich habe noch nie gesehen, dass sie sie aufgeschlagen hätte. Ich weiß, dass die Frau mit der Krücke Friedensrichterin war. Vielleicht kauft sie die Zeitung, um nicht zu vergessen, wer sie einmal war, aber sie hat wohl genug von dieser Welt, um noch mehr Nachrichten aufnehmen zu wollen.

Ich lese die Zeitung jeden Tag. Informiert zu sein, ist die beste Voraussetzung, sich verteidigen zu können, pflegte mein Vater immer zu sagen. Man weiß nie, was passieren kann, aber man kann Hypothesen anstellen. Alles ist mit allem verbunden. Der Flügelschlag eines Schmetterlings kann auf der anderen Seite des Erdballs einen Orkan auslösen. Man muss zwischen den Zeilen lesen können.

So ist diese von der Friedensrichterin ererbte Zeitung, statt am Boden eines Abfallkorbes zu verrotten, nicht mehr anonym und unpersönlich, sondern ein Gegenstand, der mir etwas zu sagen hat, der mir das Gefühl gibt, Teil von etwas zu sein. Diese Zeitung birgt für mich das Versprechen, dass unter den vielen Nachrichten über das, was draußen passiert, früher oder später eine dabei ist, die mein Leben verändern wird. Obwohl ich es nicht will, warte ich doch mein ganzes Leben darauf.

Ich weiß, dass die Friedensrichterin die Gedichte liest, weil ich sie nachmittags immer im *Nulla* sehe, mit einem Glas Frizzantino und dem zerknitterten Blatt Papier vor sich auf dem Tisch.

Ein bisschen Gemüse für eine Brioche. Eine Brioche für ein Gedicht. Ein Gedicht für eine Zeitung. Das nenne ich »nachbarliche Kreislaufwirtschaft«.

Wenn ich die Zeitung lese, dann markiere ich die interessantesten Nachrichten mit Bleistift, schneide die Artikel aus und sammle sie in einer Klarsichthülle. Mit den restlichen Seiten putze ich die Fenster und falte daraus Origami, die ich im Hof verteile. Auf diese gefalteten Origami-Zettel schreibe ich immer irgendwelche Zitate. Erst kürzlich habe ich Folgendes geschrieben: »Wonach streben Sie in Ihrem Leben am meisten? Nach Unsterblichkeit. Unsterblich werden und dann sterben.« Godard, *Außer Atem*.

Ich weiß, dass die Kinder im Wohnblock meine Origami-Objekte toll finden. Vom Fenster aus kann ich sehen, wie sie sich darum balgen, und so tue ich mein Möglichstes, damit keines mit leeren Händen dasteht.

Mein Lieblingszitat stammt auch aus diesem Film: »Ich weiß nicht, ob ich unglücklich bin, weil ich nicht frei bin, oder ob ich nicht frei bin, weil ich unglücklich bin.« Das habe ich bisher allerdings noch auf keinem Origami verewigt. Warum die Kinder traurig machen? Es reicht schon, dass sie in der Stadt keine Wiesen und Felder zum Toben haben, um den Wirbelsturm an Gefühlen herauszulassen, der einen in diesem Alter erfasst, wenn man Dinge mitbekommt, die man noch nicht versteht. Wenn ich in halsbrecherischem Tempo über die Wiesen gerannt bin, habe ich mehr als ein Paar Schuhe verschlissen. Nicht, dass es mir eine große Hilfe dabei gewesen wäre, die Welt zu verstehen.

Aber wer hätte je die Welt verstanden? Mein Vater, mein Bruder? Oder vielleicht meine Großmutter? Das scheint ein Kampf zu sein, den man nicht gewinnen kann. Und wenn den jemand verloren hat, dann bin ich das.

Und trotzdem hat das *Il Nuovo Mondo* heute wieder seine Pforten geöffnet! Der Rollladen ist oben! Das Schicksal schickt mir die Chance, auf die ich gewartet habe, um den Versuch zu starten, meine Geschichte zu korrigieren, das Band der Zeit zurückzuspulen und vielleicht den Ereignissen einen anderen Verlauf zu geben.

Wenn ich diese Gelegenheit nicht ergreife, könnte ich es für den Rest meines Lebens bereuen.

Heute werde ich nicht sofort nach Hause gehen, um mich mit dem Bleistift in der Hand an den Schreibtisch zu setzen. Ich werde eine Ausnahme machen. Um sich zu bewegen, muss man lediglich einen Fuß vor den anderen setzen. Und sich bewegen heißt, bereits wieder woanders zu sein. Im Kopf erstelle ich einen Plan, der mir dabei helfen soll, mein Ziel zu erreichen: weg vom Naviglio-Kanal, quer über den Platz, nach links abbiegen, dann nach rechts, dann wieder nach links, bis ich schließlich unter meinem Haus stehe. Dann mit gesenktem Kopf vorbei am Tabakladen, um den Blick des Besitzers nicht zu kreuzen, und gleich danach stehen bleiben.

Vor der Neuen Welt, dem *Nuovo Mondo*.

5.

Ich war zwölf Jahre alt, mein Bruder vierzehn, als wir zum ersten Mal nach Mailand kamen. Die von mir so heiß ersehnte Stadt lag fünf Autostunden von La Rocca entfernt. Andrea und ich saßen hinten auf dem Rücksitz unseres blaugraugrünen Pandas mit Vierradantrieb, hielten uns die ganze Zeit an den Händen und drückten uns die Nasen an der Fensterscheibe platt.

Autobahnen kannte ich, viele sogar, die ich mit meiner Mamma in Filmen gesehen hatte, aber diese hier war anders: Sie war echt. Die Hallen, die Fabriken, die Parkplätze, die Raststätten, die Bauernhöfe, die Ruinen zwischen den Weizenfeldern, die anderen Autos, die uns überholten – darin Kinder, die Kaugummi kauten, Leute, die Radio hörten, Frauen, deren Füße auf dem Armaturenbrett lagen.

Plötzlich tauchte ich auf eine umfassende, völlig neue Weise ein in die Realität: Es war fast zu viel. Es war, als wäre ich auf einem Planeten gelandet, von dem ich zwar schon gehört hatte, den ich aber nicht kannte und an den zu gewöhnen mir aufgrund der Geschwindigkeit, mit der wir unterwegs waren, die Zeit fehlte. Und nicht nur das: Am Ende der Reise wartete Mailand auf uns.

Vor allem aber wartete eine Großmutter auf uns, die wir noch nie gesehen hatten. Wir hatten ihr reife Pfirsiche und Pflaumen mitgebracht, die ich im Morgengrauen selbst gepflückt hatte, dazu Salat, frisches Gemüse und selbst gebackenes Brot. Papà hatte in einer Mappe die Resultate unserer staatlichen Abschlussprüfungen dabei. Er wollte seiner Mutter zeigen, was für eine gute Lehrerin Mamma war, wollte ihr beweisen, dass es viel besser war, zu Hause unterrichtet zu werden, statt eingesperrt in einem Betonkasten zu hocken, um sich dort von wer weiß wem und wer weiß wie das Leben erklären zu lassen. Noch dazu mit dem Nachteil, dass man sich dort alle möglichen Viren einfangen konnte, körperliche und geistige. Zuletzt hatte ich noch mein Plüschkaninchen in den Koffer geschoben.

Mailand kündigte sich bereits im Umland an. Immer mehr Neubauten und Fabrikgebäude drängten sich in unser Blickfeld. Nach der Mautstelle legte ich den Kopf in den Nacken und schaute hinauf in den Himmel, denn in Mailand wohnte man auch dort, im dreißigsten Stockwerk und vielleicht sogar noch höher. Ich musste schmunzeln, als mir Bianciardi und seine Beschreibung des »Turms«, eines der ersten Wolkenkratzer Turins, einfielen. Der nach seinem Roman gedrehte Film *Das saure Leben* war einer der wenigen, die sogar meinem Papà gefielen: Er hatte ihn uns mehrmals gezeigt, um uns anhand seines Beispiels zu erklären, welche Begehrlichkeiten die Stadt weckt, indem sie Erfolg und Reichtum verspricht, nur um einen dann einsam und leer zurückzulassen. In der Stadt verliert man sich selbst, sagte er. Luciano, der Held aus dem Film, tat mir immer sehr leid, vor allem aber seine Frau und sein Sohn, die ihn wirklich verloren.

Schließlich zog mein Vater die Handbremse. Die Straße war voller Autos, eine Tram bimmelte warnend, Leute eilten hierhin und dorthin. Schon bei dem Gedanken, einen Fuß auf diesen Boden zu setzen, zitterte ich.

»Die Straßenbahn ist ein gutes Beispiel für das Leben in der Stadt: Sie fährt auf Schienen, und denen kann man nicht entkommen«, erklärte uns mein Vater. »Los, nehmt eure Sachen, Großmutters Wohnung liegt gleich um die Ecke.«

Andrea und ich halfen ihm beim Ausladen des Gepäcks, wobei wir aus dem Staunen gar nicht mehr herauskamen und uns immer wieder verschwörerisch zunickten. Völlig verunsichert griff ich schließlich nach Andreas Hand, und er drückte sie fest. Mein Bruder war das einzige andere Kind, das ich hatte aufwachsen sehen; er war der starke, der mutige Teil von mir.

Wir waren noch nie in der Stadt gewesen, hatten aber bereits ganze Nächte damit verbracht, uns vorzustellen, wie es dort wohl aussehen mochte. Flüsternd, den Kopf unter die Decke gesteckt, wetteiferten wir miteinander, wem am meisten dazu einfiel. Was es dort nicht alles gab: Tauben, Balkone, Straßenbahnen, Schaufenster und an Weihnachten rot und weiß erleuchtete Straßen … Jetzt trug ich in jeder Hand einen Koffer und merkte nicht einmal, wie schwer sie waren, weil ich viel zu beschäftigt damit war, mir das alles anzuschauen.

In der Stadt war alles grau, pflegte unser Vater immer zu sagen. Aber auch Grau hatte seine Nuancen, dachte ich jetzt – grau wie Spargel, schiefergrau, grau wie Asche, mausgrau. Und selbst in der Natur war vieles grau: Regenbeladene Wolken, Forellen, diebische Elstern, die Haare vor den Ohren meiner Mutter. Was war so falsch an Grau? Außerdem war ja nicht *alles* grau! Ein paar der Backsteinbauten schimmerten kastanienbraun, und wie konnte man nur das olivgrüne Wasser des Naviglio-Kanals, die indigo-, magenta- und violettfarbenen Schilder oder den kornblumenblauen Himmel übersehen?

Und ja, das Haus, in dem unsere Großmutter wohnte, war von einem hellen Schiefergrau. Zumindest von außen. Für einen Moment hatte mich das verunsichert. Ich war an das mit Efeu und Kletterrosen bewachsene Bauernhaus gewöhnt, in dem wir wohnten und das viel farbenfroher war und uns allein gehörte. Wir nannten es La Rocca, die Festung, weil es strategisch gut gelegen war: Es beherrschte die gesamte Umgebung und war zudem durch einen dichten Wald geschützt, der uns von den wenigen anderen Häusern in der Nachbarschaft abschottete. Nicht zu vergleichen mit diesem rechteckigen Klotz voller Fenster, der sich jetzt vor mir erhob und einem der Bienenstöcke ähnelte, die wir hinten im Garten aufgestellt hatten.

Bevor wir auch nur einen Fuß in ihre Wohnung im dritten Stock gesetzt hatten, wurde mir klar, dass unsere Großmutter nicht so war wie die in den Büchern. Sie roch nicht nach Keksen und breitete auch nicht die Arme aus, um uns liebevoll an ihren Busen zu drücken. Sie war eine zierliche, schlanke Frau mit feinem Haar und einer gepflegten Ausstrahlung, hinter der sich jedoch eine gewisse Melancholie verbarg. Reglos stand sie auf der Schwelle und starrte uns an, als könnte sie es kaum glauben, dass es uns tatsächlich gab.

Die Wohnung war voller Nippes und Bilder mit religiösen Motiven.

»Wofür sind diese Sachen da … Großmutter?«, fragte mein Bruder, kaum dass er das Wohnzimmer betreten hatte, und deutete auf eine Reihe von Glastieren, die auf einer Kommode standen.

»Die sind hübsch, nicht wahr?«, antwortete sie. »Die habe ich schon vor vielen Jahren gekauft. Ach … vor vielen Jahren!«

»Aber wofür sind sie gut?«, bohrte Andrea nach.

»Warum müssen sie unbedingt für etwas gut sein?« Großmutter sah uns mit unverhohlener Besorgnis tief in die Augen wie ein Arzt, der nach Hinweisen auf eine Diagnose sucht.

Die Frage verharrte zwischen uns in der Luft. Eine Antwort blieb aus.

Zum Abendessen gab es Sülze, Safranrisotto und Ossobuco, alles aus dem Feinkostladen.

»Reine Geldverschwendung«, stieß mein Vater hervor. Vor lauter Entrüstung verschwendete er keinen Gedanken daran, dass er seiner Mutter damit wehtun könnte. Großmutter antwortete mit einem traurigen Lächeln und fügte leise hinzu, dass sie heute schließlich ihre Enkel kennenlerne und sich deshalb sehr freue, dies zu feiern.

Andrea, der das hörte, gab ein wertschätzendes Brummen von sich und lehnte auch nicht ab, als Großmutter ihm ein Glas mit Wasser verdünnten Rotwein anbot. Da Papà es ihm erlaubte, akzeptierte auch ich ihr Angebot.

Als ich an diesem Abend neben meinem Bruder auf einer Matratze auf dem Boden im Wohnzimmer lag, überschwemmte mich eine Woge der Zuneigung zu dieser freundlichen, zurückhaltenden Frau, die allein in einem Haus, angefüllt mit unnützem Schnickschnack, lebte und mit Gerichten aus dem Feinkostladen feierte. Ich war so froh, eine Großmutter zu haben und wenigstens in einem Punkt endlich wie die anderen zu sein, dass ich das Bedürfnis verspürte, ihr dies auch zu zeigen. Als Andreas Atemzüge regelmäßiger gingen und auch Papà auf dem Sofa fest eingeschlafen war, schlich ich mich hinaus auf den Flur und klopfte leise an ihre Zimmertür.

»Ich habe ein Geschenk für dich, Großmutter«, flüsterte ich, als sie in einem schimmernden weißen Morgenmantel, wie die Damen im Film ihn anhatten, an der Tür erschien.

Ich streckte ihr mein Plüschkaninchen mit den zwei Murmeln als Augen und dem schelmischen Lächeln entgegen und erklärte stolz, dass ich es selbst genäht habe. »Nachts, wenn ich schlafe, schleicht es sich in die Welt hinaus und erzählt mir hinterher davon«, fügte ich hinzu.

Großmutter machte ein erstauntes Gesicht und wirkte plötzlich ein klein wenig traurig. »Herzchen, das ist wunderschön.«

Durch den Türspalt sah ich, dass das Zimmer hinter ihr voller Bilder meines Vaters war: als Kind, als Teenager, als junger Erwachsener. Als wäre er schon tot. Aber vielleicht war das genau das Gefühl, das Großmutter in all den Jahren verspürte, seit er sich in La Rocca verschanzt und jeden Kontakt mit der Außenwelt verweigert hatte.

»Ganz sicher kann mein Kaninchen auch dir viele Geschichten erzählen und dir Gesellschaft leisten«, fuhr ich fort.

»Mein Kind, die Welt muss man mit eigenen Augen sehen«, erwiderte Großmutter seufzend und drückte mir das Kaninchen wieder in die Hand, »und ist man erst mal in meinem Alter, hat man schon eine Menge erlebt.« Doch plötzlich erhellte sich ihr Gesicht wie eine Tausend-Watt-Lampe, und sie verkündete strahlend: »Morgen bringe ich dich an einen Ort, wo es dir sehr gut gefallen wird.«

Dann strich sie mir mit ihrem ein wenig kühlen Zeigefinger über die Wange, und ich legte meine Hand auf die ihre, die mit dunklen Flecken übersät war und nun auf meiner Wange ruhte. Ich war mir sicher, dass wir Freundinnen werden würden.

Ich hatte Angst, meinen Vater mit meiner Großmutter allein zu lassen, denn ich wusste, dass er dann sofort beginnen würde, mit ihr das »Gespräch« zu führen, der wahre Grund, der uns in die Stadt geführt hatte.

Papà hatte ein Projekt im Sinn, aber ihm fehlte das Geld dafür. Und ich wusste nicht, ob er Großmutter die ganze Wahrheit sagen oder die Details verschweigen würde. Am Abend vor unserer Abreise hatten meine Eltern ausführlich darüber gesprochen. Meine Mutter vertrat die Ansicht, dass Transparenz unerlässlich sei, wenn man jemanden um Geld bitten will, mein Vater hingegen hielt es für unklug, von meiner Großmutter Verständnis zu erwarten. Schließlich ginge es um unsere körperliche Unversehrtheit, sagte er. Um unser Leben, das Leben unserer Kinder.

»Wenn du natürlich anderer Ansicht bist«, hatte er Mamma angefaucht, »dann kannst du ja die Beziehung zu *deiner* Familie wieder aufnehmen und es so handhaben, wie du es für richtig hältst.«

Aber ich wusste, dass meine Mutter das nicht tun würde; sie hatte seit Jahren nicht mehr mit den Ihren gesprochen.

Auf jeden Fall war sie nicht mit uns nach Mailand gekommen, weil sie wieder einmal schreckliche Kopfschmerzen hatte, und ich hatte mir geschworen, mich an ihrer Stelle darum zu kümmern, dass alles mit rechten Dingen zuging.

Als unser Vater sich am nächsten Morgen mit Großmutter in der Küche einschloss, hörte ich ihre Stimmen nur gedämpft durch die Milchglasscheibe dringen, aber ein paar Fetzen des Gesprächs konnte ich dennoch aufschnappen: Vorräte, Notwendigkeiten, Notfälle, Eisengitter, Schutz, Prioritäten …

Letzten Endes hatte er ihr wohl die ganze Wahrheit gesagt, aber Großmutter wollte ihre Wohnung nicht verkaufen und bei uns einziehen, um in Luftschlösser zu investieren. Sie glaubte nicht daran, dass irgendwelche Notlagen eintreten würden. Stattdessen schlug sie vor, dass Andrea und ich in der Stadt bleiben und bei ihr wohnen sollten. Von nun an würde sie sich um uns kümmern. Wir bräuchten ein normales Leben, eine Schule, die Gesellschaft anderer Menschen. Man sehe uns bereits an, dass wir einen psychischen Schaden erlitten hätten.

Dass wir einen psychischen Schaden erlitten hätten. Diesen Satz würde ich nie vergessen. Das hörte sich so unwiderruflich an, beunruhigend und mysteriös. Kaum dass ich wieder zurück in La Rocca war, schlug ich das Wort »psychisch« im Wörterbuch nach.

Dabei fand ich heraus, dass es Dinge – und Menschen – gab, deren Psyche irreparabel geschädigt war, die also nicht wieder repariert werden konnten, und dass diese Beschreibung genau auf uns zutraf.

6.

Großmutter hatte nicht viel Geld, aber das Geld, das sie hatte, verwendete sie, um Sachen zu kaufen.

Alle möglichen Sachen, die sie nicht brauchte und die von den Leuten, die sie ihr verkauften, schamlos beworben und angepriesen wurden. Zumindest dachte mein Vater das. Großmutter war ein Opfer der Schrecklichen Illusion, wie er es nannte, und deshalb nicht glücklich, wie er sagte. Ich hatte nicht den Eindruck, dass das der Grund für ihre Traurigkeit war. Aber meinem Vater zu widersprechen war riskant und bedeutete, sich einen Blick von ihm einzuhandeln, der schneidender war als tausend Klingen, um danach ein Gefühl der Einsamkeit zu verspüren, welches sich nicht in Worte fassen ließ und wer weiß wie lange anhalten konnte. Dieses eine Mal vielleicht für immer.

An jenem Morgen hatte Großmutter das Frühstück für uns zubereitet: Milchkaffee und Kekse aus dem Supermarkt, die so süß waren, dass sie schon fast künstlich schmeckten. Dann war sie in ihrem glänzenden Morgenmantel im Wohnzimmer wie ein Schmetterling von einer Stelle zur anderen geflattert, auf der Suche nach einer Rechnung, die zu bezahlen war, nach den Hausschlüsseln, der Adresse eines Ortes, die sie auf irgendeinem Zettel notiert hatte … Und schließlich war sie um die Ecke verschwunden und kurze Zeit später in einem lila und blau geblümten Kleid aus Kunstseide mit blickdichten Strümpfen und einem Paar Lederschuhe mit runder Kappe wieder aufgetaucht.

Papà kündigte an, dass er sich in Begleitung von Andrea auf die

Suche nach einer Finanzierung machen würde. Wenn seine Mutter ihm schon nicht glauben wollte, bestand vielleicht die Hoffnung, dass irgendein alter Bekannter es tat. Die Zukunft war ungewiss, man musste bereit sein; es musste doch noch jemanden geben, der das verstand. Mein Bruder warf mir einen traurigen Blick zu, ehe er seinem Vater aus der Wohnung folgte: Es war klar, dass er lieber bei mir und Großmutter geblieben wäre. Ich erwiderte seinen Blick mit unserem Geheimzeichen, gekreuztem Zeige- und Mittelfinger, um ihm zu versichern, dass alles gut werden würde, dass er stark sein sollte, dass er nicht allein war. Er nickte betrübt, dann ging er.

»Erinnerst du dich an das Versprechen, das ich dir gestern Abend gegeben habe?«, fragte mich Großmutter mit verschwörerischer Miene.

»Das Kleid steht dir gut, Großmutter«, gab ich seufzend zur Antwort, noch immer traurig wegen Andrea.

Sie lächelte geschmeichelt, was mich ein wenig verwirrte, da man mir beigebracht hatte, dass unsere Existenz jeden Moment enden konnte und wir uns deshalb keinerlei Gedanken darüber machen sollten, was wir anhatten, solange es bequem genug war, um darin arbeiten und im Falle eines Falles davonlaufen zu können. Großmutter jedoch, die vielleicht nicht mehr lange zu leben hatte, schien sich darüber Gedanken zu machen. Auf jeden Fall hatte sie sich über das Kompliment gefreut.

»Los, Kleine«, sagte sie und machte die Haustür auf. »Wir gehen jetzt an einen magischen Ort.«

Und dann führte sich mich auf Umwegen durch ihr Viertel und zeigte mir alles. Den kleinen, von Bäumen gesäumten Platz mit den Bänken, auf denen Jugendliche saßen, die lieber Zärtlichkeiten tauschten, als zur Schule zu gehen (ich war ein wenig schockiert), eine Bar mit Blick auf den Platz, wo sich jetzt das *Il Nulla* befindet, davor Tische mit Grüppchen von Stammgästen. Wir liefen an Wänden entlang, die, mit Farbe besprüht, Botschaften der Liebe oder vielleicht auch der Wut trugen: Graffiti hießen diese Wandmalereien, wie Großmutter mir erklärte (das Wort verursachte mir eine Gänsehaut, es klang so gefährlich, aber gleichzeitig mochte ich es).

Wir kamen an einer Konditorei vorbei, im Schaufenster standen Torten mit pastellfarbenem Zuckerguss, an einem Reisebüro, das versprach, einen bis nach Mexiko zu bringen, an einer Parfümerie mit glitzernden Fläschchen und samtbezogenen Haarreifen, die ich so gerne anprobiert hätte, an einer Wäscherei, die voller Dampf war.

Oft nickte Großmutter den Ladenbesitzern hinter ihren Schaufenstern grüßend zu oder blieb stehen, um mit den Leuten, die wir auf der Straße trafen, ein paar Worte zu wechseln.

Allen stellte sie mich als Gea vor, als ihre Enkelin, die leider nur für wenige Tage in der Stadt war, und drückte mich dabei stolz an sich. Die Leute lächelten mich neugierig an, und manche wollten wissen, wo ich wohnte, wie alt ich war und warum ich eine fettverschmierte Hose trug.

Wir kamen an kleinen Betrieben vorbei, in denen viele Menschen aus der Gegend arbeiteten und von denen einige kurz davorstanden, für immer zu schließen, um woanders hinzuziehen, weil es dort billiger war. Wir überquerten die kleine Brücke über den Naviglio-Kanal und gingen bis zu der Kirche, die aussah, als wäre sie einer dieser alten Postkarten entsprungen, die meine Mutter als Lesezeichen benutzte, um danach über eine Seitenstraße wieder nach Hause zurückzukehren, wo wir gleich neben dem Tabakladen an der Ecke vor einem Geschäft mit roten Schaufenstern und einer wunderschönen Reklametafel stehen blieben.

»Hier ist es, *Il Nuovo Mondo* – die Neue Welt«, verkündete meine Großmutter.

Der Laden hieß zwar *Il Nuovo Mondo*, war aber vollgestopft mit alten Sachen. Auf einem kleinen Tisch im Schaufenster war gefährlich schief ein Stapel bemalter Blechdosen aufgebaut, daneben lagen eine Öllampe, ein Backgammonspiel und ein in waldgrünes Leder gebundenes Buch. Dann waren da noch ein Bär aus Holz zu sehen, ein paar Fächer, zwei Würfel aus Horn, ein Kimono, bunte Bilderrahmen ... Es war eine Art verzauberter Dachboden, eine Schatztruhe, eine Parallelwelt ... Großmutter kannte mich ja noch besser, als ich dachte!

Im Innern des Geschäfts unterhielten sich gerade angeregt drei Damen. Die Älteste, mit blasser Haut, Sommersprossen und einem langen, dicken weißen Zopf, bemerkte uns sofort, und ich war beeindruckt, dass sich jemand so aufrichtig darüber freuen konnte, einen anderen Menschen zu sehen.

»Anna, meine Liebste!«, rief sie, als sie meine Großmutter erblickte. »Guten Morgen!«

Die Dame trug eine Art wassermelonenfarbenes Cape, eine beige Hose und ein Paar Turnschuhe. An jedem Finger glitzerten zwei oder drei auffallende Ringe, einer in Form einer Kirsche, ein anderer sah aus wie eine Blume ... Ich hatte noch nie so viele seltsame Ringe gesehen.

Mamma besaß auch ein paar Ringe, aber sie waren sehr fein, mit kleinen Edelsteinen besetzt, die sie in einem Safe aufbewahrte und fast nie trug. Wozu auch, wenn die einzigen Menschen, die sie den ganzen Tag sah, ihr Mann und ihre Kinder waren?

Einmal hatte ich sie bei halb geschlossenen Fensterläden im Dämmerlicht des Zimmers ertappt, wie sie mit offenem, ihr bis auf die Schultern fallendem Haar lange und versonnen die Ringe betrachtete, als wären sie verpasste Gelegenheiten. Als sie mich bemerkte, hatte sie rasch die Faust geschlossen, den Schmuck meinen Blicken entzogen und geflüstert, das sei nur nutzloser Tand. Sie sei auch ohne all das glücklich. Wütend hatte sie dabei geklungen, vielleicht auch traurig. Ich konnte es nicht sagen. Wie immer war Mamma ein Tresor, der sich nie ganz öffnete. Nicht einmal für mich.

»Und wer ist dieses kleine große Wesen?«, fragte die Dame mit dem Zopf neugierig, die uns an der Schwelle des Ladens entgegenkam.

Wie ich mich vorzustellen hatte, das wusste ich aus den Filmen, aber vor allem aus der Anleitung meiner Mutter: »Schau deinem Gegenüber direkt in die Augen, drücke ihm fest die Hand und sag laut und deutlich und mit einem Lächeln deinen Namen.« Für jemanden, der nie die Gelegenheit gehabt hatte zu üben, waren das eine Menge an Informationen, die man sich merken musste. Das Ergebnis war denkbar schlecht: Es gelang mir weder, meinen Kopf zu heben, um die Dame anzusehen, noch kam mir irgendein Laut über die Lippen. Ich zuckte lediglich mit den Schultern und starrte auf meine Schuhspitzen.

»Das ist Gea, meine Enkelin«, eilte mir die Großmutter zu Hilfe und schob mich einen Schritt nach vorne.

»Und ich bin Dorothy«, erwiderte die Frau und bückte sich, um mir in die Augen zu sehen. Der Zopf ruhte wie eine Taube auf ihrer Schulter.

Dorothy: wie die Heldin aus meinem Lieblingsbuch! Dorothy, das kleine Mädchen, das ein Wirbelsturm in das seltsame Land Oz befördert hatte. La Rocca war zwar nicht von der Einöde von Kansas umgeben, sondern von Wald, so weit das Auge reichte. Zu unserem Schutz waren wir nicht auf ein Erdloch angewiesen, und doch fühlte ich mich genau wie dieses kleine Mädchen und lebte in Erwartung des Wirbelsturms, der mich weit weg von zu Hause bringen, der mich in die reale Welt schleudern und mein Leben verändern würde. Vielleicht, so dachte ich, als ich mich im Laden umsah, war dieser Wirbelsturm im Anmarsch.

Die Dame, die da vor mir stand, hieß Dorothy, und das konnte nur ein Zeichen sein. Instinktiv drehte ich mich um, um den Blick meines Bruders zu suchen, er hätte verstanden, ohne viele Worte, er hätte … Aber mein Bruder war nicht da. Das war eine Erfahrung, die ich zum ersten Mal ganz allein machte.

Dorothy fixierte mich. Ihre kornblumenblauen Augen waren tief und klar, aber darin konnte ich pulsierende Schatten erahnen, wie die Fische, die sich unter der Oberfläche des Bachs bewegten, in dem wir mit Papà immer angelten. So möchte ich werden, wenn ich einmal alt bin, dachte ich in diesem Moment, geheimnisvoll und strahlend zugleich. Und ich hätte gern einen ebenso langen Zopf gehabt, der ein Eigenleben zu besitzen schien.

»Kommt doch herein«, rief sie schließlich. »Willkommen in meiner Welt. In der neuen Welt, die auch die Welt all derer ist, die sie sich wünschen.«

Als wir eintraten, unterhielten sich die beiden anderen Frauen noch immer angeregt. Die jüngere von ihnen lehnte an einem Klavier. Sie trug eine Brille und hielt einen Stapel Zeitschriften in der Hand. Die andere saß auf einem Brokatsessel und wirkte trotz ihrer etwas nachlässigen Kleidung sehr elegant. Sie ähnelte der jungen Frau, also nahm ich an, dass sie ihre Mutter war.

»Das ist Gea!«, verkündete Dorothy mit großer Geste.

Meine Beine schlotterten wie Bambusrohre im Wind. Großmutter schien die beiden anderen Frauen zu kennen, denn sie begrüßten sich wie alte Bekannte. Oder war das in der Stadt so üblich?

»*Ciao*, Gea!«, riefen sie wie aus einem Mund.

»Wir müssen ja wirken wie eine Truppe Anonymer Alkoholikerinnen«, bemerkte die elegante ältere Frau.

Sie schüttelten sich vor Lachen.

»Aber du bist doch fast eine«, frotzelte die junge Frau.

Die zwei stellten mir eine Menge Fragen, machten mir aber auch Komplimente. Wo ich wohnte, wollten sie wissen, und wie alt ich war. Und wie süß ich in dieser Jungenhose aussehen würde, meinten sie. Man sähe doch gleich, dass ich Charakter hätte.

Ich liebte Geschäfte. Oder zumindest liebte ich unsere Eisenwarenhandlung, einer der wenigen Läden, die mein Bruder und ich betreten durften. Und das auch nur in Begleitung meines Vaters. Diese Unmenge an glänzenden neuen Werkzeugen und Geräten, diese Schubladen voller Schrauben, Nägel, Präzisionsschraubendreher, Schlauchklemmen, Kellen, Bajonettverschlüsse … Wenn mich jemand gefragt hätte, was ich werden wollte, wenn ich erwachsen bin, hätte ich geantwortet, dass ich einen Laden haben wolle. Mir gefiel die Vorstellung, mich hinter einem Schaufenster zwischen vier Wänden aufzuhalten, zusammen mit einer Vielzahl an Dingen, und ich stellte es mir herrlich vor, wie die Leute mit ihren Anliegen und Eigenheiten, ihren Ansichten und Bedenken zu mir in diesen Laden kämen und ich ihnen würde helfen können.

Die Vorstellung, eine Kasse voll mit Münzen und Geldscheinen zu bedienen, gab mir das Gefühl, nützlich und stark zu sein, Teil von etwas Größerem. In La Rocca gab es nur sehr wenig Bares, für meinen Vater war Geld lediglich eine Illusion. Wenn eine Katastrophe eingetreten wäre, hätte es keinerlei Nutzen gehabt. Dann wären Energie, Lebensmittel und Öl die Währung gewesen.

Ich hatte ihm meinen Wunsch, ein Geschäft zu eröffnen, nie gestanden. Vater durfte nicht wissen, dass ich, ahnungslos und naiv, wie ich war, davon träumte, ihn zu verraten.

»Deine Großmutter hat mir erzählt, dass du Dinge reparieren kannst«, sagte Dorothy und sah mich neugierig an.

Ich senkte den Blick und spürte, wie meine Ohren heiß wurden. »Ich repariere eben gerne.«

Bei uns am Hauseingang lagen immer eine Menge Sachen herum, die wir unterwegs gefunden hatten: Elektrokabel, Möbel, Spulen, Flaschen, Kissen, Behälter, altes Spielzeug, Transistorradios … Es war meine und Andreas Aufgabe, das alles zu sortieren, zu reparieren oder auseinanderzunehmen, um wiederverwendbare Teile sicherzustellen. Fast jeden Abend verbrachten wir in der Garage, wo wir arbeiteten, bis es Zeit war, ins Bett zu gehen. Mir gefiel die Vorstellung, dass jeder Gegenstand ein glückliches Leben gehabt hatte, vielleicht sogar mehrere, und dass ich alles getan hätte, um diesen Dingen eine Zukunft zu geben. Aus einer geklebten Porzellanschale konnte noch ein Behältnis für Tabletten werden, aus einer kaputten Glühbirne eine Weihnachtsdekoration, aus einer angeschlagenen Fliese ein Untersetzer. Mein Bruder und ich werkelten so lange, bis wir das Gefühl hatten, ein kleines Wunder vollbracht zu haben, und wenn wir nicht sofort eine Verwendung für die Sachen fanden, brachten wir den betreffenden Gegenstand in unserer Schatzkammer unter, einem Lagerraum neben der Garage. Früher oder später würden wir ihn gebrauchen können. Ich zog mich oft in die Schatzkammer zurück: Das war mir der liebste Ort im ganzen Haus, aber er war nichts im Vergleich zu dem Geschäft, in dem ich mich jetzt wiederfand.

»Ich glaube, hier bist du goldrichtig«, verkündete Dorothy mit strahlendem Gesicht.

»Hier, in diesem Laden?«, murmelte ich.

»Das ist nicht irgendein Laden, sondern ein Ort, an dem man zu sich selbst finden kann durch die Gegenstände, die man auswählt.« Dabei deutete sie auf eine rote Schrift an der Wand, direkt über der Kasse. Eine flüssige, elegante Handschrift, vielleicht ein wenig krakelig: *Hier hat nichts einen Preis, aber alles einen Wert.*

»Schau dich ruhig erst mal um, danach zeige ich dir etwas.«

In diesem Moment erschien am Eingang eine junge Frau mit einer richtigen Löwenmähne. »*Ciao*, Dorothy! *Ciao*, alle miteinander! Ist die Tafel fertig, meine Liebe? Tut mir leid, ich habe es eilig …«

Dorothy zog hinter der Kasse eine alte Werbetafel hervor: *Gillette, die schärfste Klinge der Welt.*

»Die ist für meine Schwiegermutter«, erklärte uns die Kundin lachend. »Dorothy, du kommst immer auf die besten Ideen für Geschenke! Aber ich muss wirklich weiter!« Und schon war sie mit der bemalten Tafel unter dem Arm wieder weg.

Da läutete das Telefon, und Dorothy entschuldigte sich.

Während sie über einen offenbar aus Polen kommenden Backtrog sprach, spielte sie gedankenverloren mit der Telefonschnur, die sie sich um den Finger wickelte. Im Reden machte sie ein paar Schritte mal hierhin, mal dorthin und berührte dabei wie selbstverständlich die ausgestellten Objekte, stellte manche sogar auf einen anderen Platz, als wäre ein solches Privileg die normalste Sache der Welt.

Die beiden Frauen und meine Großmutter hatten es sich wie in einem Wohnzimmer gemütlich gemacht und sprachen über eine Freundin, die auf ihrer zweiten Hochzeitsreise in Guatemala war.

Ich bewunderte inzwischen ein Bataillon von Zinnsoldaten, die auf einem Regal aufgereiht waren. Sie waren so perfekt, dass mir erst nach einer Weile das Schild daneben auffiel.

Thomas war das sechste Kind eines deutschen Ehepaars, die beide in einer Konservenfabrik arbeiteten. Er kam mit einer Erbkrankheit auf die Welt, und seine Lebenserwartung betrug kaum mehr als sieben, acht Jahre. In seiner Verzweiflung fing sein Vater an, Blech aus der Fabrik zu entwenden, und bastelte daraus viele Spielzeugsoldaten, die er auch bemalte. Denn sein Sohn träumte davon, eine eigene Spielzeugarmee zu besitzen. An Thomas' siebtem Geburtstag ging sein Vater nicht zur Arbeit. Stattdessen ließ er die Spielzeugsoldaten auf dem Küchentisch aufmarschieren und rief seinen Sohn. Die anderen Geschwister scharten sich um ihn. Thomas wurde dreißig Jahre alt. Er hat das Sterben immer wieder hinausgeschoben, um auf keinen Fall von seinem Schatz getrennt zu sein. Ich bezweifle, dass irgendjemand etwas je so sehr geliebt hat, wie Thomas diese kleinen Soldaten liebte. Und so sehr, wie dieser Vater seinen Sohn liebte. D.

Bei näherem Hinsehen stellte ich fest, dass jeder Gegenstand mit einem handgeschriebenen Schild versehen war, auf dem seine Herkunft und Geschichte stand. Ich schlenderte durch den Laden und sah mir auch die anderen an. So war auf einem Zettel neben einer Ministeriallampe mit blauem Glasschirm zu lesen:

Musik war alles für die walisische Komponistin Amanda Gillard. Nach der Arbeit zog sie sich in ihr Zimmer zurück und komponierte in der Stille der Nacht beim Licht dieser Lampe. Ein Klavier konnte sie sich nicht leisten, aber sie brauchte auch keines, denn sie spürte die Musik in sich. Sie hatte nie den Mut, ihre Werke jemandem zu zeigen. Und sie war so arm, dass sie gezwungen war, alles zu verkaufen, was sie besaß. Nur diese Lampe verkaufte sie nicht, sie begleitete sie überall hin, erst in ein Obdachlosenheim und dann auf die Straße. Dank der Großzügigkeit einiger Wohltäter gelang es ihr jedoch immer, einen Weg zu finden, sie anzuknipsen. Dieses Licht ermöglichte ihr, die Musik in sich zum Klingen zu bringen. Nur so konnte sie komponieren. Nach ihrem Tod entdeckte man ihr Werk und dessen erstaunliche Qualität. D.

Und auf dem Schild neben einem Silberbesteck wurde behauptet: *Kaiserin Sissi höchstpersönlich hat dieses Besteck während eines Aufenthalts 1878 in Wien als Gast der Marquise D'Attilio benutzt.*

Großmutter hatte mich an einen Ort geführt, der mehr Geschichten in sich barg als jeder andere, an dem ich je gewesen war!

»Komm, lass uns Tee kochen«, sagte Dorothy, die überraschend hinter meinem Rücken auftauchte, als ich gerade den Zettel las, der an einer Gruppe chinesischer Figurinen befestigt war, die man auf dem Dachboden eines Fünfsternehotels irgendwo in den Bergen entdeckt hatte. Man hat nie herausgefunden, wem sie gehörten.

Ich schreckte hoch. »Äh, Tee?«

Dorothy führte mich in das Hinterzimmer, das zum Teil mit Metallregalen vollgestellt war, auf denen kaputte oder stark beschädigte Gegenstände lagerten, die eine liebevolle Hand gut hätten gebrauchen können. Am liebsten hätte ich mich gleich auf einem Hocker davor niedergelassen und mir eines nach dem anderen vorgenommen. Dorothy muss das irgendwie gespürt haben, denn nachdem sie einen Teekessel mit Wasser gefüllt und auf den Herd gestellt hatte, drehte sie sich zu mir um. »Möchtest du mir vielleicht dabei helfen, alle diese Schätze wiederherzustellen?«, fragte sie mich.

Nichts hätte ich lieber getan, um ehrlich zu sein. Mehr als alles andere sogar. Aber dies zuzugeben hätte bedeutet, etwas für mich äußerst Wichtiges zu verlieren, und so erlaubte ich mir nicht einmal, es auch nur in Erwägung zu ziehen. Denn auch zu Hause reparierte ich Dinge, und damit verdiente ich mir die Liebe meines Vaters.

Verlegen schaute ich mich um, um nicht sofort antworten zu müssen. In einer Ecke entdeckte ich ein Bett, auf dem eine Patchworkdecke lag, daneben auf dem Boden einen Stapel Bücher, darauf eine Brille mit rotem Gestell. Ein Hocker und eine alte Schulbank, die als Tisch diente, grenzten die Kochnische ab.

»Man kommt sich hier ja vor wie in der Hütte eines Eremiten.«

Dorothy lachte. »Tja, mag sein. Aber zum Glück befinden wir uns hier nicht auf dem Gipfel eines hohen Bergs. Wer mag, kann jederzeit zu mir kommen und mir Gesellschaft leisten. Und deswegen fühle ich mich nie wirklich einsam.«

Ein wenig Wehmut sprach schon aus ihrem Blick, als sie das sagte, aber gleichzeitig strahlte sie dabei eine Aura der Zufriedenheit aus, die äußerst anziehend auf mich wirkte. Dorothy schien mir lebendiger zu sein als alle Menschen, die ich bis dahin getroffen hatte.

Der Teekessel pfiff. »O Gott!«, rief sie und beeilte sich, den Herd abzuschalten.

Sie goss etwas kaltes Wasser nach und rührte mit einem Teelöffel um. Dann nahm sie einige getrocknete Blätter aus einer Blechdose und drückte sie in eine kleine Kugel aus Drahtgeflecht, die sie in das Wasser hängte. Schließlich stellte sie eine Sanduhr und fünf völlig unterschiedliche Tassen auf ein Tablett und trug es nach nebenan. Da ich nicht wusste, was ich tun sollte, folgte ich ihr.

Dorothy schenkte allen ein, auch mir. Der Tee war heiß und dunkel, ohne Zucker. Die anderen griffen nach den Tassen und redeten einfach weiter, als sei dies ein tägliches Ritual.

Dann kam ein junger Mann herein. »Darf ich?«, fragte er und setzte sich in eine Ecke, ohne eine Antwort abzuwarten.

»Hallo, mein Lieber«, erwiderte Dorothy, »möchtest du vielleicht auch einen Tee?«

Er winkte ab. »Ich will nicht mehr leben. Heute ist Samstag! Und was soll ich an einem Samstag allein machen?«

»Schätzchen, eine Trennung ist wie ein kleiner Tod … Erst will man es nicht wahrhaben, dann kommt die Wut, dann der Versuch einer Versöhnung, schließlich die Depression … und irgendwann akzeptiert man die Situation. Wenn du inzwischen im Stadium der Depression angelangt bist, bist du schon fast geheilt, das kannst du mir glauben.«

Sein Blick verfinsterte sich. »Darüber werde ich nie hinwegkommen. Sie wird mir immer fehlen.«

»Aber das kann man doch gar nicht mehr mitanhören!«, mischte sich daraufhin die ältere Dame auf dem Brokatsessel ein und zog einen Stapel Karten aus ihrer Tasche. »Komm mal her, ich sage dir jetzt, wie und wann du von deinem Liebeskummer geheilt werden wirst.«

Auf den Karten waren geheimnisvolle Zeichnungen zu sehen: ein kopfüber hängender Mann, ein hölzernes Rad, ein Skelett, ein Engel, der eine Trompete spielt …

»Komm mit.« Dorothy hatte mich aufgefordert, ihr auf die andere Seite des Ladens zu folgen.

Auf dem obersten Regal einer Anrichte lagen zwei kleine Keramikgänse, die sie jetzt herunternahm, um sie mir zu zeigen.

»Mein Vater sagt immer, dass die Gans das Schutztier des Hauses ist«, sagte ich. »Er glaubt an alles, was die alten Griechen sagten.«

Dorothy überlegte einen Moment. »Ja, das stimmt. Die Gans beschützt ihre Welt, aber sie hat auch Flügel, um davonzufliegen. Und das ist das Schöne daran.« Sie zwinkerte mir zu, ehe sie mir eine der Keramikgänse in die Hand drückte. »Die Gans ist eine Einsiedlerin, wünscht sich aber eine Herde. Und das ist auch nicht unbedingt ein Widerspruch, wenn man sich mit den richtigen Leuten umgibt.«

Sie war kühl, die Keramikgans, und größer als meine Handfläche. Ich drehte und wendete sie zwischen meinen Fingern und schaute sie mir genau an.

»Die beiden sind aus England, handbemalt von einer Lady, die schon in jungen Jahren Witwe wurde. Sie lebte mit Hunderten von Gänsen zusammen und schuf diese Figuren, um ihren Lebensunterhalt zu verdienen. Sie scheinen alle gleich zu sein, aber jede ist einzigartig.«

Dorothy hatte recht. Meine Gans hatte einen längeren Schnabel als ihre und ein rotes Band um den Hals. Als ich sie ihr zurückgeben wollte, wehrte sie ab.

»Behalte sie ruhig«, sagte sie. »Zeig ihr ein bisschen was von der Welt. Und bring sie irgendwann zurück, denn schließlich gehört sie hierher.«

Ich schüttelte den Kopf. Das konnte ich nicht annehmen. Wie hätte ich jemals zurückkehren können. Man hatte uns gewarnt, dass dies unser erster und einziger Ausflug in die Stadt sein würde: Man muss wissen, worauf man verzichtet, und es dann vergessen.

»Wenn du zurückkommst«, fuhr Dorothy jedoch unbeirrt fort, »wird meine Tochter Margaret hier sein. Sie wird diesen Laden übernehmen. Versprichst du mir, dass du ihr helfen wirst?«

»Ich?«, erwiderte ich kleinlaut. Wie konnte ausgerechnet ich so etwas versprechen?

»Komm schon, versprich es«, mischte Großmutter sich ein, die sich mittlerweile zu uns gesellt hatte. »Stell dir vor, wie schön es wäre, sich hier inmitten all dieser schönen Dinge aufhalten zu dürfen.«

Aber ich hatte zu Hause noch so viel andere Dinge zu reparieren. Dinge, die uns hätten retten können. »Wenn es zu einer Katastrophe kommt …«

»Jetzt reicht es mir aber mit diesen Katastrophen!« Allmählich verlor Großmutter die Geduld. »Um uns herum passieren ständig Katastrophen, mein Kind, und es gibt nichts, was wir tun können, um uns davor zu schützen. Wir müssen in der Gegenwart handeln. Wir haben nur die Gegenwart.«

Ich schämte mich für das, was ich gesagt hatte, und für die Lektionen, die ich in meinem Elternhaus erhalten hatte.

»Lass uns gehen, sonst gibt dein Vater noch eine Vermisstenanzeige auf.«

Ich wollte schon sagen, dass Papà mich nie als vermisst gemeldet hätte, weil er mir beigebracht hatte, immer wieder den Weg nach Hause zu finden, egal, wohin ich auch gegangen wäre. Der Punkt war der, dass ich nicht gehen *konnte*!

7.

Ich starre auf das Ladenschild, meine Hände umklammern fest die Riemen meines Rucksacks. *Il Nuovo Mondo.* Das inzwischen hoch stehende Licht der Sonne fällt auf die verblassten Buchstaben und weckt Erinnerungen an das letzte Mal, als ich hier stand. An der Hand meiner Großmutter in ihrem lila und blau geblümten Kleid und den Schuhen mit den runden Kappen.

Die rote Farbe von Ladentür und Schaufenster ist am Abblättern, das Innere voller Staub. Ich habe das Gefühl, einen heimlichen Blick in ein Hals über Kopf verlassenes Haus zu werfen, in dem sich seit damals nichts mehr verändert hat. Die Vorstellung, Dorothy könnte plötzlich aus der Dunkelheit auftauchen, überwältigt mich. Schnell rechne ich nach. Es ist eher unwahrscheinlich, wenn man bedenkt, dass seitdem fünfzehn Jahre vergangen sind. Aber auch nicht unmöglich. Wen ich wirklich erwarte, das ist Margaret, ihre Tochter.

Seit damals habe ich im Grunde nie etwas anderes getan, als mir diesen Moment vorzustellen, in meinem tiefsten Innern befürchtend, dass er niemals eintreffen würde. Wie angewurzelt verharre ich auf dem Bürgersteig. Mit den Zehen auf der Kante und den Fersen in der Luft wippe ich auf und ab. In meiner Hand halte ich die Keramikgans, von der ich mich nie getrennt habe. In La Rocca hatte ich sie im Badezimmerschrank versteckt, und jetzt bewahre ich sie immer in der Seitentasche meiner Latzhose auf, eingewickelt in ein seidenes Taschentuch.

Jetzt geh endlich rein, sage ich zu mir. Erst noch ein Blick durchs Schaufenster. Der Laden ist mehr oder weniger so, wie ich ihn in

Erinnerung habe, nur kleiner. Nicht wirklich klein, sondern irgendwie begrenzt, während er sich in meiner Erinnerung zu einem Palast mit Dutzenden von Räumen ausgeweitet hatte. Der Kristalllüster hängt noch immer in der Mitte der Decke. Nicht jeder kauft sich schließlich einen Kronleuchter. Aber er macht eindeutig was her.

In einer Ecke steht ein eleganter rosafarbener Glastisch, umgeben von Holzstühlen, die bis unter die Decke gestapelt sind. Ein Stuhlbein ist eingeknickt. Es würde mich nicht wundern, wenn der Stapel jeden Moment zusammenbrechen würde. Es würde reichen, das Bein mit einem Zweikomponentenkleber zu fixieren. Und wenn man schon dabei ist, würde es sich auch lohnen, alle Stühle zu verstärken und mit einem pflegenden Öl einzustreichen, um ihre Lebensdauer mindestens um zehn Jahre zu verlängern. Auch Stühle haben ein Recht auf ein bisschen Make-up!

Etwas weiter hinten sehe ich auf dem Boden eine Truhe stehen, mit einer Inschrift, die ich nicht entziffern kann. Der Deckel hat sich durch das Gewicht eines mehrteiligen Teeservices darauf verzogen. Ich erkenne das Blumenmuster wieder, das Muster auf der Tasse, die mir damals angeboten worden war …

Schließlich reiße ich mich zusammen und trete über die Türschwelle. Die Tasse hielt ich einst in meinen Händen, und auch jetzt halte ich sie wieder in der Hand. Ich sehe Dorothy wieder vor mir, dazu die Frauen, das Kartenspiel und den jungen Mann voller Liebeskummer. Mir scheint das Aroma des Tees wieder in die Nase zu steigen.

Nach und nach tauchen alle möglichen Gegenstände aus dem Halbdunkel auf. Eine Vitrine voll mit Broschen und Ohrringen, eine Lampe mit einem handbemalten Schirm, ein schneeweißer Couchtisch aus Marmor, ein grüner Sessel mit abgewetztem Bezug. Auf einer Bank entdecke ich ein altes Nähkästchen, zwei identische Porzellanpuppen, einen Morgenmantel aus weicher Seide, drei dicke, in Leder gebundene Schmöker, eine Sammlung bunter Blechdosen. Auf dem Klavier steht noch immer die Sanduhr, mit der Dorothy gemessen hatte, wie lange der Tee ziehen musste, direkt daneben eine silberne Haarbürste, ein orientalischer Aschenbecher und eine hohe, schmale königsblaue Vase. An jedem Gegenstand hängt noch immer das Schild mit seiner Geschichte. Als ich mich auf die Sanduhr zubewege, stolpere ich über einen großen Bilderrahmen, der auf dem Boden liegt.

»Wer ist da?«, ertönt von hinten eine weibliche Stimme.

Ich räuspere mich und rufe: »Margaret?«, überwältigt von Emotionen.

Kurz darauf erscheint eine hochgewachsene Frau. Ein aprikosenfarbener Samtreif hält ihr Haar aus der Stirn zurück. Sie scheint etwa in meinem Alter zu sein. Die weiße Bluse, die sie trägt, ist aus feinster Seide. Da bin ich mir sicher. Meine Mutter hatte früher ein Kleid aus ähnlicher Seide, das sie seit ihrer Jugend besaß. Wenn sie es zum Auslüften aus dem Schrank holte, tauchte ich mein Gesicht hinein, als wäre es ein See. Die schwarze, enge Hose der Frau endet an ihren schlanken, sehnigen, spitz hervorstehenden Knöcheln. Ihre Zehennägel in den hohen Sandalen sind so perfekt lackiert, dass sie unecht aussehen. Der Duft eines süßen, blumigen Parfüms umweht meine Nase.

Ich mache keinen Hehl daraus, dass ich manchmal auch gerne so aussähe. Schade nur, dass sie mit diesen Absätzen ein großes Risiko eingeht. Wie sollte sie im Falle einer Überschwemmung, eines Erdbebens oder gar eines Bürgerkriegs schnell weglaufen können? Und selbst wenn sie die Geistesgegenwart besäße, die Sandalen auszuziehen, wie weit würde sie barfuß kommen?

Selbst hier scheinen die Absätze hinderlich zu sein, während sie zwischen den kleinen Tischen und den vielen Sachen auf dem Boden balancierend und Slalom laufend auf mich zukommt.

»Ist Margaret da?«, frage ich, meinen ganzen Mut zusammennehmend.

Irritiert betrachtet die junge Frau meinen Overall, bis ihr Blick auf meinen Sicherheitsstiefeln mit den verstärkten Kappen hängen bleibt. Instinktiv versuche ich, meine Füße zu verstecken, aber eigentlich würde ich ihr am liebsten sagen, dass meine Schuhwahl eine kluge Entscheidung ist: *Man weiß nie, was auf einem auf den Fuß fallen kann.*

»Ich bin die Agentur UpHigh«, antwortet sie schließlich.

»Ah, Sie sind eine Agentur.«

»Ich bin natürlich nicht *eine* Agentur, ich bin *von* der Agentur. Wenn Sie an der Immobilie interessiert sind, schicken Sie uns einfach eine E-Mail an …«

»Wie meinen Sie das?«

»Ich meine damit, dass unsere Agentur mit dem Verkauf dieser Immobilie betraut ist«, leiert sie in professionellem Tonfall herunter, während sie an einem Plastikschild herumfummelt. Und tatsächlich steht darauf in großen Buchstaben ZU VERKAUFEN. Schließlich legt sie das Schild auf den Boden und holt doppelseitiges Klebeband aus ihrer Tasche.

»Das Geschäft verfügt über ein schönes Schaufenster, das auf eine ruhige, aber durchaus frequentierte Straße hinausgeht, und liegt in der Nähe von eleganten Wohnkomplexen, die erst kürzlich renoviert wurden. Das Viertel ist sehr im Kommen. Der Naviglio-Kanal ist nur einen Katzensprung entfernt. Die Immobilie hat alles, was eine gute Investition ausmacht.«

»Aber … Dorothy? Und Margaret?«

»Du bist die Erste, die sich meldet. Wenn du Interesse hast, dann schicke mir eine Mail, und wir machen einen Besichtigungstermin aus.«

Ich schaue zu Boden, um nicht laut loslachen zu müssen. »Aber wenn ich doch schon mal hier bin …«

»Ja, du bist jetzt hier, aber ich muss gleich wieder weg.« Endlich ist es ihr gelungen, das Doppelklebeband auf dem Schild zu befestigen. Sie checkt rasch ihr Smartphone. »Eigentlich müsste ich schon längst weg sein!«

Mit einer Hand umklammere ich die Tüte mit dem Essen, das Angelina mir mitgegeben hat, mit der anderen den Riemen meines Rucksacks. Ich glaube, ich habe die Situation nicht ganz begriffen. »Will Margaret das Geschäft denn verkaufen?«

Die Frau verdreht die Augen. »Die Besitzerin des Ladens ist vor einiger Zeit gestorben, das ist alles, was ich weiß, und der Laden ist an den Staat übergegangen. Jetzt haben wir ihn gekauft und verkaufen ihn weiter. Das ist alles.«

Da sie im Plural spricht, schaue ich mich suchend um, aber es scheint sonst niemand im Laden zu sein.

Die Nachricht hat mir jeden Wind aus den Segeln genommen, und ich weiß nicht, was ich darauf antworten soll.

Dorothy gibt es nicht mehr. Selbst wenn man auf der ganzen weiten Welt nach ihr suchen würde, man würde sie nicht mehr finden. Ihr Zopf aus weißem Haar – so einzigartig wie jeder unserer Gesichtszüge, wie jeder Streifen auf der Haut eines Zebras, wie jeder Gegenstand in diesem Laden –, dieser Zopf ist für immer verschwunden. Dorothy wird nie erfahren, dass ich zurückgekommen bin. Dass ich seit fünf Jahren in der Stadt lebe und nur darauf warte, wieder einen Fuß in ihre Welt zu setzen. Dass ich die kleine Gans aus Keramik bei mir habe. Dass, wenn ich zurückkomme …

»Die Besitzerin hatte eine Tochter«, versuche ich es erneut.

Die junge Frau schiebt sich an mir vorbei, um draußen vor der Tür das Schild anzubringen. Ich folge ihr.

»Sie wird wohl auf ihr Erbe verzichtet haben«, mutmaßt die Maklerin und stellt sich auf die Zehenspitzen, um das Schild so hoch wie möglich anzubringen. »Das kommt öfter vor, als man glaubt.

Im Übrigen sind Immobilien ziemlich hinderlich auf dem Weg ins Jenseits.«

Zurück im Laden, greift die Frau in ihre Tasche und holt ein billiges Einziehmaßband heraus. Ich schaue ihr zu, wie sie versucht, mit der Hand bis an die Zimmerdecke zu kommen, um deren Höhe zu messen, und kann mir ein Lächeln nicht verkneifen, wenn das Metallband jedes Mal wieder einknickt und Opfer der Schwerkraft wird.

Schließlich öffne ich meinen Rucksack und reiche der Frau mein robustes Stanley-Bandmaß. »Wenn Sie wollen, können Sie das hier benutzen.«

Verdutzt runzelt sie die Stirn. Warum in aller Welt trägt diese Tante ein Maßband mit sich herum, scheint sie sich zu fragen. Muss ich die Polizei rufen? Sie scheint nicht zu wissen, was sie tun soll, akzeptiert aber schließlich mein Angebot.

»Ich warte schon lange darauf, dass dieses Geschäft wieder aufmacht«, sage ich.

»Es macht eben nicht wieder auf«, stellt sie klar und streicht ihre teure Bluse glatt. »Es ist zu verkaufen.«

Sie gibt mir das Maßband zurück, ohne es benutzt zu haben. »Ich komme gleich mit dem Lasermessgerät wieder, das ist besser.«

Ich könnte ihr helfen, aber ich möchte nicht aufdringlich erscheinen. Leider geht mich das ja auch nichts an. Ich verstaue das Maßband wieder in meinen Rucksack.

»Ich habe hier mal was vergessen, vor fünfzehn Jahren. Kann ich vielleicht nachsehen, ob es noch da ist?«, frage ich zaghaft.

Sie verzieht das Gesicht und ist plötzlich nur noch mit den Nachrichten auf ihrem Handy beschäftigt.

»Wenn du unbedingt willst … Du hast fünfzehn Sekunden, nicht mehr.«

»Danke.«

Ich eile zu der Stelle, wo die Anrichte gestanden hat. Ich finde sie nicht sofort, stelle aber fest, dass sie weiter nach hinten geräumt wurde. Dorothys Keramikgans ist im Schaukasten umgefallen, aber nicht kaputtgegangen. Da ich größer bin als damals, bekomme ich sie zu fassen, ohne mich auf die Zehenspitzen stellen zu müssen. Ich richte die Gans wieder auf. Ich kann meinen Blick nicht losreißen von diesem schimmernden Hoffnungsfunken aus Keramik. Zu verkaufen.

»Und?«

»Schade, ich habe nicht gefunden, wonach ich gesucht habe«, erwidere ich seufzend im Zurückgehen.

»Na dann, willkommen im Club«, erwidert die junge Frau und spielt mit ihrem Smartphone.

Ich lächle angestrengt.

Mit witzigen Bemerkungen habe ich so meine Probleme. Humor spielte keine große Rolle in La Rocca, Lachen war nutzlos, deswegen habe ich auch keine große Übung darin und repariere viel lieber eine Klimaanlage, als einen Witz zu machen. Manchmal fällt mir die perfekte Antwort erst zwei Tage später ein, zum Beispiel unter der Dusche. Dann spule ich das Band zurück und korrigiere meinen Teil. Für einen Moment komme ich mir dann souverän und geistreich vor wie jemand, mit dem es Spaß macht, seine Zeit zu verbringen. Meistens jedoch fällt mir rein gar nichts ein, nicht einmal im Nachhinein. Ich grüble und grüble, probiere verschiedene Sätze aus, aber keiner davon ist lustig.

Willkommen im Club: Meinte sie damit vielleicht, dass auch sie nicht findet, wonach sie sucht?

»Weißt du zufällig, ob es hier in der Gegend ein Nagelstudio gibt?«, fragt mich die junge Frau plötzlich und schiebt mich sanft, aber bestimmt Richtung Ausgang.

»Ein Nagelstudio?«, wiederhole ich und betrachte meine angeknabberten Fingernägel, die noch nie einen anderen Lack abbekommen haben als irgendwelche Farbspritzer. »Ich glaube nicht. Vielleicht auf der anderen Seite der Ringstraße …«

»Wahrscheinlich besser im Zentrum«, erwidert sie. »Wie gesagt, wenn du an der Immobilie interessiert bist, dann kannst du uns eine Mail schicken an …«

Hinter mir fällt die Ladentür ins Schloss, ohne dass ich das Ende des Satzes gehört hätte. Wie auch immer, ich habe weder eine Mailadresse noch Geld, um zu investieren.

Auf dem Heimweg kann ich an nichts anderes als an Dorothy denken, an meine Großmutter, an diesen Tag damals und an mein Versprechen. Ich bin hier. Ich bin wieder da. Ich habe die Gans zurückgebracht. *Il Nuovo Mondo* darf nicht verschwinden! Ich kann nicht untätig dabei zusehen, wie meine letzte Arche Noah untergeht. Ich muss etwas unternehmen.

8.

Während ich klopfe, stelle ich mir den erstaunten Gesichtsausdruck derjenigen Person vor, die mir gleich öffnen wird. Die Werkzeugtasche, die an meiner Schulter baumelt, ist bestens sortiert, und aus jeder ihrer Öffnungen ragen Schraubendreher, Inbusschlüssel und Zangen hervor, damit die Kunden nach ihrer anfänglichen Verwunderung beruhigt sind. Okay, sie ist eine Frau, aber ihre Werkzeugtasche ist der Hammer.

Möbel montieren, Bilder aufhängen, Rollläden befestigen, Moskitonetze anbringen, Wände streichen, verstopfte Spülungen freimachen … Für all diese Dinge, die kaum noch jemand ausführen kann oder Lust und Zeit dafür hat, werde ich gerufen. Für alles, was andere nicht können, gibt es Gea. Im Allgemeinen sind die Leute mit meiner Arbeit zufrieden. Aber erst hinterher. Vorher fühlen sie sich von dem geschlechtsneutralen Aushang am schwarzen Brett in die Irre geführt und hintergangen durch die Konversation via SMS. Mit einer Frau rechnen sie nie.

Ich räuspere mich und straffe meinen Rücken, als ich höre, wie der Schlüssel im Schloss umgedreht wird.

Madame erscheint auf der Schwelle und zeigt den erwarteten überraschten Gesichtsausdruck, doch dann bemerkt sie die Werkzeugtasche und die Latzhose und scheint sofort zu verstehen.

»Ich bin Gea«, sage ich mit einem Seufzer der Erleichterung.

»Und ich Priscilla«, erwidert sie und streckt mir die Hand entgegen.

Ihr Chihuahua, der auf den Treppenabsatz hinausgelaufen ist, beschnüffelt meine Knöchel. Ich wusste bereits, dass sie Priscilla heißt, aber es freut mich, sie beim Vornamen nennen zu können.

Meine Kundin trägt eine hellolivfarbene Hose und ein langärmeliges T-Shirt im selben Farbton. Sie scheint sich auch zu Hause elegant zu kleiden, folglich war es richtig von mir, sie Madame zu taufen. Wir haben noch nie ein Wort miteinander gewechselt, trotzdem weiß ich, dass ihr Hund Zucchero heißt, dass sie einen weißen Smart fährt und dass sie bei der letzten Wohnungseigentümerversammlung für die Bänke im Hof gestimmt hat.

»Bitte, kommen Sie doch rein …« Sie tritt einen Schritt zurück, lächelt mich an. Ich sehe sofort, dass sie zu denen gehört, die Vertrauen haben.

Nach der anfänglichen Überraschung, mich vor der Tür stehen zu sehen, treten die meisten einen Rückzieher an: Manche lassen mich in ihrer Verlegenheit noch einen Blick auf das Problem werfen – da ich ja schon mal da bin –, aber auch nur, um mich aufzufordern, einen Kostenvoranschlag zu schicken, den sie ohnehin nicht akzeptieren werden. Und so trage ich die meiste Zeit einfach meine Werkzeugtasche spazieren. Mir geht es deswegen nicht schlecht. Ich bin daran gewöhnt. Kaum jemand glaubt, dass ich wirklich in der Lage bin, meinen Job zu machen.

Aber wer mir einmal sein Vertrauen geschenkt hat, beauftragt mich immer wieder. Es gibt Wohnungen, in denen ich schon zehn- oder fünfzehnmal war und in denen ich mich bestens auskenne: Ich weiß, wo die Bewohner ihre Kekse aufbewahren, wann sie aufstehen, wann sie essen, warum sie sich streiten, wann sie Geburtstag haben, was sie lesen, ob sie sich mit ihren Verwandten verstehen, ob sie den Kaffeesatz in die Spüle schütten, ob sie Schokoladenpapier herumliegen lassen. Wenn man sich um materielle Dinge kümmert, erfährt man nebenbei eine Menge über Menschen. Wir sind wie Elefanten auf nassem Sand, wir hinterlassen überall Spuren.

Priscillas Wohnzimmer ist makellos in Creme- und Beigetönen gehalten. Das Apartment sieht aus wie der Entwurf eines Architekten und nicht, als ob hier tatsächlich jemand wohnen würde. Es herrscht eine angenehme Kühle dank einer dieser Anlagen, die die Luft reinigen. Ich muss unwillkürlich an unser Treppenhaus denken, wo die Wandfarbe abblättert und das Licht auf den Treppenabsätzen flackert, und verstehe, was die Neuankömmlinge meinen, wenn sie darauf drängen, »ein wenig am Gemeinschaftseigentum zu arbeiten«. Aber ich verstehe auch diejenigen, die schon ewig hier wohnen und kein Geld für Verschönerungsarbeiten haben.

Was ich nicht verstehe, ist, warum ich die Lösung nicht früher gefunden habe. Es ist so einfach: Die Lösung bin ich. Ich nehme mir fest vor, mich bald darum zu kümmern. Wozu soll ich den Verwalter um grünes Licht bitten? Die Glühbirnen sind im Handumdrehen ausgewechselt, und um ein paar Eimer Farbreste geschenkt zu bekommen, muss ich mich nur ein wenig auf den Baustellen in der Nachbarschaft herumtreiben. Werkzeug und Leiter habe ich ja.

Priscillas Couch ist mit einem sehr weichen, sehr flauschigen Stoff bezogen. Ich würde sie gerne darauf hinweisen, dass sie bei dem Bezug immer einen Feuerlöscher oder wenigstens einen Eimer Wasser bereithalten sollte, aber sie würde mich bestimmt nicht ernst nehmen.

Hören Sie, würde ich hinzufügen, als mir die ausziehbare Mischbatterie auffällt, die in die offene Küchenspüle integriert ist. *Wenn Sie wirklich keinen Feuerlöscher in der Wohnung haben wollen – ich weiß, er ist hässlich –, dann können Sie im Brandfall immer noch die schwenkbare Brause der Spüle benutzen und damit das Wasser in einem gleichmäßigen Strahl ins Wohnzimmer lenken.* Wer weiß, vielleicht würde sie das für eine gute Idee halten. Aber ich merke, dass Priscilla mich beobachtet.

»Sie haben aber eine schöne Wohnung«, stoße ich hervor. Ich habe vor Verlegenheit schon ganz rote Ohren und hoffe, dass dies ausreicht, um der Höflichkeit Genüge zu tun, und dass sie mir endlich zeigt, was ich machen soll.

»Glauben Sie mir, eigentlich wollte ich sie ganz anders einrichten«, erwidert sie. »Aber wollen wir uns nicht duzen, oder stört dich das? Ich fühle mich sonst so alt.«

Ich nicke. Gebt mir was zu reparieren und verlangt nicht, dass ich auch noch Konversation mache. Auch wenn sie das gerne möchte. Manche Kunden sind so. Da mir nichts anderes übrig bleibt, versuche ich immer, ihnen diesen Gefallen zu tun.

Endlich geht Priscilla vor mir her durch den Flur und öffnet die erste Tür auf der linken Seite: ein blau gefliestes Badezimmer.

»Die Dusche ist verstopft. Das ist alles neu hier«, erklärt sie und schiebt den Ärmel ihres Shirts hoch, bevor sie das Wasser laufen lässt, um es mir zu zeigen. »Alles ist neu, und nichts funktioniert. Überzeug dich selbst.«

In kürzester Zeit ist die Duschwanne voll. Priscilla tritt einen Schritt zurück, aber zu spät. Schon sind ihre Ballerinas vorne nass.

»Lassen Sie mich mal sehen.«

Sie hebt den Zeigefinger. »Wir sind per Du.«

»Ja, entschuldigen Sie … Entschuldige. Der Abfluss scheint verstopft zu sein, wahrscheinlich nur eine Kleinigkeit.«

Ich öffne den Werkzeugkasten, den ich auf dem Boden abgestellt habe, und wische mit einem Lappen das Wasser auf. Ich hoffe, dass Priscilla sich zurückzieht, damit ich mich besser auf die Arbeit konzentrieren kann – ich allein mit der Duschwanne, dem Stöpsel, dem Abfluss, dem Werkzeug und meinen Gummihandschuhen. Stattdessen setzt sie sich auf den Rand der Toilette und schaut mir zu, wie einer dieser Rentner, die oft an Baustellen herumstehen und glauben, alles besser zu wissen.

Ich nehme die Keramikverkleidung ab, die sehr gut verarbeitet ist, und fixiere mit meiner alten Mehrzweckzange den darunterliegenden Stöpsel, um ihn herauszuziehen.

»Ich wohne erst seit zwei Monaten hier«, seufzt Priscilla.

Sie hat die Beine übereinandergeschlagen und das Kinn auf die Hände gestützt, als würde sie in einem schönen Garten sitzen und mit einer Freundin plaudern, während ich, auf dem Boden kniend, mir gerade mit dem Unterarm mein Haar aus dem Gesicht streiche. Ich spüre, dass sie eine Antwort erwartet.

»So perfekte Wohnungen sieht man sonst nur in Zeitschriften«, sage ich. Und das ist schließlich die Wahrheit.

»Die Wohnung wirkt viel zu kalt«, erwidert sie. »So wollte ich mich eigentlich gar nicht einrichten. Ich weiß nicht, wie ich dir das erklären soll. Ständig ist da in mir dieser Zwang, wie etwas sein soll, ein ästhetischer Imperativ … Vielleicht die Angst, etwas falsch zu machen. Ich weiß nicht, ich fühle mich gefangen in einem Verhaltensmuster, das ich nicht durchbrechen kann. Verstehst du, was ich meine? Eigentlich willst du einen Hamburger mit Pommes, und dann bestellst du doch wieder einen faden Salat.«

Und ob ich das verstehe, es ist das Menü meines Lebens. Ich ziehe meine Handschuhe an, bevor ich das mit Haaren und Kalk verstopfte Sieb herausziehe, das fürchterlich stinkt.

»Eigentlich träume ich von einer völlig unordentlichen Wohnung«, fährt Priscilla fort. »Ich wünsche mir … Chaos. Aus dem Chaos werden Sterne geboren, sagt meine Therapeutin … An manchen Tagen fühle ich mich, als würde ich in einem Möbelkatalog leben.«

»Das hat sicher auch Vorteile. In dieser ordentlichen Umgebung hast du bestimmt nur ordentliche Gedanken.«

»Von wegen!« Sie lächelt amüsiert.

Ich gebe ihr zu verstehen, dass ich mir die Toilette anschauen müsse. Sie springt auf wie ein Schachtelteufel und eilt zum Waschbecken, um mir Platz zu machen. Dort schraubt sie eine Flasche eines sehr teuer aussehenden Parfüms auf und versprüht etwas davon. Ein angenehmer Duft nach Jasmin kitzelt meine Nase.

Erst jetzt bemerke ich, dass ein Schmutzspritzer auf einem der Handtücher gelandet ist, die an der Wand hängen.

»Entschuldige!«, rufe ich beschämt aus.

»Oh, keine Sorge«, antwortet sie und winkt mit der Hand ab. »Ist besser so. Hier drin ist alles neu … Neu und makellos. Direkt beängstigend. Ich schwör dir, manchmal liege ich nächtelang wach und starre an die Decke, voller Angst vor den Dingen um mich herum. Unbenutzt, unberührt. Die auf wer weiß was warten … Was wollen sie von mir?«

Sie schaut mich an, als ob ich die Antwort wüsste. An ihrer Stelle würde ich wahrscheinlich genauso empfinden.

»Vielleicht könntest du was verkaufen, tauschen oder verschenken. Um Platz zu machen.«

»Das ist ein guter Rat.«

»Ich selbst habe ihn nie befolgt«, sage ich und lächle sie an. »Ich denke immer, dass man alles gebrauchen kann.«

Priscilla seufzt. »Ich bin eigentlich immer nur mit Arbeit beschäftigt, und meine ganze Freizeit habe ich damit verbracht, diese Wohnung für mich und meinen Mann einzurichten. Ich dachte, ich hätte es geschafft. Anwältin für Konkursrecht, Retterin des Landes. Es ist schrecklich, das zu sagen, aber ich fühlte mich allen meinen Klienten überlegen, die Konkurs anmelden mussten oder versuchten, ihre Schulden einzutreiben. Ich habe mir ein perfektes Leben aufgebaut, Stein für Stein, hatte weder Kredite noch Schulden, alles lief glatt …«

Anwältin für Konkursrecht …

»Kaum waren wir hier eingezogen, hat mein Mann sich aus heiterem Himmel verabschiedet und mir nichts als einen Haufen alter Klamotten hinterlassen. Nicht einmal eine Nachricht. Und was ist mir geblieben?«

Wieder scheint sie Bestätigung bei mir zu suchen. Ich starre krampfhaft auf die Wassertropfen in der Duschwanne. Hier und da sind dunkle Abdrücke zu sehen, die von meinen schmutzigen Handschuhen stammen. Ich brause sie rasch ab.

»Du selbst bist dir vielleicht geblieben«, antworte ich zögernd. »Auf jeden Fall tut es mir leid, dass er weg ist.«

Priscilla strafft ihre Schultern. »So was tun Ehemänner des Öfteren, nicht wahr?«

»Von Ehemännern verstehe ich nichts.« Ich klappe den Toilettensitz hoch. »In dieser Duschwanne ist der Abstand zwischen dem Keramikdeckel des Ablaufventils und dem Boden zu gering. Deswegen verstopft der Ausfluss auch so leicht.«

Ich zeige ihr das Büschel Haare voller Shampooreste und Kalk, bevor ich alles in die Toilette werfe und hinunterspüle.

»Siehst du?«, antwortet sie und rümpft die Nase. »Ich dachte, ich wäre eine Gewinnerin, stattdessen bin ich diejenige, die versagt hat, und zu allem Übel habe ich auch noch die falsche Duschwanne ausgesucht.«

Sie hält mir die Parfümflasche mit dem Jasminduft hin.

»Das schenke ich dir.«

»Oh, ich …«

Ich habe noch nie in meinem Leben Parfüm aufgetragen, aber ich spüre, dass sie beleidigt wäre, wenn ich ablehne. »Vielen Dank«, sage ich und stecke die Flasche in meine Werkzeugtasche, wo ich auch die Zange und den feuchten Lappen verstaue.

Anwältin für Konkursrecht …

»Darf ich dich mal was fragen?«, bringe ich schließlich heraus, meine Schüchternheit überwindend.

»Sicher«, erwidert sie neugierig.

Mein Herz schlägt schneller, aber selbst wenn ich wollte, könnte ich jetzt keinen Rückzieher mehr machen. Es ist schließlich eine rein sachliche Frage, rede ich mir ein, reine Neugierde. Nichts Weltbewegendes.

»Ich wollte dich fragen, ob du zufälligerweise weißt, unter welchen Umständen ein Geschäft nach dem Tod des Besitzers an den Staat übergeht.«

Priscilla sieht mich erstaunt an, ehe sie zu einer Erklärung ansetzt: »Also, nach dem Tod des Eigentümers geht eine Immobilie per Gesetz an den vorgesehenen Erben oder, wenn es kein Testament gibt, an die Person mit dem engsten Verwandtschaftsgrad über. Wenn dieser das Erbe ausschlägt oder sich nicht meldet, geht das Recht auf den zweiten über und so weiter, bis, wenn nach zehn Jahren immer noch kein Erbe reagiert oder das Erbe angenommen hat, die Immobilie an den Staat fällt.«

»Und der Staat verkauft sie dann?«

»Er bietet sie zur Versteigerung an. Der Aufrufwert ist in der Regel sehr niedrig, und es kommt selten vor, dass man sich um solche Immobilien streitet. Du kannst dir vorstellen, warum das so ist, nachdem sich keiner, der einen rechtlichen Anspruch darauf hätte, gemeldet hat … Im Grunde verkauft der Staat Immobilien an Romantiker, so wie bei diesen Bahnwärterhäuschen. Oder an diese Aasgeier, die bloß an Geschäften und Wohnungen interessiert sind, die sich gut weiterverkaufen lassen.«

»Aha.« Ich muss an die Frau von der Agentur UpHigh denken. Sie sah bestimmt nicht aus wie ein Geier, eher wie ein Kolibri, der ständig mit den Flügeln flattert, weil er sonst abstürzen würde.

»Ich schätze, du fragst mich das nicht nur so zum Spaß …«

»Ach, ich wünschte, es wäre nur … zum Spaß.« Ich hole tief Luft und erzähle ihr von dem Geschäft.

»*Il Nuovo Mondo* … das ist mir noch gar nicht aufgefallen«, erwidert sie, als ich damit fertig bin. »Aber du machst den Eindruck, als würde dir wirklich was daran liegen.«

Ich starre auf die blauen Fliesen am Boden, damit ich ihrem Blick nicht standhalten muss. »Die Besitzerin hatte eine Tochter. Margaret. Hat sie auf ihr Erbe verzichtet? Hat sie sich nicht gemeldet? Und warum? Ich würde alles dafür geben, das herauszufinden.«

»Tja, da gäbe es schon eine Möglichkeit«, entgegnet Priscilla. »Ich habe eine Freundin, die beim Grundbuchamt arbeitet. Wenn du willst, kann ich das herausfinden.«

»Tatsächlich!«

Ich bin an solche unentgeltlichen Akte der Großzügigkeit nicht gewöhnt. Aber vielleicht erfahre ich dadurch mehr über den Laden?

Und das ist nicht das einzige Geschenk, das Priscilla mir macht. Sie will mir mehr zahlen, als ich verlangt habe. Ich versuche, ihr Angebot zurückzuweisen.

»Wieso, das ist schließlich deine Arbeit. Es ist ja nicht so, dass du herumläufst und den Leuten einen Gefallen tust«, tadelt sie mich, während ich die Quittung ausfülle. »Du darfst auf keinen Fall zu wenig verlangen.«

Am liebsten würde ich ihr erklären, dass ich es liebe, Probleme zu lösen, und dass ich es gerne sehe, wenn es anderen deswegen besser geht. Wenn ich vor einer ordentlich gestrichenen Wand stehe, vor einem Bild, das gerade hängt, und vor einem Staubsauger, der wieder funktioniert, dann habe ich das Gefühl, etwas erreicht zu haben. Mir kommt es dann so vor, als würde ich damit meine Schuld der Welt gegenüber zurückzahlen.

»Und danke, dass du so schnell gekommen bist«, fügt Priscilla hinzu, als sie mich zur Tür begleitet. »Das war nicht selbstverständlich. In dieser Stadt einen Klempner aufzutreiben, ist fast unmöglich, es sei denn, man hat eine Engelsgeduld. Außerdem haben du und ich meiner Meinung nach mehr gemeinsam, als man meinen könnte.«

Ich werfe ihr einen nachdenklichen Blick zu. »Tja, im Grunde beschütze auch ich Dinge vor dem Konkurs …«

Priscilla nickt amüsiert. »Das ist eine nette Art, es auszudrücken.«

Ehrlich gesagt, mir fällt keine andere ein.

9.

Nach unserem Besuch bei der Großmutter fing mein Bruder, der bis dahin ein guter Soldat gewesen war, zu meutern an. Keine offene Rebellion, aber ständiger Widerspruch und, wenn er konnte, sogar Sabotage.

Plötzlich hasste er es, kalt zu duschen, wehrte sich gegen das körperliche Training, das Anlegen von Vorräten, die langen Märsche über die Felder oder entlang der Landstraße auf der Suche nach irgendwelchen Sachen, die uns noch nützlich sein könnten. Er wollte nicht einmal mehr an unserem unterirdischen Bunker mitarbeiten. Wenn er sich zusammen mit Papà um den Generator, die Wärmedämmung und die Recherchen für den artesischen Brunnen kümmern sollte, erfand er Ausreden und hatte keine Lust, den Anweisungen zu folgen. Das Einzige, was ihn interessierte, war der Unterricht unserer Mutter. Er wollte alles darüber wissen, wie es draußen aussah, jenseits des Waldes und jenseits der Felder, die La Rocca umgaben. Wollte wissen, wie ein Leben ohne Bunker, ohne meinen Vater wäre.

Eigentlich hatte ich mir fest vorgenommen, ihm von *Il Nuovo Mondo*, der Neuen Welt, zu erzählen, sobald wir wieder in La Rocca zurück waren, aber jetzt fürchtete ich, dass ich damit alles nur noch schlimmer machen würde. Außerdem genoss ich zum ersten Mal in meinem Leben das Gefühl, etwas zu haben, das nur mir gehörte. Wenngleich ich mich auch ein wenig dafür schämte. In der Stille unseres Zimmers dachte ich jeden Abend vor dem Schlafengehen an den Laden und die Dinge dort zurück, an das Gefühl der Leichtigkeit und der Hoffnung, das mir der Aufenthalt dort geschenkt hatte. Wenn auch nur für ein paar Stunden. Ich stellte mir vor, wieder dorthin zurückzukehren, alle zu den Gegenständen gehörenden Geschichten zu lesen, Tee zu kochen im Hinterzimmer, dort vielleicht sogar zu arbeiten. Ich hätte es nie zugeben können, aber ich hatte ein Geheimnis.

In La Rocca waren meine Mutter und ich für die Vorräte zuständig. Unsere Aufgabe war es, die unzähligen Dosen und Konserven zu verwalten, die auf den Metallregalen vor der Wand in unserem Bunker gestapelt waren. Reis, Nudeln mit niedriger Kochzeit (damit nicht zu viel Energie beim Kochen verschwendet wird) und aus Vollkorn (weil es länger satt macht), Zwieback, Kekse, H-Milch, Konserven wie geschälte Tomaten, Thunfisch, Mais und Hülsenfrüchte, Hartkäse, Wurst, Zucker, Salz, Gewürze, Konserven in Öl und gesalzene Sardellen. Die empfindlichsten Vorräte verpackten wir in Aluminiumbeutel, zusammen mit Feuchtigkeits- und Sauerstoffabsorbern, um ein Verderben der Lebensmittel zu verhindern. Käse zum Beispiel hielt sich auf diese Weise bis zu fünfundzwanzig Jahre auch außerhalb des Kühlschranks. Dann hatten wir auch noch unseren Dörrautomaten, ein unverzichtbares Gerät zur Konservierung vieler frischer Lebensmittel, die wir selbst produzierten – Eier, Gemüse, Fleisch –, sodass sie jahrelang genießbar blieben.

Standen die Vorräte kurz vor ihrem hypothetischen Verfallsdatum, das nach Vaters Tabellen berechnet wurde, dann entsorgten wir sie. Wie er sagte, hätten nur sehr wenige Lebensmittel ein wirkliches Verfallsdatum, der Rest sei reines Marketing. Deswegen wurde bei uns zu Hause immer gegessen, als läge ein Notfall vor. Ein endloser Kreislauf.

Ich hatte nie Hunger.

Jahrelang malte ich mir aus, wie wir in unserem großen Kellerraum saßen, während über uns die Bomben fielen und wir uns von getrockneten Eiern, Dörrfleisch und Trockenfrüchten ernährten. Ich stellte mir meinen Vater vor, wie er versuchte, das kleine Radio auf ausländische Sender einzustellen, die nur sporadisch Nachrichten brachten, und dabei ständig triumphierend wiederholte: »Ich habe euch gerettet«, so wie Noah es zu seiner Zeit mit seiner Frau und seinen Tieren getan haben musste.

Auf sein Geheiß hin durften wir zweimal im Jahr einen ganzen Tag lang nichts trinken, und im Frühjahr mussten wir eine Woche lang halbfasten. Wir mussten vorbereitet sein, was immer auch geschehen mochte.

Mein Bruder hatte irgendwann angefangen, heimlich zu essen, aber ich hielt pflichtbewusst durch. Wenn mir während einer dieser Übungen die Sinne schwanden, legte mir meine Mutter eine mit kaltem Wasser getränkte Mullbinde auf die Stirn, strich mir über die Haare und versicherte mir, dass das alles nur zu unserem Besten geschehe, aber mir schien, dass sie selbst manchmal daran zweifelte. Mir kam es vor, als hätte sie Angst, Angst vor einer geheimnisvollen, unheilschwangeren Sache, die ich mir nicht vorstellen konnte. Eine Bedrohung, die der ähnelte, von der mein Vater ständig sprach. Nur dass sie uns viel näher, ja bereits eingetreten war. Die Katastrophe ereignete sich zwischen uns, und ich sah es nicht.

10.

Die Signora Dalia legt ihren Kopf zurück und gestattet mir, ihr schütteres Haar mit lauwarmem Wasser auszuspülen. Das Henna ist eingewirkt. Ihre Kopfhaut weckt immer zärtliche Gefühle in mir. So, als würde ich das Köpfchen eines neugeborenen Kindes waschen. Ich frage mich, ob die Schwielen an meinen Fingern sich wohl unangenehm für sie anfühlen, auch wenn ich versuche, behutsam mit ihr umzugehen.

»Signora Dalia, erinnern Sie sich an *Il Nuovo Mondo*?«

»Schätzchen, *ti te ricordet pu,* du weißt doch, dass ich fast nie aus dem Haus gehe, oder?«, erwidert sie im Mailänder Dialekt.

Aber die Art, wie sie das sagt, überzeugt mich nicht, da mir das kurze Aufblitzen in ihren Augen, das sie unter rasch gesenkten Augenlidern zu verbergen suchte, nicht entgangen ist.

»Ich weiß, dass sie trotzdem viele Dinge wissen. Sie haben Augen und Ohren in der ganzen Nachbarschaft. Ihnen entgeht nichts: Wo Ihre Beine nicht hinkommen, fahren Sie Ihre Antennen aus.«

Es scheint sie sehr zu amüsieren, so ganz anders zu sein, als die Leute sie sich vorstellen.

Rein äußerlich bietet sie das Bild einer älteren Dame, an der höchstens ein paar harmlose Extravaganzen auffallen. Ihr orangefarbenes, hochtoupiertes Haar zum Beispiel und die Tatsache, dass sie sich immer kleidet, als ginge sie mit Freundinnen ins Café. Abgesehen von den Einnahmen für die Schneiderarbeiten, die sie hin und wieder für die Bewohner unseres Wohnblocks erledigt, lebt sie seit dem Tod ihres Mannes von der Hinterbliebenenrente. Ihren Nachbarn bietet sie gerne ein Gläschen in ihrer Küche an. In ihrer Wohnung stehen mehr Flaschen mit Alkohol herum – die sie oft als Gegenleistung für ihre Pförtnerdienste geschenkt bekommt – als in mancher Bar. »*Ein Gläschen in Ehren …*«, trällert sie vor sich hin, wenn sie ihre Gäste bewirtet. Und dann lässt sie sich von ihnen aus ihrem Leben erzählen und lauscht ihren Geschichten, als säße sie im Kino.

Über sich selbst erzählt sie fast nichts. Niemand weiß, dass die Signora Dalia die letzten zwanzig Jahre ihres Lebens mit Malen verbracht hat.

Das erste Mal hat sie mich ein paar Tage nachdem ich ins Haus gezogen war, angesprochen. Sie hat ihre Haustür, die direkt auf den Innenhof hinausgeht, aufgemacht und mit Zeige- und Mittelfinger die Geste des Treppensteigens nachgeahmt. »Niemand geht mehr die Treppe hoch.«

Sie musste wohl bemerkt haben, dass ich immer zu Fuß in meine Wohnung im dritten Stock hinaufstieg.

»Den Aufzug überlasse ich lieber denen, die nicht mehr so gut zu Fuß sind«, erklärte ich.

»Endlich mal jemand, der weiß, was sich gehört. Die anderen hier sind ja immer nur am Donnerstag in die Schule gegangen«, antwortete sie und deutete mit großer Geste auf die übrigen, nicht anwesenden Bewohner des Hauses.

Ich musste grinsen. Meine Mutter hatte uns erzählt, dass in der Zeit des Faschismus die Schulen donnerstags immer geschlossen hatten. Ich hatte die Ironie verstanden!

Obwohl es erst elf Uhr morgens war, wollte Signora Dalia mir gleich ein Glas Likör einschenken. Um auf meine verstorbene Großmutter anzustoßen, wie sie meinte.

Dann versprach sie mir, mich unter ihre Fittiche zu nehmen.

»Danke«, antwortete ich, »aber das ist nicht nötig.« Ich war überzeugt, dass dies der Wahrheit entsprach. »Aber kann ich etwas für Sie tun?«

Sie war sofort Feuer und Flamme. Sie würde dringend jemanden brauchen, der ihr bei vielen kleinen Dingen helfen könnte und nicht zu viele Fragen stellte. Ich sei genau die Richtige dafür, verkündete sie. Ich habe das als Kompliment aufgefasst.

»Ich habe dich übrigens sofort wiedererkannt«, fügte sie hinzu.

Mir war nicht klar, ob sie damit auf eine Ähnlichkeit mit meiner Großmutter anspielte oder ob etwas anderes dahintersteckte, aber ich traute mich nicht zu fragen.

Ich drehe jetzt den Wasserhahn zu und wickle ein verschlissenes, verblasstes rosafarbenes Handtuch mit aufgesticktem Blumenmuster um ihren Kopf.

»Heute Morgen war übrigens der Rollladen des *Nuovo Mondo* oben«, sage ich. »Der Laden ist zu verkaufen.«

Meine Stimme zitterte dabei leicht, und sie hat es sofort gemerkt und sich zu mir umgedreht. Ich hole tief Luft, um mich zu beruhigen. Jede Information kann hilfreich sein für mich.

»Dorothy ist vor einer Weile gestorben …«, brummelt sie.

»Sehen Sie? Sie wissen immer alles.«

Signora Dalia kneift die Augen zusammen und macht ein geheimnisvolles Gesicht. »Das kommt vor bei alten Leuten.«

»Kannten Sie Dorothy denn gut?«

»Und Margaret ist jetzt hier?«

»Sie hat das Erbe anscheinend nicht angenommen. Oder sie hat es ausgeschlagen.«

»Aber was erzählst du da, Schätzchen!«

Ich helfe ihr beim Aufstehen, folge ihr den schmalen Gang entlang und halte dabei das Handtuch auf ihrem Kopf fest. Von ihrem Schlafzimmer aus führt eine Glastür in den hinteren Teil der Wohnung. Jeder Zentimeter Wand in diesem Zimmer ist mit ihren Gemälden bedeckt: Landschaften und Städte, auf denen immer die rätselhafte Figur eines Mannes zu sehen ist. Auf manchen Bildern ist es nur ein winziges Detail: ein Handgelenk mit einem goldenen Armband, eine Nasenspitze, die einen Schnurrbart überragt, eine Hand, die über eine Geige streicht.

Instinktiv spüre ich, dass diese Bilder eine Art Tagebuch sein müssen, auch wenn mir nicht klar ist, was für eine Art von Leben sie dokumentieren, denn Signora Dalia verlässt nur selten ihre Wohnung, und wenn, dann sicher nicht, um in der Welt herumzuspazieren. Ich betrachte diese Gemälde, die eine so unbändige Lebenskraft ausstrahlen, jedes Mal voller Bewunderung. Ich stelle mir Fragen, äußere sie aber nicht laut. Wir alle hüten mindestens ein Geheimnis, es preiszugeben hieße, es zu verraten.

Nachdem Signora Dalia sich auf das Bett gesetzt hat, rubble ich ihr die Haare mit dem Handtuch ab.

»Na, dann schieß mal los, Schätzchen.«

»Ich weiß nur, dass der Laden zum Verkauf steht und dass es der Frau von dem Maklerbüro ziemlich egal zu sein scheint, was daraus wird.«

Signora Dalia schnaubt verärgert. »Tja, das passiert nicht zum ersten Mal in diesem Viertel. Wie eine Welle, die nicht aufzuhalten ist. Früher gab es hier kleine Läden, keine Supermärkte; Werkstätten, keine Boutiquen; Gasthäuser, nicht diese *Oljukäniet*, wie ihr das nennt. Dann sind die Bosse gekommen, um uns zu zeigen, was wir machen sollen … Alles nur wegen dem schnöden Mammon!«

Ich riskiere es. »Waren Sie damals eigentlich öfter im *Nuovo Mondo*?«

Sie dreht sich zur anderen Seite, als hätte sie ihren eigenen Geist gesehen, lässt mich aber nicht aus den Augen.

»Wir können es nicht zulassen, dass der Laden für immer geschlossen wird«, sage ich leise. »Ich will ihn retten.«

Und in dem Moment, in dem ich das sage, wird mir klar, dass ich es tatsächlich so meine.

»Retten, retten … Den Fortschritt können wir nicht aufhalten.« Sie spricht das Wort »Fortschritt« aus, als wäre es ein schwer verdauliches Lebensmittel. Ihr Blick verdüstert sich.

Wir sitzen nebeneinander auf einer grellbunten Bettdecke. Signora Dalia hält mir den Föhn hin. Ich wickle das Kabel ab und stecke den Stecker ein. Signora Dalia hat mir einmal erzählt, dass ihr Mann Enzo keine kräftigen Farben mochte und dass die Wohnung, als er noch lebte, ganz in Brauntönen gehalten war. Erst vor Kurzem habe sie sich in der Lage gesehen, hier und da etwas zu verändern. Und erst seit dem Tod ihres Mannes hat sie zu malen begonnen.

Ich schalte den Föhn ein. Ihre schrille Stimme übertönt den Lärm. »Hör auf, dir wegen anderer Leute Probleme den Kopf zu zerbrechen. Mach's nicht so wie ich, du hast noch alles vor dir. Als ich jung war, hat man nicht lange gefackelt, statt immer nur aufs Handy zu starren!«

Der melancholische Unterton in ihrer Stimme entgeht mir nicht, und ich frage mich, ob sie nicht versucht, sich selbst zu überzeugen.

»Signora Dalia, ich habe nur ein ganz einfaches Modell zum Telefonieren und starre auch nicht die ganze Zeit darauf.«

Ich schalte den Föhn aus, hole mein simples Handy aus der Tasche und zeige es ihr.

»Tja, umso schlimmer«, murmelt sie. »Keine Ausreden, sonst versäumst du dein Leben.«

Ich schalte den Föhn wieder ein in der Hoffnung, das Gespräch damit zu beenden. *Keine Ausreden, sonst versäumst du dein Leben*, wiederhole ich, als versuchte ich, eine fremde Sprache zu verstehen.

Kaum trocken, plustert sich das orangefarbene Haar wieder zu seinem gewohnten Volumen auf, und Signora Dalia läuft mit kleinen, aber energischen Schritten voraus in die Küche, die auf den Innenhof hinausgeht und im Vergleich zum Rest ihrer Wohnung konventionell, fast schon anonym wirkt. Hier empfängt sie ihre Gäste. Da Signora Dalia verwitwet ist, erwarten die Leute ein bestimmtes Verhalten von ihr. Blitzsaubere Böden und eine Wohnung, in der sich seit dem Tod des Ehegatten nichts mehr verändert hat.

»Für die Leute soll ich immer gleich bleiben, bloß keine Überraschungen«, erklärte sie mir einmal auf meine Frage, warum sie ihnen den Rest der Wohnung nicht zeigt. »Das beruhigt sie anscheinend.«

»Gestern Abend«, erzählt sie mir jetzt, während sie die Einkäufe wegräumt, die ich für sie erledigt habe, »da habe ich diese junge Frau, die neu eingezogen ist, gesehen. Als sie über den Hof ging … mit dem kleinen Mädchen. Weißt du, die, die immer so bunte Kleider trägt?«

»Sie heißt Adelaide, das habe ich auf ihrem Briefkasten gelesen. Und das kleine Mädchen ist ihre Tochter, glaube ich. Sie wohnen im vierten Stock im Eingang C, über mir, aber auf der gegenüberliegenden Seite.«

»Ihr solltet Freundinnen werden.«

»Was könnte sie an jemandem wie mir schon interessieren?«

»Und was könnte sie dir zu bieten haben? Versucht doch, es herauszufinden.«

Sie wirft einen flüchtigen Blick auf ihr Spiegelbild in der gerahmten Cointreau-Reklame an der Wand. »So kannst du jedenfalls nicht weitermachen.«

Ich ziehe den Kopf ein und frage mich: Was meint sie denn mit diesem »So«? Aber aus Angst vor dem, was sie mir darauf antworten könnte, verkneife ich mir die Frage.

Wenn ich meine Altersgenossen beim abendlichen Aperitif beobachte, die Händchen haltenden Paare, die Gruppen junger Studentinnen, die im Café um einen Tisch herum sitzen und zusammen lernen, dann frage ich mich, worüber sie reden, und ich versuche, jede noch so kleine Bemerkung aufzuschnappen, um zu erfahren, was ich in meinem eigenen Leben verpasse. Ihre Zeit scheint wie auf einer geraden Linie immer auf ein Ziel hinzusteuern, während die meine eine Spirale ist, die sich permanent um sich selbst dreht. Spürt man, dass ich anders bin als sie, wenn man mich von außen betrachtet? Trage ich ein besonderes Merkmal mit mir herum? Vielleicht die leicht gebückte Haltung, der kurze Moment des Zögerns, bevor ich etwas sage, oder die Art und Weise, wie ich die anderen von der Seite ansehe, weil ich es nicht gewohnt bin, jemandem lange direkt in die Augen zu schauen? Ist es das, was die Signora Dalia meint?

Ihre Füße rutschen unsicher in den gefütterten Hausschuhen hin und her, als sie nach der Flasche Fernet-Branca auf dem Küchentisch und den zwei kleinen Gläsern greift.

»Ein Schlückchen?«

Ich lasse mich immer überreden. Wenn ich mit ihr trinke, verschwimmen die Konturen der Realität. Der Kräuterlikör fließt meine Kehle hinunter, und ich fühle mich, als wäre ich am Ende einer langen Reise an einem exotischen Ort angelangt.

Signora Dalia beobachtet mich stumm. Nervös trommle ich mit den Fingern auf dem Resopaltisch. Wenn ich mit anderen zusammen bin, habe ich immer Angst, dass ich mich merkwürdig ausdrücke und dass mir die Kontrolle über meine Stimme oder das, was ich sagen will, entgleitet. Aber Schweigen, das ist mir fast noch peinlicher.

»Schätzchen, ich glaube, ich habe da was, das dir helfen könnte«, sagt sie unvermittelt und deutet auf eine Schachtel oben auf dem Hängeschrank, die mir nie aufgefallen ist. »Aber du musst es mir herunterholen.«

Ich lasse es mir nicht zweimal sagen, sondern greife sofort nach dem Hocker, der unter dem Tisch steht, und steige hinauf, komme mit den Fingerspitzen aber nur knapp an die Schachtel heran. »Sie wissen wirklich, wie man Dinge versteckt!«

Signora Dalia gibt mir zu verstehen, kurz zu warten, ehe sie mit einem Kleiderbügel aus Draht wieder ins Zimmer kommt. »Probier es mal damit.«

Nach einigen vergeblichen Versuchen gelingt es mir, die Schachtel herunterzuziehen und sie noch im Fallen aufzufangen. Sie ist voller Briefe. *Liebe Margaret, liebe Margaret, liebe Margaret …*

»Die hat Dorothy mir kurz vor ihrem Tod gegeben. Ich habe sie nie gelesen«, fügt Signora Dalia hinzu und hebt beide Hände, als wollte sie damit ausdrücken, dass sie das nichts angehe. Doch dann wendet sie sich ab, als würde der bloße Anblick alte Wunden aufreißen. »Und ich will auch jetzt nichts davon wissen.«

11.

22. Mai 1952

Liebe Margaret,
alles Gute zum zwölften Geburtstag! Ich halte dein Foto in Händen. Woran denkst du gerade? Ich kann meinen Blick nicht von dem Bild abwenden. Zierlich, ganz in Weiß gekleidet, liegst du auf dem Rasen in Kew Gardens. Die Sonne scheint nur deinetwegen zu scheinen, um deine zarte Figur hervorzuheben.
Meine Freundin Rose hat während des Krieges in Kew Gardens gearbeitet. Ich weiß nicht mehr, ob ich dir je von ihr erzählt habe. Die wichtigsten Pflanzen waren in Sicherheit gebracht, die Botaniker und die Gärtner zur Armee eingezogen worden. Ihre Stellen haben die Frauen übernommen. Rose war 1940 rekrutiert worden. Ich erinnere mich noch an einen ihrer Briefe. »Der Himmel ist rot. Die Bomben erhellen alles, und so kommen die Flugzeuge wieder zurück, um das Ziel besser ins Visier nehmen zu können …« Kew Gardens war kein Kriegsziel, aber es ist bombardiert worden.
Trotzdem gingen die Menschen weiter dorthin, sogar noch mehr als zuvor. Um die Schrecken des Krieges zu vergessen, schnupperten sie an den Narzissen und tauchten ein in die Blütenpracht im Mai. Es war ihr Stadturlaub. Für das Leben tut man alles! Wie viel Leben habe ich während des Krieges gesehen! Vielleicht wie nie zuvor. Liebschaften, Hochzeiten, Heldentaten jenseits aller Norm. Man hatte uns aller Dinge beraubt, uns blieben nur unsere Seelen.

Rose liebte es, in diesen Gärten zu arbeiten, so wie ich es liebte, meine Spitfire zu fliegen. Ich habe dir schon oft davon erzählt, dass ich ein Spitfire-Girl war. Zweitausend von uns hatten sich um siebzehn Plätze beworben. Und ich bin eine von diesen siebzehn gewesen.
Ich weiß nicht, ob es mir je gelungen ist, dir klarzumachen, was das für uns und für die Welt damals wirklich bedeutet hat. Im Alter von zweiundzwanzig Jahren ein Flugzeug zu fliegen, unter extremen Bedingungen, für die Royal Air Force. Über Länder zu fliegen, die sich im Krieg befinden. Jeden Tag sein Leben zu riskieren und sich dabei lebendiger zu fühlen als je zuvor. Es war fast so, als hätte man Flügel. Die Spitfire wurde zum Symbol für unsere Freiheit. Die meisten meiner Freundinnen konnten nicht zur Universität gehen, sich keinen Partner suchen, keinen Sport treiben und kein Bier trinken, und ich flog ein Kampfflugzeug.
Dort habe ich auch deinen Vater kennengelernt. Aber ich will dir nicht von ihm erzählen, du kennst ihn gut genug. Was ich dir erklären möchte, ist, warum ich gegangen bin. Nach der Scheidung konnte ich nicht länger bleiben. Ich musste leben, Margaret. Ich musste mich selbst finden, meine eigene Welt aufbauen. Ich konnte nicht im Schatten eines Mannes bleiben, der mich verachtete, nur weil ich anders war. Wie hätte ich das zulassen können? Es ist nicht meine Schuld, dass er mich verlassen hat. Auch wenn er das anders sieht. Ich habe ihn geliebt. Ich wäre ihm bis ans Ende der Welt gefolgt.
Margaret, es ist auch nicht deine Schuld, dass ich gegangen bin. Dass ich nach Italien gekommen bin. Hier habe ich Menschen getroffen, die mich brauchten. Am Hauptbahnhof von Mailand trafen Überlebende aus den Konzentrationslagern ein. Darunter viele Frauen mit kleinen Kindern, die eine Bleibe suchten. Einer außergewöhnlichen Frau, Elda, ist es zu

verdanken, dass wir in einem Park Baracken aufstellen und diesen Menschen ein Bett und eine Mahlzeit anbieten konnten. Und dann nahm auch die Frauenunion ihre Arbeit wieder auf.

Aber es gibt noch viel zu tun in Italien. Wir haben zwar das allgemeine Wahlrecht, aber es gibt immer noch keine Scheidung, Abtreibung ist illegal und Entlassungen nach der Heirat sind für Frauen an der Tagesordnung. Wie kann man nur zulassen, dass das alles so weitergeht? Dass die Frauen auf den Platz beschränkt bleiben, den die Männer für sie vorgesehen haben? Wir haben das Recht zu leben! Wir haben das Recht zu arbeiten!

Ich bin also nicht zum Urlaubmachen hier. Es ist mir wichtig, dass du das weißt. Ich sitze nicht untätig herum. Und ich bin auch nicht »weggelaufen«. Sobald du alt genug bist, kannst du zu mir kommen und bei mir bleiben, wenn du das möchtest. Ich weiß, das wird früher oder später geschehen. Habe ich recht?

Margaret, öffne dein Herz für mich. Warum schaust du auf den Fotos immer so traurig aus? Du blickst zur Seite, als verfolgte dich ein Gespenst oder als seist du selbst ein Gespenst. Wo bist du, wenn ich dich ansehe? Ist es meine Schuld, wenn du deinen Platz in der Welt nicht finden kannst?

Diese und viele andere Fragen quälen mich Tag und Nacht. Wenn du dich doch nur entschließen könntest, mit mir zu reden. Nimm mich bei der Hand und lass mich in dein Leben, ich verspreche dir, ich werde keinen Lärm machen. Gemeinsam sind wir stärker. Zum Tango gehören immer zwei …

In Liebe

Dorothy

Ich sitze mit einem Glas in der Hand auf dem Balkon und schaue hinaus in die Nacht. Der Glockenturm ist angestrahlt, pulsierende Lichter unsichtbarer Flugzeuge sprenkeln den Himmel, die Straßenbahn rattert in der Ferne. Keine Nacht gleicht der vorherigen, aber wie anders ist diese im Vergleich zu gestern!

Heute hat *Il Nuovo Mondo* wieder geöffnet. Es ist zu verkaufen, und Margaret ist nicht gekommen. Margaret in ihrem weißen Kleid in Kew Gardens. Margaret, was ist aus dir geworden? Du hast eine Mutter, die ein Flugzeug geflogen und für so viele gute Dinge gekämpft hat. Eine Mutter, die eine bessere Welt für dich geschaffen hat. Aber du, wo bist du? Und diese Briefe, warum sind sie hier? Sind es Kopien von denen, die vor so vielen Jahren abgeschickt wurden?

Ich frage mich, ob Priscilla mir wirklich helfen kann oder ob sie es nur aus Freundlichkeit gesagt hat. Kann eine Mitarbeiterin des Grundbuchamtes entgegen ihrer beruflichen Pflichten handeln, um der Klempnerin einer Freundin zu helfen? Warum sollte sie? Wenn die Welt auf uneigennütziger Großzügigkeit basieren würde, würde alles anders laufen. Ich hoffe es, glaube aber nicht daran.

Vielleicht sind diese Briefe meine einzige Spur. Ich trinke meinen Wein aus, atme tief durch und lese den nächsten.

12.

Wie ich heute feststelle, ähnelt das Leben bestimmten Pflanzen. Man verbringt Monate damit, sie zu düngen, zu gießen und zu beschneiden, aber sie zeigen nicht die geringsten Anzeichen von Wachstum. Kaum denkt man nicht mehr an sie, treiben die ersten Knospen aus.

Fünf Jahre habe ich auf die Wiedereröffnung von *Il Nuovo Mondo* gewartet, und gestern sehe ich, dass der Rollladen von einem Tag auf den anderen plötzlich oben ist. Und als ob das nicht genügen würde, verwickelt mich heute Morgen auch noch Adelaide, von der mir Dalia kurz zuvor erzählt hat, in ein Gespräch. Ich stehe auf der Leiter und will gerade die Glühbirne in meinem Stockwerk wechseln, als ich ihre Stimme höre: »Das ist eine tolle Idee, weißt du das?«

Ich schaue nach unten. Adelaide blickt mich aus großen dunklen Augen mit kilometerlangen Wimpern an. Irgendetwas an ihrer Haltung und an ihrer zarten Statur lassen sie sehr jung erscheinen. Ihr langes, glänzendes blondes Haar ist oben am Kopf zu einem Pferdeschwanz zusammengefasst. Sie trägt ein silbernes Kleid und eine Umhängetasche in Form eines Bonbons. An der Hand hält sie ihre Tochter, die vielleicht drei oder vier Jahre alt ist und eine Krone aus Papier auf dem Kopf hat. Hätten die beiden keine Sneaker an, könnten sie glatt Shakespeares *Sommernachtstraum* entsprungen sein. Sie kommen gerade nach Hause, als sie mich bei der Arbeit überraschen.

Adelaide hebt ihre zur Faust geballte Hand in die Höhe und öffnet sie. Ein Origami in Form eines Vogels kommt zum Vorschein. »Das habe ich im Hof gefunden«, sagt sie und liest mit lauter Stimme das Zitat darauf vor: *»Bevor er starb, gab mein Vater seinem Arzt ein Zeichen, näher zu kommen, und sagte zu ihm: ›Die Menschen sind wunderbar.‹«*

Dann schaut sie mich wieder an. »Das muss ein Zeichen des Schicksals sein!«

»Was ist das Schicksal, Mamma?«, fragt das Kind.

»Wenn der liebe Gott zu dir spricht.«

Die Tochter scheint darüber nachzudenken.

»Einfach unglaublich«, fährt ihre Mutter fort. »Gerade als ich drauf und dran war, den Glauben an die Spezies Mensch zu verlieren, gerade als ich alles schwarzsah …«

»Was ist die Spezies Mensch?«

Adelaide stößt einen Seufzer aus. »Das sind wir, mein Schatz.«

»Wolltest du den Glauben an uns verlieren?«

»Nicht wirklich an uns. Nicht an dich und an mich.« Sie zwinkert mir zu, ehe sie sich wieder an das Kind wendet. »Ich werde nie den Glauben an dich verlieren. Und außerdem, du hast doch gehört? *Die Menschen sind wunderbar.* Vielleicht ist es mancher von ihnen tatsächlich tief in seinem Innern. Wunderbar, meine ich. Und vielleicht ist es gerade ihnen zu verdanken, dass wir uns weiterentwickeln …«

Ich würde gern nicken, aber mehr als das Kinn kaum merklich zu senken, schaffe ich nicht. Ich würde gern die Leiter hinuntersteigen und die neue Glühbirne holen, aber in ihrer Gegenwart ist mir das peinlich.

»*Geraubte Küsse*«, verkündet Adelaide.

»Wieso geraubt?«, fragt das kleine Mädchen.

»Ich erinnere mich sehr gut an die Szene aus dem Film«, fährt Adelaide fort, ohne auf ihre Frage zu achten, und schaut erneut auf das Origami. »Die Besitzerin des Schuhgeschäfts, am Morgen, am

Fenster … Diese Dame war so elegant, so interessant. Und so traurig. Vielleicht sind alle traurigen Menschen interessant?«

»Wer ist interessant?«, fragt die Tochter.

»Die Person, die diese kleinen Meisterwerke erschafft …« Adelaide dreht das Origami zwischen den Fingern hin und her und zwinkert mir zu.

Die Kleine greift nach der Leiter und hält sich daran fest. Ich versuche, nicht das Gleichgewicht zu verlieren.

»Ich kann nicht gerade behaupten, dass mir dieses Haus besonders gefällt«, meint Adelaide, die nichts davon mitbekommt. »Aber hier gibt es jemanden, der offenbar ziemlich wunderbar ist.« Sie wirft mir einen scharfen Blick zu. »Hast du die Schilder schon gesehen?«

»W-welche Schilder?«

»Die, die überall im Haus hängen. Zum Beispiel: *Vorsicht Stufe! Nur wer Augen hat im Kopf, findet, was er sucht, auch mit geschlossenen Augen.*«

»Ach, die …« Ich spüre, wie meine Wangen zu glühen anfangen.

»Wer die wohl geschrieben hat?«

»Keine Ahnung.«

»Schade, ich würde diese Person sehr gern kennenlernen. Ich wette, die hat auch was mit dem Origami zu tun. Endlich mal ein kreativer Mensch. So was können wir hier dringend gebrauchen!«

Sie schenkt mir ein wissendes Lächeln. Da ich keine Ahnung habe, wie ich reagieren soll, versuche auch ich, mir ein Lächeln abzuringen, aber mehr als eine seltsame Grimasse bringe ich nicht zustande, glaube ich. Ich bin nicht darauf vorbereitet, ein längeres Gespräch zu führen. Ich wollte doch nur eine Glühbirne wechseln.

Neugierig mustert Adelaide meine Sicherheitsstiefel. Ihr Blick wandert über meine Latzhose hinauf zu meinen Haaren, die ich mit einem roten Maurerstift zu einem Dutt aufgesteckt habe.

»Das ist Aria«, erklärt sie mir und legt dem Kind eine Hand auf die Schulter, »und ich bin Adelaide.«

Ich schäme mich fast dafür, dass ich das schon weiß. Was bin ich nur für ein Mensch, der den Leuten in unserem Haus hinterherspioniert? Der alles kontrollieren will, als würde es ihm gehören? Und trotzdem kann ich nicht einmal ein normales Gespräch unter Nachbarinnen führen.

Adelaide streckt ihre Hand aus, um sich förmlich vorzustellen, und zwingt mich damit, die Leiter hinunterzusteigen. Ich wische mir die Hand an meiner Latzhose ab, bevor ich die ihre ergreife. »Gea.«

»Gea, was für ein schöner Name!« Auch das Kind streckt mir seine kleine Hand entgegen. »Bist du eine Mechanikerin?«

»Das ist Gea, und sie trägt den Namen einer Gottheit«, erklärt ihre Mutter. »Weißt du, ich lese gerade ein interessantes Buch«, fährt sie fort. »Die Autorin behauptet, dass unser Leben als Frau von weiblichen Archetypen beeinflusst wird. Und wenn wir uns dessen bewusst werden, gewinnen wir Macht über uns selbst und damit auch über die Welt um uns herum. Die Autorin setzt diese Archetypen in uns mit den Göttinnen des antiken Griechenlands gleich. Ihrer Meinung nach lebt jede von uns unter dem Einfluss einer oder mehrerer Göttinnen und erhält von ihnen Geschenke, die wir dankbar annehmen sollen, aber auch Schwächen, die wir uns bewusst machen müssen.«

Wo immer ich auch gehe und stehe, sogar auf der Treppe vor meiner Wohnung, stolpere ich über meine Vergangenheit. Stolpere über meinen Vater. Ihm zufolge hatten die alten Griechen bereits alles verstanden, was der Mensch und die Gesellschaft brauchen, um sich weiterzuentwickeln. Der Name Andrea bedeutet auf Griechisch: tapfer, mutig, stark, unbeugsam. Genau das erwartete er sich von seinem Sohn und wurde nicht müde, ihn jeden Tag daran zu erinnern. Für mich hatte er den Namen Gea gewählt, die Urgöttin, Schöpferin der Erde, des Himmels und des Meeres, Stammmutter der Titanen und aller anderen Götter, Ursprung des

Lebens. Vielleicht hätte mir das Kraft verleihen sollen, aber das Einzige, was es mir wirklich vermittelte, war ein vages, aber anhaltendes Gefühl der Unzulänglichkeit.

Das verrate ich Adelaide natürlich nicht, aus Angst, sie zu enttäuschen, aber wenn wirklich eine Göttin in mir lebt, dann weiß ich beim besten Willen nicht, wo sie sich versteckt hat. Um ehrlich zu sein, ich hätte viel lieber einen ganz normalen Namen. Einen gewöhnlichen Namen, der nichts Besonderes bedeutet. So könnte stattdessen ich diejenige sein, die eine Bedeutung hat.

»Du gefällst mir«, sagt Adelaide unvermittelt.

Sie sagt das so, als wäre es das Selbstverständlichste der Welt, dem nichts hinzuzufügen ist. Jetzt scheint sie darauf zu warten, dass ich mich wieder an die Arbeit mache. Da ich nicht weiß, was ich tun soll, mache ich einfach weiter. Natürlich tut es mir gut, wenn jemand so etwas sagt. Wenn ich ihr gefalle, existiere ich, und meine Existenz hat einen Sinn, also bin ich lebendiger als vorher. Lebendig zu sein fühlt sich gut an. Aber während ich die Leiter wieder hinaufsteige, frage ich mich: Was gefällt ihr denn an mir? Die Tatsache, dass ich mich um unsere Hausgemeinschaft kümmere? Mein zurückhaltendes Schweigen? Die Latzhose? Oder hat sie das nur so dahingesagt? Will sie vielleicht etwas von mir? Wenn ja, bräuchte sie mich einfach nur zu fragen.

Die neue Glühbirne ist an ihrem Platz. Ich halte die Abdeckung der Lampe an die Decke und befestige sie mit dem Akkuschraubendreher. Ich tue einfach das, was ich am besten kann, und versuche, mein Gehirn auszuschalten.

»Soll ich es mal probieren?«, fragt Adelaide und legt ihre Hand auf den Schalter an der Wand.

»Danke.«

»Es funktioniert!«, ruft das kleine Mädchen, als das Licht angeht. »Das ist Zauberei!«

Ich klettere die Leiter hinunter und schiebe sie zusammen. Dann ziehe ich den Akkuschrauber aus der Steckdose und lege ihn zurück in das Gehäuse. Adelaide und ihre Tochter stehen immer noch vor mir.

»Wir wohnen direkt über dir, aber auf der anderen Seite«, erklärt Adelaide, als sie sieht, dass ich meine Wohnungstür aufschließe. »Schade, dass wir uns nicht durch Klopfzeichen mit einem Besenstiel verständigen können ... Aber wenigstens hörst du uns nicht, wenn ich Aria durch den Flur jage, um sie in die Badewanne zu stecken! Aber hör mal, was machst du jetzt? Hast du was vor?«

Am liebsten würde ich sofort wieder ins *Nuovo Mondo* zurückgehen, um mich zu überzeugen, dass der Laden noch nicht verkauft worden ist, weil die Immobilien in dieser Stadt fast in Überschallgeschwindigkeit ihren Besitzer wechseln. Aber stattdessen sage ich: »Nichts Besonderes, ich will nur ein bisschen aufräumen ...«

Es ist eine wirklich absurde Situation: Ich bin quasi gezwungen, in meine Wohnung zu gehen. Und wie komme ich danach wieder raus, ohne dass Adelaide es merkt? Ich könnte warten, bis sie den Schlüssel oben ins Schloss steckt, und dann in Windeseile über den Hof rennen, bevor sie Zeit hat, hinaus auf den Balkon zu treten. Oder ich könnte ein bisschen warten und dann so tun, als hätte ich plötzlich bemerkt, dass ich die Milch vergessen habe, oder als ob ich einen Auftrag zu erledigen hätte ... Aber was sollte es Adelaide schon ausmachen, wenn ich wieder weggehe? Sie käme doch nie auf den Gedanken, dass ich nur aus Angst, ihr die Wahrheit zu gestehen, in meine Wohnung gegangen bin.

»Willst du es behalten?«, fragt sie mich in dem Moment und streckt mir mit verschwörerischer Miene das Origami entgegen.

»Oh, nein, danke.«

»Ich, ich!« Aria streckt ihre offene Hand aus und greift zufrieden danach.

Ich will mich gerade verabschieden, als ich es mir plötzlich anders überlege.

»Eigentlich wollte ich gerade gehen«, gestehe ich und lache verlegen. Ich lache, um die Spannung abzubauen. Und ich lache über mich selbst. Auch Adelaide lacht. Ich weiß allerdings nicht, ob aus denselben Gründen wie ich oder weil ich sie angesteckt habe.

»Das hättest du uns doch sagen können! Und wo willst du jetzt hin?«

»Ach, ich will nur … in ein Geschäft schauen.«

»Nur in ein Geschäft schauen?«, wiederholt Adelaide und hofft wahrscheinlich, dass ich noch etwas hinzufügen werde.

»Hier unten gab es früher mal einen Trödelladen, aber der soll jetzt verkauft werden. Ich will aber nicht, dass das passiert. Das ist alles. Und dort gehe ich jetzt hin.«

»Schade, dass so ein Laden verkauft wird! Das ist eine Schande. Dann kommen wir jetzt mit.«

»Mit mir?«

13.

Am Anfang war die Sintflut.

Mein Vater hatte uns erklärt, dass sie in fast allen Kulturen der Antike erwähnt wurde. Von Skandinavien bis Ägypten, von Indien bis China, von Griechenland bis Indonesien – alle waren sich einig, dass es einmal eine Zeit gegeben hatte, in der die Erde von Wasser bedeckt war, das die Gebirge überflutete und hoch bis zum Himmel reichte. Nur wenige hatten überlebt, nur die Auserwählten: diejenigen, die sich vorbereitet, die eine Arche erbaut hatten.

»Was würdet ihr mit auf eure Arche nehmen, um zu überleben?« Das wollte Vater eines Abends von Andrea und mir wissen.

»Einen Kühlschrank«, antwortete ich wie aus der Pistole geschossen.

»Einen *Kühlschrank*?« Vater klang enttäuscht. »Auf einen Kühlschrank kann man verzichten«, erwiderte er und stieß einen tiefen Seufzer aus. »Du müsstest doch wissen, dass man sehr gut ohne auskommen kann.«

»Den Dörrautomaten?«, erwiderte ich und hoffte, damit eine bessere Antwort zu geben.

»Blödsinn«, meinte er kopfschüttelnd. »Du hast einen riesigen Dörrautomaten direkt über dir. Die Sonne.«

Er warf meinem Bruder einen fragenden Blick zu. Der sah ihn nur wortlos an und gab ihm zu verstehen, dass es ihn absolut nicht interessierte, sich auf Eventualitäten dieser Art vorzubereiten. Seit er in der Stadt gewesen war und die Welt außerhalb von La Rocca kennengelernt hatte, glaubte er nicht mehr an die Notwendigkeit eines solchen Verhaltens.

»Ist es denn möglich, dass euch sonst nichts einfällt?«, stieß Papà hervor, jetzt wieder an mich gewandt.

Als ich sah, wie enttäuscht er von uns war, tat sich in meiner Brust ein Abgrund auf und mich erfasste ein heftiger Schwindel. Mein Herz begann schneller zu schlagen. Um zu überleben … um zu überleben … Was würde ich auf meine Arche mitnehmen? Aber ich hatte einen totalen Blackout.

»Ein Lebensmittelgeschäft?«, erwiderte ich schließlich zaghaft, obwohl ich genau wusste, dass es falsch war.

»Geschäfte sind eine nutzlose Erfindung! Sie sind der Quell allen Übels!«

Eindeutig die falscheste Antwort, die ich geben konnte. Andrea richtete sich abrupt im Bett auf. Vielleicht um mich zu verteidigen für den Fall, dass Papà die Hand gegen mich erheben sollte, was er jedoch nicht tat. Er stand lediglich auf und sah uns bekümmert an.

»›Samen‹ wäre die richtige Antwort gewesen«, sagte er schließlich leise.

»Samen?«, wiederholte ich kleinlaut.

»Saatgut braucht wenig Platz, und man kann unendlich viel Nahrung daraus gewinnen. Das solltet ihr eigentlich wissen.«

Eine kluge, eine radikale Überlegung. Schnörkellos und so radikal wie er. Und ich war unfähig gewesen, auf diese Idee zu kommen. Auf jede Frage meines Vaters gab es immer nur eine richtige Antwort. Deshalb war es auch so leicht, einen Fehler zu machen. Vater verlangte absolute Perfektion.

»Und dann würde ich Andrea noch auf meine Arche mitnehmen«, feixte ich in dem Versuch, die Situation zu entschärfen. »Er nimmt zwar viel Platz weg, ist aber unentbehrlich.«

Jetzt beugte mein Bruder sich aus dem Bett und versetzte mir einen spielerischen Klaps. Aber seine Miene war grimmig.

»Auf deiner Arche haben nur lebensnotwendige Dinge Platz«, verkündete Vater. »Alles Übrige belastet nur.«

Wollte er damit ausdrücken, dass die anderen nicht wichtig sind?, fragte ich mich, nachdem er aus dem Zimmer gegangen war. Die Aussicht, in einer von Wasser oder Feuer verwüsteten Welt noch einmal ganz von vorne anzufangen, machte mir Angst. Ohne mein Plüschkaninchen, die Keramikgans, meine Bücher oder die Filme, die meine Mutter uns zeigte, könnte ich das nie ertragen. Vielleicht waren diese Dinge nicht notwendig, aber ganz bestimmt überlebenswichtig. Der alte Noah mit seinem weißen Bart hätte bestimmt ein Auge zugedrückt angesichts all der nutzlosen Dinge, die ich mitzunehmen beabsichtigte. In seiner neuen Welt wäre auch dafür Platz gewesen.

Das Gespräch hatte in mir ein gewisses Unbehagen hinterlassen, das ich nur allzu gut kannte – die Gewissheit, dass ich die Zuneigung und Beachtung meines Vaters, der für mich immer und ewig unerreichbar bleiben sollte, nicht verdiente. Unerreichbar wie Gott.

In der Stille der Nacht klammerte ich mich an die Erinnerung an *Il Nuovo Mondo*. Meine neue Welt. Obwohl mich ein schlechtes Gewissen plagte, kehrten meine Gedanken immer wieder an diesen fernen Ort zurück, der möglicherweise tatsächlich der Quell allen Übels war, aber wo die Menschen freundlich waren und schöne, sinnvolle Dinge taten, ohne sich deswegen schuldig zu fühlen.

Plötzlich hofft ein Teil von mir, *Il Nuovo Mondo* verschlossen vorzufinden, mit heruntergelassenem Rollladen wie immer in den letzten fünf Jahren, ohne das Schild ZU VERKAUFEN. Wie in einem Traum, in dem man plötzlich aufwacht und feststellt, dass man nicht mehr eingreifen kann, um das Geschehen zu verändern. Was aber nicht so wichtig ist, weil es ja nicht wirklich passiert. Und wenn das Schild nicht mehr da wäre? Dann hätte das Leben für mich entschieden. Und es wäre viel einfacher.

Stattdessen ist das Schild noch da, und die Tür steht sperrangelweit offen. Hinter dem Schaufenster erkenne ich die junge Frau von der Agentur. Auch heute wieder mit Haarreif und High Heels. Sie ist allein, und sie wirft zweifelnde Blicke um sich, als plage sie ein innerer Konflikt. Hat sie vielleicht insgeheim Gefallen an dem Laden gefunden? Oder sieht sie es als ihre Aufgabe an, die Angelegenheit so rasch wie möglich über die Bühne zu bringen? Drücken ihre Designerklamotten ihre wahre Persönlichkeit aus oder sind sie nur eine schützende Hülle? Lebt sie möglicherweise gefangen in einer Realität, die nicht die ihre ist? Das mögen unbegründete Spekulationen von mir sein, aber ich habe doch den Eindruck, dass sie ein Mensch mit zwei Seiten ist. Eine Mischung aus Seide und Wolle. Seidewollemix, so werde ich sie von nun an nennen.

Adelaide tritt mit ihrer Tochter an der Hand durch die Tür. »Ist das schön hier!«

Seidewollemix sieht uns sofort. Sie nickt mir zu, um mir zu verstehen zu geben, dass sie mich erkannt hat, ehe sie Adelaide in ihrem silbernen Kleid und das kleine Mädchen mit der Krone auf dem Kopf mit einem Blick bedenkt, der irgendwo zwischen Verwirrung und Amüsement liegt.

»Meine Kreationen würden sich hier ganz wun-der-bar machen«, ruft Adelaide, die sich davon nicht einschüchtern lässt, und drückt meinen Unterarm, als wären wir beste Freundinnen. »Ich meine, kannst du dir das vorstellen?«

Ich weiß nicht, wie ich mir das vorstellen können soll, denke ich, da ich ihre Kreationen ja noch nie gesehen habe.

»Das Geschäft ist zu verkaufen«, stellt Seidewollemix klar für den Fall, dass das Schild ZU VERKAUFEN nicht deutlich genug zu sehen sein sollte.

»Ich glaube, das übersteigt mein Budget …« Adelaide dreht sich zu mir um. »Ich habe gerade mal sechshundert Euro auf dem Konto. Und du?«

Ich spüre, wie mir die Röte ins Gesicht steigt. Ich habe nicht einmal ein Bankkonto. Ich bewahre alles in Klarsichthüllen auf: Bargeld, Quittungen, den kleinen Block, auf dem ich meine Monatsabrechnungen mache. Es bleibt nie viel übrig, obwohl ich mich anstrenge, aber ich lege Geld für Notfälle zurück und versuche, etwas für die Rente zu sparen.

Eigentlich bin ich ja nur gekommen, um einen flüchtigen Blick von außen auf den Laden zu werfen, in der Hoffnung, nicht gesehen zu werden. Nur um mich zu vergewissern, dass *Il Nuovo Mondo* tatsächlich wieder offen hat, dass es noch nicht verkauft wurde und dass vielleicht eine minimale Chance besteht, den Laden zu retten. Um mich ein bisschen stärker zu fühlen. Genau. Deswegen bin ich gekommen.

»Das muss ja wirklich ein wichtiges Geschäft sein, wenn man an einem Sonntag arbeitet«, bemerkt Adelaide, an Seidewollemix gewandt.

»Die Arbeit ruht nie. Nicht in dieser Stadt«, erwidert Seidewollemix, während sie die Nachrichten auf ihrem Handy checkt. »Als Erstes muss hier natürlich alles entrümpelt werden.«

»Entrümpelt …?«, wiederhole ich ungläubig.

Orte wie diese zu »entrümpeln«, müsste als Verbrechen geahndet werden. Was würde denn übrig bleiben? Nur leere Wände, Feuchtigkeit und Staub.

»Aber all diese Dinge hier haben einen Wert«, rutscht es mir heraus.

Adelaide sieht mich anerkennend an.

»Einen Wert?«, meint Seidewollemix zweifelnd und rückt ihren Haarreif zurecht.

»Man muss sie nur ein bisschen herrichten.«

»Willst du mir damit sagen, dass mein Entrümpler dadurch zum Millionär wird?«

»Zum Millionär vielleicht nicht, aber man kann ganz schön Geld verdienen, wenn man die Sachen verkauft.«

Mein Wagemut erstaunt mich selbst und scheint sogar Aria und Adelaide zu beeindrucken. Ich denke mir, wenn ich Zeit gewinne, steigen meine Chancen, Margaret aufzuspüren.

Zum ersten Mal bedenkt Seidewollemix mich mit einem Blick, als würde sie mich tatsächlich wahrnehmen. »Und wer soll diesen Krempel bitte schön kaufen?«

Ich zucke mit den Schultern und bemühe mich um den richtigen Tonfall. »Da gibt es viele Leute …«

Mir kommt das vor, als ob man ins Wasser springt, ohne schwimmen zu können: Man kann nur alles dafür tun, um nicht unterzugehen.

Die Maklerin wirft mir einen skeptischen Blick zu und beschäftigt sich erneut mit ihrem Handy. Aber ich habe eine Mission. Und mir ist eine Idee gekommen.

»Wenn du willst, kann ich dir meine Nummer geben. In der Zwischenzeit höre ich mich mal um, ich kenne fast jeden hier in der Nachbarschaft und … viele Vintage-Liebhaber.«

Sie mustert mich und überlegt, ob sie darauf eingehen soll. »Na gut«, antwortet sie schließlich, »lass mir deine Nummer da, nur für den Fall.«

Ich ziehe einen Post-it-Zettel aus meinem Rucksack, notiere rasch meine Nummer und gebe sie ihr.

»Du hättest mich einfach anrufen können«, erwidert sie und weiß offenbar nicht, was sie mit dem Zettel anfangen soll.

»Ich schreibe gerne auf Papier. Dann habe ich das Gefühl, etwas auf dieser Welt zu hinterlassen.«

Adelaide und Aria klatschen Beifall, was mich total in Verlegenheit bringt.

»Okay, dann lass uns jetzt gehen«, sagt Adelaide, um mich aus dieser Situation zu erlösen.

»Lasst bitte die Tür offen, meine Dichterinnen!«, ruft Seidewollemix, während sie Richtung Hinterzimmer geht. »Vielleicht kommt ja noch jemand.« Und fügt leise, aber nicht leise genug hinzu: »Jemand mit weniger Flausen im Kopf und mehr Geld in der Tasche!«

Als wir draußen sind, bittet Adelaide mich um meine Telefonnummer.

»Wozu brauchst du sie? Du kannst jederzeit runterkommen und bei mir klopfen«, antworte ich. »Ich wohne genau unter dir.«

»Das werde ich schneller tun, als du dir vorstellen kannst.« Dann packt sie mich an der Hand. »Aber ich habe eine noch bessere Idee. Du kommst jetzt gleich mit zu uns. Ich möchte dir meine Kreationen zeigen.«

14.

Zweiundzwanzig Jahre lang kannte ich nichts anderes als La Rocca, unsere Festung, und die Wohnung meiner Großmutter. Ich träumte von den Häusern und Wohnungen der anderen, so wie ich von deren Leben träumte. Ich konnte mich nicht sattsehen an den Anwesen in den Filmen und verschlang jedes Detail. Wo die Bewohner ihre Schlüssel aufbewahrten, was für einen Kühlschrank sie in der Küche stehen hatten, ob es dort Teppiche oder ein Himmelbett gab (ich hätte auch gerne eins gehabt), in welchem Stockwerk die Wohnungen lagen, ob ein Garten vorhanden war. Im Film entsprachen Häuser und Wohnungen fast immer perfekt der Persönlichkeit derjenigen, die darin wohnten, während ich im Laufe meiner Arbeit feststellen musste, dass dem in der Realität ganz und gar nicht so ist. Die Häuser und Wohnungen im echten Leben spiegeln den Teil von uns wider, der sonst verborgen bleibt, und überraschen manchmal sogar diejenigen, die uns zu kennen glauben.

Adelaides Wohnzimmer ist voller Pflanzen und Spielzeug und übersät mit Kleidern jeder Variation: bedruckt, aus Tüll, aus Seide, bestickt. Am Kühlschrank hängen Dutzende von Postkarten und Post-it-Zetteln, auf dem Sattel eines Kinderfahrrads balanciert in prekärem Gleichgewicht ein Stapel Bücher. In der Mitte des Raumes steht ein mit leuchtend blauem Samt überzogenes Sofa. Am liebsten würde ich dort hineintauchen.

Auch wenn die Wohnung die Atmosphäre eines Ateliers ausstrahlt, so wohnt hier doch eine Erwachsene mit einer Tochter, eine Frau, die die Zeit hinter sich hat, als sie jung und naiv war und noch nicht wusste, was aus ihr werden sollte. Die Wohnung ist chaotisch, weil das Leben chaotisch ist. Ganz im Gegensatz zu der meinen, wo immer alles an seinem Platz ist, aber ohne Spuren von jemand anderem als mir.

Aria läuft davon und versteckt sich unter dem Tüllrock eines kanariengelben Kleides.

»Das hier sind meine Geschöpfe«, sagt Adelaide und zeigt mir voller Stolz die Kleider, die sie in jeder freien Minute entwirft und näht. Die Nähmaschine steht direkt unter dem Fenster.

Adelaide arbeitet als Verkäuferin in der Filiale einer Fast-Fashion-Kette, wie sie mir erzählt, aber ihre wahre Leidenschaft gilt der Schneiderei. Sie hebt das gelbe Kleid vom Sofa hoch und hält es sich vor den Körper. Das Kleid hat ein weiches Mieder und einen weiten, mehrlagigen Rock, unter dem Aria jetzt kleine, spitze Schreie ausstößt. Es ist wunderschön.

»Vierundzwanzig Stunden Arbeit. Seidentüll. Alles von Hand genäht. Fass mal an …«

Ich strecke die Hand aus und stelle überrascht fest, dass es sich anfühlt, als würde ich in eine Wolke greifen.

»Los, komm raus da«, ruft Adelaide ihrer Tochter zu. »Du hast deine eigenen Sachen.«

Aria kommt unter dem Rock hervor und läuft in Richtung Schlafzimmer. Einen Moment lang wünsche ich mir, ihr Leben wäre das meine.

»Okay, du gehörst also zu den Leuten, die Möbel zusammenbauen können, ohne dabei Gott und die Welt zu verfluchen?«, wendet sich Adelaide fragend an mich.

»Ich gehöre zu den Leuten, die nur sich selbst verfluchen.«

»Und könntest du uns eventuell helfen, ein Bücherregal zusammenzubauen?«

Und dabei zeigt sie auf einen schweren, kompakten Karton, der sich hinter dem Sofa versteckt.

»Als ich das Bücherregal bestellte, dachte ich, jetzt kommt ein Bücherregal an, aber stattdessen ist das hier gekommen. Das größte Teil ist bestimmt nicht länger als zwanzig Zentimeter. Und ich habe Lego immer schon gehasst.«

»Lass mich mal sehen«, erwidere ich. Plötzlich fühle ich mich stark und um einiges reifer als noch vor einem Augenblick. Und das nur, weil ich ihr helfen kann.

Nachdem ich die einzelnen Teile ausgepackt habe, stelle ich fest, dass die Bretter nicht aus Massivholz, sondern aus Birkensperrholz sind. Nicht einmal Löcher für die Schrauben sind vorgesehen.

»Ich kann dir das Regal schon aufbauen, aber es wird nicht lange halten. Ich glaube nicht, dass sich die Mühe lohnt. Wir machen Folgendes: Ich werde mich mal nach einem Bücherregal für dich umsehen. Besser eines, das gebraucht, aber stabil ist, als ein neues, das gleich wieder auseinanderfällt. Meinst du nicht auch?«

Adelaide wirft mir einen schrägen Blick zu. »Was meinst du mit *mich umsehen*?«

»Ach, die Leute werfen alle möglichen Dinge weg, die durchaus noch brauchbar sind. Man muss nur ein bisschen Glück haben.«

Sie betrachtet mich mit einer Mischung aus Bewunderung und Ungläubigkeit. Zumindest scheint es mir so.

»Wenn man Geduld hat und weiß, wo man suchen muss, kann man durchaus ein schönes Regal finden. Ich weiß, wo ich suchen muss, die Geduld musst du aufbringen.«

Sie seufzt. »Der Karton steht schon eine Weile da. Ich glaube nicht, dass es viel ausmachen wird, wenn unsere Bücher noch ein bisschen länger warten. Ich schätze, sie haben sich inzwischen daran gewöhnt, überall verstreut herumzuliegen.« Dann deutet sie auf den Karton. »Aber was machen wir jetzt damit? Ich habe immerhin neunundsiebzig Euro und neunzig Cent dafür bezahlt.«

»Dann basteln wir eben was draus.«

»Und was?«

»Schneidebretter, Tabletts, Untersetzer, Skulpturen … Oder vielleicht ein Puppenhaus«, füge ich hinzu, als ich Aria sehe, die sich wieder zu uns gesellt hat.

»Juhu! Ein Puppenhaus!«, ruft sie und klatscht fröhlich in die Hände.

»Einverstanden!«, ruft Adelaide, fast genauso glücklich wie ihre Tochter. »Ein Puppenhaus! Davon träumt Aria schon die ganze Zeit. Vielen, vielen Dank. Wir haben wirklich zwei linke Hände, aber dafür sind wir sehr nett, nicht wahr?«

Sie schenkt mir ein breites Grinsen.

»Sehr«, bestätige ich und widme mich intensiv der Betrachtung der Sperrholzteile, damit sie nicht merkt, wie verlegen ich bin. »Die Maße haben wir, jetzt brauchen wir nur noch einen Entwurf … Habt ihr Papier und Bleistift?«

Aria läuft los, um beides zu holen, überglücklich, meine Assistentin zu sein.

Ihre Begeisterung versetzt mich zurück in meine Kindheit, und ich sehe mich wieder als kleines Mädchen in La Rocca. Wenn das Dach des Schuppens eingestürzt oder ein Rohr undicht war, wenn der Generator nicht mehr funktionierte, dann berief unser Vater eine Besprechung mit meinem Bruder und mir ein, in der wir das Problem analysieren und Lösungen vorschlagen sollten. Er selbst äußerte sich nicht dazu: Er hörte sich unsere Vorschläge an, und wir versuchten, sie in die Tat umzusetzen. Es klappte nicht immer auf Anhieb, aber es war wichtig, zu zeigen, dass wir es auch allein schaffen konnten. Erst denken, dann handeln, sagte er immer. Und jedes Mal, wenn er das sagte, musste ich an die Vogelscheuche aus dem *Zauberer von Oz* denken: »Verstand ist das Einzige, worauf es ankommt in der Welt, ob man nun eine Krähe ist oder ein Mensch.«

Und dann fügte unser Vater noch hinzu, dass er uns nicht erziehen wolle wie unsere Altersgenossen, unwissende Sklaven der

Schrecklichen Illusion, einer Konsumgesellschaft, in der man nicht mehr nachdachte, in der man nicht mehr wusste, wie man Dinge *tat*, in der man nicht mehr man selbst sein konnte, sondern nur noch simple Varianten eines Basismodells. Es waren Reden wie diese, die mir das Gefühl gaben, wichtig zu sein, und mich in der Gewissheit bestätigten, dass alle meine Anstrengungen einer gerechten Sache dienten. Wenn ich bei diesen Unternehmungen mit Papà erfolgreich war, fühlte ich mich einfach gut.

Gelang es uns jedoch nicht, eine Lösung für ein Problem zu finden, verdüsterte sich sein Blick, und er sah uns an mit einer Mischung aus Groll und Bitterkeit, als ob wir ihm großes Unrecht zufügten. Zur Strafe sperrte er uns dann in die Abstellkammer. Manchmal stundenlang. Um nachzudenken, wie er sich ausdrückte. Von außen drehte er den Schlüssel im Schloss um und schaltete das Licht aus. »Denkarium« nannte er das.

In dem Raum gab es weder Heizung noch Fenster, im Winter war es eiskalt und im Sommer stickig heiß. Mein Vater behauptete, die widrigen Umstände würden dabei helfen, nicht einzuschlafen und klar zu denken. Ich vertrieb mir die Zeit damit, im Dunkeln den Inhalt von Konserven zu erraten, indem ich die Dose und das Etikett abtastete. Ich löste schwierigste Multiplikationen. Ich hüpfte auf und ab wie ein Hampelmann, um mich warm zu halten. Ich durchforstete mein Gedächtnis auf der Suche nach der ersten Erinnerung in meinem Leben. Doch dort eingeschlossen, fiel mir nichts ein. Die Zeit im Denkarium schleppte sich endlos dahin. Es war, als würde ich nicht existieren. Es war schlimmer, als zu sterben.

»Es ist wunderschön!«, quiekt Aria und holt mich wieder in die Realität zurück.

Der Entwurf für das Puppenhaus, den ich fast nebenbei gezeichnet habe, ist fertig. Ein riesiger Felsbrocken drückt auf meine Brust. Jedes Mal, wenn ich an La Rocca zurückdenke, wird alles um mich herum dunkel, und ich habe das Gefühl, in ein schwarzes Loch zu fallen. Selbst das Atmen bereitet mir Mühe. La Rocca ist Lichtjahre entfernt, aber ich bin immer noch dort.

»In den nächsten Tagen werde ich die einzelnen Teile anfertigen und dann alles zusammenbauen, okay?«, sage ich zu dem kleinen Mädchen.

»Ja! Willst du jetzt unser Zimmer sehen?«

Der Raum ist mit viel Fantasie eingerichtet. Ein spitz zulaufender Feenhut und eine fuchsienrote Federboa hängen am Gestell eines Stockbetts, daneben stehen ein Kinderstuhl und ein kleiner Tisch voller Zeichnungen und Buntstifte. Knallbunte Kleidungsstücke schwingen an dem langen Kleiderständer auf der anderen Seite des Zimmers. Auf dem Boden stehen fein säuberlich nebeneinander ein Dutzend Paar Schuhe. Aria schlüpft in ein Paar Schmetterlingsflügel, die sicher ihre Mutter genäht hat.

Plötzlich bin ich wieder ganz im Hier und Jetzt und werde mir der Tatsache bewusst, dass ich nicht nur in der Wohnung eines fremden Menschen bin, sondern das auch noch ohne einen bestimmten Grund. Ohne eine Aufgabe. Ausnahmsweise nicht wegen der Arbeit. Ich genieße eine ungewohnte Wärme in meiner Brust, das Gefühl, nicht nur eine Hand an einem Schraubenzieher zu sein, und trete näher an die Kleider heran.

Adelaides Traum wäre es, von ihrer Schneiderei leben zu können, erzählt sie mir, damit sie ihren jetzigen Job, der sie Tag für Tag mehr auslaugt, an den Nagel hängen könnte. Und das alles nur, um von ausgebeuteten Menschen hergestellte Kleidung aus schlechten, umweltschädlichen Materialien an Kunden zu verkaufen, die es immer eilig, aber keinerlei kritisches Bewusstsein haben, misstrauisch beäugt von einem überheblichen und frauenfeindlichen Chef.

Auf der anderen Seite ist es nicht so einfach. Adelaide würde mehr Zeit für Entwurf und Herstellung ihrer Kreationen brauchen, sie müsste sich erst mal einen Namen machen, die Preise niedrig kalkulieren, um Kunden anzulocken, und einen Ort finden, den sie als Showroom nutzen könnte … »Es ist alles ein Chaos. Nur Träume ohne Flügel«, meint sie mit Blick auf die ihrer Tochter.

Sie hätte gern einen weniger fordernden und besser bezahlten Job, während sie an den Flügeln für ihren Traum bastelt, aber alle bisherigen Vorstellungsgespräche haben zu nichts geführt. Arbeitgeber wollen dynamische, eifrige Mitarbeiterinnen, aber niemand scheint bereit zu sein, ihnen das zu zahlen, was sie eigentlich verdienten, oder ihnen Arbeitszeiten zu garantieren, die es ihnen ermöglichen, ein Leben auch außerhalb der Arbeit zu führen.

»Stell dir mal eine Ecke vor, in der exklusiv meine Kleider zu sehen sind, und das in einem so zauberhaften kleinen Laden wie dem *Nuovo Mondo*. Sobald du durch die Tür trittst, befindest du dich in einer anderen Dimension und lässt alles hinter dir. Du bist umgeben von Schönheit, und dir bietet sich die Chance, in das Kleid zu schlüpfen, von dem du immer geträumt hast … Was für ein Wahnsinn, dass sie diesen Ort leerräumen und verkaufen wollen, ohne sich auch nur im Geringsten dafür zu interessieren.«

Adelaide scheint darüber genauso traurig zu sein wie ich, und das berührt mich sehr. Ohne groß nachzudenken, erzähle ich ihr von Dorothy und von Margaret, davon, wie sehr die eine an dem Laden hing, während die andere seltsamerweise nichts davon wissen wollte. Adelaides Miene verfinstert sich erneut, doch dann schaut sie mich an und verkündet: »Ich habe das Warten satt.«

»Was meinst du? Das Warten worauf?«

»Genau, worauf? Das ist die eigentliche Frage. In unserer Gesellschaft machen wir doch nichts anderes mehr, als zu warten. Warten, dass die Gerechtigkeit siegt, dass sich die Dinge ändern, dass die Zukunft besser wird, dass Wunder geschehen oder dass man aufgibt, aber manchmal ist nicht einmal mehr klar, was man aufgeben soll, und so wartet man einfach weiter.«

Ich gebe es nur ungern zu, aber was mich betrifft, ist das einfach so. Mein Leben ist ein einziges langes Warten, und es würde mich nicht wundern, wenn es sich als endlos erweisen würde.

»Wo ist der Kampfgeist von früher geblieben?«, fragt Adelaide. »Früher hat man gekämpft! Man hat sich aufgelehnt, rebelliert, sabotiert … Und das hat zu konkreten Ergebnissen geführt. Dir liegt wirklich viel an diesem Laden, nicht wahr?«, fragt sie. »Das sieht man dir schon von Weitem an.«

Ich nicke und starre auf meine rissigen Finger, während ich versuche dahinterzukommen, worauf sie hinauswill. Ich muss mich nicht lange anstrengen.

»Wir müssen die Besichtigungen im Laden boykottieren, während wir versuchen, Margaret aufzuspüren«, verkündet Adelaide in einem Tonfall, der keinen Widerspruch duldet.

Dass sie den Plural verwendet, bringt eine Saite in mir zum Klingen, und ich habe das Gefühl, gleich in Tränen auszubrechen. Eine völlig unangebrachte Reaktion, die ich sofort zu unterbinden suche.

»Eine etwas verrückte Idee«, wage ich stattdessen zu erwidern.

»Klar. Aber was wäre das Leben ohne ein bisschen Verrücktheit?«

Aber nicht zu viel, würde ich gerne sagen ….

»Fangen wir mit dem Wichtigsten an«, fährt Adelaide in nüchternem Tonfall fort, »und nehmen das Schild ab.«

»Das ZU-VERKAUFEN-Schild?«

»Ja, welches denn sonst? Das erledigen wir noch heute Abend.«

Ich stoße ein Lachen aus, das irgendwo zwischen einem Grinsen und einem Niesen liegt. Die Worte von Signora Dalia kommen mir wieder in den Sinn. *Keine Ausreden, sonst versäumst du dein Leben.*

»Das ist Wahnsinn … aber besser als nichts«, sage ich schließlich und hebe kapitulierend die Hände.

»Gut, das wäre geklärt. Aber warte, da fehlt noch eine Kleinigkeit. Warum probierst du nicht mal eines meiner Kleider an?«

»Danke, aber …«

»Ich habe eines, das dir sehr gut stehen würde.«

»Es ist nur so …« Ich weiß nicht recht, wie ich es ausdrücken soll. »Ich mag es nicht, aufzufallen.«

»Ich verrate dir mal ein Geheimnis: Du fällst jetzt schon auf. Eine junge Frau, die sich wie ein Klempner kleidet und immer allein und mit einer riesigen Werkzeugtasche herumläuft. Noch auffälliger geht es kaum …« Bevor ich etwas erwidern kann, fügt sie rasch hinzu: »Und ich verrate dir jetzt noch ein Geheimnis: Ich wusste bereits vorher, dass du Gea heißt, dass du die Schöpferin der literarischen Origami bist, und ich habe dich auch beobachtet, wie du überall im Haus die Schilder aufgehängt hast.«

15.

Eugenio ist gerade dabei, das zweite Nutellatörtchen zu verdrücken, das zu dem Essen gehört, das seine Mutter mir gestern im *Nulla* mitgegeben hat. Ich stochere in meiner Portion Lasagne, um ihm Gesellschaft zu leisten. Ich bin viel zu sehr daran gewöhnt, mit fast leerem Magen ins Bett zu gehen, um jederzeit bei Bedarf aufspringen zu können.

Ich muss an das Schild denken, das unter meinem Bett liegt: ZU VERKAUFEN. Adelaide hat darauf bestanden, dass wir zu dem Diebstahl von ihr genähte Sturmmasken aufsetzen: pink und mit Strass besetzt.

»Nicht gerade unauffällig«, habe ich mir erlaubt zu sagen, aber sie hat mir erklärt, dass sich heutzutage niemand mehr über irgendetwas wundert. Wem sollten wir an einem Sonntagabend um halb neun Uhr schon auffallen? Auf jeden Fall war keine Zeit zu verlieren, da ich um neun Uhr den Sohn einer Freundin bei mir zu Hause erwartete.

»Woran denkst du?«, fragt Eugenio und wischt sich den Mund mit der Serviette ab.

Unmöglich, das, was in meinem Kopf gerade vor sich geht, in einem einzigen Satz zusammenzufassen. Ich weiß nicht, in welche Richtung ich zuerst denken soll. Mein gewohnter Alltag hat sich in Luft aufgelöst, die Karten sind neu gemischt, die Leitlinien verschwommen.

»Ich denke ans *Nuovo Mondo.*«

»Du müsstest mal hin und wieder raus aus unserem Viertel«,

meint er und schiebt sich das letzte Stück des Törtchens in den Mund.

»Was willst du mit einer Stadt, wenn du ein Viertel hast?«

»Du weißt gar nicht, wie schön die Stadt ist. Sie ist jeden Tag anders, sogar jede Stunde. Und nachts erst.« Eugenios Augen leuchten wie jedes Mal, wenn er von seinen Bustouren erzählt. »Der Einundneunziger fährt die gesamte Ringstraße entlang und hält dabei kein einziges Mal. Man könnte einsteigen und ewig und drei Tage mitfahren, während draußen vor den Fenstern die Stadt vorbeizieht. Jede Sorge, ob groß oder klein, schrumpft, und schrumpft und schrumpft, bis sie irgendwann ganz verschwindet.« Er zuckt mit den Schultern.

Ich verstehe, warum das ein beruhigender Gedanke für ihn ist. Es ist mehr oder weniger das, was ich mir selbst immer einrede, wenn ich abends in dem geblümten Sessel im Wohnzimmer versinke und mir vorstelle, das Haus nie wieder zu verlassen: Das wäre natürlich absurd, aber auch eine reale Möglichkeit, wenn ich es nur wollte, und das beruhigt mich. Es gibt mir das Gefühl, einen Ausweg zu haben.

Eugenio trägt noch immer seine Uniform. Hätten wir sie nicht miteinander zusammengestellt, hätte ich sie glatt mit dem Original verwechselt. Blaue Hose, blaue Jacke, hellblaues Hemd, rote Krawatte, im Winter die burgunderrote Weste.

Die Uniform bleibt immer bei mir zu Hause, auf einem Kleiderbügel im Wohnzimmer. Eugenio hat einen Zweitschlüssel. Nach der Schule kommt er zu mir herauf, um sich umzuziehen, und steigt dann um dreizehn Uhr sechsundfünfzig in die Buslinie einundneunzig ein, wo er sich immer ans Fenster setzt. Gegen siebzehn Uhr kommt er wieder zurück, zieht seine Uniform aus und seine anderen Sachen an, überquert den Hof und geht hinauf zu seiner Wohnung. Wir verabschieden uns durch das Fenster. An Samstagen und Sonntagen ist er den ganzen Tag unterwegs. Seinen Eltern erzählt er, dass er in der Bibliothek lernt. Sie würden es nie akzeptieren, dass er davon träumt, Busfahrer zu werden, sie können sich eine Zukunft für ihn ohne den Imbiss nicht vorstellen. Ich decke ihn, weil ich verstehe, wie sehr er seinen Traum braucht. Und im Übrigen schleppt er dabei immer seine Bücher mit sich herum, und ich weiß, dass er sie auch liest.

Eugenios Liebe zu Autobussen fing damals an, als er und seine Großmutter aus dem kleinen Dorf im Hinterland, wo sie lebte, im Sommer jeden Tag mit einem Bus ans Meer fuhren.

»Als sie krank wurde«, erzählte mir Eugenio, »habe ich ihr versprochen, dass ich lernen würde, einen Bus zu fahren, um sie vom Krankenhaus abzuholen und nach Hause zu bringen. Ich habe es nicht rechtzeitig geschafft … Aber ich will es trotzdem lernen. Und wenn ich ihr eines Tages nachfolge, dann mit dem Bus.«

Ein ausgesprochen guter Grund, wie mir schien. Wenn jeder sich aus solchen Gründen für seinen Beruf entscheiden würde, wäre diese Welt vielleicht eine bessere. Eine Welt mit mehr Lächeln und weniger schlechter Laune, so viel ist sicher.

Um zweiundzwanzig Uhr vierunddreißig klingelt mein Handy. Ich gehe nie ans Telefon, ich schicke immer nur Nachrichten, und irgendetwas sagt mir, dass es wichtig sein könnte. Und außerdem ist Eugenio bei mir, sodass ich mich sicherer fühle.

Ich melde mich mit einem zaghaften »Hallo?« und trete hinaus auf den Balkon.

»Entschuldige, störe ich?«

Eine weibliche Stimme. Ich antworte mit »Nein« und belasse es dabei. Besser, ein wenig reserviert zu bleiben, falls sie versucht, mir etwas zu verkaufen. Ich hasse es, herumzustreiten, um meine Meinung gegen jemanden durchzusetzen, der mir etwas ungesehen andrehen will.

Warum ist ein Nein nicht genug? Es passiert viel zu oft im Leben, dass man Nein sagen will, ein einfaches, harmloses Nein, und die andere Seite erwidert, aber warum nicht? Wie schön wäre es, wenn die Welt öfter ein Nein als Antwort akzeptieren würde. Wollen Sie einen Jahresvorrat an Waschpulver kaufen? Nein. Wollen Sie Auto, Verwalter, Mobiltelefon, Haus, Katze, Hund, Zahnpasta wechseln? Nein. Wollen Sie sechzehn Paar Unterhosen zum Preis von zwölf, eine Reise zum Mars, einen Hamburger, der in einer Minute geliefert wird? Nein, nein und nochmals nein. Wollen Sie Muskeln aus Stahl, hundertzwanzig Jahre alt werden, zehn Kilo abnehmen? Nein. Ich wünschte, ich könnte einfach so Nein sagen.

»Ich wollte wissen, ob es was Neues gibt, was den Verkauf der Sachen aus dem Antiquitätenladen angeht«, trällert die Stimme. »Ich weiß, es ist Sonntagabend, aber es ist so, Zeit ist relativ. Und wir haben nicht viel davon.«

Seidewollemix! Was für eine unverhoffte Gelegenheit! Gerade erst sind Adelaide und ich zu dem Schluss gekommen, dass es ideal wäre, wenn ich während der Besichtigungen im Laden eine Weile vor Ort bleiben könnte, bis wir einen Plan ausgearbeitet haben. Als ich zurück in meine Wohnung ging, kam mir eine Idee. Zwei Stufen auf einmal nehmend, fühlte ich mich leicht und beschwingt, auch wenn ich nicht wusste, ob es funktionieren würde, und jetzt bietet Seidewollemix mir die Möglichkeit, es gleich auszuprobieren.

»Ja, das gibt es …«, sage ich und räuspere mich.

Ich hatte Angst, dass ich die Initiative ergreifen und mich diesem Gespräch von Angesicht zu Angesicht stellen müsste. Vielleicht schon morgen im Geschäft, mit all den damit verbundenen Schwierigkeiten – den zitternden Händen, den Blackouts, der Unsicherheit in meiner Stimme. Am Telefon ist meine Verlegenheit weniger spürbar, und das gibt mir Spielraum für einen Bluff.

Mein Herz schlägt wie rasend. »Ich habe mich ein wenig bei erfahrenen Geschäftsleuten und Antiquitätenhändlern umgehört, und nach dem, was ich ihnen sagen konnte, waren sie recht interessiert.«

»Hm, ich höre da ein ›Aber‹ heraus.«

Ich werfe rasch einen Blick durch die Glastür zu Eugenio hinüber. Er ist in ein Comicheft vertieft, ohne etwas von der Komödie mitzubekommen, die ich gerade aufführe.

»Es gibt sogar zwei ›Aber‹«, erläutere ich, hoffentlich im richtigen Tonfall.

»Und die wären?«

Ich mache erneut eine Pause, kürzer dieses Mal, um meine Gedanken neu zu ordnen und den Satz bestmöglich zu formulieren.

»Das erste ›Aber‹«, sage ich, »betrifft das Inventar. Sie wollen eine Aufstellung von allem, was zum Verkauf steht, für jedes einzelne Stück, komplett mit Fotos und detaillierten Informationen.« Pause, um das sacken zu lassen. Bedauernder Tonfall. »Ich glaube nicht, dass ihr so etwas habt … Liege ich da falsch?«

»Nein, eher nicht«, erwidert sie enttäuscht.

»Andererseits ist es keine unmögliche Aufgabe, eine gute Inventarliste zu erstellen. Man muss sich nur ein bisschen reinhängen.«

»Schön und gut, aber wer hat die Zeit dafür?«

»Ganz einfach, ich.«

»Aha.« Seidewollemix klingt überrumpelt. »Okay …«

Für meine Wohnung habe ich eine komplette Inventarliste erstellt, würde ich gerne hinzufügen, aber das behalte ich lieber für mich. Es würde sicher übertrieben klingen, auch wenn es wahr ist.

Da sie nichts mehr sagt, fahre ich fort.

»Kommen wir zum zweiten ›Aber‹: Die Ware soll restauriert und wiederhergerichtet sein, damit man sie verkaufen kann …« Taktische Pause. »Da gäbe es einiges zu tun.«

»Und wer könnte das machen?«, fragt Seidewollemix seufzend und klingt zunehmend entmutigter.

Obwohl sie mich nicht sehen kann, ringe ich mir ein Schulterzucken ab und füge mit dem resignierten Tonfall desjenigen, der sich opfert, ohne es den anderen spüren lassen zu wollen, hinzu: »Ganz einfach, wieder ich.«

Es folgt ein so langes Schweigen, dass ich schon befürchte, gescheitert zu sein. Wahrscheinlich wird sie ablehnen. Doch stattdessen: »Morgen bin ich im Laden, wenn du vorbeikommen willst … Dann können wir das besprechen.«

Ich versuche, meine Begeisterung nicht allzu deutlich zu zeigen, willige ein und verabschiede mich. Ein kleiner großer Sieg. Und noch dazu unerwartet. Ich denke, ich sollte versuchen, mir selbst zu gratulieren. Wenn ich nur wüsste, wie das geht. Wieder schaue ich zu Eugenio hinüber und schenke ihm durch die Glastür ein Lächeln.

Ich öffne den Mahagonischrank im Wohnzimmer, den ich schon lange durch einen Metallspind hätte ersetzen sollen, der in jeder Hinsicht sicherer wäre. Aber dieser Schrank gehörte meiner Großmutter, und ich hänge an ihm. Als ich hierher in die Wohnung kam, war er vollgestopft mit Bettwäsche, die nach altem Lavendel roch. Manche Laken waren zerschlissen, andere voller Flecken. Auch Großmutter wusste zu sparen. Die meisten Bettlaken habe ich zu Putzlappen verarbeitet. Die anderen benutze ich. Jetzt nehme ich ein paar davon her, um im Zimmer ein Bett herzurichten.

In diesem Schrank bewahre ich auch eine Reihe kurioser Gegenstände auf, die ich auf meinen Spaziergängen gefunden habe. Zum Beispiel ein tragbares Solarradio. So etwas würde meinem Vater gefallen! Mit allen Frequenzen von AM, AF, SW bis zu NOAA, dazu Taschenlampe, Wecker und Kompass.

Eugenio hat immer großen Spaß daran, meine gesammelten Fundstücke aufzubauen und gemeinsam mit mir eine Vergangenheit für sie zu erfinden. »Deine Schätze« nennt er sie. Sein Lieblingsstück ist eine alte Balgenkamera, die ich ihm jetzt in die Hand drücke. »Für deinen Geburtstag.«

»Aber der ist doch erst in drei Monaten!«

»Dann zu Weihnachten.«

»Da ist ja noch eine Ewigkeit hin«, erwidert er lachend.

»Es muss ja nicht immer einen Grund geben, um jemandem etwas zu schenken.«

Er hat fast Tränen in den Augen. »Du hast sie repariert!«

»Ich konnte sie dir doch nicht kaputt schenken. Man hat nur was von den Sachen, wenn sie leben, nicht, wenn sie tot sind.«

»Kann ich heute Nacht hier schlafen?«

Jedes Mal schaut er mich dabei hoffnungsvoll an. Als müsste er mich das überhaupt fragen.

»Was denkst du, für wen ich das Bett hier mache?«

16.

In der Wohnung über mir, gegenüber der von Adelaide und Aria, ist vor Kurzem ein junger Mann eingezogen, der offenbar an Schlaflosigkeit leidet. Sein Gesicht habe ich allerdings noch nicht gesehen. Wenn ich ihm über den Weg laufe, und das passiert selten genug, trägt er jedes Mal ein schwarzes Sweatshirt mit Kapuze, die er über den Kopf gezogen hat. Auf der Rückseite des Hoodies steht: *Es kann nicht ewig regnen*.

Er sei Student, habe ich jemanden sagen hören. Ich dachte immer, Studenten feiern Partys, essen Pizza mit Freunden auf der Couch, lassen stapelweise schmutzige Kartons und leere Flaschen herumliegen und hören laute Musik. Dieser Student hingegen scheint weder Freunde noch eine Stereoanlage zu haben. Er verschafft sich auf andere Weise Gehör, indem er nachts stundenlang hin und her läuft.

Auch ich kann oft nicht schlafen, aber warum kann man nicht einfach im Bett liegen bleiben und lesen oder in den Himmel schauen? Sicher, die Sterne sind verblasst, und in der Stadt ist es nie wirklich dunkel, aber man kann stundenlang beobachten, wie die Lichter in der Nacht ihre Bahnen ziehen, und dabei von Planeten und Außerirdischen träumen.

Wenn ich als Kind nach einem Albtraum hochschreckte, schlich ich ins Bad und machte dort das Fenster auf. Einen halben Meter unterhalb der Fensterbank stand ein Ziegelstein aus der Mauer hervor, und ich hatte ziemlich viel Übung darin, aus dem Fenster zu klettern. Ich legte mich hinter dem Haus auf den

Rasen und bewunderte den Himmel. Diese schwarze, mit Sternen übersäte Kuppel verlieh meinem Leben eine neue Dimension. Was spielte es da schon für eine Rolle, dass ich keine Gleichaltrigen kannte, dass ich nie eine Schule besucht hatte, dass ich die Welt nicht kennenlernen würde, weil sie zu gefährlich für mich war? Was spielte das alles für eine Rolle, wenn das Universum seit mehr als dreizehn Milliarden Jahren existierte? Was spielte der Kloß in meinem Hals für eine Rolle, der aus heiterem Himmel auftauchte und nicht mehr weggehen wollte? Was bedeutete die Angst vor Katastrophen und die Furcht vor dem Tod – die manchmal zu einem Todes*wunsch* wurde –, wenn die kleinsten Galaxien in unserem Universum Hunderte von Millionen von Sternen enthielten?

In einem Buch, in dem mein Vater häufig las, hatte ich Bilder gesehen, die von Raumsonden aufgenommen worden waren. Saturn war eine perfekte Kugel, umgeben von Ringen, die durch kleine Monde getrennt waren. Neptun war Himmel pur. Uranus hatte ein Herz aus Eis. Der Mars war eine rote Wüste, Venus ein goldenes Schmuckstück, Merkur eine blau gestreifte Perle. Bunte, geheimnisvolle Kugeln, die sich um sich selbst und um die Sonne drehten, schwebend in Sternenstaub.

»O herzzerreißende, wunderbare Schönheit der Schöpfung«, sagte ich leise, Pasolinis *Othello*-Verfilmung zitierend, die meine Mutter uns vorgeführt hatte.

Ich hätte mich gern mit dem begnügt, was ich hatte, aber in diesen Nächten wünschte ich mir nichts sehnlicher, als ins endlose Weltall aufzubrechen, um mich dort umzudrehen und aus der Ferne die Erde zu bewundern. Wie auf dem berühmten Foto der Raumsonde *Voyager 1, The Pale Blue Dot*, wäre sie nur ein Punkt. Die Perspektive hätte sich umgedreht, wenn auch mit bloßem Auge nicht mehr sichtbar: Häuser wären zu Streichholzschachteln geworden, Straßen zu Schneckenpfaden, Wohnblocks zu Spargelstangen, und meine großen Probleme wären zu lächerlichen Kinderspielen geschrumpft.

Für meinen Vater war die Astronomie eine Art Gebrauchsanweisung für die Zukunft, für mich ein Gedichtband. Wer noch den Wunsch in sich verspürt, Dinge zu erforschen, der kann noch nicht ganz verloren sein.

Auch heute noch denke ich an das Universum und seine Geheimnisse, wenn es mir schlecht geht. Unser Planet ist ein Wunder, aber niemand scheint sich was daraus zu machen. Wir sind das Unwahrscheinliche, das beinahe Unmögliche, und trotzdem halten wir uns für eine Selbstverständlichkeit.

Sind es ähnliche Gedanken, die meinen Nachbarn nicht schlafen lassen? Seit einer Stunde läuft er über meinem Kopf herum. *Eins zwei drei, eins zwei drei, eins zwei drei vier, eins zwei drei vier.* Ich versuche, seine Bewegungen zu rekonstruieren. In der Küche öffnet und schließt er den Kühlschrank und die Schränke, im Bad knipst er das Licht an und aus, öffnet und schließt die Wasserhähne und macht sich schließlich an etwas Schwerem in dem Raum zu schaffen, den ich für das Wohnzimmer halte …

Sinnlos der Versuch, wieder einzuschlafen. Also stehe ich auf und gehe, in die Bettdecke gewickelt, in mein kleines Werkstattzimmer, auf Zehenspitzen, um Eugenio nicht zu wecken.

Ich nehme das elegante Briefpapier heraus, das mir meine Mutter geschenkt hat. »Wenn du dich mal einsam fühlst«, sagte sie, als sie es mir am Morgen meines zehnten Geburtstags überreichte, »dann schreibe einen Brief und schicke ihn ab. Du bist nie wirklich allein, wenn du etwas zu sagen hast.« Das ist eines der schönsten Geschenke, die ich je erhalten habe, und eines der wenigen. Denn mein Vater hielt nichts von Geschenken, und deswegen gab es zu Hause auch fast nie welche. Das Briefpapier ist dick, elfenbeinfarben und hat am unteren Rand der einzelnen Bögen und auf der Rückseite der Umschläge mit Aquarellfarben gemalte Giraffen.

Die Schachtel enthält Blätter und Karten in zwei verschiedenen Größen.

Ich nehme eine kleine Karte, fische den Füllfederhalter aus der Tasse mit den Stiften heraus und beginne zu schreiben. Dann öffne ich die Wohnungstür und gehe ein Stockwerk nach oben, immer noch in die Decke gehüllt und barfuß.

Im Treppenhaus mache ich kein Licht an. Ich bleibe lieber im Dunkeln, damit mich niemand sieht und mit einem Yeti oder einer Wolke mit nackten Füßen verwechselt.

Unter der Wohnungstür des jungen Mannes dringt ein dünner Lichtstreifen hervor. Ich bücke mich und versuche die Decke hochzuhalten, damit sie nicht über den Boden schleift, während ich den Zettel unter der Tür hindurchschiebe, auf den ich Folgendes geschrieben habe: *Schlafen heißt, sich von der Welt erholen. J. L. Borges.*

Die Schritte verstummen. Ich höre das Rascheln des Zettels auf dem Boden. Ich warte, mein Herz klopft wie wild, weil ich es riskiere, dass er die Tür öffnet. Stattdessen nimmt er seine Wanderung wieder auf, sogar noch schneller als zuvor, meinen unausgesprochenen Rat ignorierend.

17.

Oft traf ich meine Mutter dabei an, wie sie auf dem Sofa lag, Musik hörte und entrückt den Blick durch den Raum schweifen ließ. Hin und wieder überraschte ich sie auch dabei, wie sie im Halbdunkeln tanzte, mit erhobenen Armen, die schlanken Finger in der Luft schwebend. Sie ließ sich tragen von bittersüßen Melodien und verlor sich in einer anderen Dimension. Oder ich sah sie in einem Buch lesen, so vertieft, dass sie mich nicht einmal kommen hörte, oder sie malte oder betrachtete irgendeinen schönen Gegenstand, den Papà mit nach Hause gebracht hatte. Von der Türschwelle aus ließ mein Blick sie nicht mehr los; sie zu beobachten war, als würde man die Schnur eines Luftballons festhalten, damit er nicht davonfliegt. Wenn sie sich dann schließlich meiner Gegenwart bewusst wurde, gab sie mir ein Zeichen, näher zu kommen.

»Die Kunst ist eine Form des Reisens, ohne sich irgendwo hinbegeben zu müssen«, sagte sie mit leiser Stimme. »Sie ist unsere Bastion, niemand wird sie einnehmen können.«

In diesem Sinne unterrichtete sie Andrea und mich. Kultur und Schönheit waren die stärksten Waffen gegen die Schlechtigkeit der Welt. Sie waren es, die uns retten würden.

Ich wünschte mir nur eines: meine Mutter retten zu können, um von ihr gerettet zu werden.

Als Adelaide die Wohnungstür öffnete, trug sie ein feuerrotes Kleid mit Volants. Sie hatte mir das Versprechen abgenommen, ihr *sofort* Bescheid zu geben, sobald es Neuigkeiten über den Laden gäbe. Und da stehe ich nun an einem Montagmorgen um halb neun Uhr vor ihrer Tür.

Ich hatte eine Weile auf der herzförmigen Fußmatte gestanden, unschlüssig, ob ich klopfen sollte. Ich befürchtete, Adelaide hätte es sich anders überlegt: Warum so viel Energie in ein derartiges Unternehmen investieren, und das noch dazu mit jemandem wie mir? Es hätte mich wirklich sehr verletzt, wenn sie gesagt hätte, dass sie keine Zeit für solche Träumereien habe und dass das Puppenhaus vielleicht keine so gute Idee mehr sei, dass ich die Teile behalten könne, um etwas anderes daraus zu bauen. Ich hätte es nicht übers Herz gebracht, ihr zu gestehen, dass ich mit der Arbeit daran bereits begonnen hatte.

Doch plötzlich hörte ich Aria hinter der Tür lachen, die Schritte ihre Mutter, die ihr hinterherlief, und der Drang, sie wiederzusehen, war stärker als meine Befürchtungen. Wie sie heute Morgen wohl waren, Aria und Adelaide? Ob es noch immer da war, dieses familiäre Gefühl, das die beiden mir vermitteln? Ich hätte es gerne wieder verspürt, und schon berührten meine Fingerknöchel die Tür, die gleich darauf geöffnet wurde. Adelaide und Aria waren beide angezogen wie für eine Party, mit zerzausten Haaren, roten Wangen und einem strahlenden Lächeln.

»Den Montagmorgen muss man immer schwungvoll angehen. Außerdem arbeite ich heute Vormittag nicht …«, setzt Adelaide zu einer Rechtfertigung an und streicht ihren Tüllrock glatt.

»Es gibt Neuigkeiten«, falle ich ihr fast ins Wort und berichte von dem Telefonat mit Seidewollemix vom gestrigen Abend.

Adelaide ist begeistert. »Super! Dich in den Laden zu stellen, um dort die Sachen herzurichten und dabei gleichzeitig die Interessenten im Auge zu behalten, das ist perfekt! Siehst du? Du bist einfach *wunderbar*!«

Sie sagt, sie will mit ins Geschäft kommen, doch statt mir gleich zu folgen, bittet sie mich zuerst in ihre Wohnung. Ich versuche, sie darauf hinzuweisen, dass wir nicht wissen, wie lange die Maklerin noch dort sein wird, aber ich kann sie nicht einen Millimeter aus der Wohnung locken. »Wenn die Dame uns braucht, wird sie auf uns warten. Das Geheimnis liegt darin, im Leben auf sich warten zu lassen«, erklärt sie und lässt nicht locker, bis ich ihr in ihr Zimmer folge.

»Probier das mal an«, sagt sie im Befehlston und reicht mir eine Art Unterkleid aus altgoldenem Satin.

Ich schüttle den Kopf. »Vielen Dank, aber wirklich …«

»Lass dich nicht lange bitten.« Sie hält mir das Kleid drohend vors Gesicht. »Probier es einfach an. *Basta.* Hör auf zu denken und lass deine Fantasie spielen. Lass dich einfach treiben.«

Adelaide öffnet die Badezimmertür und hängt den Bügel in einen Ring des Duschvorhangs. Das Kleid schwingt gegen den wasserdichten Stoff und schimmert, als wäre es aus echtem Gold. Es ist klar, dass Adelaide zu Tode beleidigt wäre, würde ich jetzt einen Rückzieher machen, also bleibt mir nichts anderes übrig, als zu tun, was sie sagt. Allein im Bad, starre ich auf das Kleid und spüre, wie Panik in mir hochsteigt. Ich kann mich nicht erinnern, wann ich das letzte Mal ein elegantes Kleid getragen habe, aber es muss mindestens fünfzehn Jahre her sein.

Als ich Kind war, legte meine Mutter großen Wert darauf, mir die elegantesten Kleider aus ihrem Schrank zu präsentieren. Aus reiner Freude, ihr dabei zuzuschauen, ließ ich sie alles anprobieren. Und viele Sachen zog zum Spaß auch ich an.

Das Streben meiner Mutter nach Schönheit war auch Quelle ihres größten Leids. Mein Vater und mein Bruder hatten beide kein starkes ästhetisches Empfinden, was sie oft verletzte. Dann verfinsterte sich ihre Miene, sie verstummte und fing an, an ihren Fingernägeln zu kauen, bis sie bluteten. Sie steckte alles wortlos weg, bis sie es nicht mehr aushielt und explodierte. Dann brach eine noch nie da gewesene Wut aus ihr heraus wie eine Flutwelle. Tobend lief sie durch das ganze Haus und zerschlug alles, was ihr in die Hände fiel. Hatte sie uns nicht beigebracht, die Ellbogen nicht auf den Tisch zu legen? Warum kam es uns nie in den Sinn, den Tisch ein wenig netter zu decken? War es denn zu viel verlangt, im Garten ein paar Blumen zu pflücken und in eine Vase zu stellen? Warum musste ihr Mann, der genau wusste, wie wichtig ihr das war, die heiße Schüssel immer direkt auf die Tischdecke stellen? Warum ließen wir immer unsere Socken herumliegen? Warum trugen wir nie etwas anderes als Overalls und Latzhosen? Warum war bei uns nie Sonntag? Sollte das die Welt sein, für die sie sich geopfert hatte? Sie spuckte uns die Fragen ins Gesicht, und wir setzten daraufhin alles daran, ihre Wünsche zu erfüllen. Alles wurde wieder schön, oder zumindest so schön, dass es für sie erträglich war.

Mit der Zeit hatten Mutters Anfälle nachgelassen. Auch sie hatte letztlich den Glauben daran verloren, das zu verschönern und in einen menschenwürdigen Zustand zu versetzen, was – mit großer Wahrscheinlichkeit – bereits zu verschwinden bestimmt war.

Sie hatte begonnen, ganze Tage mit Kopfschmerzen im Bett zu verbringen. Ich glaube, die Kopfschmerzen wurzelten in dem Leben, das sie hinter sich gelassen hatte. Und diese Wurzeln schlangen sich wie Lianen um ihre Erinnerungen und hefteten sich an einmal getroffene, vor allem aber an verpasste Entscheidungen. Es wurde immer schwieriger, sie auszureißen.

Ich starre noch immer auf das altgoldene Kleid, und es kommt mir vor, als erwiderte es meinen Blick. Da ist doch nichts dabei, versuche ich mir einzureden, konzentriere dich einfach auf das konkrete Tun. Ich muss lediglich meine Latzhose und mein T-Shirt ausziehen und mir das Kleid über den Kopf streifen, ohne es dabei kaputt zu machen. Dann lasse ich es über meine Hüften nach unten gleiten und trete hinaus zu Adelaide. Noch während ich die Schritte in Gedanken nachvollziehe, bin ich bereits ausgezogen.

Das Kleid ist mir an Brust und Hüften zu weit und außerdem zu lang. Ich komme mit einem völlig anderen Gefühl aus dem Bad, als ich es mir vorgestellt habe.

Adelaide lacht laut auf, aber mehr wegen meines Gesichtsausdrucks als wegen meines Auftretens in dem Kleid, denke ich. »Okay, da muss noch was dran gemacht werden.«

Sie klemmt sich eine Reihe von Stecknadeln zwischen die Lippen und steckt mit schnellen, gekonnten Bewegungen das Kleid an Hüfte und Dekolleté ab. Gestikulierend versuche ich ihr zu verstehen zu geben, dass es nicht nötig ist, ich möchte ihr sagen, dass ich nicht wüsste, wann ich ein Kleid wie das hier je tragen sollte. Ich kann es ja wohl schlecht zum Reparieren anziehen. Aber sie hebt streng den Zeigefinger und verbietet mir jedes weitere Wort. »Ich bin gleich fertig.«

»Warum verkleidest du dich eigentlich so gerne?«, frage ich und bereue es sofort.

Ich habe mich wohl im Ton vergriffen, klinge schon fast aggressiv, was sie als Beleidigung auffassen könnte. Ich füge hastig hinzu: »Ich hatte nicht die Absicht … Ich wollte nicht …«

»Mich zu *verkleiden* ist meine Form, mich auszudrücken«, erwidert sie ruhig.

Es entsteht eine unwirkliche Stille, die ich nicht gewohnt bin. »Ich war nur neugierig«, beeile ich mich klarzustellen. »Mir gefallen deine Kreationen sehr.«

»Mir hat in der Vergangenheit mal jemand sehr wehgetan. Er wollte, dass ich ganz ihm gehöre, und gab mir das Gefühl, ein Bild ohne Konturen zu sein. Den Umriss hat er für mich gezeichnet. Am Anfang hat mir das gefallen, es hat mir Sicherheit gegeben. Endlich war ich jemand. Doch dann haben diese Konturen angefangen, mich immer weiter einzuengen, weil sie mich zwangen, nur das zu sein, was er wollte, dass ich bin. Aber ich wollte sie überwinden, sie mit meinen eigenen Farben übermalen. Ich wollte etwas anderes sein, mehr als das. Aber das hat man mir nicht erlaubt. Ich wurde zwischen die Linien gezwängt, die man für mich gezogen hatte.«

Sie sagt das alles in einem ruhigen Tonfall, als beschriebe sie ein kompliziertes Bild, das sie vor Augen hat. »Aus unserer Beziehung ist Aria entstanden, und ich glaube nicht, dass ich sie zufällig so genannt habe. Sie war die Luft, die mir zum Atmen fehlte, der Raum, um mich darin auszubreiten. Man denkt, man verliert jemanden, wenn eine Geschichte zu Ende geht, aber oft gewinnt man sich selbst. Neulich stieß ich auf das einzige Foto, das mir aus dieser Zeit geblieben ist, und ich glaube nicht, dass du mich wiedererkennen würdest. Meine Haut war grau, meine Augen stumpf und verängstigt, mein Haar formlos, und ich starrte in die Kamera wie ein Kaninchen in die Scheinwerfer eines Autos. Alles machte mir Angst. Ich hatte das Gefühl, keine Kraft mehr zu haben. Nicht einmal mehr, um wegzulaufen.«

Ich versuche, mir Adelaide so vorzustellen, aber es fällt mir schwer. Jetzt ist sie strahlend und voller Farbe, wie ich es auch gerne wäre, einer Diva oder einer Göttin inkognito gleich.

»Und plötzlich gab es da nur noch Aria und mich. Was war ich gewillt für sie zu tun, fragte ich mich eines Tages. Jemand hatte für mich meine Konturen gezeichnet, aber niemals hätte ich diesem Menschen gestattet, dass er auch die von Aria festlegt. Deshalb habe ich meine Koffer gepackt. Ich habe mich für alles Bunte entschieden, dafür, mich leicht zu fühlen. Ich habe mich dafür entschieden, jede Person zu sein, die ich sein will, und jeden Tag meine Umrisse aufs Neue zu zeichnen, wenn ich mir das wünsche. Ich will keinem Menschen mehr gestatten, dass er mich einsperrt, mich definiert, mich besitzt. Aria und ich sind jetzt allein. Aber wir sind frei, und wir sind zusammen.«

Ich habe Angst, etwas zu erwidern, wage kaum zu atmen. Plötzlich schlägt einer der beiden Flügel des offenen Fensters zu. Wir schrecken hoch, stoßen aber gleich darauf einen Seufzer der Erleichterung aus: Es war nur ein Windstoß.

»Tut mir leid, dass ich dich gezwungen habe, das alles wieder aufzuwärmen«, sage ich schließlich. »Ich weiß, dass die Vergangenheit nicht vergangen sein kann, auch wenn sie vorbei ist, egal seit wie vielen Jahren. Sie klebt an dir wie ein zu enges Kleid, das dich daran hindert, dich zu bewegen, und …«

Ich halte inne, Adelaide hat verstanden. Sie legt mir die Hand auf den Arm mit einem Blick, der so ganz anders ist als sonst. Sollte ich in ihr eine Freundin gefunden haben?

18.

Adelaide bittet mich, Aria mit ihr zusammen in den Kindergarten zu begleiten, bevor wir ins *Nuovo Mondo* gehen. Ich würde gerne ablehnen, weil mir so viele »Wenns« in den Sinn kommen. Was, wenn die Frau von der Agentur schon weg ist? Wenn sie in der Zwischenzeit ihre Meinung geändert hat? Was, wenn jemand gleich heute Morgen den Laden gekauft hat, kaum dass er geöffnet hatte?

Aber dann schaue ich die beiden an. Das kleine Mädchen hält mit einer Hand die ihrer Mutter und mit der anderen den Riemen ihres Einhorn-Rucksacks fest. Sie werfen mir einen hoffnungsvollen Blick zu. Sie nicht zu begleiten, hieße, etwas Lebendiges und in seiner Einfachheit Vollkommenes zu zerstören. Eine Freundschaft? Plötzlich wird mir klar, dass sie mich vielleicht genau so behandeln, als Freundin. Aber wie ist das möglich? Was habe ich getan, um das zu verdienen?

Der Kindergarten liegt in der Nähe des Platzes und hat einen schönen Garten, der durch eine Hecke geschützt ist. Von draußen hört man das Geschnatter der Kinder und Erzieherinnen. Ich stehe vor dem Tor und beobachte Adelaide und Aria, wie sie den Weg hinauflaufen. Es gelingt mir nicht, die Erinnerung daran zu verscheuchen, dass meine Mutter mich nie irgendwohin begleitet hat. Das Einzige, woran ich mich als Kind festhielt, war die Schnur, die sie in meiner Vorstellung mit mir verband wie ein Luftballon. Damit sie mir nicht davonflog. Aber das ist jetzt egal, versuche ich mir einzureden. Wichtig ist, was jetzt passiert. Hier und jetzt. Aria hat sich umgedreht und winkt mir zu. Ich bin Teil von etwas Schönem. Was immer es auch sein mag.

Gleich wird meine neue Freundin zurück sein und von mir erwarten, dass ich die richtige Menge an Energie für unser Abenteuer aufbringe. In Gedanken wiederhole ich einen von Dorothys Briefen, den ich so oft gelesen habe, dass ich ihn fast auswendig kann.

22. Mai 1971

Liebe Margaret,
alles Gute zum Geburtstag! Ich gehe auf die fünfzig zu, du hast gerade die dreißig überschritten. Das ist ein wichtiges Alter… Wie gerne würde ich dich heute sehen. Hast du dir Blumen ins Haar gesteckt? Trägst du ein buntes Kleid? Feierst du? Feiern ist wichtig, die Vergangenheit kehrt nicht zurück. Man muss die Gegenwart feiern. Genieße die Meilensteine. Apropos Meilensteine: Es ist jetzt sechs Uhr morgens, und vor einer Stunde habe ich den Rollladen meines neuen Ladens hochgezogen. Das ist keine Last für mich. Ganz im Gegenteil! Ich kann das Glück nicht beschreiben, endlich ein eigenes Geschäft zu haben: Il Nuovo Mondo.
»Die Neue Welt« habe ich meinen Laden genannt, weil man sich hier drinnen auf Weltreise begeben kann, ohne die Nase in den Wind halten zu müssen, und weil ich hier alles habe, was ich brauche. Ein Bad, eine Kochnische und im Hinterzimmer eine Matratze. Den Herd haben mir die Mädchen geschenkt. Wir befinden uns hier am Stadtrand von Mailand, hinter uns beginnen die Felder, und nebendran ist der Naviglio-Kanal mit den Lastkähnen. Es ist kein schickes Viertel, viele der Bewohner sind Arbeiter. Aber die Atmosphäre ist sehr interessant. Ich habe es geschafft, eine Ecke der Welt für mich zu erobern und hier mein Zelt aufzuschlagen. Das nenne ich Glück.

Ich verkaufe Dinge, die ich mag. Eigentlich ist es traurig, das, was wir lieben, für uns selbst zu behalten. Es zu verkaufen ist besser: Man bewahrt die Dinge eine Weile auf und lässt sie dann ziehen. So macht man jemand anderen glücklich und gibt etwas von sich selbst an die Welt ab.
Margaret, meine Liebe, es ist wichtig zu lernen, das loszulassen, was uns am Herzen liegt. Das fühle ich jedes Mal, wenn ich hier drinnen bin, und jedes Mal, wenn ich an dich denke. Ich schöpfe Kraft aus dem Gedanken, dass es dir gut geht, dass du kommen wirst. Wenn du diesen Ort nur sehen könntest! Drei oder vier Mal im Jahr fahre ich mit einem Lieferwagen nach London und lade ihn voll mit Dingen, die ich dann hierherbringe.
Wie sehr ich sie liebe, die Portobello Road! Die Londoner Luft! Alle laufen hocherhobenen Hauptes herum, ziehen an, was ihnen gefällt, und sind ganz wild darauf, Geschäfte mit mir zu machen. Ich weiß nicht, ob all die Geschichten, die sie mir über die Sachen erzählen, wahr sind, aber das ist auch egal. Wichtig ist nur, dass jeder Gegenstand eine hat. Selbst die Lügen, die wir erzählen, sagen etwas über uns aus.
Ich habe viele Stammkunden. Da ist die Bäckerin, die Zigarettenetuis sammelt (neulich konnte ich ihr ein chinesisches aus dem neunzehnten Jahrhundert besorgen). Eine gehbehinderte Dame, die nach antiker Spitze sucht. Dann ist da Dalia, eine Frau, etwas jünger als ich und voller Elan. Das Frühlingsfest, das ich vor ein paar Tagen organisiert habe, hat ihr Leben verändert, aber das ist eine andere Geschichte … Die erzähle ich dir, wenn du kommst.
Meine Mädchen und ich, wir brauchen dich. Jeden Freitagabend treffen wir uns und diskutieren und schmieden Pläne. Die Scheidung ist in Italien endlich legalisiert worden, aber Ehebruch als Begründung gibt es immer noch, und sogar – du

wirst es nicht glauben – eine Abscheulichkeit namens »Ehrenmord«. Ist das noch zu fassen im Jahr 1971? Die Dinge müssen sich ändern. Und wenn wir wollen, dass sie sich ändern, müssen wir was unternehmen. Es ist gut, nicht allein zu sein, sich als Teil einer »Familie« zu fühlen. Eine Freundin importiert peruanische Schals, und ich habe eine Ecke im Laden für sie reserviert. Eine andere hat es sich in den Kopf gesetzt, Tarotkarten zu legen, und kommt jeden zweiten Tag mit ihren Karten hierher. Ich hätte es nie gedacht, aber das lockt Kunden an.

Natürlich gibt es hier Leute, die mich nicht mögen. Diese Leute sind gegen unsere Treffen, sie sind gegen mich, weil ich allein lebe, weil ich eine »Geschiedene« bin, eine tickende Zeitbombe. Manche gehen sogar so weit, dass sie auf den Boden spucken, wenn ich vorbeigehe. Aber ich schreite hocherhobenen Hauptes an ihnen vorbei wie die Passanten in der Portobello Road. Ich habe vor niemandem Angst. Im Gegenteil, ich bin mehr und mehr davon überzeugt, dass sie es sind, die Angst vor mir haben.

Margaret, mein Schatz … Wie viele Nächte habe ich damit verbracht, mir vorzustellen, wie es wäre, wenn du hier wärst. Zu deinem Geburtstag möchte ich dir ein wenig von dem mitgeben, was ich im Laufe der Jahre verstanden habe: Genieße, was du bist, denn niemand sonst ist so wie du. Habe keine Angst, die Regeln zu brechen, denn die Zeit bricht sie alle. Liegt keine Straße vor dir, dann baue dir eine.

Glück ist keine Sünde.

In Liebe

Dorothy

19.

Als ich noch in La Rocca lebte, war das ENDE meine ständige Begleitung. Morgens um sechs schlugen wir gemeinsam die Augen auf, das ENDE und ich. Stand ich unter der eiskalten Dusche, war es da und starrte mich an. Nicht einmal während des Trainings verließ es mich. Mittags und abends speiste es auf dem leeren Platz am Kopfende des Tisches. Er folgte mir, wohin ich auch ging. Jedes Mal, wenn ich mich ablenken ließ, in einen Gedanken vertieft war und plötzlich wieder in die Gegenwart zurückkehrte, war es da und wartete bereits auf mich.

Ich achtete stets darauf, alle meine Sinne wachzuhalten. Ich hielt meine Ohren offen, denn ein Geräusch, ein Zischen, ein Knall, eine Sirene, das Dröhnen eines Militärflugzeugs über unseren Köpfen hätte es ankündigen können. Das ENDE. Seltsame Lichter am Himmel hätten sich als Außerirdische oder Meteoriten entpuppen können, bereit, bei uns einzuschlagen wie der, der das Aussterben der Dinosaurier verursacht hatte.

Jedes Mal, wenn sich in der Welt da draußen eine Katastrophe ereignete, hatte ich das Gefühl, dem ENDE näher zu sein. Ich war immer stärker davon überzeugt, dass die nächste Katastrophe uns treffen würde. Ich war an den Adrenalinstoß gewöhnt, den diese Gedanken in mir auslösten. Ich hatte Angst davor, aber ich spürte auch ein elektrisierendes Gefühl der Vorfreude, als hätte ich bisher nur den Vorspann meines Lebens gesehen und der eigentliche Film hätte noch nicht begonnen. Es hätte jederzeit passieren können.

Im *Nuovo Mondo* scheint niemand da zu sein. Ich mache mir Vorwürfe, wir sind zu spät gekommen. Es ist immer richtig, vorausschauend zu handeln. Es ist richtig, sich vorzubereiten. Ich hatte recht, mir wegen der vielen »Wenns« Sorgen zu machen. So viel zum Thema, sich treiben zu lassen!

Adelaide, die auf einer ganz anderen Wellenlänge unterwegs ist, streichelt verzückt einige böhmische Kristalle und ist gerade dabei, die dazugehörige Karte zu lesen, als wir Stimmen auf dem Bürgersteig hören.

Seidewollemix ist in eine hitzige Debatte mit dem Besitzer des Tabakwarenladens nebenan verwickelt.

Der Kerl ist dünn, schlaksig, mit langen, zu einem Pferdeschwanz zurückgebundenen Haaren und violetten Ringen unter den schwarzen Augen. Er ist ständig in Bewegung, gestikuliert wie wild und hat die schlechte Angewohnheit, Passanten oder Nachbarn mit lauter Stimme harsche Sätze entgegenzuschleudern oder Kommentare zu Politik und Sport abzugeben. Ich kenne ihn vom Sehen, aber wir haben uns noch nie eines Grußes gewürdigt. Er patrouilliert durch das Viertel, als gehörte es ihm. Er ist zwar hier geboren, aber da ist er nicht der Einzige, möchte ich ihm entgegenhalten, und die Tatsache, dass sein Laden der Anziehungspunkt für die unangenehmsten und widerlichsten Individuen der Gegend ist, schüchtert mich nicht ein. Ich bin schon weitaus schlimmeren Wölfen entkommen, als wir in den Wäldern um La Rocca umherstreiften. Wölfen mit echten Reißzähnen.

»Wenn du den ganzen Schrott hier wegwirfst«, höre ich ihn brüllen, wobei er mit einer Drohgebärde auf den Laden zeigt, »kann ich das besser einschätzen! Ich muss doch eine Vorstellung von den Räumen haben! Aber wie soll ich das, wenn der Laden voller Müll ist?«

Seidewollemix holt ihr Telefon heraus, überfliegt die Nachrichten und steckt es wieder zurück in die Tasche.

»Verstehe«, erwidert sie. »In der Zwischenzeit können Sie mir ja schon mal Ihr Angebot unterbreiten, wenn Sie wollen.«

»Mein Angebot kriegt dein Kompagnon.«

Sie erstarrt, nimmt seine Antwort kommentarlos hin. Jetzt kommt Adelaide wütend aus dem Laden und mischt sich ein: »Wenn Sie vielleicht in der Zwischenzeit *unser* Angebot vermerken würden. Wir sind bereit für einen schnellen Abschluss.«

Entgeistert schauen wir sie alle an.

»Ein Angebot?«, wiederholt Seidewollemix in professionellem Tonfall. »Dann gehen wir doch rein.«

Und eilt voraus in den Laden.

»Was soll der Blödsinn?« Der Tabakhändler springt auf wie eine Katze, der man auf den Schwanz getreten hat. Er krempelt die Ärmel bis zum Bizeps hoch, als würde er sich auf eine Schlägerei vorbereiten. Dann starrt er uns verächtlich an. »Blödsinn!«, brüllt er noch mal.

»Ich höre«, sagt Seidewollemix im Laden. Aber als sie uns erkennt, fällt ihre erleichterte Miene in sich zusammen. »Wollt ihr tatsächlich ein Angebot abgeben?«

»Schön wär's!«, seufzt Adelaide.

»Das hier ist aber kein Spiel«, empört sich die Maklerin in belehrendem Tonfall.

»Wir haben gesehen, wie der Typ dich behandelt hat … Und da haben wir uns gedacht, dass wir dich retten müssen.«

»Ich muss nicht gerettet werden, vielen Dank. Ich kann auf mich selbst aufpassen. Das ist schließlich mein Job.«

»Klar doch«, werfe ich ein. »Entschuldige.«

»Aber welcher Idiot hat das Schild ZU VERKAUFEN abgehängt?!«, ruft sie plötzlich, als es ihr in dem Moment auffällt.

»Könnte das vielleicht der Tabakhändler gewesen sein?«, fragt Adelaide und deutet mit dem Kinn auf den Mann, der immer noch draußen steht und uns feindselig anstarrt.

Seidewollemix schiebt beide Hände in die Taschen ihres himmelblauen Kleides. Ich kann sehen, dass sie das Handy in der einen und – vielleicht – die Schlüssel in der anderen Tasche malträtiert. Sie ist stinksauer. Wegen des Schilds, wegen unseres Auftritts, wegen allem.

»Ich habe wirklich nichts weiter zu diesem Viertel zu sagen, außer dass ich es kaum erwarten kann, diesen Deal abzuschließen. Wer am meisten bietet, bekommt den Laden, Punkt. Es ist mir egal, wie er mich behandelt.«

»Schade, dass du dir so etwas antust«, haucht Adelaide.

»Ich habe schon Schwierigkeiten, meinen *Kompagnon* in Schach zu halten. Dieses Geschäft ist wichtig, und wenn ihr beide so gnädig seid und es mir erlaubt, dann werde ich den Deal auch durchziehen. Oder könnt ihr zwei meinen Job vielleicht auch besser als ich?«

Verlegen schütteln wir den Kopf wie zwei unfolgsame kleine Mädchen.

»Also kann ich jetzt auf dich zählen, dass du dich um die Inventur und die Reparaturen kümmern wirst?«, fragt sie mich unvermittelt.

»Natürlich kannst du dich darauf verlassen.«

»Gut, dann kann ich ja noch ein hübsches Sümmchen auf den Kaufpreis drauflegen.« Sie fährt mit dem Zeigefinger über das Regalbrett einer alten Anrichte und schiebt dabei eine schwarze Staubschicht vor sich her. Das Möbelstück knarzt, und sie wirft mir einen besorgten Blick zu.

»Die Anrichte hat dich gegrüßt«, erkläre ich, um sie zu besänftigen.

»Das alte Zeug fällt doch schon auseinander.«

»Man braucht nur ein bisschen Geduld.«

»Wie viel genau?«

»Das kann ich schlecht vorhersagen.« Ich schaue mich um. »Aber ich verspreche dir, dass ich mich beeilen werde.«

»Na gut, aber mit den Besichtigungen kann ich trotzdem weitermachen …«

»Natürlich«, beeile ich mich zu sagen.

Das ist genau das, was ich will.

»Gut, dann wollen wir keine Zeit mehr verlieren. Wir sehen uns morgen früh?«, beendet sie unser Gespräch und hält mir die Hand mit ihren manikürten Fingernägeln hin, um den Pakt zu besiegeln.

Ich schüttle ihr die Hand, vielleicht ein wenig zu fest. Ich weiß nicht, wie es werden wird, aber jetzt gibt es kein Zurück mehr. Vielleicht ist der Vorspann meines Lebens vorbei, und der Film hat endlich begonnen.

Ich lasse noch einmal einen letzten prüfenden Blick durch den Laden schweifen, um meinen Arbeitsplan zu aktualisieren, und folge dann Adelaide aus dem Geschäft, wo ich mit Priscilla zusammenstoße.

»Ich habe dich durch das Schaufenster gesehen!«, ruft sie aus und reckt neugierig den Hals. »Das also ist das berühmte *Nuovo Mondo*! Netter kleiner Laden, sollte aber mal anständig geputzt werden … Hör mal, ich habe gute Nachrichten für dich. Ich wollte dich gerade anrufen.« Sie kramt in ihrer Tasche und holt einen Zettel heraus. »Margaret Smith. 14, Park Crescent, W1B 1LT, London, UK.«

»O Gott, o Gott!« Am liebsten würde ich ihr um den Hals fallen. »Danke.«

»Die Dame hat das Erbe ausgeschlagen«, fügt sie mit ernster Miene hinzu. »Informationen dieser Art sind eigentlich streng vertraulich, aber ich weiß ja, wie wichtig das für dich ist. Wenn du willst, ich habe auch die Telefonnummer.«

Meine Finger zittern, als ich den Zettel in die Hand nehme.

»Park Crescent!«, ruft Adelaide hinter mir. »Das ist eine der schicksten Ecken von London.«

»Woher weißt du das?«, frage ich sie, erleichtert, dass sie noch da ist.

»Ich habe drei Jahre in London gelebt, ich war Kindermädchen in einer steinreichen Familie, die dort gewohnt hat. Und in London habe ich auch jenen Herrn kennengelernt, der sich als größte Katastrophe meines Lebens entpuppen sollte. Aber das ist jetzt Schnee von gestern.« Sie macht eine wegwerfende Geste. »Ich bin weggegangen und werde nie mehr zurückkehren.«

»Dann sprichst du fließend Englisch«, schlussfolgere ich. »Können wir zusammen Margaret anrufen?«

»Gerne. Gleich morgen früh, wenn du willst. Ich muss jetzt zur Arbeit. Wenn deine Margaret in Park Crescent wohnt, dann ist sie bestimmt sehr reich. Stell dir mal vor, wir können sie überreden, den Laden hier wiederherzurichten.«

»Das hoffe ich sehr«, seufze ich.

Aber wenn Dorothy regelmäßig nach London fuhr, um in der Portobello Road Waren einzukaufen, warum haben die beiden sich dann nicht getroffen? Warum hat Margaret das Erbe ihrer Mutter ausgeschlagen? Hatten sie ihre Beziehung abgebrochen? Hat sie jemals ihre Briefe bekommen? Plötzlich überkommt mich Mutlosigkeit. Eine reiche englische Dame, die nichts mit diesem kleinen Laden, mit unserem kleinen Viertel, mit ihrer Mutter, mit deren Träumen zu tun haben wollte, aus welchem Grund sollte sie sich ausgerechnet jetzt von uns überreden lassen?

»Du wirst sehen, wir schaffen das«, beruhigt Adelaide mich und drückt meinen Arm, als hätte sie meine Gedanken gelesen.

»Wenn sich die Dinge so schnell entwickeln, bedeutet das, dass etwas ins Rutschen gekommen ist«, beteuert Priscilla, die uns aufmerksam zugehört hat.

Adelaide lächelt sie an. »Ich nenne so etwas Schicksal.«

»Und dann ist Bremsen verboten.«

20.

Pfeifend kehre ich nach Hause zurück und denke über das Schicksal und das Konzept der schiefen Ebene nach, das ich nur allzu gut und bestens kenne. Denn in La Rocca hatten wir um das große Steinbecken, welches das Regenwasser auffing, schräge Kanäle zur Bewässerung des Gemüsegartens gebaut.

Ich verspüre eine enorme Begeisterung und fühle mich gleichzeitig schuldig. Ich habe Angst, in die *Hybris* der alten Griechen zu verfallen, von der mein Vater immer gewarnt hat: Hybris als die Sünde derjenigen, die sich selbst überschätzen und damit die Strafe des Schicksals oder der Götter auf sich ziehen. Ich bin es nicht gewohnt, mich so zu fühlen. Vielleicht nicht glücklich, aber hoffnungsvoll. Und das ist nicht wenig.

In diese Gedanken vertieft, trete ich auf einen Zettel, der auf dem Boden in der Diele liegt. Jemand muss ihn unter der Tür hindurchgeschoben haben. Ich hebe ihn auf und versuche ihn von dem Stiefelabdruck zu säubern. Es ist ein Blatt liniertes Papier, das aus einem ringgebundenen Notizbuch herausgerissen wurde. Die Handschrift (schwarze Gel-Tinte) ist ebenso schwer zu lesen und winzig wie die von Ärzten. Ich kann sie erst nach einigen Versuchen entziffern: *Wahre Träumer schlafen nie. Edgar Allan Poe*

Ich lese mir den Satz mehrmals mit lauter Stimme vor. Das ist eindeutig eine Antwort auf das Zitat von Borges.

Wovon träumt er, mein Nachbar? Ist er ein Romantiker? Ein Künstler? Es ist ein poetischer Satz, der zeigt, dass er nicht nur den Film *Der Rabe* gesehen hat, aus dem das Zitat auf seinem Sweatshirt stammt, sondern dass er zumindest Edgar Allan Poe gelesen hat. Aber das berechtigt ihn noch lange nicht dazu, mich wach zu halten …

Ich fühle mich zu einer Antwort inspiriert und eile in mein Werkstattzimmer, ziehe einen neuen Zettel mit den Giraffen heraus, greife nach meinem Füllfederhalter und schreibe: *Der Dichter schläft nie, aber dafür stirbt er oft. Alda Merini*

Nachdem ich diesen Satz niedergeschrieben habe, überlege ich. Was soll ich tun? Die Antwort scheint mir so perfekt zu sein, dass es eine Verschwendung wäre, sie ihm nicht zukommen zu lassen. Und sei es nur, um mir vorzustellen, wie er sich das Hirn zermartert, um etwas entsprechend Erstklassiges zu erwidern. Aber warum sollte er das machen, unser Langstreckenläufer? Ist er ein Student, der schlaflose Nächte mit Lernen verbringt? Hat er mich eigentlich jemals gesehen?

Nein, die letzte Frage führt zu nichts, verliert sich im Reich der Fantasie. Kein geistiger Höhenflug für Gea, immer schön auf dem Boden bleiben, die Füße fest auf der Erde …

Ich werde bis heute Abend warten, und wenn mir danach ist, werde ich ihm die Nachricht überbringen. Aber dabei darf mich niemand sehen. Man soll nicht denken, dass ich eine seltsame Beziehung zu einem Subjekt unterhalte, das der Gemeinschaft lästig ist und dessen Gesicht ich noch nie gesehen habe.

21.

»Du hast vergessen, die Tür abzuschließen«, bemerkt Adelaide, die vor mir auf der Schwelle steht, als ich öffne.

Sie hat ihre Tochter dabei, die sich erst ein Auge reibt und mir dann zuwinkt

»Du hast recht, danke, dass du mich darauf hingewiesen hast.«

Ich gestehe ihr nicht, dass ich nie absperre. Sollte man fliehen müssen, können die Sekunden, die man braucht, um die Tür zu öffnen, entscheidend sein, und was Diebe angeht, so können die mir gerne meine Sachen wegnehmen, ich finde andere. Das ist das Schöne an der Welt: Sie hört nie auf, sich zu drehen.

»Haben wir dich geweckt?«, fragt Adelaide.

»Ach was, ich bin schon eine ganze Weile wach.«

Mein Zettel mit dem Zitat hat anscheinend etwas bewirkt, denn der Nachbar von oben ist letzte Nacht kaum herumgelaufen. Dafür habe ich mir so meine Gedanken gemacht und konnte deshalb wieder nicht einschlafen. Super! Ich könnte ein Handbuch der Selbstsabotage schreiben. Ist es laut, schlafe ich nicht; ist es leise, schlafe ich auch nicht, weil ich darüber nachdenke, warum es nicht laut ist. Ich mag nach der Muttergöttin Erde benannt sein, aber ich bin die Frau ohne Erde unter den Füßen.

Um sieben Uhr morgens hat mich der Besitzer des Blumenstandes an der östlichen Ecke des Platzes angerufen. In der Nacht war seine Dauerbewässerungsanlage ausgefallen. Ich bin sofort zu ihm gefahren.

Nachdem ich mich vergewissert hatte, dass sich das defekte Magnetventil per Hand, das heißt, ohne Strom, öffnen und wieder schließen ließ, dass alle Auslassventile geöffnet waren und das Wasser korrekt ankam, testete ich mit einem Prüfgerät den Transformator. Er funktionierte. Dann untersuchte ich, ob der Strom über das Einlasskabel zu dem Magnetventil gelangte. Da dies der Fall war, installierte ich den Magneten eines funktionierenden Magnetventils auf dem fehlerhaften: Und sofort lief das Wasser wieder.

»Da haben wir den Übeltäter«, schlussfolgerte ich und drehte das Magnetventil in der Hand hin und her.

Nachdem er mich bezahlt hatte, schenkte mir der Florist noch acht etwas zerzauste Lilien und rettete sie damit vor dem Mülleimer.

Als ich mit dem duftenden Blumenstrauß in der Hand glücklich den Platz überquerte, bemerkte ich eine weinende junge Frau, die auf einer Bank saß. Ich fragte sie, ob sie Hilfe brauche. Ihre große Liebe habe sie verlassen, erklärte sie schluchzend, er sei einfach gegangen.

»Wie kann man jemanden um sieben Uhr morgens verlassen?«, grollte sie. »So etwas sollte verboten werden! Ich hatte ihm sogar noch zwei Karten für das Spiel von Olimpia Milano im Forum in Assago besorgt.«

Ich zog drei Lilien aus dem Strauß und hielt sie dem Mädchen hin. »Eine für dein Ich, das mit ihm zusammen war, eine für dein Ich vor seiner Zeit und eine für dein heutiges Ich. Vor allem für dieses Ich.«

Die junge Frau lächelte mich dankbar an und schien sogar ein wenig getröstet. Wortlos drückte sie mir die Eintrittskarten für das Spiel in die Hand. Ich brachte es nicht übers Herz, ihr zu gestehen, dass ich mir nichts aus Sport mache. Da kann ich mich noch so bemühen. Beim Anblick eines Spielfeldes, eines Balles, eines

Schwimmbeckens von olympischen Ausmaßen oder einer Stoppuhr verheddere ich mich in prosaischen Gedanken und stelle mir die seltsamsten Fragen: Ob wohl schon Pilzsaison ist? Ob ich die Silikonpackung wieder richtig verschlossen habe? Oder: Wie lauten Polonius' Ratschläge an seinen Sohn in *Hamlet* genau? An den letzten erinnere ich mich gut: *Sei dir selber treu! Und daraus folgt, so wie die Nacht dem Tage, du kannst nicht falsch sein gegen irgendwen.*

Es war klar, dass dieses Mädchen die Karten so schnell wie möglich loswerden wollte, umso besser, wenn auch noch jemand etwas damit anfangen konnte. Da ich diesen Jemand schon im Visier hatte, nahm ich das Geschenk gerne an.

Die Besitzerin des Wäschegeschäftes *Biancheria Bullo, seit 1987* hat einen zehn- oder elfjährigen Sohn, der ein großer Basketballfan ist. Ich bin sofort zu ihr gegangen. Der Laden hatte noch zu, aber die Besitzerin war bereits da und machte Inventur. Ihr Sohn, die Schultasche auf dem Rücken, war auch da und nahm sein Taschengeld in Empfang.

»Heute ist dein Glückstag«, rief ich, als sie mir aufmachten, und wedelte mit den Eintrittskarten.

»Ich glaube es nicht … Für das Finale!«

Er wollte mich, glaube ich, umarmen, hielt aber verlegen inne. Um sich zu revanchieren, schenkte mir seine Mutter ein besticktes Handtuch mit der Aufschrift *Das Beste kommt noch.* Ich bedankte mich bei ihr und steckte es in meinen Rucksack. Ich wusste schon, an wen ich es weiterverschenken würde.

Nachbarliche Kreislaufwirtschaft enttäuscht nie.

»Lässt du uns jetzt rein?«, fragt Adelaide, die noch immer vor der Tür steht. »Dann rufen wir Margaret an.«

Mit einem Ruck kehre ich zurück in die Gegenwart und starre sie einen Moment verständnislos an. Neugierig blickt Adelaide mir über die Schulter, während Aria mich mit großen Augen ansieht und höchstwahrscheinlich nicht verstehen kann, warum ich hier dumm herumstehe und sie nicht vorbeilasse.

»Klar doch, kommt rein.« Ich tue so, als wäre nichts, und trete einen Schritt zurück.

Ich hätte nichts dagegen gehabt, ihr irgendwann meine Wohnung zu zeigen, aber dass es heute Morgen schon der Fall sein würde, damit habe ich nicht gerechnet. Ich bin davon ausgegangen, später zu Adelaide hinaufzugehen. Hektisch überlege ich, wie präsentabel meine Wohnung ist, da fallen mir voller Erleichterung die Lilien ein. Blumen bewirken Wunder in jedem Zuhause.

Adelaide und Aria treten durch die Tür und schauen sich staunend um, als wären sie in einem Museum. Die Stiche, die ich im Flur aufgehängt habe, sind zwar hübsch, aber verdienen meiner Meinung nach nicht derart viel Aufmerksamkeit.

»Wow«, ruft Adelaide und bleibt in der Tür zum Wohnzimmer stehen. »Du hast ja praktisch einen ganzen Laden hier drin.«

»Aber alle Dinge …«

»… haben ihren Wert«, erwidert sie lächelnd. »Es ist wunderschön bei dir. Da möchte ich dir gleich einen Haufen Fragen stellen. Aber leider habe ich wenig Zeit.« Sie schnuppert an den Lilien, die in einer alten Weichspülerflasche in der Mitte des Küchentisches stecken. »Mmmh.«

Dann wird sie von den Regalbrettern abgelenkt, auf denen ich alles Mögliche aufbewahre: Zeitungen, alte Schachteln, Gummibänder, Verpackungen, Dosen …

»Sollen wir mein Telefon benutzen?«, schlage ich vor und lege es vorsichtig zwischen uns. Ich habe das ganze Geld, das Priscilla mir bezahlt hat, zum Aufladen ausgegeben. Ob das reichen wird?

»Ein Nokia 3310!«, ruft Adelaide amüsiert. »Sogar dein Handy ist eine Antiquität.«

Ich ringe mir ein Lächeln ab, während sie die Nummer auf der Tastatur eintippt. Dieses Mobiltelefon habe ich erst vor ein paar

Jahren von Geppo, dem Freund aus dem kleinen Eisenwarenladen, geerbt. Es empfängt und sendet Nachrichten, ermöglicht Anrufe und hat sogar eine Mailbox. Was brauche ich mehr?

»Erklär mir noch einmal, was ich sagen soll«, bittet mich Adelaide.

Ich spüre, wie ich langsam nervös werde. »Ich würde Margaret von dem Laden erzählen und versuchen herauszufinden, was passiert ist und warum sie abgelehnt hat … Wenn du simultan dolmetschen könntest, dann könnten wir während des Gesprächs vielleicht gemeinsam entscheiden, was wir sagen wollen. Warte, ich stelle die Freisprecheinrichtung ein.«

»Du hast eine Freisprecheinrichtung?«

»Natürlich habe ich eine Freisprecheinrichtung.«

»Dann muss ich wohl auch noch *Snake* spielen!«

Adelaide grinst über ihren eigenen Witz, bevor sie mit plötzlicher Ernsthaftigkeit auf den Anrufknopf drückt. Es klingelt einmal, zweimal, dreimal …

»Guten Tag, wer ist am Apparat?« Die weibliche Stimme klingt höflich, aber resolut. Neutral und gefasst. Sie ist zu jung, um Margaret zu sein, würde ich sagen.

Ich gebe Adelaide ein Zeichen, dass sie weitersprechen soll. Sie fragt, ob es eventuell möglich sei, mit Signora Smith zu sprechen. Leider nein, die Dame ist nicht da. Und wann wird sie zurückkommen? Sie befindet sich momentan am Comer See und wird vor dem Wochenende nicht zurückerwartet. In Italien! Hier in der Nähe! So etwas nennt man wohl Schicksal … Ob man sie auf dem Handy erreichen kann?

»Ich bin nicht befugt, ihre Nummer an Fremde weiterzugeben, tut mir leid.«

Kurzes Schweigen. Adelaide gibt jedoch nicht so leicht auf, erzählt von dem Laden und dem bevorstehenden Verkauf und dass uns nur noch wenig Zeit bleibt. Die Stimme verschanzt sich weiter hinter einer Barriere aus kühler Höflichkeit. Nein, sie weiß nicht, wie sie uns helfen könnte, sie kann nichts für uns tun. Uns bleibt nichts weiter übrig, als auf die Rückkehr von Signora Smith zu warten.

»Könnten wir vielleicht eine Nachricht hinterlassen?«, schlage ich Adelaide vor zu fragen. »Die Angelegenheit ist lebenswichtig.«

»Ja, das lässt sich einrichten«, übersetzt Adelaide.

»Abgesehen von dem, was wir bereits erwähnt haben, könnten wir eventuell vorschlagen, dass die Signora auf dem Rückweg vom Comer See in Mailand kurz haltmacht, um Dorothys Geschäft zu besuchen? Könnten wir einen Termin vereinbaren? Wären Sie so freundlich, uns Bescheid zu geben?«

Das wäre sehr freundlich, ja.

Wir verabschieden uns, bedanken uns und beenden das Telefonat.

»Geschafft!« Adelaide strahlt.

»So schlecht ist es doch gar nicht gelaufen«, sage ich und versuche, nicht übermütig zu werden. »Vielleicht gibt es ja Hoffnung.«

Was immer Adelaide auch antworten will, sie kommt nicht mehr dazu, da Aria aus dem Nebenzimmer ruft: »Ist das schön!«

Wir finden sie in meinem Werkstattzimmer, wo sie staunend das noch unvollendete Puppenhaus bewundert und zaghaft die Hand danach ausstreckt, sie aber sofort wieder zurückzieht.

»Es ist bald fertig«, versichere ich ihr.

»Im Grunde genommen lebst du in einem anderen Universum«, findet Adelaide, als sie sich neugierig umschaut.

Ihr Blick bleibt an jedem Detail hängen: an der Werkzeughalterwand, den Drahtspulen, an den Zangen in den Ablagefächern, an dem Schokoladenpapier, mit dem ich die Wände des Puppenhauses tapezieren will, an den gefalteten Origami-Objekten, die noch auf ein entsprechendes Zitat warten, und an den Schachteln mit den Batterien …

Ein Universum, das dem euren sehr nahe ist, möchte ich entgegnen, *und gleichzeitig sehr weit entfernt.*

»Mir gefällt das alles hier ganz schrecklich«, sagt sie schließlich. »Du bist sehr inspirierend.«

»Ich?«

»Oh!«, ruft sie nach einem Blick auf ihr Handy. »Ich muss los und Aria in den Kindergarten bringen!« Sie ergreift die Hand der Kleinen. »Ich könnte Stunden hier verbringen, Gea, aber wir müssen wirklich los, tut mir leid.«

Innerhalb von zwei Minuten sind Mutter und Tochter draußen auf der Treppe.

»Das habe ich ganz vergessen.« Adelaide zieht aus ihrer großen Umhängetasche einen wunderschönen Staubwedel mit Holzgriff heraus und überreicht ihn mir. »Den hat mir meine herzallerliebste Großmutter hinterlassen. Den kannst du doch sicher im Geschäft gebrauchen, stimmt's?«

»Mehr, als du denkst.«

»Glück bringt er auch.«

Und Glück kann man nie genug haben.

22.

Endlich komme ich los und mache mich auf den Weg ins *Nuovo Mondo*. Nun beginnt meine Arbeit dort drinnen. Ich komme mir vor wie am ersten Schultag. So wie ich es mir zumindest immer vorgestellt hatte. Im Erdgeschoss bleibe ich kurz stehen und bringe ein Schild an, das seit ewigen Zeiten in meiner Küche darauf wartet.

DER AUFZUG VERBRAUCHT ENERGIE
UND RAUBT UNS ENERGIE. ÜBERLASSEN WIR IHN
DENJENIGEN, DIE IHN WIRKLICH BRAUCHEN ...
JE WENIGER BEDÜRFNISSE WIR HABEN,
DESTO MEHR GLEICHEN WIR EINER GOTTHEIT!

Ich habe die paar Zeilen mit einem rosa Posca-Marker geschrieben und noch einen kleinen Blitz danebengemalt, um dem Ganzen das Drama zu nehmen.

Mit dem Rucksack auf der Schulter und einem Gefühl der Vorfreude im Herzen überquere ich den Hof und fühle mich so federleicht, dass ich mich für einen kleinen Umweg entscheide. Die Felder in der Nähe des Naviglio-Kanals sind frisch gemäht, und dorthin gehe ich jetzt. Mit eiligen Schritten laufe ich den Kanal entlang, begrüße die Enten mit einem komplizenhaften Lächeln und betrachte mein Spiegelbild im kalten, leicht gekräuselten Wasser, das gnädig meinen müden Blick verbirgt. Trotzdem bin ich mir sicher, dass in meinen Augen ein neues Feuer der Begeisterung brennt.

Das Feld riecht nach frisch gemähtem Gras, und ich sehe sofort den Wegerich, der hier und da wächst.

Den Wegerich mag ich, weil er eine wunderbare, aber bescheidene Pflanze ist. Er wächst überall, auf Rasenflächen, auf Spielplätzen, am Wegesrand, auf Bauernhöfen, in Gemeinschaftsgärten, in Asphaltspalten, an der Straße. Er lebt dort, wo er zertreten werden kann, leistet aber beharrlichen Widerstand.

Um den Wegerich zu ernten, benutze ich eine Gartenschere. Später am Küchentisch werde ich die Blüten und Blätter voneinander trennen. Jedes Teil der Pflanze besitzt eine unendliche Vielzahl an Eigenschaften: Es kann antibakteriell wirken, entzündungshemmend, adstringierend, lässt Wunden besser vernarben, ist schmerzstillend und abschwellend … Und als ob das noch nicht genug wäre, ist der Wegerich auch noch essbar. Ich werde die Blätter frisch verwenden, wenn ich sie brauche, einen Teil davon werde ich trocknen und auch Trofeo und Signora Dalia etwas davon abgeben, vielleicht sogar Adelaide. Den Rest werde ich einfrieren, damit ich ihn das ganze Jahr über zur Verfügung habe.

Zack!, schneidet die Schere. Ich lege den abgeschnittenen Wegerich in den Beutel, den ich mitgebracht habe. *Zack!*, und wieder schneidet sie, und mir scheint, als hörte ich meine Mutter singen, die mit ihrem Weidenkorb neben mir kauert. Heilkräuter haben wir immer zusammen gepflückt.

Zack!, singt meine Mutter und legt den Wegerich sorgsam in den Korb. Sie wählt immer Lieder aus, die mit verlorener Zeit und verpassten Entscheidungen zu tun haben, und ihre Stimme scheint dabei von einem fernen, unzugänglichen Ort zu kommen. *Zack!* Die dünnen Finger zittern. Mamma, deine Stimme ist ein Klagelied. Was bedauerst du?

Zack! Ich fühle die Welle kommen, mein Atem wird flacher, mein Herzschlag schneller. *Zack!* Meine Mutter singt weiter ihr Klagelied, ohne dass ich etwas dagegen tun kann. *Zack!* Die Schere gleitet mir aus den Fingern, fällt ins Gras, ich lege beide Hände in den Schoß und schaue zu Boden, weil mir der Anblick des Himmels zu viel ist. Ich warte.

Ein Teil von mir schafft es, sich an dem festzuhalten, was ich gerade getan habe, und glaubt noch immer fest genug daran, um die Welt, den Naviglio-Kanal und das Feld nicht völlig verschwinden zu lassen. Ich lege mich auf den Boden und versuche, wieder zu Atem zu kommen. Ich spüre die Kühle unter meinen Handflächen, die in die feuchte Erde drücken. Ich atme.

Es gelingt mir, die Schere wieder in die Hand zu nehmen und weiter Wegerich zu sammeln, bis der Beutel voll ist, den ich in meinen Rucksack stopfe. Jetzt bin ich ruhiger. Ich mache den Reißverschluss zu. Das surrende Geräusch in der Stille der Landschaft erinnert mich an ein Insekt, das blind um einen Blütenstempel flattert. Bin ich das?

»Ich gehe mal kurz in die Agentur. Wir sehen uns später«, teilt mir Seidewollemix mit, nachdem sie den Rollladen hochgezogen und die Ladentür geöffnet hat. »Also, mach's gut.«

Wir wechseln einen kurzen Blick. Wir kennen uns nicht, und doch müssen wir einander vertrauen. Wir setzen gerade an, noch etwas hinzuzufügen, aber da keine von uns beiden so recht weiß, was sie sagen soll, bleibt es zum Abschied bei einem stummen Nicken.

Ich bleibe allein zurück. In dem in ein Halbdunkel getauchten Laden ist es feucht und kalt trotz der frühlingshaften Anmutung hinter dem Schaufenster. Ich reiße die Tür weit auf, um Luft hereinzulassen.

»Hallo«, begrüße ich all die Dinge, die mich in schweigender Erwartung umgeben. »Ich bin Gea.«

Ich schaue mich um und weiß nicht so recht, wo und mit welcher Zielstellung ich anfangen soll. Natürlich hege ich einen geheimen Plan, aber warum nicht in der Zwischenzeit gute Arbeit leisten? Rette eine Sache, und eines Tages wird sie dich retten.

»Ich werde euch jetzt erst mal ein bisschen abstauben, damit wir uns besser kennenlernen, in Ordnung?«

Ich glaube, die Dinge sind es nicht mehr gewohnt, von einem Menschen angesprochen zu werden. Ich hoffe nur, dass sie nichts dagegen haben. Ich habe gerade meinen Staubwedel herausgeholt, als jemand an das Schaufenster klopft. Erschrocken drehe ich mich um, fest überzeugt, dass die Maklerin etwas vergessen hat oder, schlimmer noch, dass sie es sich anders überlegt hat. Stattdessen ist es Adelaide.

»Margarets Sekretärin hat mich zurückgerufen«, teilt sie mir wild gestikulierend mit und hält sich Daumen und kleinen Finger ans Ohr.

Ich eile hinaus. »Und …?«

»Und … Margaret *kommt*!«

»Was?« Mir wird klar, dass ich es bis zu diesem Moment nicht wirklich geglaubt habe. »Sie kommt hierher in den Laden?«

»Genau.«

»Was hat sie dir sonst noch gesagt?«

»Nichts weiter. Nur, dass sie nächsten Sonntag hier sein wird.«

Ich versuche, meine Begeisterung zu dämpfen, während ich Dorothy in der Erinnerung charmant durch ihren Laden wandeln sehe. Wie lange hat er schon auf Margaret gewartet! Dann denke ich an meinen Vater, für den Verkaufen und Kaufen eine Sünde war, und fühle mich traurig, weil ich glücklich bin, und doch stark bei der Vorstellung, dass Margaret hier sein wird und dass auch ich meinen Anteil daran habe.

»Wir müssen unbedingt verhindern, dass das Geschäft in der Zwischenzeit verkauft wird«, beschließt Adelaide. »Wir brauchen einen Plan.«

Zu hören, dass sie meine Verbündete ist, gibt mir Aufwind. Ein ganz neues Gefühl für mich. Ich bin nicht mehr allein, wiederhole ich immer wieder ungläubig. Ich habe eine Freundin. Hätte mir das jemand vor einer Woche gesagt, hätte ich ihm geantwortet, dass es dafür eines Wunders oder magischer Kräfte bedürfe.

Sobald Adelaide weg ist, versuche ich mich auf die Gegenstände um mich herum zu konzentrieren, die von einer dicken Staubschicht bedeckt sind. Aber bevor ich mit dem Staubwedel aktiv werde, ist es vielleicht besser, erst alle Vorhänge und Stoffe hinauszuschleppen.

Den Anfang mache ich mit einem großen, zusammengerollten Perserteppich, der auf einen niedrigen Couchtisch gefallen ist und dabei eine Gruppe chinesischer Porzellanfiguren umgeworfen hat, die mir bereits damals vor fünfzehn Jahren aufgefallen sind. Ich nehme mir vor, mit diesen Figurinen zu beginnen, wenn ich mich an die Reparaturen mache.

Der Teppich ist ziemlich schwer. Nachdem ich ihn aus dem Laden gezerrt habe, stelle ich ihn draußen auf dem Bürgersteig aufrecht hin, direkt unter das neue ZU-VERKAUFEN-Schild. Als der Teppich an die Wand kippt, steigt eine Staubwolke auf, die mich vollständig einhüllt und meine Latzhose und meine Haare grau färbt. Ich blase meinen Pony aus dem Gesicht und muss heftig niesen. Geduld. Es wird schon werden.

Dann schleppe ich zwei Brokatvorhänge und zwei Spitzengardinen nach draußen, drei Sessel im viktorianischen Stil, einen modernistischen, mit feuerrotem Samt überzogenen Buchenholzsessel, drei runde Bauhaus-Teppiche, zwei Kimonos, einen Stapel handgewebter peruanischer Schals, fünf Brautschleier, zwei Taftkleider und zwanzig Meter grau schillernde Seide. Und schließlich noch eine sehr teure Garnitur von Leinenhandtüchern aus der Aussteuer von Ada Lovelace, die als erste Programmiererin der Welt gilt, wie es auf der dazugehörigen Karte heißt.

»Was wird das hier, ein Flohmarkt?«, höre ich hinter mir jemanden sagen.

Auch ohne mich umzudrehen, erkenne ich die Stimme von Seidewollemix.

»Die Dinge hier müssen an die frische Luft. In der Zwischenzeit staube ich drinnen alles ab, damit ich einen Überblick bekomme, was repariert werden muss.« Nachdem sie mich so skeptisch ansieht, fahre ich rasch fort: »Wenn ich die Sachen nicht vorher sauber mache, kann ich sie nicht reparieren …«

»Ich habe für morgen Besichtigungen geplant. Das Zeug darf dann nicht mehr hier draußen rumstehen, ich warne dich.«

»Geht klar.«

»Lass mich meine Entscheidung nicht bereuen … Und behalte das Schild im Auge, wenn du kannst. Die Diebe hier sind nicht sehr wählerisch, wie es scheint.«

Dann zeige ich ihr den Laden: Drinnen ist es schon viel luftiger, Staubpartikel tanzen im Tageslicht, und das eine oder andere Möbelstück tritt langsam wie ein Landschaftselement hinter einem beschlagenen Fenster, über das jemand mit der Hand gestrichen hat, hervor. »Schau mal, wie schön!«

Seidewollemix blickt kurz von ihrem Telefon auf, bevor sie zu niesen anfängt, heftig husten muss und die Augen zusammenkneift. Sie hat dem Anblick offenbar nichts abgewinnen können, im Gegenteil, sie ist sogar noch ein paar Schritte zurückgewichen, um Luft zu bekommen.

»Bist du allergisch gegen Staub?«

»Hier würde wohl jeder einen Niesanfall kriegen. Das ist ja wie auf der Strecke Paris-Dakar!«

»Ich habe Wegerich dabei, der hilft gegen jeden Schnupfen …«

»Schau, dass du den Staub hier rausbekommst.«

»Ich bin fast fertig mit dem ersten Durchgang.«

»Dann mach weiter, damit hier was vorwärtsgeht.«

Ich hole Kernseife, Essig, Natron und Olivenöl aus meinem Rucksack. »Welche Besichtigungen sind denn für morgen geplant? Wer will sich den Laden anschauen?«

Sie zuckt mit den Schultern. »So eine reiche Tussi für eine Boutique, der Gebietsleiter einer Fast-Food-Kette und dein netter Freund von nebenan, der nicht aufgeben will.« Sie deutet mit dem Kopf auf die Mauer, die uns von dem Tabakladen trennt.

»Hmm, wer wohl das Rennen machen wird?«, frage ich mit gespielter Nonchalance.

»Lass mich überlegen … Hmm, der, der am meisten zahlt, vielleicht?«

»Und ich dachte immer, mit Geld kann man kein Glück kaufen …«

Sie schaut mich unbeeindruckt an. »Ich habe jetzt einen Termin in der Stadt, also muss ich weg. Ich erwarte, den Laden heute Abend in einem akzeptablen Zustand vorzufinden. *Business is business.*«

Kaum ist sie in ihrem Mini verschwunden, eile ich zu Geppo. Ich habe zwei Bündel Spargel dabei und auch ein bisschen Spitzwegerich. Im Gegenzug will ich Geppo bitten, mir einen zweiten Satz Ladenschlüssel anzufertigen, denn ich habe eine Idee. Genauer gesagt, zwei.

23.

Lieber vorher den Zaun des Hühnerstalls reparieren, als hinterher den Hühnern nachzulaufen, sage ich mir, während ich den Perlator des Wasserhahns, den ich in Wasser und Essig eingelegt habe, mit dem Scheuerschwamm abreibe.

So etwas wie regelmäßige Wartung mag dem einen oder anderen überflüssig erscheinen. Warum sollte man eingreifen, wenn alles läuft? Aber man kann nie wissen, wann etwas kaputtgeht. Man muss lernen, sich die Zukunft auszumalen.

Ich schaue mir den Luftsprudler genau an – keine Spur von Kalkablagerungen mehr. Ich schraube ihn wieder auf den Wasserhahn und drehe das Wasser auf. Trofeo, der neben mir steht, sieht mit demonstrativem Desinteresse zu. Er kümmert sich um nichts mehr, weil er die Hoffnung auf das, was kommen wird, aufgegeben hat. Aber er erlaubt mir, dies an seiner Stelle zu tun.

Das Wasser fließt wieder gleichmäßig. Ich füge dem Essig im Waschbecken ein wenig Natron hinzu und poliere die Armatur, um den Stahl zum Glänzen zu bringen. Die pflegliche Behandlung von Dingen ist ein Ausdruck von Zuneigung für die Welt. Es bedeutet, nichts für selbstverständlich zu halten. Es bedeutet, den Tod ein wenig weiter hinauszuschieben. Wir dürfen nie aufhören, die Dinge zu lieben, wenn wir wollen, dass sie überleben. Die Welt würde untergehen, wenn die Sonne nicht mehr auf sie blicken würde.

Bevor ich anfange, für mich und Trofeo das Essen herzurichten, hole ich die Nudeln mit Fleischsoße, die ich von gestern Abend noch übrig habe, aus meinem Rucksack und nähere mich vorsichtig dem kleinen Käfig auf dem Couchtisch im Wohnzimmer.

»*Ciao*, Pelé«, flüstere ich.

Ein Rascheln, dann lugt die Albinomaus zitternd aus der umgedrehten Kleenex-Schachtel hervor. Zaghaft kommt sie herausgetrippelt, dreht sich rasch dreimal um die eigene Achse, ihrem Schwanz hinterherjagend, springt schließlich auf und streckt sich, damit ich sie auf meine Hand setze. Ich streichle ihr weiches, weißes Fell, gebe ihr ein Küsschen auf den Rücken, drücke sie an meine Wange und setze sie wieder zurück in ihren Käfig. Zum Schluss fülle ich ihr Schälchen mit Nudelstücken.

»Bitte sehr, mein Schatz. Du wirst richtig verwöhnt von uns, wie?«

Pelé wurde in einem Labor geboren, und wäre er nicht von einer Tierschutzorganisation gerettet worden, wäre er bis ans Ende seiner Tage dortgeblieben und hätte so viele Qualen und Torturen erleiden müssen, dass er den Tod mit Erleichterung begrüßt hätte.

Sein Schicksal kreuzte sich zufällig mit dem meines Freundes, so wie es in glücklichen Beziehungen immer der Fall ist. Zufälligerweise hatte einer der Freiwilligen des Vereins, der ihn gerettet hatte, beschlossen, von Tür zu Tür zu gehen und zu versuchen, ehemalige Versuchstiere an den Mann oder an die Frau zu bringen. Das Experiment dauerte nur wenige Tage, aber bereits am ersten klopfte er in unserem Block an die Tür im Treppenhaus D im dritten Stock. Er sah sich einem Trofeo mit Filzpantoffeln an den Füßen gegenüber, der ihn, wie es schien, verärgert ansah, in Wirklichkeit aber erschrocken war angesichts der Vorstellung, sich – wenn auch wortlos – mit diesem Fremden auseinandersetzen zu müssen.

Pelé hatte zu diesem Zeitpunkt noch keinen Namen, sondern nur eine Identifikationsnummer: 17017. Der freiwillige Helfer hatte ihn mitgebracht, um potenziellen Pflegeeltern zu demonstrieren, wie intelligent, verspielt und anhänglich Mäuse sind. SiebzehnNullSiebzehn hatte sich unter seinen Geschwistern genau mit diesen Eigenschaften hervorgetan. Es war einfach gewesen und hatte Spaß gemacht, ihn an das Zusammenleben mit Menschen zu gewöhnen, sodass er die meiste Zeit außerhalb des Käfigs auf den Schultern der freiwilligen Helfer verbracht hatte.

Als sich an diesem Nachmittag Trofeos Wohnungstür öffnete, schlüpfte Pelé aus der Hand des Freiwilligen, sprang auf den Boden, flitzte über die Türschwelle, klammerte sich an das Hosenbein von Trofeos Trainingsanzug, ohne auf den Jungen zu achten, der rief: »SiebzehnNullSiebzehn! Komm sofort zurück!«, kletterte in Windeseile auf Trofeos Schulter und krallte sich an dessen Sweatshirt fest.

Trofeo verharrte reglos, während die Maus ihn am Hals kitzelte. Er konnte sie aus dem Augenwinkel sehen. Eigentlich fürchtete er sich vor Nagetieren, aber in diesem Fall war es anders: Wie kann man sich vor jemandem fürchten, der sich so eindeutig für einen entscheidet? Pelé hatte bisher noch keine Gelegenheit, seine Fähigkeiten als dressierte Maus unter Beweis zu stellen. Doch den Beweis für seine Liebesfähigkeit erbrachte er spontan: SiebzehnNullSiebzehn hatte seinen Herrn erwählt und schien sich nicht mehr von ihm trennen zu wollen.

Ohne ein Wort zu verlieren, unterschrieb Trofeo die Adoptionspapiere.

»Sie sind ein Glückspilz, Sie haben einen Freund gefunden«, sagte der Vertreter des Tierschutzvereins zu ihm, bevor er ihm die Papiere und ein Heft mit Pflegeanweisungen in die Hand drückte.

Wie pflegt man eine Maus? Trofeo las das Heftchen mehrmals durch und unterstrich die wichtigsten Regeln mit Bleistift, bevor er seinen Geldbeutel nahm und die beiden die Wohnung verließen. SiebzehnNullSiebzehn wurde zu Pelé, bevor sie das Erdgeschoss erreichten (ohne dass Trofeo übrigens den Mund aufgemacht hätte), und schlüpfte auf dem Weg zur Zoohandlung, wo sie einen Käfig, Sägemehl, einen Wassernapf, ein Laufrad und alles andere erwarben, nicht einmal aus der Tasche des Trainingsanzugs.

Pelé ist intelligent, geschickt, ein gefühlvoller und waghalsiger Akrobat. Er und ich haben uns von Anfang an gut verstanden. Zwei oder drei Tage hat es gedauert, dann gewöhnte er sich an meine Anwesenheit, kletterte auf meine Handfläche und ließ sich von mir durch die Wohnung tragen. Er hat mich nie gebissen, obwohl ich weiß, dass er es kann, wenn er sich erschreckt.

Damit er keine Drähte, Teppiche, Pflanzen oder Bücher anknabbert, muss sein Napf immer voll sein: Neben Samen, Sellerie, Karotten oder Radieschen, Obst und Käse bekommt er zweimal pro Woche ein paar Leckereien. Normalerweise bringe ich sie ihm mit, Essensreste aus dem *Nulla* wie Nudeln, Ragout oder Gemüsepasteten. Ich bringe ihm auch oft Streifen aus Zeitungspapier mit, mit denen er sein Nest bauen kann, denn Mäuse sind sehr reinliche Tiere und wollen, dass das Papier oft gewechselt wird. Ich sammle auch Klopapierrollen und leere Kleenex-Schachteln für ihn, mit denen er Verstecken spielen oder Balancieren üben kann.

»Würdest du mir Pelé morgen mal ausleihen?«, frage ich Trofeo schüchtern, als er aus der Küche zurückkommt.

Trofeo lässt sich in seinen üblichen Sessel fallen und schaltet den Fernseher ein.

»Nur für ein paar Stunden, er müsste mich wohin begleiten. Ich schwöre dir, ich werde auf ihn aufpassen wie auf meinen eigenen Sohn«, füge ich hinzu, um ihn zu beruhigen.

Trofeo wechselt den Sender. Vielleicht ist er neugierig und will wissen, was ich mit Pelé vorhabe, aber im Laufe der Jahre hat er gelernt, sich schweigend auszudrücken. Er beherrscht die verschiedensten Arten: das zitternde Schweigen, wenn er nervös ist, das leise Schweigen in Momenten des Glücks, das abgelenkte Schweigen, wenn er seiner Fantasie freien Lauf lässt, das bebende

Schweigen, wenn jemand übergriffig wird, das brummelnde Schweigen, wenn er in Gedanken versunken ist … Oder das absichtlich zerstreute Schweigen wie in diesem Fall, das bedeutet, dass er einwilligt, obwohl er es lieber nicht tun würde, denn Pelé ist ihm das Liebste auf der Welt. Aber er vertraut mir, und wenn ich ihn darum bitte, ist es mir zweifellos wichtig.

»Gut, dann mache ich jetzt das Abendessen«, verkünde ich und hole die Tüte mit dem Blumenkohl aus meinem Rucksack.

Ich nehme das Mehl aus dem oberen Fach und ein paar Eier aus dem Kühlschrank. Mit dem üblichen Gefühl der Ruhe, das mich überkommt, sobald ich hier bin, wasche ich den Blumenkohl und zerteile ihn. Dann tauche ich die Röschen erst in das Ei, dann in das Mehl und lege sie auf einen Teller, den ich mit Papiertüchern ausgelegt habe, während das Öl heiß wird.

Währenddessen kommentiert der Erzähler eines Dokumentarfilms den Angriff von zwei Löwinnen auf eine Gazelle. Ab und zu drehe ich mich um, um nach Trofeo zu sehen: Seine Augen sind halb geschlossen, er sieht aus, als wollte er sich gleich auf den Bildschirm stürzen. Ich weiß, dass er auf der Seite der Gazelle ist, und ich frage mich, warum er sich eine solche Szene anschaut. Will er die Bestätigung, dass es die Schwächsten sind, die untergehen, dass die Natur es so will? Aber sind wir uns da wirklich sicher? Ich würde ihn gerne fragen, aber ich traue mich nicht. Dann überlagert das Brutzeln des Blumenkohls in Öl für einen Moment die Erzählstimme und lenkt mich ab von den tragischen Ereignissen auf dem Bildschirm.

Wir essen am Tisch, vor dem bläulichen Schimmern des Fernsehapparats, dessen Ton jetzt ausgeschaltet ist.

Auf dem Weg nach draußen sehe ich, dass Trofeo zehn Euro neben meinen Rucksack gelegt hat. Immer die gleiche Geschichte.

Ich würde ihm gerne erklären, wie nachbarliche Kreislaufwirtschaft funktioniert: Der Blumenkohl, den ich für ihn gekocht habe, wurde mir von Alì geschenkt, die Nudeln waren übrig geblieben, ich hatte keinerlei Kosten, und ich möchte nicht dafür bezahlt werden, für einen Freund zu kochen oder den Wasserhahn in seiner Küche zu warten. Auch Trofeo gibt mir etwas: sich selbst. Aber ich weiß, wenn ich die zehn Euro nicht annehme, könnte ich ihn damit beleidigen. Es ist nun mal seine Art, sich erkenntlich zu zeigen. Also schiebe ich den Schein heimlich wieder in die Tasche seiner Jacke, die an der Tür hängt.

»*Ciao*, Trofeo, danke!«, rufe ich laut, da er schon in seinem Zimmer ist, um ein Nickerchen zu machen. »Aber ich muss sagen … Meiner Meinung nach gewinnt nicht immer der Stärkere!«

24.

Eine Stadt oder ein Viertel präsentieren sich am besten im unsicheren Licht der Morgendämmerung, wenn alles noch im Fluss ist und nichts feststeht. Auch heute bin ich früh aufgewacht und schlendere nun den Naviglio entlang. Die ersten Sonnenstrahlen kitzeln die Pflastersteine des Gehwegs, während Papierboote, Flugblätter, Funken und Treibholz das Wasser kräuseln. Rollläden gehen hoch, Fahrräder sausen vorbei, Lieferwagen laden hier und da Kisten aus. Hunde stöbern und schnüffeln, Menschen suchen auf Bildschirmen und in Kopfhörern nach Beweisen dafür, dass sie leben.

Wir sind am Leben. Noch ist keine Katastrophe eingetreten, sage ich mir, auch wenn eine schwierige Mission vor mir liegt. Andererseits bin ich es gewohnt, mich selbst herauszufordern. Auch wenn ich noch so viel Angst habe, ich will keinen Rückzieher machen, und heute wartet ein schönes Schauspiel auf mich: Alles ist bereit, ich muss die Show nur noch genießen.

Während ich vor dem Laden auf Seidewollemix warte, schaue ich mir das Schaufenster genauer an, da sie gestern den Rollladen oben gelassen hat. Ich habe ihn heute Nacht nicht angerührt, um mich nicht zu verraten. Zum Glück hat niemand die Scheibe eingeschlagen, aber vielleicht haben diejenigen recht, die sagen, dass man die wertvollsten Dinge am besten sichtbar aufbewahren soll, damit sie niemandem auffallen. Das Schaufenster ist an mehreren Stellen beschlagen und fleckig. Mit Essig und warmem Wasser ließe sich das leicht beheben, aber an einem Tag, an dem eine Besichtigung ansteht, werde ich das tunlichst sein lassen.

Seidewollemix ist im Anmarsch, elegant wie immer, im krassen Gegensatz zu der trotz der vollmundig angekündigten Sanierung des Viertels immer noch etwas heruntergekommen wirkenden Straße.

Das geschah vor ein paar Jahren im Zuge eines gewaltigen Renovierungsprojekts. Aus einer ehemaligen Fabrik wurde eine sehr schicke Loft-Wohnanlage mit Park, Straßenlaternen und gepflegten Spazierwegen. Das große Architekturbüro, das das Projekt betreute, bot an, einen Teil des Gebiets zu »sanieren«, um die durch die Bauarbeiten verursachten Unannehmlichkeiten zu kompensieren, die den Verkehr für einige Jahre beeinträchtigten und allen Bewohnern des Blocks mehrmals Strom und Gas abstellten.

Es hätte wie ein Akt der Großzügigkeit erscheinen können, wenn das eigentliche Ziel nicht jedem klar gewesen wäre, der Augen im Kopf hat: die Anpassung des Viertels an die Art von Publikum, das es von nun an frequentieren würde, was jedoch von denjenigen, die schon länger hier wohnten, als Beleidigung empfunden wurde. Mit unserem Viertel war alles in Ordnung. Es war unvollkommen, aber wer glaubt schon an Perfektion?

Ich bete jeden Tag: Lasst mir das *Il Nulla*, lasst mir die Eisenwarenhandlung, lasst mir den hemdsärmeligen Gemüsehändler, die Bäckerei, die von einem siebzigjährigen Ehepaar geführt wird, den Naturkostladen mit seinen Kräutermixturen. Lasst mir die alten Bäume, die verrosteten Bänke und den Geruch des alten, verschlafenen Viertels.

Das Endergebnis der Sanierung war reinste Kosmetik: Der Asphalt wurde erneuert, ein paar Blumenbeete ausgebessert, die Bürgersteige eingeebnet (aber nur an wenigen Stellen), die Poller erhielten einen neuen Anstrich, und es wurden einige verkrüppelte Setzlinge gepflanzt, die aber nie richtig gewachsen sind. Gleichzeitig hat die Gemeinde ein riesiges, kunstvolles Wandgemälde an der kahlen Mauer, die den Platz begrenzt, in Auftrag gegeben und einen Spielplatz umzäunt. Vielleicht auch, um diejenigen bei Laune zu halten, die bei ihrem Sonntagsspaziergang auf der Suche nach einem kleinen Laden oder einem ruhigen Plätzchen für einen Aperitif dem Gedränge am Naviglio-Ufer entkommen wollen.

Nach dieser Urbanisierung stiegen die Mietpreise und die Lebenshaltungskosten. Viele neue Lokale haben eröffnet. Auf dem Platz direkt neben *Il Nulla* ein Café im amerikanischen Stil, das zu einer großen Kette gehört, sodass Angelina keine Chancen mehr hat, neue Kunden zu gewinnen. Und fast vor meiner Haustür eine Eisdiele mit Rohmilchprodukten, wobei ich immer noch nicht begriffen habe, was man darunter verstehen soll. Ich bleibe lieber bei Lucillas Eistüte vom *Gelato dei sogni*, einem historischen Laden im Viertel, der allerdings seit einiger Zeit in finanziellen Schwierigkeiten steckt und von der Schließung bedroht ist. Also esse ich viel mehr Eis, als ich sollte, um den Laden am Leben zu erhalten.

In den letzten Jahren ist noch ein sogenannter *Concept Store* hinzugekommen, der Reisebücher und Fahrräder verkauft und den ein schüchternes, nervöses, tätowiertes Mädchen und ihr geselliger, muskulöser, ebenfalls tätowierter Freund eröffnet haben. Meiner Meinung nach könnten sie das Ganze auch einfach ein Geschäft nennen, aber es ist sehr hübsch geworden, und außerdem standen die Räumlichkeiten schon seit einiger Zeit leer. Also ein großes Lob für das junge Paar.

Dann haben vor einigen Monaten noch zwei Imbisse für Poke-Bowls aufgemacht. Es ist alles zum Mitnehmen. Die Besitzer haben wir allerdings noch nie zu Gesicht bekommen, und alle, die dort arbeiten, kommen von außerhalb des Viertels, erledigen mechanisch ihre Aufgaben, schöpfen Lebensmittel aus Stahlbehältern, um sie in Kartons oder Plastikschalen zu füllen, und erwecken generell den Eindruck, als seien ihnen sowohl die Kunden als auch das Schicksal des Ladens ziemlich egal. Und in der Straße parallel zu unserer hat vor etwa drei Jahren ein *Cityexpress*-Supermarkt eröffnet: Alles kostet das Doppelte, vielleicht als Aufschlag für *City* und *Express*, aber dort kaufen nur die Bewohner der Loftwohnungen ein. Wir anderen gehen am Samstagmorgen auf den Markt, zum Bäcker oder in den kleinen Lebensmittelladen von Ettore, einem energischen, rüstigen Achtzigjährigen, und seinem Neffen.

Wir kaufen nämlich nicht an Orten, sondern bei Menschen ein. Bei Franco, dem Fischhändler, inzwischen verwitwet, im Eisenwarenladen bei Giuseppe, genannt Geppo, nebst Frau und Zwillingstöchtern; bei Angelina, ihrem Mann und Eugenio aus dem *Il Nulla*, im Naturkostladen bei Penelope mit ihrer runden Brille und ihrer Parkinsonerkrankung. Sogar beim Tabakhändler, der glaubt, in einem Western zu leben, und im Schreibwarenladen von Alida und Enrica, zwei griesgrämigen Frauen mit einem Herzen aus Gold. *Il Nuovo Mondo*, das wären dann Margaret, Adelaide und vielleicht sogar ein bisschen ich. Eine so großartige Vorstellung, dass ich Mühe habe, sie ganz zu erfassen.

»Der Hauptraum verfügt über ausreichend Straßenlicht. Beachten Sie bitte auch die altmodischen Einrichtungsgegenstände, die für jedes Modegeschäft einen Mehrwert darstellen, und auch die Kassenecke ist bereits eingerichtet.«

Seidewollemix deutet mit einer eleganten Geste um sich.

Die Dame, die bei ihr ist – üppige Frisur, stark geschminkt, jede Menge Armbänder und Halsketten, als hätte sie ein Juweliergeschäft ausgeplündert –, schaut sich versonnen um. Vielleicht versucht sie, sich ihre eigene Boutique vorzustellen.

»Achten Sie nicht auf die junge Frau«, fährt Seidewollemix fort und deutete mit dem Kinn auf mich. »Sie ist von der Kunstakademie.«

»Es gibt doch nicht irgendwelche Hindernisse? Diese Leute stellen sich immer quer.«

»Nein, im Gegenteil, sie ist hier, um wertvolle Einrichtungselemente wieder ans Licht zu bringen …«

»Mag schon sein …«, erwidert die Dame misstrauisch.

Ich lächle. Ich verstehe nicht, warum Seidewollemix sich so eine Geschichte ausgedacht hat, aber umso besser für meinen Plan. Ich habe inzwischen eine Reihe von Figurinen entstaubt, gewaschen und sorgfältig getrocknet, und jetzt kommt der Sekundenkleber zum Einsatz, weil sich bei einer Figur der Kopf gelöst hat. Ich trage eine dünne Schicht Kleber auf eines der beiden zu verbindenden Teile auf, setze sie zusammen und drücke sie etwa zwanzig Sekunden lang aufeinander.

»Das Geschäft ist hell, liegt in einer ruhigen, aber belebten Straße, neben eleganten, erst kürzlich renovierten Wohnkomplexen, in einem sich im Aufschwung befindenden Viertel, in dem sich Innovation und Tradition harmonisch die Hand reichen. Und nur einen Katzensprung entfernt befinden sich die Navigli, das wasserreiche Herz der Stadt. Eine bessere Investition als in diesen Laden können Sie sich nicht vorstellen.« Seidewollemix hält inne, um alle diese positiven Informationen entsprechend wirken zu lassen. »Bitte, ich zeige Ihnen jetzt gerne noch das Hinterzimmer.«

Sobald die beiden verschwunden sind, stelle ich das Figürchen auf einen Plastiksockel, der sie in Position hält, während der Kleber trocknet, beuge mich nach links und öffne den Käfig, den ich mit einer Matte abgedeckt habe.

»Jetzt bist du dran!«, flüstere ich.

»Wie Sie selbst sehen, ist das Hinterzimmer sehr geräumig, und die Metallregale können gerne bleiben, wenn Sie sie brauchen«, höre ich gerade von hinten. »Dann haben wir hier eine Kochnische, ein Bett und ein Bad. Allem Anschein nach hat die Besitzerin eine Zeit lang sogar hier gewohnt. Das waren noch andere Zeiten, aber daraus kann man natürlich auch schließen, wie gut die Wärmedämmung ist …«

»Eine Maaaus!« Hektik. Aufgeregtes Trippeln. »Hiiilfe!«

Ich renne los, aus Angst, Pelé könnte eingefangen werden.

»Keine Sorge«, beruhige ich die Damen. »Wo ist sie? Ich kümmere mich darum.«

Ein zitternder Pelé starrt mich unter einem kleinen Tisch hervor an. Die Dame ist auf einen alten Schemel geklettert und hält sich mit rot lackierten Fingernägeln an einem der Regale fest. Ich schnappe mir das Nagetier und tue so, als hätte ich die größte Mühe damit.

»Hier gibt es also tatsächlich Mäuse«, murmle ich, während ich an der Dame vorbeieile.

Wieder im vorderen Raum, streichle ich Pelé und küsse ihn auf sein weißes Fell, bevor ich ihn zurück in den Käfig setze und fünf Cheerios in seinen Napf werfe.

»Die hast du dir verdient, Freundchen. Danke.« Ich decke den Käfig wieder zu. »Noch ein bisschen Geduld, und dann bringe ich dich zu deinem Herrchen zurück.«

Gleich darauf kommt die Dame in schnellem Tempo an mir vorbeigelaufen, die Augen fest auf den Boden gerichtet, und ruft uns ein vages »Ich gebe Ihnen Bescheid!« zu.

»Was hat eine Maus hier drinnen zu suchen?«, stößt Seidewollemix angewidert hervor.

Ich zucke mit den Schultern. »Vielleicht kommen sie aus dem Lager des Tabakladens.«

Sie verzieht das Gesicht und streicht die Schleife ihrer Seidenbluse glatt. »Könntest du bitte schön mal nachsehen, ob es hier vielleicht eine Verbindung gibt? Das ist ja wirklich ekelhaft.«

»Kein Problem ... Aber Mäuse sind nun mal ein Teil der Schöpfung.«

»Nicht der meinen«, erwidert sie prompt.

Die nächste Besichtigung zieht sich endlos lange hin. Ein Mann in einem grauen Anzug begutachtet den Laden von außen, eine gefühlte Ewigkeit, wie mir scheint. Er macht sich Notizen auf einem

Klemmbrett und löchert Seidewollemix mit seinen Fragen. Eine gute halbe Stunde lang stehen sie dann im Hauptraum und diskutieren über Frequenzen, Marktforschung, Anfahrmöglichkeiten für Lieferanten und das Warenlager, »das nicht einsehbar sein darf, damit die Kunden nicht allzu viel mitbekommen …«.

Allein der Gedanke, einen ihrer Burger zu essen, verursacht mir Übelkeit.

Schließlich gehen sie ins Hinterzimmer. »Das ist der Raum, den man als Küche nutzen könnte und …«

»Aber hier gibt es ja gar keinen Rauchabzug!«, ruft der Mann aufgebracht.

»Wie das denn!«, erwidert Seidewollemix erstaunt. »Der kann doch nicht verschwunden sein.«

»Wahrscheinlich haben sie ihn zugemacht, vor wer weiß wie langer Zeit schon!«

»Ich werde mich erkundigen und geben Ihnen dann Bescheid … Ich werde mich informieren.«

»Wenn Sie sagen, dass es hier einen Rauchabzug gibt, dann muss er doch da sein. Und wenn er zugemauert ist, heißt das, dass er nicht mehr da ist. Sie haben nur meine Zeit vergeudet!«

Ich betrachte eingehend den Schrank, den ich gerade aufpoliere, während der Mann wütend hinausstürmt und hinter ihm die Stimme von Seidewollemix ertönt: »Das dürfte wirklich kein Problem sein. Sie werden sehen, wir werden eine Lösung finden!«

Mit Gipskartonplatten kann man tatsächlich wahre Wunder vollbringen, sage ich mir in Erinnerung an meinen nächtlichen Einsatz dank der Nachschlüssel und zwinkere der chinesischen Figur zu.

Noch vier Tage bis zu Margarets Ankunft.

Wir halten durch.

25.

Für meinen Vater war das ENDE in Wirklichkeit der Anfang. Der Beginn der neuen Welt, der Realität, auf die wir uns vorbereiteten. Die Zeit, in der er sich endlich als stärker, listiger, besser vorbereitet und fähiger als die anderen erweisen würde. Die Zeit, in der er uns beschützen würde. Die Zeit, in der diejenigen, die ihm Hindernisse in den Weg geworfen und ihn beleidigt hatten, endlich Reue zeigen und ihr Fehlurteil einsehen würden. Die Zeit, in der er zum Helden werden würde.

Er war ungefähr fünfundzwanzig Jahre alt und getragen von einer großen Welle der Begeisterung, als sein Leben plötzlich diesen anderen Weg eingeschlagen hatte. Er hatte das Nötigste in einen Koffer gepackt und seine Verlobte abgeholt, nachdem er ihr in einem kurzen Telefonat mitgeteilt hatte, dass es an der Zeit sei, den sorgfältig ausgearbeiteten Plan in die Tat umzusetzen. Sie würden mit dem Auto in Richtung Apennin aufbrechen, um dort den idealen Ort zu finden, wo sie sich niederlassen und ihren Traum verwirklichen konnten: ein Leben inmitten der Natur, weit weg von allen, fernab von Korruption und Heuchelei, um für immer der Schrecklichen Illusion dieser Gesellschaft zu entkommen.

Die akademische Welt hatte sich endgültig als Enttäuschung für ihn entpuppt. Sein Diplom in Physik erschien ihm wertlos in diesem von Vetternwirtschaft geprägten Umfeld, denn alle seine Bemühungen wären vergeblich gewesen in einer Welt, die von Machtspielen, politischen Intrigen und der Gleichgültigkeit der

Menschen gegenüber dem Planeten, den anderen und sich selbst beherrscht wird.

Das war nicht die Gesellschaft, in der er Kinder hätte großziehen wollen, das sah er ganz deutlich, und es gab keine andere Lösung, als autonom zu leben in ihrer eigenen Welt, in der sie Tag für Tag selbst entscheiden würden, wie dieses Leben auszusehen hatte.

Seine Verlobte war Studentin der Geisteswissenschaften, auch sie mit hohen Idealen, die sich nicht zweimal bitten ließ. Auch sie träumte davon, einem vorgezeichneten Leben zu entfliehen, um sich eine sinnvollere, authentischere Existenz aufzubauen und endlich vor Enttäuschungen geschützt zu sein. Mein Vater hatte Charisma, und sie liebte ihn. Sie vertraute ihm. Bei ihm fühlte sie sich wichtig, geliebt und beschützt.

Nach ein paar Wochen Suche fanden sie ein halb zerfallenes Bauernhaus am Waldrand. Es gab einen Garten, Platz für Gemüsebeete und einen Stall. Natürlich würde es ein paar Jahre dauern, alles wieder instand zu setzen, aber das machte ihnen keine Angst. Nach und nach war die Stadt zu einer fernen Erinnerung verblasst. Vorbei war die Zeit der Bewerbungen, der Erwartungen, der Siege und der Niederlagen. Jetzt gab es nur noch ihn und Mamma, jung und verliebt. Dann Andrea und schließlich mich.

Heute Morgen treffe ich Seidewollemix im Geschäft in Begleitung ihres Partners an.

Ein älterer Herr, ebenso gut gekleidet wie sie, die grauen Haare zurückgekämmt und mit der Ausstrahlung desjenigen, der mit jedem umzugehen weiß und sich mit keinem auf Kompromisse einlässt. Der Nadelstreifenanzug sitzt, als wäre er darin geboren, und verrät, in Kombination mit den klassisch geschnittenen Schnürschuhen, sein beachtliches Selbstbewusstsein.

Gerade legt er Seidewollemix mit einer gewissen Selbstsicherheit und Vertrautheit die Hand auf die Schulter, sodass ich mich frage, in welcher Beziehung die beiden zueinander stehen.

»Papà ...«, setzt sie in kläglichem Tonfall an und beantwortet damit unbewusst meine Frage.

Ihr Vater? Das hätte ich nicht erwartet! Dann ist ihre Firma also ein Familienunternehmen!

Bei näherer Betrachtung sehen sich die beiden tatsächlich ähnlich. Von ihrem Vater hat Seidewollemix die markante Nase und den Schnitt des Mundes geerbt, aber ihre Augen sind verschieden – die ihren hell und groß, seine hingegen klein und dunkel, eng beieinanderstehend. Augen, denen nichts entgeht.

Ich würde mich gerne davonstehlen, aber sie haben mich bereits erspäht. Ich grüße Seidewollemix mit einem schüchternen Nicken, während sie mir auffordernd zuwinkt, in den Laden zu kommen. Genau in dem Moment läuft der Tabakhändler an mir vorbei und rempelt mich an. Der Kerl geht auf den Vater zu und drückt ihm energisch die Hand. Ich schleiche mich unauffällig in den Laden zu den chinesischen Figuren, um nachzusehen, wie meine Arbeit geworden ist.

»Der Hauptraum ist hell und verfügt über ausreichend Tageslicht«, beginnt Seidewollemix, an den Tabakhändler gewandt. »Bitte beachten Sie die altmodischen Einrichtungsgegenstände, ein ...«

»Beleuchtung, Schaufenster, das ist mir doch schnurzegal, hier wird ohnehin alles abgedunkelt.«

»Die Kassenecke ...«

»Die Kasse stelle ich dorthin, wo ich es für richtig halte, und ganz bestimmt nicht in eine Ecke. Was glaubst du wohl, wo die Kasse hinkommt?«

Seidewollemix räuspert sich und wirft ihrem Vater einen Blick zu.

»In die Mitte, oder?«, fährt der Tabakhändler fort. »Sie ist doch wohl das Wichtigste, oder? Man muss quasi darüber stolpern.«

Der Vater nickt. »Die Kasse kommt in die Mitte, das weiß doch jedes Kind.« Und bedenkt seine Tochter mit einem vernichtenden Blick.

Seidewollemix will zu einer Erwiderung ansetzen, aber ihr Vater ergreift den Arm des Tabakwarenhändlers und zieht ihn neben sich, sodass seine Tochter sich jetzt mit zwei abweisenden Rückenansichten konfrontiert sieht. Sie will offensichtlich gerade deutlicher und lauter werden, was ich an dem Ruck erkenne, der durch ihren Körper geht, aber dann lässt sie es offenbar doch lieber.

»Kommen wir zur Sache«, sagt der Tabakhändler zu ihrem Vater. »Das Schild da draußen könnt ihr gleich wieder runternehmen. Ich kauf den Laden. Was wollt ihr dafür haben?«

Seidewollemix gesellt sich zu mir. »Hallo«, sagt sie überraschend und unerwartet herzlich.

Wie gerne hätte ich gewusst, wie sie mit Vornamen heißt, aber ich traue mich nicht zu fragen, aus Angst, mich unangemessen zu verhalten.

»Die Kasse in die Mitte. Was glaubst du wohl, wo die Kasse hinkommt?«, äffe ich flüsternd die aufdringliche Stimme des Tabakhändlers nach.

Sie unterdrückt ein Lachen.

»Hier wird alles abgedunkelt, damit mein Gehirn sich wohlfühlt«, füge ich feixend hinzu.

Sie verdreht die Augen, um zu zeigen, wie unsympathisch ihr dieser Mensch ist.

»Ich heiße übrigens Gea«, sage ich rasch.

»Schöner Name«, antwortet sie, und ich weiß nicht, ob sie das ernst meint.

Ihren verrät sie mir trotzdem nicht.

»Die Toilette kann behindertengerecht umgebaut werden«, höre ich gerade von hinten, »ich habe mich schon erkundigt.«

»Gut, ein Klo braucht man«, schnaubt der Tabakhändler, »aber muss es auch noch behindertengerecht sein? Was können solche wie die hier drinnen schon wollen? Glück haben die bestimmt nicht viel.«

Ich will eigentlich gerade die Figurine aus dem Plastiksockel nehmen, aber der letzte Satz hat mir regelrecht den Atem verschlagen.

Die Toilette auf den neuesten Stand zu bringen, scheint ein Muss zu sein, aber der Tabakhändler ist offenbar überzeugt, dass er ein Schlupfloch finden kann.

»Dafür will ich keinen müden Cent ausgeben«, beharrt er, als gehöre ihm das Geschäft bereits. »Ein bisschen weiße Farbe, die Wand muss durchgebrochen werden, und dann muss ich nur noch in die Automaten investieren. Aber das ist alles schon in trockenen Tüchern. Ich habe ein paar Spielautomaten aufgetrieben, die bekomme ich praktisch geschenkt. Und die Monitore und Computer stellen dir die Wettbüros umsonst auf. Besser als das …«

Gegen meinen Willen kann ich nicht anders, als zuzuhören. Ich muss doch wissen, wie weit der Mensch an sich zu gehen bereit ist für ein paar zusätzliche Euro und vielleicht ein bisschen Spaß.

»Die Leute glauben alle, dass sie gewinnen. So eingebildet sind sie. Jeder ist überzeugt, derjenige unter einer Million zu sein, der die Bank sprengt. Wer bin ich, ihnen diese Illusion zu rauben?«

Seidewollemix' Vater lächelt herablassend, ehe er zur Tür vorausgeht. »Ich sehe schon, Sie haben eine klare Vorstellung von dem, was Sie wollen, aber der Preis bleibt der, den ich Ihnen genannt habe. Er ist nicht verhandelbar.«

Plötzlich scheinen sie sich nicht mehr ganz so gut zu verstehen. Seidewollemix' Vater rückt seine Krawatte zurecht, als wollte er Distanz zwischen sich und seinen Gesprächspartner bringen.

Noch liegt ein Lächeln auf seinem Gesicht, aber aus seinen Augen spricht Härte.

»Wer wird schon so ein Sümmchen für diese muffige Rumpelkammer ausgeben, die seit Ewigkeiten zuhat?« Jetzt wird der Tabakhändler lauter.

»Ein gewisses Interesse ist durchaus vorhanden. Das Viertel gewinnt zunehmend an Wert … Falls Sie das noch nicht bemerkt haben sollten«, erwidert der Makler, sein Gegenüber weiterhin ostentativ siezend.

»Das interessiert mich jetzt wirklich, was du für Angebote reinbekommst.«

»Wir werden sehen.«

»Willst du mich provozieren? Ich habe doch gesagt, dass ich den Laden kriege.«

»Dazu müssen Sie nur ein hübsches Sümmchen auf den Tisch des Hauses legen, um im Jargon Ihres zukünftigen Metiers zu bleiben.«

»Wenn die es wagen sollten, an jemand anderen zu verkaufen, dann mache ich denen die Hölle heiß«, murmelt der Tabakhändler wütend, als er an mir vorbeikommt. Auf mich deutend, fügt er laut hinzu: »Ich dachte immer, Mechaniker reparieren Autos, keinen Schrott.«

Er lacht über seinen eigenen Witz, und in dem Moment fällt dem Vater von Seidewollemix auf, dass ich auch noch da bin. Ich schaue hoch von der kleinen Figur und versuche, so unbeeindruckt wie möglich zu wirken, obwohl ich spüre, dass meine Beine und mein Nacken sich verkrampfen.

»*Gea* ist keine Mechanikerin«, mischt sich Seidewollemix jetzt zu meiner Überraschung ein. »Sie bringt die Gegenstände hier wieder auf Vordermann. *Wertvolle* Objekte.«

»Werdet das Zeug lieber bloß so schnell wie möglich los. Gleich um die Ecke steht ein Müllcontainer«, höhnt der Tabakhändler.

Kaum ist er fort, wendet sich Seidewollemix an ihren Vater. »Was für ein unangenehmer Typ. Und dann noch ein Wettbüro …«

»Du sollst einen *Deal* abschließen, keine Freundschaften. Wir müssen Geld verdienen, damit der Laden läuft. Glaubst du vielleicht, die Leute gewöhnen sich ihre Laster ab, wenn keine Wettbüros mehr aufgemacht werden? Wer ist deswegen weniger frustriert oder hört auf, sich unerfüllbare Illusionen zu machen? Kunden sind Kunden, man muss mit allen zurechtkommen.«

Seine Tochter schaut ihn an, als könnte sie es nicht fassen, von ihrem Vater immer wieder aufs Neue überrascht zu werden. Wie konnte er so etwas nur gesagt haben? Ich würde ihr gerne gestehen, dass ich dieses Gefühl bestens kenne, aber ich habe Angst, mich aufzudrängen. So vertraut sind wir nicht. Bis zum Beweis des Gegenteils sind wir beide nur aus geschäftlichen Gründen hier.

Verärgert rauscht Seidewollemix aus dem Laden, ohne sich zu verabschieden. Ich bleibe und betrachte eingehend die Türschwelle. Zum Glück beschließt auch der Vater, zu gehen. Er holt seine Autoschlüssel aus der Tasche und wendet sich fragend an mich: »Ist der Krempel hier tatsächlich noch was wert?« Doch ehe ich etwas erwidern kann, fügt er rasch hinzu: »Vielleicht ist der Rat von diesem Kerl doch nicht so verkehrt«, und geht.

Allein im Laden, wird mir schwer ums Herz.

Ich versuche, klarzukommen mit dem, was ich gerade gehört habe, aber ich schaffe es einfach nicht. Es stimmt schon, vielleicht kann man die Bedürfnisse anderer nicht völlig ignorieren, aber man kann neue Wege finden, um sie zu befriedigen. Ich würde so gerne an die Überlegenheit von Begriffen wie Schönheit, Fülle und Wert glauben. Ich kann mir nur schwer vorstellen, wie dieser Ort, der seit Jahren als Aushängeschild für eine zweite Chance fungierte, plötzlich ein Etablissement beherbergen soll, das denjenigen, die dorthinkommen, nicht die Spur einer zweiten Chance lässt. Und ich kann nicht akzeptieren, dass ein Vater seine Tochter derart enttäuscht, indem er sich weigert, sich ihre Argumente auch nur anzuhören.

Um mich nicht weiter von solch schweren Gedanken herunterziehen zu lassen, versuche ich, mich wieder auf meine Arbeit zu konzentrieren. Ich muss einschätzen, in welchem Zustand die Gegenstände aus Holz sind. Es sind ziemlich viele, und sie benötigen besondere Zuwendung. Aber mein Denkvermögen ist blockiert von »Wenns« und »Abers« und gequält von der Vorstellung, wie dieser Ort bald aussehen könnte: Zugestellt mit Spielautomaten und voller Menschen, die mit Wettscheinen in der Hand herumlungern oder auf Bildschirme starren, während elektronische Signale erklingen – *Leider kein Gewinn! Versuchen Sie Ihr Glück erneut!* – und Wettscheine mit einem lauten Ritsch-Ratsch zerrissen werden, nachdem die Rennen gelaufen sind und die Wettenden verloren haben. Doch eine Stimme in mir sagt: Vielleicht kann ich es noch verhindern. Vielleicht wird Margaret sich überreden lassen.

Plötzlich höre ich hinter mir am Schaufenster ein Klopfen. Ich drehe mich um, weil ich befürchte, dass Seidewollemix zurückgekommen ist, um mich aufzufordern, den Laden zu verlassen, und um mir mitzuteilen, dass all diese wunderbaren Gegenstände nun doch im Sperrmüll enden werden und dass der Verkauf an den Tabakhändler bereits über die Bühne gegangen ist.

Stattdessen sehe ich mich Priscilla gegenüber.

»Ich dachte, ich komme mal vorbei, um zu hören, wie das Telefonat mit der englischen Signora gelaufen ist.«

»Danke, es lief sogar besser als erwartet. Sonntag dürfte sie hier sein …« Ich bemühe mich um ein Lächeln. »Wenn uns vorher nicht jemand den Laden wegschnappt«, und deute auf den Tabakladen nebenan.

»Ach, der«, meint sie aufgebracht. »Dem geht man besser aus dem Weg.«

»Aber er will sich nun mal vergrößern … Hör mal«, kommt es mir plötzlich in den Sinn, »das klingt jetzt sicher merkwürdig, aber hat dein Ex-Mann zufällig ein paar alte Baumwollshirts zurückgelassen?«

»Jede Menge. So hässlich, wie nur er sie aussuchen konnte, und völlig unförmig. Gehen die trotzdem?«

»Die sind perfekt.«

26.

Auf dem Weg vom Geschäft nach Hause fällt mir ein, dass ich von meinem Nachbarn noch keine Antwort erhalten habe. *Der Dichter schläft nie, aber andererseits stirbt er oft.* Ist er beleidigt?

Das war eine Metapher, das wird er wohl verstanden haben. Der Dichter stirbt in dem Sinn, dass er in jedem Gedicht einen Aspekt von sich zum Ausdruck bringt und sich dadurch Stück für Stück selbst auslöscht. Oder zumindest verstehe ich das so. Entweder gibt es den Dichter oder das Gedicht, niemals beides. Mein Nachbar bezeichnet sich selbst als Träumer, ich nenne ihn einen Dichter. Vielleicht hat er gedacht: Was will die von mir? Kann sie sich nicht einfach ein paar Stöpsel in die Ohren stecken und mich weiter auf ihrem Kopf hin und her laufen lassen? Aber damit hat er plötzlich aufgehört.

Heute Morgen sah ich ihn über den Hof laufen, beladen mit einem gefährlich rutschenden Stapel aus Kartons und Schachteln. Was mag da wohl drin gewesen sein? Ich blieb stehen und beobachtete ihn in der Hoffnung, es herauszufinden, und vor allem, dass er sich umdrehen würde, damit ich endlich sein Gesicht sehen könnte, aber als er es tat, war sein Gesicht von dem Stapel Kartons verdeckt. Welche Farbe haben seine Augen? Was für ein Ausdruck liegt in seinem Blick? Wie alt ist er? Warum hat er auf meine Nachricht nicht geantwortet?

Vielleicht endet unsere Korrespondenz hier. Ohne weitere Konsequenzen. Er wird keine Zeit mehr übrig haben für einen aus der

Luft gegriffenen Dialog wie dem unseren. Er wird ein richtiges Leben haben, Probleme und Perspektiven, über die er sich Gedanken machen muss. Vielleicht hat er eine Beziehung am Laufen, obwohl ich ihn noch nie mit jemandem zusammen gesehen habe, eine Familie, zu der er sonntags zum Mittagessen geht. Während ich …

In Gedanken wie diese versunken, öffne ich die Tür und trete auf einen Zettel, der mit schwarzer Tinte beschriftet ist wie sein Vorgänger. Mein Herz setzt einen Moment aus und schlägt dann schneller, wie ein Pferd, das vor einem plötzlichen Hindernis erschrickt und dann fortgaloppiert. Ich starre auf den Boden, traue mich nicht, mich zu bücken, um den Zettel aufzuheben, und ziehe es vor, auf die unleserlichen Wörter zu blicken. Was könnte er geantwortet haben? Ich stelle Mutmaßungen an: *Leben und leben lassen. Beenden wir unseren Gedankenaustausch hier …*

Ich nehme meinen Rucksack ab, stelle ihn, wie jeden Tag, in die Ecke hinter der Tür und hole die zwei kleinen Puppen heraus, die ich verlassen auf dem Bürgersteig gefunden habe. Nach einem gründlichen Bad werden sie so gut wie neu sein. Arias Haus braucht Bewohner.

In der Küche wasche ich mir die Hände. Die Vorstellung, dass der Zettel dort auf dem Boden liegt und auf mich wartet, bereitet mir Unbehagen und Freude zugleich. Ich schaffe es gerade noch, meine Handflächen an der Latzhose abzutrocknen, ehe ich hektisch danach greife und lese: *Wer den Tod verweigert, verweigert das Leben. Ursula Le Guin*

Er hat unseren Gedankenaustausch nicht beendet, wie ich befürchtet habe. Er hat mir geantwortet! Ich weiß nicht, wohin mit mir, ich laufe den Flur auf und ab und lese den Satz immer wieder. *Wer den Tod verweigert, verweigert das Leben.* Ich denke zurück an La Rocca. Daran, wie wir so viele Jahre dort gelebt und immer wieder neue Wege gefunden haben, um dem Tod zu entgehen. Ich laufe in mein Werkstattzimmer, hole eine neue Karte mit der aufgedruckten Giraffe, schnappe mir meinen Füllfederhalter und schreibe: *Und ich dachte, Leben bedeutet, den Tod ein wenig weiter hinauszuschieben …*

Zu persönlich? Vielleicht zu gefährlich. Ich lasse den Stift von einer Hand in die andere wandern, auf der Suche nach einer Alternative. *Wer den Tod verweigert, verweigert das Leben.* Ich brauche einen Satz, der unpersönlich ist, aber Eindruck hinterlässt. Während ich darüber nachdenke, nehme ich seinen Zettel wieder in die Hand. Erst jetzt bemerke ich die Notiz auf der Rückseite:

Ich bräuchte jemanden, der mir hilft, einen Schaukasten an der Wand zu befestigen. Ich weiß, dass du das gut kannst. Wenn du Lust hast, komm doch auf einen Sprung hoch, ja?

Ich lese den Text noch einmal. Einen Schaukasten an der Wand anbringen. Ich denke sofort an meine Profibohrmaschine und frage mich, welche Dübel ich dafür brauche. Ein Schaukasten hat ein Gewicht. Aber wie viel? Das hängt davon ab, was dort hineinsoll. Ein Schaukasten? Was macht er mit einem Schaukasten?

Komm doch auf einen Sprung hoch … Ich kann nicht glauben, dass er mich in seine Wohnung einlädt. Er bietet mir Arbeit an. Er vertraut mir, er denkt, dass ich ihm helfen kann.

Was, wenn das nur ein übler Scherz ist? Ist es das Risiko wert? Keine Ausreden, sonst versäumst du dein Leben, hat die Signora Dalia erst neulich gesagt.

Ich lese meine Antwort noch einmal. So schlecht ist sie gar nicht. Sie ist echt. Das bin ich. Ich atme tief durch, denke nach. Schließlich drehe ich den Zettel um und füge hinzu:

… aber vielleicht ist es besser, das Leben an sich zu ziehen.
Oder einen Schaukasten aufzuhängen. Ich komme vorbei.
Bald.

27.

Kuckuck ... Darf ich?«

Die plötzlich hinter mir ertönende Stimme lässt mich zusammenfahren. Als ich mich umdrehe, sehe ich Priscilla mitten im Laden stehen, die gerade einen Sack voller Wäsche auf den Boden fallen lässt.

»Mach damit, was du willst!«

»Du bist meine Rettung, danke.«

Es ist Samstag, und ich bin so nervös, dass ich glatt vergesse, sie zu fragen, wie es ihr geht. Mein Plan sieht vor, so viele Gegenstände wie möglich auszubessern, damit Margaret morgen den Laden in bestem Zustand vorfindet und sich überreden lässt, ihn zurückzukaufen.

»*Bonjour!*«, ruft Adelaide, die in einem kurzen weißen Kleid mit herzförmigem Ausschnitt und einem Paar pinkfarbenen Turnschuhe an den Füßen jetzt auf der Türschwelle erscheint. Hinter ihr taucht Aria auf, ebenfalls ganz in Weiß gekleidet. Sie winkt uns zu. »Bist du das Frauchen von Zucchero?«, fragt sie Priscilla.

Priscilla nickt. »Aber der ist gerade beim Friseur ... Er geht da öfter hin als ich!«

Adelaide schaut sich mit besorgter Miene um. »Es scheint hier ja noch einiges zu tun zu geben.« Sie tut so, als würde sie ihre nicht vorhandenen Ärmel hochkrempeln. »Wie sieht dein Plan aus?«

Aria ahmt die Geste ihrer Mutter nach.

»Als Erstes habe ich vor, diese alten Shirts hier zu zerreißen, um damit alle Holzmöbel hier drinnen zu säubern, aufzufrischen und einzuwachsen«, erkläre ich und zeige zuerst auf den Sack mit den Kleidungsstücken von Priscillas Ex-Mann, dann auf das Klavier, die Anrichte, die Beistelltische, die Stühle und die Hocker.

Adelaide geht zu dem Sack und schaut sich die Shirts an. »Ich hatte gehofft, hier was für meine Modelle zu finden, aber das ist wohl eher nicht der Fall«, stellt sie fest und fängt zu lachen an.

Auch Priscilla wirkt amüsiert und gleichzeitig erleichtert.

»Ich zeige euch, was ich meine«, füge ich hinzu und hole eine Schere aus meinem Rucksack. »Ich nehme ein Shirt und schneide es mitten durch.

»Darf ich das machen?«, fragt Priscilla voll plötzlichem Elan.

»Bitte sehr«, sage ich und überreiche ihr die Schere, als wäre sie ein Zauberstab.

Priscilla ergreift eines der Hemden ihres Ex-Mannes und fängt an, es zu zerschneiden. Zunächst etwas zögerlich, dann immer entschlossener. »Ah, welche Befriedigung! Was für eine Befriedigung!«, wiederholt sie und beobachtet, wie die Stoffreste zu Boden sinken.

Lachend schnappt sich Aria die Fetzen und wirft sie in die Luft.

»Hör mal …«, wendet Priscilla sich an mich, nachdem sie alle Shirts zerschnitten hat. »Heute ist Samstag. Ich habe absolut *nichts* zu tun. Ich bleibe und helfe dir.«

»Danke, manchmal denkt man nicht daran, aber eine zusätzliche helfende Hand kann nicht schaden.«

Aria hebt beide Hände. »Ich habe sogar zwei!«

»Apropos.« Ich öffne meinen Rucksack und überreiche Priscilla das Geschenk, das ich in der *Biancheria Bullo seit 1987* bekommen habe. »Als Wiedergutmachung für das kleine Malheur mit den Dreckspritzern neulich.«

»*Das Beste kommt noch*«, liest sie laut vor und hält das Handtuch hoch. »Danke, das wäre nicht nötig gewesen. Das ist wirklich … eine nette Idee.«

Ich weiß nicht, ob sie damit das Geschenk oder den aufgestickten Spruch meint.

»Was ist das? Das Treffen der lustigen Weiber von Windsor?«

Ich blicke vom Klavierdeckel auf, dem ich gerade die letzte Schicht Wachs verpasse. Seidewollemix lehnt am Türrahmen – im Schneiderkostüm, mit High Heels, einem Klemmbrett in den Armen und einem vage amüsierten Gesichtsausdruck. Ich hatte sie nicht kommen hören.

In dem Moment bemerke ich, dass wir wie in einer Choreografie abrupt in unserer jeweiligen Bewegung innehalten. Auf meine Anweisung hin hat Aria gerade mit einem feuchten Lappen über einen Mini-Thonet-Stuhl gewischt, Priscilla ein Tuch in eine Mischung aus Olivenöl, Alkohol und Zitronensaft getaucht, um die Oberfläche eines großen, niedrigen Tisches aufzufrischen, und Adelaide hat die Kanten der Schubladen der Anrichte mit einem Kerzenstummel eingewachst, damit sie wieder besser gleiten.

Seidewollemix trägt ihr Haar heute offen, ohne den üblichen Haarreif, der es zurückhält. Fast so, als hätte sie es eilig gehabt oder etwas vergessen. Sie scheint jedoch gut gelaunt zu sein, in einer Art Schwebezustand, als bereitete sie sich auf etwas Neues vor.

»Wenn du dich uns anschließen willst …« Ich hebe einen mit Wachs getränkten Lappen in die Höhe.

»Die Versuchung ist groß, aber … nein. Danke.« Sie grinst ironisch. »Ich will lieber nichts wissen von dieser Schwarzarbeit, okay? Aber je eher ihr fertig seid, desto besser, also drücke ich ein Auge zu.«

»Sind Angebote in Sicht?«

»Zwei im Moment.«

»Wie bitte?!«, rutschte es mir heraus.

»Sowohl der Burgerladen als auch dein Freund von nebenan scheinen wild entschlossen zu sein. Aber warten wir ab, bis es offiziell wird.«

Der Burgerladen will doch nicht aufgeben? Der Tabakhändler lässt nicht locker? Ich hätte mir denken können, dass dieses seltsame Glücksgefühl nur von kurzer Dauer sein konnte. Bestimmten Gefängnissen kann man nicht entfliehen, vor allem dann nicht, wenn man die Gitter mit eigenen Händen eingesetzt hat …

»Gea!«, ruft hinter mir eine Stimme. »Eugenio hat mir gesagt, dass ich dich hier finden würde. Ich habe versucht, dich anzurufen …«

»Hallo, Angelina.« Ich ziehe mein Handy aus der Tasche, der Akku ist leer. Wer weiß, wie lange schon.

»Störe ich?«, fragt Angelina und sieht sich um. »Was für ein schöner Ort! Von wegen alter Laden. Es kommt mir vor wie Downton Abbey.«

»Siehst du?«, sage ich, versuche, die schlechten Gedanken beiseitezuschieben, und nehme ein Kristallglas in die Hand. »Zum Wohl!«

»*Santé*, meinst du!«, antwortet sie und beugt sich über einen Sessel. »Sieh dir mal dieses violette Schmuckstück an! Stell dir vor …«, murmelt sie und liest das Schild, »der hat mal einem schottischen Lord gehört, der sich aus Liebe umgebracht hat!«

»Der würde ja super in meine Wohnung passen«, seufzt Priscilla. »Anstelle dieser anonymen beigen Sessel.«

»Sie können ihn gerne kaufen«, wirft Seidewollemix ein.

»Und ich hätte gerne das da.« Adelaide deutet auf ein Bücherregal aus Bambus im hinteren Teil des Ladens. Es würde sich tatsächlich perfekt in ihrer Wohnung machen.

Seidewollemix zieht eine Augenbraue hoch. »Her mit den Moneten, und die Teile gehören euch.«

Ich schaue mich um. Jetzt, da die Gegenstände anfangen, wieder in altem Glanz zu erstrahlen, jetzt, da wir hier sind, um sie zum Leben zu erwecken, jetzt könnte aus diesem Provisorium wieder ein richtig schöner Laden werden.

»Dir gehört doch das *Nulla*«, wendet sich Adelaide fragend an Angelina.

»Tja, leider …«

»Sag doch nicht so etwas. Deine Imbissbar ist noch einer der wenigen authentischen Läden hier in der Gegend.«

Angelina lächelt unsicher.

»Apropos, ich habe ein Problem mit der Kaffeemaschine«, wendet sie sich jetzt an mich, »deshalb habe ich dich eigentlich gesucht. Du lässt dich ja schon seit einer Weile nicht mehr blicken …« Plötzlich hält sie inne. »Aber Mädels, wen interessiert das? Ich kann es nicht mehr ertragen, das *Nulla*. Soll ihnen doch der Kaffee ausgehen.«

Ich sehe sie erstaunt an. »Aber was ist denn passiert?«

»Das Übliche: Während mein Mann Karten spielt, rackere ich mich ab … Und was habe ich davon? Nichts! Ich habe es satt, mir dort von allen auf der Nase herumtanzen zu lassen. Von ihm, von den Kunden, von den Lieferanten, von sogenannten Beratern, von den Nachbarn, die uns die Lebensmittelkontrolle auf den Hals hetzen … Aber was tun wir ihnen denn schon Böses?! Es reicht, mir hängt das alles in höchstem Maße zum Hals raus! Ich kann da drinnen nicht verschimmeln.«

»In höchstem Maße«, ein Begriff, den nur sie verwenden konnte. Und wahrscheinlich Königin Elisabeth.

Angelina schüttelt heftig den Kopf. Vielleicht, um diese Gedanken zu verscheuchen. »Aber was treibt ihr hier eigentlich? Kann ich euch helfen? Ich kann doch nicht tatenlos zusehen.«

Ich nehme ihr Angebot begeistert an. Angelinas Mithilfe wirkt wie ein Gegengift zu den schlechten Nachrichten über eingehende Offerten. Ich bin es gewohnt, mich auf das Schlimmste vorzubereiten, warum nicht auch mal auf das Beste? Warum nicht an ein Wunder glauben? Zumindest solange man es noch kann. Wenigstens für einen Tag.

»Es gibt hier wirklich jede Menge zu tun!«, ruft Aria und huscht mit dem Staubwedel über das Innere einer Vitrine voller Modeschmuck.

Seidewollemix strafft sich und dreht sich zu mir um. »Gut, dann komme ich später noch mal vorbei, Madama Dorè.« Und schon ist sie weg.

»Oh, wie viele schöne Töchter, Madama Dorè, oh, wie viele schöne Töchter …«, fängt Aria an, das altbekannte Kinderlied zu singen, während Angelina und ich einige Möbelstücke umstellen, um an die Sachen heranzukommen, die im hinteren Teil des Raumes gestapelt sind und die ich noch nicht in den Bestand aufgenommen habe.

Angelina stimmt in den Gesang mit ein. *»Sie sind wunderschön, und ich behalte sie bei mir, Knappe des Königs, sie sind wunderschön, und ich behalte sie bei mir!«*

Inzwischen singen alle im Chor. *»Oh, wie viele schöne Töchter, Madama Dorè, oh, quante belle figlieee …«*

Kurz stockt der Gesang, denn einige von uns können sich nicht mehr an den Text erinnern, aber Aria kennt ihn auswendig und fährt fort: *»Der König verlangt nach einer, er will sie verheiraten … und wie würdet ihr sie kleiden, Knappe des Königs … Mit Rosen und Veilchen … Nehmt die Schönste …«*

»Von wegen!«, ruft ihre Mutter. »Diese Strophen singen wir nicht. Wir machen Schluss bei *›sind wunderschön, und ich behalte sie bei mir‹*, meine Lieben. Der König reiht sich in diesem Kreis hinten ein.«

»Der König reiht sich hinten ein!« Aria bricht in Gelächter aus. »Der König reiht sich hinten ein!‹«

»Aber sicher doch!«, beharrt Adelaide. »Und wenn ihr wirklich wissen wollt, wer sie einkleiden wird, diese wunderschönen Töchter – das werde ich sein.«

»Genau, du wirst sie einkleiden, Mamma. Schließlich bist du eine Modedesignerin!«

Die Stimmung ist ausgelassen. Nur ich bin trotz bester Aussichten wieder trüber Laune. Margaret ist reich, sicher, aber können wir sie überzeugen, dieses Geschäft hier zurückzukaufen? Sie wollte es nicht, als sie es umsonst hätte haben können, warum sollte sie es sich jetzt anders überlegen? Sosehr wir uns auch anstrengen, es bleibt doch immer noch ein alter Laden mit gebrauchten Möbeln. Das lässt sich nicht leugnen.

Und dabei spielt es keine Rolle, dass ich es tief in meinem Herzen als mein Königreich empfinde.

28.

»Und Ihren Mann, wo haben Sie ihn kennengelernt?« Signora Dalia schaut mich erstaunt an.

Eigentlich wollte ich warten, bis sie das Thema irgendwann einmal von sich aus anspricht, damit meine Frage nicht ganz so aufdringlich wirkt, aber jetzt habe ich sie doch überrumpelt, weil ich sonst nie persönliche Dinge von ihr wissen will. Ich bleibe lieber innerhalb gewisser Grenzen.

Wie von ihr bestellt, habe ich ihr gerade drei Leinwände – ein Meter auf ein Meter –, eine Sechzig-Milliliter-Tube mit Indischgelb, eine mit dunklem Zinnoberrot, ein helles Kobaltviolett, ein Flaschengrün und einen Katzenzungenpinsel übergeben. Dafür will sie sich jetzt mit einem Glas Kräuterlikör bei mir revanchieren.

In einem der letzten von Dorothys Briefen wird ein Detail über ihren Mann enthüllt, welches ihr, wie ich glaube, nicht bekannt sein dürfte, und ich bin immer noch unsicher, ob es richtig ist, es ihr zu verraten. Deshalb sondiere ich das Gelände. Es ist ein seltsames, mir völlig unbekanntes Gefühl, einen Wissensvorsprung vor meinem Gesprächspartner zu haben. Einerseits ist es mir ein bisschen unangenehm, lässt mich andererseits aber auch hoffen, mich nützlich machen zu können.

»Tja, Schätzchen, wo habe ich meinen Mann kennengelernt?«, wiederholt Signora Dalia, nachdem sie sich an den Tisch gesetzt hat. »Wo lernt man Ehemänner schon kennen, was meinst du?«

»Ich habe keine Ahnung, sonst hätte ich vielleicht einen, jemanden, mit dem ich den Küchentisch reparieren könnte …«

Sie schüttelt belustigt den Kopf.

»Eigentlich dachte ich immer, er würde mir draußen im Regen über den Weg laufen, wie im Film«, gestehe ich. »Aber egal, da kann ich mich noch so oft bei jedem Gewitter hinausstürzen, es passiert einfach nichts.«

»Die Liebe kommt immer zur rechten Zeit. Und an dem Tag kann auch die Sonne scheinen, glaub es mir. Kürbis und Melone, alles zu seiner Zeit, Schätzchen.«

Kürbis im Herbst, Melone im Sommer, ich weiß. Aber kommt für jeden die richtige Zeit für die Liebe, oder kann es auch sein, dass man ein Leben lang darauf wartet? Auf Noahs Arche tummeln sich nur Paare. Er scheint damit ausdrücken zu wollen, dass der kleinste gemeinsame Nenner im Leben immer aus zweien besteht. Aber was würde während der Sintflut aus all den alleinstehenden Menschen werden?

»Aber um ehrlich zu sein, ich wüsste gar nicht, was ich mit einem Ehemann anfangen sollte«, erwidere ich. »Ich bin mir genug, so wie ich bin.«

Sie lächelt wehmütig. »Niemand ist eine Insel, Schätzchen.«

Warum fühle ich mich dann so weit weg von jedem Festland?, will ich sie fragen. Stattdessen sage ich: »Mein Vater hat immer behauptet, dass wir alles in uns selbst haben, dass wir uns auf keinen anderen verlassen müssen, sondern für jedes unserer Bedürfnisse auf uns selbst zurückgreifen können. Wir können uns selbst Freund, Elternteil, Vertrauter sein. Oder was sonst auch immer.«

»Wenn es wirklich so wäre, würden wir beide uns dann nicht wenigstens ein bisschen besser fühlen?«

Ich lächle matt, um meine wehmütige Stimmung zu überspielen, was jedoch gar nicht nötig ist, wie ich in dem Moment begreife. Unter Gleichgesinnten erkennt man sich, und Signora Dalia hatte mir von Anfang an zu verstehen gegeben, dass sie sich in mir wiedererkennt. Ich war es, die viel zu sehr mit sich selbst beschäftigt war, um zu begreifen, dass die Einsamkeit offensichtlich einige charakteristische Merkmale aufweist. Auch bei mir. Sei es das Zögern, bevor ich den Mund aufmache, oder die Art und Weise, wie ich den Blicken anderer ausweiche. Dass ich keine wirklichen Freunde oder Verwandte hatte, war Signora Dalia von Anfang an klar.

»Heutzutage steht bei allem die persönliche Freiheit im Vordergrund«, stellt sie mit Bedauern fest. »Verpflichtungen wird man ganz schnell wieder los. Passen ein Mensch oder ein Job nicht mehr zu uns, trennt man sich einfach, und das war's dann. Irgendetwas anderes kommt immer, und dann wieder was anderes, und dann wieder was, ein endloser Kreislauf. Die Kirschen in Nachbars Garten sind immer süßer. Aber die Vollkommenheit ist eine Fata Morgana, mein Schätzchen.«

Signora Dalia öffnet die Flasche mit dem Kräuterlikör und füllt die beiden kleinen Gläser. Sie beobachtet mich, um zu sehen, welche Wirkung ihre Worte auf mich gehabt haben, und bietet mir ein Glas an.

»Wenn früher etwas kaputtging, haben wir es zehnmal wieder ausgebessert, ehe wir es weggeworfen haben. Und das haben wir auch mit der Liebe so gehalten.«

Ich sehe zu, wie der Likör in dem matten Glas hin- und herschwappt, und trinke einen Schluck.

»Wie im Film war es nie«, fährt sie fort. »Aber wir waren zufrieden.«

Zähflüssig läuft der Likör meine Kehle hinunter. Der Alkohol brennt. Ich denke zurück an La Rocca, an die Liebe, wie ich sie dort erfahren habe. Eine Liebe, die alles in Ordnung brachte, aber zu kompromisslos, zu stur war, um sich selbst zu reparieren.

»Und woher weiß man, wann es nicht mehr möglich ist, eine Beziehung zu retten, Signora Dalia?«

Sie schaut mich eindringlich an, ehe sie mit Bestimmtheit erwidert: »Das wird sie dir selbst sagen, Schätzchen.«

»Aber wie?«

»Es findet sich immer ein Weg, man muss nur hinhören.«

Ich spüre dem bitteren Geschmack in meinem Mund nach. »Manche Dinge, manche Menschen wollen einfach nicht in Ordnung gebracht werden …«, entgegne ich, vielleicht, weil ich ein wenig Trost suche. Ich denke dabei an meinen Vater.

Signora Dalia legt ihre Hand auf die meine. »Tja, dann ist nichts zu machen.«

Mit einem tiefen Seufzer versuche ich, das Gefühl der Beklemmung zu vertreiben. War ich im Unrecht? War er es? Wäre ich anders, hätte sich etwas geändert?

»Aber du hattest nach meinem Mann gefragt …«, nimmt Signora Dalia den Faden wieder auf und rettet mich vor meinen düsteren, ausweglosen Gedanken. »Also gut, ich bin das neunte von zwölf Kindern. Unser Leben spielte sich auf den Feldern ringsum ab. Felder, so weit das Auge reichte. Da waren die mit einer Zukunft und wieder andere wie ich, die nur einen Acker hatten. Irgendwann war ich erwachsen, aber ich kannte nichts anderes.« Sie starrt in das kleine Glas, unsicher, wie sie fortfahren soll.

Schon gut, möchte ich sagen, weil ich befürchte, dass sie gerade dabei ist, schmerzhafte Erinnerungen hervorzukramen. Ich würde sie am liebsten bitten, mir meine Frage zu verzeihen.

»Im Grunde genommen hat Enzo mich gerettet«, fährt sie dann doch fort. »Eines Tages ist er mit seinem Fahrrad bei uns vorbeigekommen, um Milch und Reis zu kaufen, und am Schluss hat er auch mich mitgenommen. Er war groß, höflich, sah gut aus und wusste sich zu benehmen. Mein Vater war sofort von ihm angetan. Nur zu, sagte er zu mir, der weiß, wo es langgeht. Und dann hatte Enzo mir die Stadt versprochen. Also ging ich mit ihm.«

Sie trinkt den Likör mit einem Schluck aus. »Und jetzt bin ich hier«, sagte sie, ohne mich dabei anzusehen.

Ich stelle mir Enzo als einen großen Jungen mit Schnurrbart und runder Brille vor, der sehr aufrecht auf dem Fahrradsattel sitzt und Reis, Milch und ein Mädchen mit Kopftuch auf seinen Gepäckträger geladen hat.

Dalia schenkt sich noch einen Likör ein, trinkt aber nicht sofort. »Los, erzähl mir lieber eine gute Neuigkeit.«

»Wir haben Glück«, verkünde ich, »heute habe ich tatsächlich eine gute Nachricht. Sind Sie bereit?«

»In meinem Alter ist man auf alles gefasst und auf nichts richtig vorbereitet«, erwidert sie und wischt mit einem Taschentuch über ihre Augenwinkel.

»Nun gut: Morgen wird Margaret ins *Nuovo Mondo* kommen.«

»O Signore!« Sie presst eine Hand auf ihre Brust. »Mit so einer Nachricht habe ich wirklich nicht gerechnet.«

»Es ist uns tatsächlich gelungen, Margaret ausfindig zu machen. Sie kommt morgen. Und Sie müssen dabei sein und sie kennenlernen.«

»Ich?«

»Sie wird um fünf Uhr im Laden sein.« Ich lächle. »Wir sehen uns dann dort. Tun Sie es bitte für mich, wenn Sie es schon nicht für sich selbst machen wollen«, füge ich hinzu, bevor ich aufstehe und das kleine Glas in der Spüle abwasche.

»Oh, nein.« Sie schüttelt den Kopf. »Ich werde nicht kommen. Ich kann einfach nicht …«

Ich gehe zur Wohnungstür, öffne sie und werfe einen letzten Blick zurück. »Jetzt kommen Sie schon, das ist eine einmalige Gelegenheit.«

Sie seufzt, schüttelt erneut den Kopf. »Alle Gelegenheiten sind einmalig, sonst wären sie ja keine Gelegenheiten.«

Sie winkt mir zum Abschied, während ich von ganzem Herzen hoffe, dass sie ihre Meinung noch ändern wird.

29.

Er ist zu Hause. Ich höre, wie er auf und ab geht und etwas über den Boden schleift. Ob das der Schaukasten ist? *Ich komme vorbei. Bald*, habe ich auf den Zettel geschrieben, den ich gestern Abend unter seiner Tür hindurchgeschoben habe. Ich bücke mich, um den Koffer mit dem Bohrerset aus dem Metallschrank im Werkstattzimmer zu holen. Ist es zu früh, wenn ich bereits am nächsten Abend um sieben Uhr hinaufgehe und bei ihm läute? Andererseits, zu Kunden kommt man entweder sofort, oder man lässt sie warten. Und bis zum Beweis des Gegenteils ist er genau das: ein Kunde.

»Es ist nur ein Job«, sage ich mir und stelle die Hosenträger meiner Latzhose ein wenig kürzer.

Im Bad werfe ich einen Blick auf mein Spiegelbild. Der Dutt, zu dem ich mein Haar hochgesteckt habe, ist in Auflösung begriffen, aber es wird nicht unbedingt besser, wenn ich ihn neu mache. Ich lasse es lieber. Ich will nicht den Eindruck erwecken, als hätte ich eine halbe Stunde damit verbracht, mich herzurichten. Und das alles, um einen Schaukasten zu montieren. Das wäre lächerlich.

Ich wasche mein Gesicht mit einem Rest Rosenseife, putze mir die Zähne mit einem Blatt Minze, gurgle. Ich versuche es mit einem Lächeln. Mein Spiegelbild mag mir nicht gefallen, aber am Ergebnis ändert das nichts: Es bin immer noch ich. Müsste ich mich erneuern, wäre eine Rundumerneuerung fällig, also kann ich es eigentlich gleich lassen. Es ist nur ein Job, es ist nur ein Job, es ist nur ein Job …

Ich schnappe mir den Koffer mit dem Bohrer, atme tief durch und gehe nach oben.

Ich klopfe. Wie immer. Zu klingeln vermittelt den Eindruck von Dringlichkeit, von unvermeidlichen schlechten Nachrichten. Klopfen wirkt sanfter. Wer klopft, ist meist ein Nachbar, eine vertraute Person, jemand, der es nicht eilig hat. Er borgt sich Salz, lässt dich ein Stück Kuchen probieren, bittet höchstens mal um einen Gefallen.

Beim ersten Versuch regiert meistens niemand, aber ein nochmaliges Klopfen gibt mir Gelegenheit, mich auf das Kommende vorzubereiten. Ich will auch gar nicht, dass die Leute beim ersten Mal gleich aufmachen. Nicht einmal beim zweiten Mal. Nach dem dritten Mal überlege ich sogar, ob ich umdrehen und wieder gehen soll. Beim vierten Mal bin ich mehr oder weniger dazu bereit, und genau dann ertönt meist etwas zögerlich hinter der Tür: »Wer ist da?«

Heute jedoch läuft es nicht wie gewohnt. Ich hebe gerade die Hand, um ein erstes Mal anzuklopfen, als bereits die Tür aufschwingt, als hätte sie nur darauf gewartet, und mich damit an den Rand eines Abgrunds katapultiert. Ausgerechnet heute, wo ich wirklich Zeit zur Vorbereitung benötigt hätte.

Auf der Schwelle steht ein großer junger Mann, der ein schwarzes Sweatshirt (er muss sich nicht umdrehen, damit ich weiß, dass auf dem Rücken *Es kann nicht ewig regnen* steht) und eine Jeans trägt. Er ist barfuß.

Auf den ersten Blick sieht er nicht besonders gut aus. Nicht wie Cary Grant oder Paul Newman in den Filmen, die Mamma uns gezeigt hat. Damit man versteht, was ich meine. Auf den zweiten Blick jedoch entfaltet er einen ganz eigenen, robusten Charme. Große Nase, hohe Stirn, riesige Augen, aufgeworfene Lippen: alles maßlos übertrieben in seinem Gesicht, wie eine Kinderzeichnung. Auch er mustert mich mit leichtem Erstaunen und macht auf mich den Eindruck, als sei er ein Mensch, der sich von Emotionen leiten lässt.

Das also ist mein Nachbar. Der Nachtwandler, der Zettelschreiber, der Pappschachteltransporteur, und ich stehe stocksteif vor ihm wie ein Straßenschild und weiß nicht, was ich sagen soll.

»Du musst …«

»Das bin ich.«

»Komm rein.« Ein angedeutetes Lächeln.

Vielleicht amüsiert es ihn, wie ich mich bewege oder wie ich spreche. Ich fühle mich eingeschüchtert. Soll ich beleidigt sein? Es kribbelt in meinen Armen, ich versuche, es zu ignorieren. Ich werde jetzt gleich seine Wohnung kennenlernen, die ich mir seit Tagen vorzustellen und anhand seiner Laufrichtungen und der Geräusche zu rekonstruieren versuche.

Ich folge ihm hinein. Energisch schreitet er auf dem Belag aus Steinkornfliesen im Flur voran. Jetzt verstehe ich, warum ich ihn von unten so gut höre. Er tritt mit den Füßen auf, als wollte er Fußspuren im Beton hinterlassen. Zwei antike Wandleuchter aus Milchglas erfüllen die lange, schmale Diele mit kaltem, flackerndem Licht. Die Glühbirnen sind kurz vor dem Durchbrennen. Wer weiß, wie lange sie schon in Gebrauch sind, aber ich frage nicht danach.

Das Wohnzimmer ist sparsam und nichtssagend möbliert. Einige Gegenstände strahlen den Charme der Fünfzigerjahre aus, wie der Kronleuchter aus Muranoglas, der von der Decke hängt. Das Sofa hingegen, der niedrige Tisch und der Schreibtisch, anonyme Dutzendware, sind typisch für Studentenwohnungen.

Aber es liegen weder einzelne Socken noch leere Pizzakartons herum, noch sind mit Zigarettenstummeln überlaufende Aschenbecher zu sehen. Dafür ist der Raum voller seltsamer Utensilien wie Karteikästen, Handbücher, Meißel und Bürsten in allen Größen. Und es riecht nach Klebstoff. Obwohl ich versuche, mein Erstaunen zu verbergen, gelingt es mir, glaube ich, nicht ganz.

Mein Nachbar deutet mit einer vagen Geste auf seine Umgebung: »Sorry für die Unordnung.« Er hat lange, kräftige, leicht gebräunte Finger.

Ich lächle ihn an. »Manche Leute halten meine Wohnung für eine Werkstatt.«

»Dann ist meine ein Labor …«

Irgendwie schaffe ich es, mich auf die Steine und Pinsel inmitten des Durcheinanders auf dem Tisch zu konzentrieren, versuche aber trotzdem, mit dem Blick nicht länger darauf zu verweilen, um nicht den Eindruck allzu großer Neugierde zu erwecken.

»Ich zeige dir mal den Schaukasten …«, sagt er und zerrt einen gläsernen Sarkophag, der in mehrere Fächer unterteilt ist, in die Mitte des Zimmers. »Ich würde ihn gerne an diese Wand hängen«, erklärt er unsicher. »Glaubst du, der hält?«

Ich frage mich, was er in so einen Schaukasten wohl hineintun will, was er mit Labor meint und ob der Klebstoffgeruch etwas damit zu tun hat.

Ich klopfe an die Wand, die er mir gezeigt hat. »Die trägt.«

»Ist das gut?«

»Für dich ja, für mich schlecht.«

Er zwinkert belustigt. »Soll heißen?«

»Ich kann den Schaukasten schon aufhängen, aber der Bohrer wird mir die Arme brechen.«

»Ich hätte nur ungerne deine Arme auf dem Gewissen.«

»Du kannst beruhigt sein, die haben schon Schlimmeres ertragen.«

Ich zwinge mich, so zu tun, als hätte ich keine Arme, weil ich in dem Moment nicht weiß, wohin mit ihnen.

»Du würdest mir wirklich einen großen Gefallen tun. Ich bin ein hoffnungsloser Fall in solchen Dingen.«

»Früher gab es dafür Ehemänner. Heute gibt es mich.«

Er lacht. »Früher wäre ich der Ehemann gewesen, schätze ich.« Er rollt mit den Augen und schaut auf die Spitzen seiner nackten Füße. Dann bemerkt er, dass ich mir eine Fotografie anschaue, die auf dem Tisch liegt und einen blauen See inmitten einer Wüstenlandschaft abbildet.

»Kennst du Cuatro Ciénegas?«, fragt er.

»Ich glaube nicht …«

»Vier Seen, heute nur noch ungefähr zweihundert blaue Tümpel inmitten eines Wüstentals in Mexiko.« Er greift mit Schwung nach dem Bild, um es mir aus der Nähe zu zeigen. »Es ist einer der ursprünglichsten Lebensräume auf der Erde. Einige der dort gefundenen Bakterien sind die ältesten Mikroorganismen, die wir heute beobachten können. Diese Bakterien haben gelernt, Kohlendioxid in Sauerstoff umzuwandeln und so die Farbe der Erdatmosphäre von Orange in Blau zu verwandeln.«

»*Pale Blue Dot*.«

»Du kennst dieses Foto?!«

»Die Erde, von der Raumsonde *Voyager 1* aus gesehen. Ein winziger blauer Punkt in der kosmischen Leere.«

Seine prägnanten Gesichtszüge verstärken seinen überraschten Gesichtsausdruck. Er schaut mich mit so großem Interesse an, dass es mich fast umhaut, obwohl ich versuche, unbeeindruckt zu wirken.

»Willst du wissen, wie die Geschichte ausgeht?«, fragt er mich.

»Hat sie denn ein Ende?«

Er nickt, aber seiner umwölkten Stirn nach zu urteilen, kein glückliches.

»Diese Bakterien, die es seit Hunderten von Millionen Jahren gibt, haben alle Arten von Klimaveränderung und fünf globale Aussterbeereignisse überlebt. Aber unsere menschlichen Aktivitäten werden sie nicht überleben.« Er stellt das Foto wieder an seinen ursprünglichen Platz zurück. »Die Menschen haben angefangen, das Wasser der Cuatro Ciénegas rücksichtslos für den Anbau von Luzernen und für die Viehzucht zu entnehmen. Im Laufe des letzten Jahrhunderts haben sie es geschafft, neunzig Prozent der Wasserfläche trockenzulegen. Die Folgen für den Planeten sind katastrophal. Und wir stehen kurz vor einem Kipppunkt.«

Er fährt sich mit der Hand durch die Haare. Ich mustere ihn unauffällig. Das müssen die Gedanken sein, die ihn in der Nacht umtreiben, sage ich mir in einem plötzlichen Anflug von Anteilnahme, von Zärtlichkeit. Von Staunen.

»Wir sollten endlich mal begreifen, dass wir alle Teil desselben Systems sind«, seufzt er, »dass die Natur ein perfekter, aber sehr zerbrechlicher Mechanismus ist. Alles hat seinen Platz, seine Bestimmung. Der Atem der Welt ist unser Atem.«

Ich spüre, dass er eine Antwort erwartet.

»Ich gehe fast nie in den Supermarkt.« Das ist mir so herausgerutscht.

Er wirft mir einen fragenden Blick zu.

»Ich meine … ich glaube nicht an Konsum. An dieses Kaufen und Wegwerfen und …« Ich atme tief durch, bemühe mich, langsamer zu sprechen. »Jeder kann seinen Teil dazu beitragen, man muss sich einfach nur beschränken, einfach … zusammenarbeiten. Ich glaube an nachbarliche Kreislaufwirtschaft.«

Er mustert mich und bittet mich, ihm genau zu erklären, wie das funktioniert. Ich versuche, es mit so wenigen Sätzen wie möglich zu schildern. Er scheint es jedoch schon vorher zu verstehen. Bei meinen ersten Worten. Und er scheint einer Meinung mit mir zu sein.

»Also, wenn ich Gemüse brauche … dann komme ich zu dir«, schließt er daraus.

»Aber auch Glühbirnen, Behälter, alte Zeitungen …«

»Komm«, sagt er. »Ich zeige dir etwas.«

Er tritt näher an den Tisch heran und nimmt zwei Fossilien in die Hand, die wie Muscheln aussehen.

»*Phylum Mollusca.* Die habe ich in der Region Tuscia gefunden«, erklärt er nicht ohne Stolz. »Ich möchte mich auf Mikropaläontologie spezialisieren, die Paläontologie, die sich mit dem Studium von Mikrofossilien befasst. Aber bis dahin übe ich mit dem, was ich finde.«

Er gibt mir ein Zeichen, ihm in den Flur zu folgen. Seine Art, sich fortzubewegen, vermittelt eine gewisse Dringlichkeit, als ob jede Sekunde kostbar und unwiederbringlich wäre. Er öffnet die Tür zum Badezimmer, das sich genau über meinem befindet, wenn auch spiegelbildlich angeordnet. In der Wanne stehen Obstkisten voller nasser Fossilien.

»Damit beschäftige ich mich, wenn ich nicht schlafen kann«, sagt er entschuldigend.

Vor mir liegen also die geheimen Ursachen für seine nächtlichen Wanderungen. Diese Fossilien, sein Handwerkszeug, seine ganze Art – das ist meilenweit entfernt von dem, wie ich ihn mir vorgestellt habe … Wir wissen nichts über das Leben anderer Menschen, solange wir nicht in deren Haut stecken.

»Du könntest den Boden der Kisten durch ein feinmaschiges Drahtgeflecht ersetzen, wie man es für Tierkäfige verwendet«, schlage ich vor. »Dann verfault das Holz nicht, und die Fossilien trocknen besser.«

Seine großen Augen weiten sich, und seine Lippen verziehen sich zu einem Lächeln: »Du bist also Ehefrau und Ehemann zugleich.«

»Ich bin es gewohnt, mich nur auf mich selbst zu verlassen.«

Ich würde ihn gerne besser kennenlernen, erfahren, was er zu Abend isst, wie lange er duscht, ob er singt, welche Wörter er als Kind falsch ausgesprochen hat …

»Also könntest du das auch machen? Diesen Draht einsetzen, meine ich?«, fragte er.

»Mit diesen beiden Armen hier.«

Einen Moment lang stehen wir uns stumm gegenüber und schauen uns an. Dann brechen wir in Gelächter aus.

»Gut, dann gehe ich jetzt«, sage ich schließlich und drehe mich in Richtung Korridor um.

Er verharrt unschlüssig. »Okay«, sagt er dann und macht mir den Weg zur Tür frei.

Auf der Schwelle bleiben wir wieder stehen. Ich möchte ihn etwas fragen, aber ich weiß nicht, wie ich es formulieren soll.

»Diese Aussterbeereignisse. Fasziniert dich so etwas?«, bringe ich schließlich über die Lippen.

»Die Evolution ist es, die mich fasziniert, und … der Kipppunkt. Es ist fast so, als würde man im Leben eines Menschen immer weiter zurückgehen, um die verborgenen Ursachen für seinen Tod zu entdecken, und sich dann zu fragen: Hätte man ihn vermeiden können? Ich interessiere mich für den positiven Aspekt der Sache. Das, was trotz allem bleibt.«

Er hält inne, will wissen, wie ich reagiere. »Das hört sich jetzt sicher seltsam an.«

»Ganz und gar nicht.«

Das, was bleibt. Was bleibt nach Katastrophen? Vielleicht ist es genau das, was am Ende zählt.

»Ich finde schon lange nichts mehr seltsam«, beeile ich mich zu sagen, »spätestens seit ich weiß, dass andere mich seltsam finden.«

»Ich verstehe. Und wann ist dir das zum ersten Mal passiert?«

»Etwa im Alter von fünf Jahren, als ich einem anderen Kind begegnet bin. Wahrscheinlich dachte ich damals, dass die einzigen Kinder auf der Welt ich und mein Bruder sind.«

Er nickt, denn er hat schnell gemerkt, dass das eine lange Geschichte ist.

Durch das Fenster in der Küche, deren Tür ein wenig offen steht, strömen die Strahlen der untergehenden Sonne herein. Das orangefarbene Licht überschwemmt den Flur und lässt die Wandleuchter wie Muscheln am Strand in der Abenddämmerung schimmern. Eine Gänsehaut überzieht meine Arme.

»Ich komme morgen mit dem richtigen Dübel wieder.«

Als ich an ihm vorbeigehe, rieche ich Seife und Papier.

»Ich warte auf dich«, antwortet er.

Als ich die Treppe hinuntergehe, bin ich froh, dass ich die Glühbirne auf meinem Treppenabsatz ausgewechselt habe, und ein seltsamer Impuls weckt in mir den Wunsch, ihm davon zu erzählen, aber deswegen umzukehren wäre ein wenig übertrieben. Ich beschließe, stattdessen in den Innenhof hinunterzugehen, um den Sonnenuntergang zu genießen und meine Gedanken zu sortieren. Ich setze mich auf eine Stufe neben den Fahrrädern, die aufgereiht in den Ständern stehen. Ich atme tief durch und schaue hinauf in den orange- und rosafarbenen Himmel. Ich vergesse alles um mich herum, bin weit weg. Ich fühle mich gut, und wie gerne hätte ich auch das meinem Nachbarn sagen können.

30.

Das muss sie sein!«

Dicht gedrängt stehen wir hinter dem Schaufenster und spähen hinaus. Es ist zehn vor fünf. Ein dunkles Auto mit Chauffeur und einem Passagier auf dem Rücksitz hat soeben auf der anderen Straßenseite geparkt.

Ich schaue Adelaide an, die Aria, die Angelina, die Priscilla und die wiederum mich.

Alles ist bereit. Angelina hat einen Zitronenkuchen mitgebracht, und gemeinsam haben wir entschieden, wie wir die Möbel im Raum arrangieren. Adelaide und Aria haben sich um die Feinheiten gekümmert, die Dekoration übernommen und besonders schöne Objekte ins beste Licht gerückt. Priscilla ist hier, falls irgendwelche juristischen Fragen auftauchen sollten. Signora Dalia ist noch nicht erschienen, aber ich hoffe, dass sie trotzdem kommt. Ihre Anwesenheit könnte entscheidend für unsere Sache sein. Um ehrlich zu sein, sie wäre auch entscheidend für mich. Einer ihrer latent vorwurfsvollen Blicke würde genügen, um mich zu überzeugen, dass ich es schaffen kann.

Der Chauffeur steigt aus und geht um den Wagen, um die hintere Tür zu öffnen. Ich halte den Atem an. Eine weißhaarige Dame in einem ultramarinblauen Kostüm, wie die Queen es tragen könnte, steigt aus dem Auto und kommt mithilfe eines Stocks mit silbernem Knauf auf uns zu.

Mein Herz hämmert, als bräche gerade eine Katastrophe über mich herein. Gleich werde ich Margaret gegenüberstehen, werde ihr alles erklären, werde mich verständlich machen und versuchen müssen, sie zu überzeugen. Werde ihr von meiner Erfahrung berichten. Soll ich ihr von ihrer Mutter erzählen? Ich habe keine Ahnung, womit ich anfangen soll.

Adelaide gibt mir ein Zeichen, doch an die Tür zu treten, um sie zu begrüßen, aber meine Beine verweigern ihren Dienst. Ich befürchte, jeden Moment zusammenzubrechen. Also fasst Adelaide mich am Arm und schiebt mich hinaus.

»Signora Margaret?«, fragt sie, als die Dame vor uns steht.

»Guten Abend«, antwortet diese mit einem leichten Kopfnicken.

Ich lächle und versuche, meine Aufregung zu verbergen. Ich kann nicht glauben, dass aus dem Spiel Ernst geworden ist. Margaret ist hier.

»Ich bin Gea«, sage ich so deutlich wie möglich.

Unsicher, ob ich ihr die Hand geben soll oder nicht, deute ich eine kleine Verbeugung an. Sie lächelt mir zu, was mich ein wenig beruhigt. »Ich habe Dorothy vor ein paar Jahren kennengelernt«, fahre ich fort und werfe Adelaide einen Blick zu, damit sie übersetzt. »Das hier war ihr Reich …«

Dann trete ich einen Schritt zurück, um Margaret den Vortritt zu lassen. Angelina, Adelaide und Priscilla machen ebenfalls Platz.

»Das ist aber ein schöner Ort«, bemerkt Margaret, während sie sich umschaut und über eine Stehlampe aus Messing streicht.

»Den Laden wieder so herzustellen, wie er ursprünglich war, hat ziemlich viel Arbeit gemacht«, erkläre ich, nicht ohne Stolz. »Aber wir freuen uns, dass es sich offensichtlich gelohnt hat.«

Sie nickt anerkennend. »Auf jeden Fall, meine Liebe.«

»Das hier sind übrigens Adelaide, Aria, Angelina und Priscilla«, stelle ich eine nach der anderen vor. »Wir haben alle zusammen geholfen.«

»Im Moment steht das Geschäft zum Verkauf«, ergreift Adelaide das Wort. »Ein Immobilienbüro aus der Innenstadt hat es übernommen. Der Makler hat nicht das Geringste mit diesem Viertel am Hut und wird es an den Meistbietenden weiterverkaufen, sei es ein Wettbüro, ein anonymer Lieferservice oder ein Handyladen …«

»Hmmm, ich verstehe«, erklärt Margaret und hört sich bedauernd an. »In London ist es genauso. Die Stadt wird immer größer, die Menschen sind gezwungen, immer weiter hinauszuziehen, und die Straßen füllen sich mit seelenlosen Geschäften …«

Von einer so wohlhabenden Frau hätte ich diese Art von Sensibilität nicht erwartet, aber ich schätze, dass sie das von ihrer Mutter geerbt hat. Margaret nimmt eine zerbrechliche Glasglocke in die Hand, die auf einem Regal liegt, und stellt sie nach kurzer Betrachtung wieder zurück.

»Dorothy hat ihr ganzes Herzblut in diesen Laden gesteckt«, flüstere ich.

Ich würde gerne noch etwas Wirkungsvolles hinzufügen, aber mir fällt nichts ein. Ich spüre, dass Margaret nicht ganz bei der Sache ist. Adelaide deutet auf die Sitzgelegenheit, die wir vorbereitet haben. Das kleine Sofa für unseren Gast und ein paar Sessel für uns, die um den niedrigen Tisch gruppiert sind. Auf dem Tisch stehen Angelinas Zitronenkuchen und eine dampfende Teekanne mit Porzellantassen aus einem englischen Service.

Als wir alle Platz genommen haben, macht sich Verlegenheit breit. Margaret scheint es nicht bequem zu haben auf dem Sofa, das unter ihr ein bisschen einsinkt: Sie bemüht sich um eine gerade Haltung, indem sie sich am Stock abstützt. Angelina kauert ganz vorne auf dem Sessel und hält die Beine angewinkelt wie Prinzessin Kate. Aria sitzt auf dem Schoß ihrer Mutter, die sich nach vorne beugt, um kein Wort des Gesprächs zu verpassen. Priscilla sitzt etwas abseits, bemüht, sich keinerlei Regung anmerken zu lassen. Wahrscheinlich eine Berufskrankheit.

Ich gieße Tee in jede Tasse und versuche dabei nicht zu zittern. Ich muss an Dorothy denken, die an dem Tag, als ich sie kennenlernte, das Gleiche getan hatte. Damals war die Atmosphäre sicherlich entspannter, aber jetzt ist es auch schön.

»Ihre Mutter hat ihren Kundinnen oft Tee serviert«, sage ich, nachdem ich mich geräuspert habe. »Einmal auch mir.«

»Meine Mutter?«

»Dorothy«, präzisiere ich und reiche ihr einen kleinen Teller mit einem Stück Kuchen.

Margaret stellt den Teller auf den Tisch und schaut unsicher von einer zur anderen. »Aber ich bin nicht ihre Tochter.«

»Wie?!« Adelaide sieht sie bestürzt an und vergisst völlig, das zu übersetzen, was wir alle bereits intuitiv erahnt haben.

»Dorothy hatte keine Kinder«, fährt Margaret fort und schaut uns zweifelnd an.

Wir sitzen da wie erstarrt.

»Dorothy hatte den Bruder meiner Mutter, Luke Freeman, kurz vor dem Ersten Weltkrieg geheiratet. Wir sind eine sehr alte Familie, und Onkel Lukes Mutter, meine Großmutter mütterlicherseits, hat Dorothy, die aus einer Familie verarmter Adliger stammte, nie akzeptiert. Aber zum richtigen Problem wurde das Ganze erst, als die Familie erfuhr, dass Dorothy keine Kinder bekommen konnte. Dorothy wünschte sich so sehr eine Tochter, und das nicht nur, weil jeder von ihr erwartete, dass sie für Nachwuchs sorgte, sondern weil mein Onkel sie nach Jahren erfolgloser Versuche wegen einer anderen verließ, die er bereits geschwängert hatte. Das war die Ungerechtigkeit der damaligen Zeit: Männern wurde alles verziehen, Frauen nichts.«

Mir kommen Abschnitte aus dem Brief in den Sinn, in dem Dorothy über ihre Flucht spricht, die im Lichte dieser Enthüllung eine völlig neue Bedeutung erhalten.

»Ich weiß nicht mehr, wann Tante Dorothy weggegangen ist, ich war noch zu klein. Eigentlich hat sie mich gar nicht gekannt. Von Zeit zu Zeit hörten wir alle möglichen Gerüchte über sie. Dass sie pleite war, dass sie allein geblieben war, dass sie nie irgendwo richtig Fuß gefasst hatte … Und schließlich, dass sie einen Trödelladen am Rande von Mailand oder Rom eröffnet hatte.«

Keiner von uns hat die Kraft, etwas zu erwidern oder sich zu empören. Die Lust auf Tee ist uns vergangen, und wir stellen unsere Tassen ab.

»Als mir gesagt wurde, dass ich das kleine Geschäft im Süden von Mailand von ihr geerbt hätte, wollte ich es nicht haben. Wahrscheinlich hat der Laden jede Menge Schulden, sagte ich mir, wer weiß, was dahintersteckt. Deshalb habe ich das Erbe ausgeschlagen, ohne es mir anzusehen, ohne mich genauer zu informieren oder mich weiter damit zu beschäftigen. Jetzt, da ich hier bin, sehe ich, was für ein charmanter Ort das ist, der ganz den Elan und den Unternehmungsgeist dieser Frau widerspiegelt.« Sie lächelt uns an. »Es rührt mich, dass ihr alle hier seid, dass euch der Zufluchtsort meiner Tante so wichtig ist. Dass ihr das Geschäft um jeden Preis ›retten‹ wollt. Ich bin gerührt, dass ihr mich angerufen habt.«

Ich betrachte Angelina, Adelaide, Aria und Priscilla, die gesittet in ihren Brokatsesseln sitzen, die eleganten, noch dampfenden Tassen vor sich, daneben auf den Tellern den unberührten Kuchen, und kann nicht anders, als mich für unsere Naivität zu schämen.

Margaret trinkt einen Schluck Tee, obwohl sie nicht wirklich Lust darauf zu haben scheint. Zaghaft fragt sie: »Hättet ihr vielleicht ein Tröpfchen Whisky, um ihn ein wenig zu verfeinern?«

»Ich laufe schnell ins *Nulla* rüber und hole was«, ruft Angelina und ist schon aufgesprungen.

Schweigend warten wir, bis sie wieder zurückkommt. Einige Minuten vergehen, in denen ich ziellos meinen Blick schweifen lasse, aber versuche, dem der anderen auszuweichen. Warum verspürte Dorothy das Bedürfnis, Briefe an eine Tochter zu schreiben, die sie nicht hatte? Wollte sie mit all den Objekten aus dem *Nuovo Mondo* eine Leere füllen, die nicht zu füllen war?

Erleichtert begrüßen wir Angelinas Rückkehr.

»Ich verstehe und respektiere, was meine Tante aufgebaut hat«, fährt Margaret fort, nachdem sie einen Schluck von ihrem mit Whisky verfeinerten Tee getrunken hat, und ich fürchte, ich weiß, worauf das hinausläuft.

»Aber leider kann ich nichts für euch tun«, sagt sie abschließend.

Ich umklammere die Keramikgans in meiner Tasche. Margarets souveräne Bestimmtheit raubt mir jeden Schwung. Bis vor ein paar Minuten war ich noch so stolz auf dieses Geschäft, jetzt sehe ich darin nur noch eine alte Bruchbude, die keinen Wert mehr besitzt, auch wenn sie in der Vergangenheit einem Menschen viel bedeutet hat.

Nachdem sie ihren Tee ausgetrunken hat, stellt Margaret die Tasse auf dem kleinen Tisch ab. Das Geräusch von Porzellan auf Holz hallt in der Stille wider. Ich stelle mir vor, wie der Klang erst die Straße überquert und sich dann in der ganzen Nachbarschaft ausbreitet.

»Warum kauft ihr eigentlich nicht den Laden?«, fragt sie unverblümt. »Ihr seid jung, ihr hättet ein gemeinsames Projekt.«

Wir? Ohne einen Penny, jede mit ihren Problemen …

Adelaide hat nicht einmal mehr die Kraft, unsere matten Antworten zu übersetzen.

Mir stehen die Tränen in den Augen, aber ich dränge sie zurück. Dalia fällt mir ein. Im Grunde ist es besser, dass sie nicht gekommen ist, sage ich mir. Sie hat sich eine Enttäuschung erspart.

»Die wollte ich Ihnen auf jeden Fall geben«, bringe ich zuletzt noch heraus und überreiche Margaret die Briefe ihrer Tante. Nicht mehr als Ansporn, um ihre Begeisterung zu wecken, sondern als eine Art Trostpreis.

Margaret nimmt sie dankend entgegen. »Entschuldigt bitte, aber ich muss meinen Flug erreichen.«

Als sie geht, sehe ich ihr durch das Schaufenster nach in der sinnlosen Hoffnung, dass sie sich umdreht und sagt, sie habe es sich anders überlegt. Langsam bewegt sie sich vorwärts, einen Schritt nach dem anderen setzend, während das Klappern ihres Stockes auf dem Asphalt widerhallt. Vier Meter, drei, zwei … Sie erreicht das Auto, der Chauffeur öffnet die Tür und hilft ihr, einzusteigen. Das Auto verschwindet in der Straße. Margaret hat eine Entscheidung getroffen. Margaret ist nicht Dorothys Tochter. Margaret ist gegangen.

»Was ist, habt ihr ein Gespenst gesehen?«

Seidewollemix kommt in ihrer üblichen hektischen Art in den Laden gerauscht, als steuerte sie bereits im Laufschritt das nächste Objekt an, das Handy in der einen und die Tasche in der anderen Hand. Unsere Verabredung scheint sie vergessen zu haben.

Ich straffe meine Schultern. »Ja, hier im Laden spukt es gründlich!«

»Dann sei so gut und bemühe dich, potenziellen Käufern nichts davon zu erzählen!«, erwidert sie munter. »Übrigens, ich habe gute Nachrichten. Da wir mehr als einen Interessenten haben, werden wir den Laden versteigern lassen. In einer Privatauktion. Das ist eine ganz neue Art, um den Preis in die Höhe zu treiben. In zwei Wochen werden die in versiegelten Umschlägen eingehenden Gebote bei uns im Büro in Anwesenheit eines Notars geöffnet. Genügend Zeit also, um den Krempel hier zu verkaufen und die Räume endgültig zu entrümpeln. Dann beginnt ein neues Leben für alle.«

31.

Die Zukunft der anderen war immer strahlend, das wusste ich aus Büchern. Gedankenlos lebten sie vor sich hin, bis das Schicksal ihnen zuflüsterte, wie man im Dickicht des Waldes den richtigen Weg findet. »Hier entlang!«, flüsterte ihnen das Leben zu. Sie folgten diesem Weg, bis sie sich wiederfanden als Anwälte, Ärzte, Wissenschaftler, Lehrer, Krankenschwestern, Köche, Schneider, Gaukler … Als freie Menschen in dieser Welt.

Meine Zukunft hingegen stand fest, und das war ganz einfach: Ich würde für immer in La Rocca bleiben. Das hatte mein Vater so beschlossen, und zum Teil war das auch beruhigend. Ich musste mich nicht entscheiden, musste nicht riskieren zu scheitern, um letzten Endes alleine und von den Umständen erdrückt zurückzubleiben. So wie jetzt.

Ich wurde für extreme Ereignisse und globale Katastrophen trainiert, aber nicht auf ein Scheitern dieser Art vorbereitet: Persönliche Wagnisse waren nicht eingeplant.

Ich habe keine Ahnung, wie ich jetzt reagieren soll. Ich weiß nicht, was ich tun soll. Das Abenteuer »Geschäftseröffnung« endet hier. Es hätte etwas daraus werden können, hat sich aber erledigt. All diese wunderbaren Objekte werden nun weggeworfen oder, wenn es gut läuft, verkauft werden; das Geschäft wird zu einem Wettbüro oder einem billigen Burgerladen umfunktioniert. Orte, die den Leuten das Geld aus den Taschen ziehen und ihnen die Seele rauben, ohne ihnen etwas dafür zurückzugeben.

Ich schlüpfe in meinen weichsten Pyjama und sperre die Wohnungstür mehrmals ab. Dann schicke ich Angelina eine Nachricht, erkläre ihr, dass Eugenio heute Abend nicht zu mir kommen kann, weil ich mich nicht wohlfühle, und stelle das Telefon ab. In über einem Jahr habe ich das noch nie getan. Aber was für eine Art Gesellschaft könnte ich in meinem Zustand schon sein?

Mit der Schachtel Royal-Dansk-Kekse unterm Arm, die mir die Frau unseres Querulanten zu Weihnachten geschenkt hat, schleppe ich mich ins Bett. Der beruhigende Geruch nach Butter und Kokosnuss weckt Erinnerungen an die Zeit, als Mamma sie immer zu ihrem Geburtstag kaufte. Papà hat ihr das auch nur erlaubt, weil es ihr Festtag war. Vielleicht wusste ich tief in mir, dass ich wieder zum Kind werden würde, sobald ich den Deckel abnehme, und habe deshalb die Schachtel monatelang hinter dem Sofa aufbewahrt. Ich sehe uns wieder vor mir in La Rocca, wie wir in einem Moment der gemeinsamen Freude vor dem Kamin sitzen, während es draußen regnet. In Augenblicken wie diesen glaubte ich ernsthaft daran, dass wir alles hatten, was nötig war, um getrennt von allem anderen zu existieren, und dass ich niemals allein eine Zukunft in der Welt haben würde, sondern nur mit ihnen.

Verkrochen in meinem Bett, die Schachtel mit Royal-Dansk-Keksen in der Hand, überkommt mich jetzt ein ähnliches Gefühl. Wenn mich niemand sieht, dann gibt es mich auch nicht. Meine Vorräte reichen mehrere Wochen; ich werde meine Zeit damit verbringen, zu vergessen, und die wenigen da draußen, die mich kennen, werden mich vergessen.

»*Ciao*«, flüstere ich den Keksen zu, nachdem ich den Deckel angehoben habe. Von allen Royal-Dansk waren mir immer die mit dem Loch in der Mitte am liebsten. »Mit euch fange ich an«, sage ich, bevor ich im Geiste die ganze Reihe an Enttäuschungen der letzten Zeit durchgehe.

Ohne es zu merken, habe ich bereits sieben Butterkekse verspeist. Die gezackten Kekspapierchen liegen ineinandergestapelt auf dem Nachttisch. Man könnte Tabletts, Wiegen und kleine Tische für Arias Puppenhaus daraus basteln. Das Puppenhaus! Ich werde es auf jeden Fall fertig machen und ihnen nachts vor die Tür stellen, zusammen mit den beiden Puppen, die ich auf der Straße gefunden und bereits gereinigt und wiederhergerichtet habe. Das wird eine schöne Überraschung. Wenigstens einem Menschen werde ich damit ein Lächeln ins Gesicht zaubern können.

Laut Uhr an der Wand ist es neun. Aber warum schaue ich überhaupt nach? Meine Zeit hat sich wieder zu einer Spirale verformt. Worauf soll ich noch warten? Ich bin gerade dabei, in einen der brezelförmigen Kekse zu beißen, als ich ein Klopfen höre. Zweimal, Stille. Dreimal.

»Gea?« Adelaides Stimme. »Bist du da?«

Die Tatsache, dass sie mich sucht, löst in mir ein angenehmes Gefühl aus, das ich jedoch lieber nicht verspüren würde: Man ist schwach, sobald man sich gehen lässt. Ich habe beschlossen, mich von der Welt zurückzuziehen, mich von allem abzuschotten … Ich zwinge mich, weiterzukauen, ohne sofort zur Tür zu laufen. Der Keks ist knuspriger als die anderen, sage ich mir und versuche, mich auf den buttrigen, zarten Geschmack zu konzentrieren.

»Gea?!« Adelaides Stimme klingt beinahe beunruhigt. »Gea? Bist du zu Hause?«

Ich weiß, dass in dem Zimmer, das auf den Hof hinausgeht, das Licht brennt, und frage mich, ob sie es bemerkt hat. Ich könnte ja wegen eines dringenden Auftrags weggegangen oder auch eingeschlafen sein und vergessen haben, es auszuschalten. Erneute Stille. Ich warte.

Worauf warte ich eigentlich? Adelaide scheint gegangen zu sein. Ich spüre ein Ziehen im Magen. Was hätte sie denn tun sollen? Ich habe ihr schließlich nicht aufgemacht. Es gibt kein mögliches gemeinsames Schicksal mehr, kein Projekt, das uns zusammenschweißt. Wir, die wir so verschieden sind, haben nichts mehr, das uns verbindet.

Ich schlüpfe aus dem Bett und gehe in die Küche, wobei ich, wie bei den nächtlichen Übungen mit meinem Vater, darauf achte, keinen Lärm zu machen. Er war überzeugt, dass die anderen gleich nach Ausbruch der Katastrophe merken würden, dass wir über Nahrung, Heizung, Kommunikationsmittel, einen sicheren Unterschlupf und die nötigen Werkzeuge zum Überleben verfügten, und dass sie uns angreifen würden. Deshalb trainierte er uns in der letzten Zeit mindestens einmal im Monat in der Kunst, uns nachts in völliger Dunkelheit im Haus zu bewegen, ohne einen Laut von uns zu geben.

In der Küche öffne ich das oberste Schränkchen, hole eine Flasche San Colombano heraus, entkorke sie und trage sie in mein Zimmer. Ich trinke direkt aus der Flasche und höre nicht eher auf – nur kurz, um Luft zu holen –, bis ich die Hälfte davon ausgetrunken habe. Dann knipse ich das Licht aus, lege mich auf dem Rücken ins Bett und starre an die Zimmerdecke, auf der kreuz und quer die durch das Fenster hereinfallenden Lichter umherhuschen.

Ab und zu schließe ich die Augen und öffne sie wieder. Das Licht wirft ein Muster aus sich ineinander verschiebenden und sich jagenden Schnörkeln an die Decke. Am liebsten würde ich für immer so liegen bleiben, wie ein von allem losgelöstes Elementarteilchen. Als würde ich im Universum schweben. Ich stelle mir vor, mich in die Luft zu erheben, höher und höher hinauf, und die von den Bakterien von Cuatro Ciénegas blau gefärbte Atmosphäre zu durchqueren, bis die Erde nur noch ein verschwommener Punkt ist. Ich entferne mich noch weiter, bis ich sie gänzlich verschwinden sehe. Ich befinde mich in urzeitlicher Dunkelheit.

Ich esse weiter Kekse. Die brezelförmigen und die runden habe ich bereits alle vertilgt, jetzt will ich mich gerade über die rechteckigen hermachen, als ich es läuten höre.

Ich schaue auf die Uhr, es ist zehn Uhr fünfundvierzig. Ich habe fast zwei Stunden damit verbracht, Kekse zu essen und ins Leere zu starren, absorbiert von dunklen, ziellosen Gedanken. Es klingelt, dann wieder Stille. Diesmal ist keine Stimme auf der anderen Seite der Tür zu hören. Daraus schließe ich, dass es nicht Adelaide ist. Sicher, Trofeo redet nicht, aber er ist auch noch nie zu mir in die Wohnung gekommen, und welchen Grund sollte er haben, es ausgerechnet heute zu tun?

Ich spitze die Ohren. Wieder läutet es. Ich habe nicht die Kraft, mich zu bewegen. Selbst wenn etwas passiert wäre, wäre ich zu erschöpft, um reagieren und helfen zu können. Warum versteht niemand, dass auch ich manchmal Hilfe brauche?

Wieder ist es still. Ich glaube zu hören, dass jemand die Treppe hinunter- oder hinaufgeht, ich komme nicht ganz dahinter. Mein Nachbar, denke ich plötzlich. Sucht er mich etwa?

Ich setze die Flasche wieder an meine Lippen. Kein Grund, sich irgendwelchen Fantastereien hinzugeben. Er wird an einem Sonntagabend Besseres zu tun haben, als sich um mich oder die Dübel für seinen Schaukasten zu kümmern. Um ehrlich zu sein, habe ich auch gar keine Lust mehr auf diesen Job. Er wird sicher jemand anderen finden. Alles und jeder ist ersetzbar. Wäre ja noch schöner, wenn ausgerechnet ich nicht. Ich mit meiner Wohnung voller Krimskrams und einem Herzen in permanenter Erwartung einer Katastrophe.

Der Wein scheint saurer zu sein als sonst; ein flaues Gefühl macht sich in meinem Magen breit. Die Schatten an der Decke tanzen, als würden sie eine Sprache sprechen, die ich nicht kenne. In meinem Kopf dreht sich alles, mir fehlt der Halt, ich habe den Eindruck, zu versinken. Ich atme tief ein und ziehe mich hoch.

Ein Vollmond erleuchtet den Hof. Es sieht aus wie ein Bühnenbild. Da sind der junge Mann direkt mir gegenüber, der rauchend am Fenster steht, das junge Ärztepaar, das ständig am Wohnungsputzen ist, da ist die riesige Katze mit den phosphoreszierenden Augen, die der Signora im fünften Stock, Treppenhaus B, gehört und die dick und fett auf dem Balkon thront.

Wenn ich in La Rocca das Fenster öffnete, drang der Geruch nach Gras und Blättern oder Blumen, nach feuchter Erde oder Schnee herein. Was mache ich hier eigentlich?

Mir kommt es vor, als würde wieder jemand ganz leise an meine Tür klopfen. Ich schleiche ein paar Schritte hinaus auf den Flur, um besser zu hören. Es ist halb zwölf. Ja, es klopft jemand. Ganz leise, fast wie ein Flüstern. Sonst dringt kein Laut an mein Ohr. *Klopf, klopf.* Und wieder.

Noch nie war jemand so sehr an meiner Gegenwart interessiert wie heute Abend! Plötzlich existiere ich. Die Tür zu meiner Wohnung ist eine echte Pforte; man will wissen, wer dahinter lebt. An sich eine gute Neuigkeit, wenn es mir nur gelänge, mich darüber zu freuen. Ich trinke einen Schluck Wein. Ich lausche. *Klopf, klopf.* Über mir höre ich die Schritte meines Nachbarn.

Ich schleppe mich in mein Werkstattzimmer und ergreife meinen Füllfederhalter. Der Notizzettel mit den Giraffen verschwimmt vor meinen Augen. Ich schließe sie und öffne sie wieder. Mit beiden Händen umklammere ich die Werkbank. Ich versuche, mich zu konzentrieren. Vielleicht werde ich doch früher oder später mit den richtigen Dübeln hinaufgehen. Vielleicht aber auch nicht. Dazu habe ich Folgendes zu sagen: *Die Zeit ist ein großartiger Autor. Sie findet immer das richtige Ende. Charlie Chaplin*

Ich spähe durch den Türspion und vergewissere mich, dass niemand auf dem Treppenabsatz steht, bevor ich die Tür öffne.

»Endlich!«

Das kleine Wesen, das da gesprochen hat, kenne ich bestens. Ich hatte nur nicht erwartet, ausgerechnet sie auf dem Treppenabsatz stehen zu sehen: Aria ist nicht groß genug, um in das Blickfeld des Türspions zu geraten.

»Mamma sucht dich schon ewig lange! Kommst du?« Das kleine Mädchen streckt ihre Hand aus, damit ich sie ergreife.

»Aria …« Aber mir kommen keine Worte über die Lippen. Ich spüre etwas Feuchtes an meinen Wimpern.

Es ist nicht normal, dieser Aufforderung nicht nachzukommen, aber ich bin stur. Ich will mir und den anderen nichts mehr vormachen. »Ich kann jetzt nicht«, antworte ich mit gebrochener Stimme. »Ich komme ein andermal vorbei.«

»Mamma hat vielleicht eine Idee, um den Laden zu retten! Du musst kommen!«

Ich schüttle traurig den Kopf. »Ich werde immer eure Freundin sein, aber für den Laden gibt es keine Hoffnung mehr. Die Stadt entwickelt sich in eine ganz bestimmte Richtung«, sage ich zu ihr, als ob sie mich verstehen könnte. »Und das können wir nicht aufhalten.«

Aria lässt ihre ausgestreckte Hand fallen und beäugt mich. Ich habe sie enttäuscht.

»Na dann, *ciao*«, sagt sie, bevor sie sich umdreht und langsam die Treppe hinuntergeht.

Ich bleibe wie angewurzelt stehen und starre ihr nach. In meiner Hand halte ich den Zettel für meinen Nachbarn. Eigentlich wollte ich nach oben gehen und den Zettel unter seiner Tür hindurchschieben. Was für eine lächerliche Idee. Es ist nur ein Job. Ich hatte gesagt, dass ich heute Abend kommen würde, bin aber nicht hochgegangen. Ich weiß nicht, ob er es war, der an der Tür geklingelt hat, um mich daran zu erinnern. Jedenfalls gehe ich morgen mit den Dübeln hinauf. Ende der Geschichte.

Als ich wieder in die Wohnung zurückkomme, trete ich auf ein Stück Papier. Ein Zettel auf meiner Türschwelle, den ich vorher, als ich die Tür öffnete, übersehen hatte: *Du kannst dich verspäten, die Zeit wird es nicht tun. Benjamin Franklin*

32.

Seit ich sieben Jahre alt war, führte mein Vater meinen Bruder und mich einmal im Monat und zu jeder Jahreszeit mit verbundenen Augen an einen unbekannten, weit entfernten Ort in den Wäldern rund um La Rocca, jedes Mal an eine andere Stelle, und ließ uns dort allein zurück. Wir hatten je einen Liter Trinkwasser, eine Taschenlampe, eine Thermodecke, vier Energieriegel und ein Schweizer Taschenmesser dabei. Wir mussten den Weg nach Hause finden, indem wir uns an unserer Umgebung orientierten.

»Euer Kompass kann kaputtgehen oder gestohlen werden, aber wenn ihr wisst, wie ihr euch in der Natur orientieren könnt, werdet ihr euch nie verlaufen«, erklärte er. Wir würden ihn nicht sehen, aber er würde uns im Auge behalten, versicherte er uns jedes Mal. Sollten wir in ernsthafte Schwierigkeiten geraten, würde er eingreifen.

Eines Morgens im Januar, ein paar Monate nach unserem Ausflug nach Mailand, rutschte Andrea auf einem moosbewachsenen Felsen aus, verstauchte sich den Knöchel und stürzte mit seinem ganzen Gewicht darauf, als er vor Schmerzen schreiend hinfiel. Er konnte nicht mehr aufstehen. Auf einem Teppich aus trockenen Blättern sitzend, der den abschüssigen Boden bedeckte, umfasste er seinen Fuß mit beiden Händen.

Ich beugte mich sofort über ihn: »Alles in Ordnung?«

Obwohl ich erst zwölf Jahre alt war, wusste ich durchaus mit den meisten Notfällen umzugehen: mit Gasvergiftungen, Blutungen, oberflächlichen oder tiefen Wunden, Erfrierungen, Stromschlägen, Schlangenbissen, Insektenstichen. Zweifellos auch mit einem Knochenbruch.

»Kannst du deinen Fuß bewegen?«

»Ja«, antwortete mein Bruder, ohne es jedoch zu versuchen. Sein Gesicht war schmerzverzerrt.

»Wirklich?«, wiederholte ich.

Im Wald war es stockdunkel, über unseren Köpfen schwebte eine regenschwere Wolke. In der Nacht zuvor hatte es ein Gewitter gegeben.

Andrea streckte sein Bein aus, betrachtete seinen Fuß im Wanderschuh und versuchte, ihn von einer Seite zur anderen zu drehen.

»Ich hasse dich!«, schrie er aus voller Lunge. Er ballte die Fäuste, schüttelte sie und sah zum Himmel, als spräche er zu Gott. Für uns gab es nur einen Gott, und das war unser Vater.

»Wir müssen weg von hier«, fuhr er keuchend fort und drehte sich zu mir um.

»Ja«, antwortete ich, »lass uns … nach Hause gehen.«

Intuitiv erahnte ich, dass er etwas anderes meinte, hoffte aber, mich geirrt zu haben. Das wäre Blasphemie gewesen.

»Nicht nach Hause«, flüsterte er. »Wir müssen fliehen, Gea.«

»Was sagst du da …« Ich wollte seinen Knöchel halten, aber meine Hände zitterten.

»Lass uns zurück in die Stadt, zu Großmutter.«

»Keine Sorge, ich bin hier, bei dir«, erwiderte ich, auch wenn mir dabei ein Schauer über den Rücken lief. Ich hatte zu viel Angst, wirklich an seiner Seite zu sein, und das wurde mir erst in diesem Moment bewusst. Der Gedanke, nicht nach Hause zurückzukehren, war unvorstellbar für mich. Ich hatte die Stadt geliebt, und ich liebte meinen Bruder, aber er konnte nicht von mir verlangen, dass ich mich entscheide.

Ich suchte nach einem geeigneten Ast, während ich mich umsah in der Hoffnung, irgendwo meinen Vater zu entdecken. Ich stellte mir vor, wie er hinter einem Baum hervortrat, uns entgegenlief, Andrea rettete, mich an sich drückte und sagte, jetzt sei er ja bei uns, ich müsse mir keine Sorgen mehr machen, alles käme in Ordnung. Als würde ich aus einem Albtraum erwachen und feststellen, dass wir unter der Wärme unserer Bettdecken in Sicherheit waren. Und dann gäbe es keinen Grund mehr für uns, wegzulaufen. Das wäre der Beweis, dass wir so glücklich waren wie jede andere Familie, dass mein Bruder nur dummes Zeug geredet hatte. Wir hätten bleiben können. Wir brauchten uns nicht zu entscheiden.

»Papà?«, rief ich mehrere Male, aber als Antwort kam nichts zurück außer dem Geräusch des Regens, der wieder zu strömen begonnen hatte, und Andreas Stöhnen. »Papà?«, rief ich wieder, gegen Bäume und Himmel gerichtet.

»Hör auf, ihn zu rufen!«, platzte es aus meinem Bruder heraus. »Du weißt, dass er nicht kommen wird! Er ist nicht da!«

Wusste ich es? Vielleicht noch nicht, vielleicht wurde es mir erst in dem Moment schmerzhaft bewusst. Unser Vater war uns nicht in den Wald gefolgt, er passte nicht auf uns auf. Ob wir es nach Hause schafften oder nicht, hing einzig und allein von unseren Fähigkeiten ab. Tat er das, um nicht in Versuchung zu geraten, uns zu helfen? Wahrscheinlich. Um uns zu stärken, um unser Überleben im Falle einer Katastrophe zu sichern? Möglicherweise. War das Liebe?

Es reicht, sagte ich mir, auch wenn mir noch mehr Fragen im Kopf herumschwirrten, während Andrea ständig wiederholte, dass wir zur nächsten Landstraße laufen – welche Richtung das auch immer sein mochte –, ihr folgen und nie mehr zurückkehren sollten.

Ich nahm meinen Schal ab und band damit den Ast an Andreas Schienbein. Er schrie laut auf, ließ mich aber machen. Es war ziemlich weit bis zu unserem Haus, und ich hatte keine Ahnung, in welcher Richtung es lag. Ich hob einen zweiten Ast vom Boden auf und gab ihn Andrea, damit er ihn als Stock benutzte. Wir hatten uns in einem uns unbekannten Teil des Waldes verlaufen, aber wir würden den Weg schon finden.

»Gehen wir«, sagte ich und legte mir seinen Arm um die Schultern. »Stütz dich auf mich.«

Ich musste nur herausbekommen, welche Richtung wir einschlagen sollten. Inzwischen regnete es in Strömen. Wenn sich der Wald größtenteils nördlich von La Rocca erstreckte, musste unser Haus im Süden liegen. Um das herauszufinden, hätte ich eigentlich nur darauf achten müssen, wohin der Schatten fiel, den unsere Körper auf den Boden warfen. Leider fehlte die Sonne. Ich hätte das Laub der Bäume in meine Beobachtung miteinbeziehen müssen – auf der Südseite wuchs es immer dichter – und mich an den saubereren Steinen orientieren sollen, an der Seite, die weniger mit Moos bewachsen war.

Andrea deutete immer wieder auf weit entfernte Punkte und drängte mich, Ausschau nach der Landstraße zu halten. Ich versuchte, mich nicht ablenken zu lassen. Außer Wasser und Brauntönen sah ich jedoch nicht viel. Hin und wieder erkannte ich einen Hinweis, eine Stelle, an der wir bereits vorbeigekommen waren, aber ich konnte sie untereinander nicht in Verbindung bringen und eine Linie zur Orientierung ziehen.

Ich drückte Andrea fest an mich und dachte bei mir: Wenn wir sterben, sterben wir wenigstens gemeinsam, ich werde nicht allein sein. Und gleichzeitig schämte ich mich. Andererseits: Wenn wir von zu Hause weggehen, werden wir nicht überleben. Nicht ohne väterliche Vorgaben, nicht ohne die Rückversicherung, einen Menschen zu haben, der sich jeden Tag darüber Gedanken macht, wie er uns stärken kann. Bei der ersten Katastrophe wird es uns erwischen.

Dann sah ich unsere Mamma vor mir, wie sie im Halbdunkel des Zimmers ihre Ringe betrachtete, ich sah die Stadt und *Il Nuovo*

Mondo, ich sah die Landstraße. Wenn wir es schaffen würden, lange genug weiterzulaufen, würden wir irgendwann auf sie stoßen. Wir würden mit Sicherheit auffallen, zwei Kinder, allein und durchnässt, mit einem nur mit dem Allernötigsten ausgestatteten Rucksack, das eine Kind mit einem kaputten Knöchel, der notdürftig mit einem Schal an einem Ast fixiert war. Die Polizei würde uns aufgreifen, und wir müssten eine Erklärung abgeben. Und wie sollten wir unseren Vater erklären, diesen Sonderling, der in seinem karierten Hemd über komplexen Tabellen brütete, um uns vor der Welt zu retten? Er wollte unser Bestes, aber das konnten nur wir verstehen.

Plötzlich sah ich in der Ferne das Licht von La Rocca. Jetzt gab es nichts mehr zu entscheiden.

»Wir sind zu Hause«, flüsterte ich meinem Bruder zu, der sich mit seinem ganzen Gewicht immer noch auf meinen Arm stützte. »Das ist Schicksal.«

»Ja, Schicksal«, wiederholte er, vor Wut bebend, »das Schicksal, das du für uns gewählt hast.«

Mamma kam uns auf der Türschwelle entgegengelaufen. »Ist alles in Ordnung mit euch?«, fragte sie und legte besorgt ihre Arme um uns. »Was ist mit deinem Fuß passiert?«, fragte sie meinen Bruder.

Er zuckte nur mit den Schultern und warf mir einen feindseligen Blick zu, den ich nie vergessen werde.

Unser Vater wartete am Esstisch auf uns. »Schön, ihr seid wieder da«, lautete sein Kommentar.

»Wir hätten es fast nicht geschafft«, schrie Andrea ihn an. »Wir hätten sterben können!«

»Schauen wir uns erst mal deinen Knöchel an«, erwiderte Vater gelassen, ehe er mit halblauter Stimme hinzufügte: »Leben heißt, den Tod noch ein wenig weiter hinauszuschieben.« Er schien es mehr zu sich selbst als zu uns zu sagen.

33.

Es ist fünf nach fünf Uhr morgens, und ich habe noch kein Auge zugetan. Nachdem ich alle Kekse aufgegessen hatte, habe ich am Puppenhaus gearbeitet. Außer Wohnzimmer, Küche, Bad und Schlafzimmer habe ich noch einen Werkstattraum mit eingeplant und Möbel aus Korken, Styroporstücken und anderen Resten gebaut, aber es gibt noch einiges an Feinheiten zu erledigen.

Seit mehr als zwei Stunden werfe ich jetzt schon verstohlene Blicke auf das Telefon, das ausgeschaltet vor mir auf dem Tisch liegt. Ein Objekt, das mir immer gleichgültig war und nur für die Arbeit von mir genutzt wurde, hat plötzlich die Macht erlangt, dass ich mir mitten in der Nacht die Frage stelle, wer versucht hat, mich zu erreichen.

Ich halte es nicht mehr aus. Ich schalte das Handy ein, und das Display füllt sich mit Nachrichten: sieben Anrufe. Zwei von einer Nummer, die ich nicht in meinem Adressbuch gespeichert habe, fünf von Angelina. Es muss etwas passiert sein. Ich schreibe ihr eine SMS und hoffe, dass ich mich irre. Vielleicht hat sie das entsperrte Telefon in ihre Handtasche gesteckt, und die Anrufe sind aus Versehen rausgegangen?

Es vergeht keine Minute, und schon meldet sie sich.

»Gea, als ich Eugenio gesagt habe, dass er heute nicht zu dir kommen kann, dass ich im *Nulla* auf ihn warte, ist er nicht gekommen! Er hat zu Hause einen Zettel hinterlassen, auf dem steht, dass er lieber irgendwo anders hingeht als in unsere Bar, aber mehr hat er nicht erklärt. Gea, ich weiß nicht, wo er steckt! Ich weiß nicht, was ich tun soll!«

So habe ich sie noch nie sprechen hören. Ihre Stimme zittert, sie ist verwirrt, völlig außer Kontrolle.

»Mach dir keine Sorgen«, versuche ich, sie zu beruhigen. »Du wirst sehen, er kommt bald wieder heim.«

Aber ich weiß genau, wenn Eugenio nicht bei ihr ist, bin ich schuld daran. Ich verfluche mich. Wie konnte ich unsere Verabredung nur absagen? Wir sind keine Inseln, wir leben nicht nur für uns selbst, um uns unserem Kummer hinzugeben, verdammt noch mal!

Angelina fängt leise an zu weinen. »Ich habe mich noch nicht getraut, die Polizei zu rufen. Ich will nicht mit dem Schlimmsten rechnen. Kannst du dir vorstellen, wo er sein könnte?«

Und ob ich mir das vorstellen kann. Ich könnte es ihr sogar mit ziemlicher Sicherheit sagen.

»Ich glaube, ich weiß es«, gebe ich zu. Ich würde es ihr so gerne verraten, damit sie selbst losziehen und ihn suchen kann, aber ich habe Eugenio versprochen, sein Geheimnis um jeden Preis zu wahren. Und jetzt werde ich ihn bestimmt nicht verraten.

»Angelina, ich …«

Sie scheint sogar das Atmen eingestellt zu haben. »Sag mir nicht, dass er in Schwierigkeiten steckt?«, erwidert sie mit tonloser Stimme.

»Nein«, erwidere ich rasch, »das glaube ich nicht. Es ist nur so, dass er …« Beinahe wäre es mir herausgerutscht, aber ich kann mich gerade noch bremsen.

»Überlass das mir, ich werde ihn suchen gehen und dir Bescheid geben«, sage ich, auch wenn ich weiß, was das für mich bedeutet. Denn wo könnte Eugenio schon sein? Es ist ganz einfach: Hinter der Grenze. Außerhalb des Viertels.

Bevor ich bereuen kann, was ich gerade versprochen habe, verabschiede ich mich von Angelina und lege auf.

Was ist, wenn ihm wirklich etwas zugestoßen ist, frage ich mich und versuche, keine Panik in mir aufsteigen zu lassen. Ich muss ihn so schnell wie möglich finden. Ich werfe mir rasch etwas über und gehe aus dem Haus. Der Morgen graut, und die Luft ist frisch, aber nicht kalt. Nicht wie sonst in der Morgendämmerung im Mai. Mit Schrecken denke ich an die Bakterien in Cuatro Ciénegas. Der Flügelschlag eines Schmetterlings kann auf der anderen Seite der Welt einen Wirbelsturm auslösen. Der Atem der Welt ist unser Atem …

Ich wusste es immer. Früher oder später würde ich die unsichtbare Grenze überschreiten müssen, die uns vom Rest der Stadt trennt. In einer fernen, unbestimmten Zukunft, in einem anderen Leben, dachte ich. Eigentlich war ich noch nicht bereit dafür.

Den Weg kenne ich. Man muss nur die kleine Brücke zur Kirche überqueren und am Kanal entlang in Richtung Innenstadt gehen; auf der Ringstraße muss man dann die Bushaltestelle suchen. Das hört sich einfach an, ist es auch, aber nicht für mich. Mehrmals kämpfe ich gegen den Impuls an, wieder umzukehren. Ich werfe einen Blick über die Schulter zurück, denn das, was ich zurücklasse, ist alles, was ich habe. Doch dann sage ich mir, dass das nicht stimmt: Ich habe auch Eugenio. Ich habe einen Freund. Und ich muss ihn finden.

Fünf Jahre zuvor war ich mit einem Rucksack und einem Schlafsack am Hauptbahnhof angekommen. Ohne auch nur ein einziges Mal vom Boden aufzublicken – außer, um hier und da die Straßennamen zu lesen –, war ich zum Haus meiner Großmutter gegangen. Ich hoffte, dass mich niemand beachten würde, und so war es auch, bis ein kleiner Junge an einer Ampel auf meinen Rucksack zeigte und mich fragte, ob ich von einem Pfadfinderausflug zurückkäme.

»Irgendwie schon.« Ich fühlte mich befangen, sogar vor einem Kind.

»Und hattest du Spaß?«

»Irgendwie schon.« Eine bessere Antwort fiel mir nicht ein.

Hatte ich Spaß gehabt? Bis dahin war das mein Leben gewesen. Ich wusste nicht, wie es sonst hätte sein können. Mir war so schwer ums Herz, dass ich erleichtert war, als ich sah, dass das Kind eine andere Richtung einschlug als ich.

Durch Zufall war ich dabei vor dem Eingang der Scala gelandet. Wie oft hatte meine Mutter mir erzählt, dass sie als Kind dort gewesen war! Um ehrlich zu sein, hatte ich mir das Theater immer viel imposanter vorgestellt, stattdessen war die Fassade nüchtern und das Gebäude von außen viel kleiner, als ich gedacht hätte. Trotz alledem war ich mir sicher, dass es innen in vollem Glanz erstrahlte und ich von diesem Anblick begeistert gewesen wäre. Überall Gold und roter Samt, der große Kronleuchter, der von der Decke hing, die Logen und Ränge voller Zuschauer, die sich im ganzen Oval ausbreitenden Stimmen der Sänger, die luftigen, farbenprächtigen oder auch düsteren Kostüme und das Orchester, das im Gleichklang spielte …

Zu Hause in La Rocca haben Mamma und ich dem Gesang der Maria Callas gelauscht: ihren Auftritten in *Armida* und *Der Türke in Italien*, in *Anna Boleyn*, *Macbeth* und *Medea*. Öfter als jede andere Sängerin haben wir die Callas gehört. Sie hat meine Mutter im Innersten berührt; die Callas war es, deren himmlische Stimme sie jeden Schmerz vergessen ließ.

»Mamma«, hatte ich an jenem Tag vor der Scala in Erinnerung an die vielen Male geflüstert, die sie mir versprochen hatte, dass wir früher oder später gemeinsam hierherkommen würden. »Ich stehe hier vor der Oper, aber wo bist du?«

Als ich endlich den Naviglio-Kanal erreicht hatte, war ich wieder ruhiger. Ich konnte nicht mehr allzu weit von Großmutters Haus entfernt sein.

Jetzt befinde ich mich mehr oder weniger an der gleichen Stelle, und es ist kurz nach halb sieben Uhr morgens. Die Ringstraße erwacht zum Leben. Autos sausen vorbei. Die Besitzer der Bars ziehen lustlos ihre Rollläden hoch.

Ich habe die Buslinie und die Haltestelle gefunden, und der Bus kommt. Plötzlich wird mir klar, wie absurd meine Idee ist. Woher soll ich wissen, in welchen Bus Eugenio eingestiegen ist?

»Wollen wir uns jetzt langsam entscheiden?« Mein zögerndes Verharren auf der ersten Stufe des Einstiegs hat den Fahrer nervös gemacht. Vielleicht hat er es eilig, zur Endstation zu kommen, um seine Nachtschicht zu beenden.

Die Buslinie fährt rund um die Uhr, wie mir Eugenio erklärt hat.

Ich entschuldige mich und steige ein. Der Bus setzt sich ruckartig in Bewegung, sodass ich gezwungen bin, mich an der Haltestange festzuhalten, um nicht hinzufallen. Der Bus besteht aus zwei Teilen, die durch eine Art Akkordeon aus Gummi miteinander verbunden sind, und fährt ziemlich schnell auf der Überholspur. Sein langer Schwanz ruckelt stark hin und her. Oben ist Eugenio jedenfalls nicht.

Die Stadt zieht als eine Reihe von mal mehr, mal weniger deutlichen Postkarten hinter dem Seitenfenster an mir vorbei. Ich weiß, dass die Buslinie die Ringstraße entlang verläuft, die einen großen Kreis um das Zentrum beschreibt. An der Endstation muss man nur die Fahrbahn überqueren, um in die entgegengesetzte Richtung wieder zurückzufahren. Da kommt mir eine Idee: Ich werde an irgendeiner Haltestelle aussteigen, dort warten und jeden Bus kontrollieren, der sowohl in die eine als auch in die andere Richtung fährt, um sicherzugehen, dass ich Eugenio nicht verpasse.

Ich wusste nicht, dass man drücken muss, wenn man aussteigen will, und der Fahrer, der es wohl sehr eilig hat, lässt viele Haltestellen aus, weil keine Leute davor warten. Als ich es endlich schaffe, auszusteigen, befinde ich mich ziemlich weit weg von meinem Einstiegsort. Es ist schon nach sieben Uhr. Der Verkehr auf der breiten Straße wird immer dichter. Vor mir ein Zweisternehotel und ein Burger King. Dahinter ein chinesischer Grill und ein kleines Elektronikgeschäft. Ich würde mich in jedem Wald zurechtfinden, aber die Stadt, das ist eine ganz andere Hausnummer. Sie besitzt keine innere Logik. Ohne Landmarken fühle ich mich verloren.

Was ist, wenn ich Eugenio nicht finde? Wenn ihm wirklich etwas zugestoßen ist? Wenn ich nach Hause komme und Angelina etwas Unüberlegtes getan hat? Wenn sie meinetwegen … Panik ergreift mich, mein Herz schlägt schneller. Ich versuche, mich auf die Busse zu konzentrieren, die vor mir halten. Ich lenke mich von meinen düsteren Gedanken ab, indem ich die Werbung lese, die an der Seite jedes Busses angebracht ist, und die Sekunden zähle, die sie stehen bleiben, bevor sie wieder losfahren. Ich erfinde für jeden der Busfahrer einen Namen: Carletto, Dimitri, Marlboro Man, Sandro, Guglielmo, Meister Proper …

Mir geht es zwar ein bisschen besser, aber jetzt ist schon mehr als eine Stunde vergangen, etwa zwanzig Busse haben gehalten, und von Eugenio ist immer noch nichts zu sehen. Aus einem der Busse ist ein Koloss von einer Frau ausgestiegen, vollgepackt mit Tüten und Taschen, in denen ihr ganzes Leben steckt. Sie hat sich auf der Metallbank neben mir niedergelassen, um ihre übermäßig geschwollenen Füße auszuruhen, und redet mit sich selbst.

Plötzlich taucht in dem Bus, der gerade vor mir angehalten hat, zwischen den Menschen, die auf dem Weg zur Arbeit sind, das Objektiv einer Kamera auf. Eugenio lässt sie sinken und starrt mich verblüfft an. Ich starre ebenso verblüfft zurück. Ich war schon kurz davor, umzukehren und die Polizei zu rufen, aber jetzt taucht er plötzlich hinter dem Fenster auf, mit dem Fotoapparat um den Hals, den ich ihm geschenkt habe.

Ich springe auf, um in seinen Bus zu kommen, bevor sich die Türen schließen. Wir befinden uns an entgegengesetzten Enden im Fahrzeug, und ich kämpfe mich zu ihm durch. Kaum bin ich in seiner Nähe, wird er lebendig und freut sich offensichtlich, dass ich tatsächlich in Fleisch und Blut vor ihm stehe und keine Fata Morgana bin.

»Gea! Du im Bus!«, ruft er begeistert und macht ein Foto von mir.

Wir haben uns Sorgen um dich gemacht, möchte ich ihm sagen, bringe es aber nicht über die Lippen.

Ich habe nicht vergessen, dass es allein meine Schuld ist, wenn wir in dieser Situation sind. Zum Glück geht es ihm gut, und es scheint ihm nichts Ernsthaftes passiert zu sein. Im Gegenteil. Er sieht froh und munter aus wie ein Schüler auf einem Schulausflug.

»Eugenio«, sage ich und halte mich an seinem Arm fest, »komm mit nach Hause.«

»Gea, schau doch mal raus …«, erwidert er und deutet mit funkelnden Augen auf die Fensterscheibe.

Ich sehe einen kleinen Garten, einen großen Discounter, eine Tankstelle und eine Reihe von mehrstöckigen Gebäuden. Ich sehe Menschen, viele namenlose Menschen. Wenn die Zeit jetzt in diesem Augenblick angehalten und für mich eingefroren werden würde zu einem Schnappschuss, könnte ich diesen Menschen wenigstens einen Namen geben und mir Geschichten über sie ausdenken, um mich ihnen näher zu fühlen, um sie realer zu machen.

Die Frau, die vor uns sitzt, eine Klammer im Haar und ein Kind auf dem Schoß, würde ich ITALIEN taufen, den rundlichen jungen Mann in einem viel zu engen Hemd, der sich klein macht, um alle vorbeizulassen, WEISSBROT, das Mädchen mit dem Laptoprucksack und den hohen Absätzen KRANICH … Aber die Zeit läuft, und die Leute wechseln einander in rascher Folge ab, ein jeder mit seinem eigenen Leben beschäftigt.

»Und, wie ist es mit Margaret gelaufen?« Eugenio ergreift mich am Handgelenk. »Wird sie deinen Laden wiedereröffnen?«

Meinen Laden.

»Eugenio, steigen wir hier aus und fahren nach Hause.«

»Wann will sie wiedereröffnen?«, fragt er hoffnungsvoll, obwohl er es bereits geahnt haben muss. »Sie ist nicht gekommen, wie?«

»Doch, sie ist gekommen. Aber sie ist nicht Dorothys Tochter. Dorothy hatte keine Kinder. Sie wird uns nicht helfen.«

Ich schildere ihm die Umstände, als gingen mich diese Informationen nichts an, aber Eugenio lässt sich nicht täuschen. »Du warst so glücklich«, meint er seufzend und wirft einen Blick zum Busfahrer hinüber.

Auch ich schaue zum Fahrer. Am liebsten würde ich ihn bitten, auf die Autobahn zu fahren und mich von hier fortzubringen. Ich möchte den Rausch der Geschwindigkeit spüren, die ungebremste Fahrt irgendwohin, und zum Teufel mit allem anderen.

»Eugenio, lass uns zurückfahren.«

»Ich will aber nicht zurück ins *Nulla*, ich halte es dort nicht mehr aus. Ich hasse den Geruch nach Essen, ich hasse es, still hinter dem Tresen zu stehen und die Kundschaft zu beobachten. Ich hasse die verschmierten Tische, die Krümel unter meinen Schuhen, die Kasse, die Essensreste im Abfalleimer, die Gläser mit den Lippenstiftspuren, den Eimer mit dem schmutzig grauen Wischmopp … Vor allem hasse ich es, wenn mein Vater hinter den Tresen geht, um sich den Mund auszuspülen, und noch mehr hasse ich den müden Gesichtsausdruck meiner Mutter, die ihn ertragen muss. Für mich ist dieser Ort die Hölle!«

Ein paar Leute drehen sich neugierig zu uns um, aber wir achten nicht auf sie. Wir müssen jetzt reden oder nie. Wir müssen reden im Trubel der Stadt, denn in der Stille meiner Wohnung würden wir das niemals fertigbringen.

»Auch ich habe mir schon mal gedacht …« Aber ich stocke. Ich schaffe es nicht. »Versuche, deinen Eltern gegenüber offener zu werden. Vertraue ihnen deinen Traum an. Früher oder später werden sie es verstehen …«

»Du hast leicht reden! Du musst niemandem gegenüber Rechenschaft ablegen. Deine Familie gibt es nicht mehr.«

Meine Familie gibt es nicht mehr. Er sagte das mit der ganzen Unbeschwertheit eines dreizehnjährigen Ausreißers. Er wollte mich damit nicht verletzen, aber er hat es getan.

Eigentlich bin ich es, die nicht mehr für sie da ist, möchte ich erwidern, lasse aber stattdessen meinen Blick zu dem leicht beschlagenen Fenster schweifen. Ich entferne mich immer weiter von allem auf der Suche nach einem sicheren Ort, einem Ort in mir selbst. Vielleicht dem einzigen, den es für mich gibt.

34.

Meine Mutter war still und leise krank geworden.

Da sie wegen ihrer Kopfschmerzen ohnehin viel Zeit im Bett verbrachte, hinter geschlossenen Jalousien, mit einem feuchten Tuch auf den Augen, hatte sie es geschafft, ihre neuen Beschwerden monatelang vor uns zu verheimlichen. Wie wir später erfuhren, hatte es mit ganz normalen Bauchschmerzen angefangen. Hin und wieder ein mehr oder weniger intensiver Stich, vor allem nachts. Dann wurden die Schmerzen immer häufiger und heftiger, sodass sie oft sogar die Luft anhalten musste. Doch jedes Mal, wenn die Anfälle vorüber waren, versuchte sie, sich einzureden, dass sie nicht wiederkommen würden.

Damals glaubte ich, sie wäre einfach nur noch trauriger als sonst und fände überhaupt keinen Grund mehr, das Bett zu verlassen, etwas zu essen, Zeit mit uns zu verbringen, zu malen oder Musik zu hören. Es gab Abende, da kam mir der Verdacht, wenn ich sie heimlich beobachtete, dass sie sich ein für alle Mal auf das Sehnlichste dieses verdammte ENDE herbeiwünschte. Um endlich von der Last des Wartens befreit zu werden. Um den Beweis zu haben, dass sie ihr Leben nicht vergeudet hatte.

Ich war es, die sie eines Nachmittags, als mein Vater und mein Bruder im Wald beim Holzhacken waren, zusammengekauert auf dem Bett vorfand, die Hände in den Bauch gekrallt: Sie schrie und weinte, ihr Körper war verkrampft und hart wie Stein.

Blitzschnell fügten sich all die seltsamen Ereignisse der letzten Monate zu einem Puzzle zusammen, das sich nur allzu leicht deuten ließ. Es machte mir Angst, wie sie so zusammengerollt dalag, von Krämpfen geschüttelt. Ich streichelte über ihren Rücken, über ihr Haar, ihre Schultern, ihre Beine, bis sie sich ein wenig beruhigte.

»Hilf mir«, flüsterte sie.

Ich hatte die ersten zweiundzwanzig Jahre meines Lebens damit verbracht, mich auf Katastrophen vorzubereiten. Einen solchen Schicksalsschlag hatte ich jedoch nicht voraussehen können. Ich war mit der Vorstellung aufgewachsen, dass wir unsterblich waren, weil wir Vorbereitungen trafen.

Neben dem Wecker auf Mutters Nachttisch bemerkte ich einen Mörser mit einer dunklen Kräutermischung darin. Mir war sofort klar, dass Papà Bescheid wusste und dass er mit dieser Methode versuchte, sie zu heilen. Da fing ich zu zittern an.

Ich konnte Auto fahren, auch wenn ich mit Papàs blaugraugrünem Panda noch nie mehr als ein paar Kilometer auf den unbefestigten Wegen zurückgelegt hatte, die unsere Flure durchzogen. Zwar wusste ich nicht, wo sich das nächste Krankenhaus befand, aber ich hatte keine andere Wahl.

Einen defekten Körper wieder heil zu machen ist etwas anderes, als einen Gegenstand zu reparieren, sagte ich mir immer wieder während der langen Stunden, die meine Mutter im Operationssaal lag. Das ist keine Do-it-yourself-Aktion, das lag außerhalb unserer Zuständigkeit. Wir mussten uns notgedrungen auf andere verlassen, und zum Glück gab es diese anderen. Das Krankenhauspersonal hatte sich unserer sofort und voller Fürsorge angenommen. Niemand hatte uns fortgeschickt.

Lange lief ich auf und ab in dem neonbeleuchteten Wartezimmer. Das Krankenhaus hatte inzwischen meinen Vater angerufen, der hatte nur ins Telefon gebrüllt, dann verlangt, mich zu sprechen, mich angeschrien und aufgelegt. Daraufhin schaute ich zumindest ab und zu mal aus dem Fenster, um mich zu vergewissern, ob er vielleicht käme. Aber es sah nicht danach aus.

Als sie meine Mutter zurück auf die Station brachten, setzte ich mich neben sie. An der Zimmerdecke über ihr verlief ein kleiner Riss, und ich hätte gerne eine Leiter und etwas Gips gehabt, um ihn zu schließen. Risse mussten sofort repariert werden, das wusste ich jetzt.

»Du und Andrea, ihr müsst fort von hier«, flüsterte Mamma plötzlich, ohne die Augen aufzuschlagen.

Es war, als käme die Stimme nicht aus ihr, sondern von einem geheimen Ort in ihrem Körper, einem verborgenen Ort, dessen nicht einmal sie sich ganz bewusst war. »Papà und ich können auf uns selbst aufpassen. Wir kommen schon zurecht.«

»Was sagst du da, Mamma! Wir sind bald wieder zu Hause, und dann sind wir alle wieder zusammen.«

»Wir waren lange genug zusammen. Zu lange. Und was haben wir erreicht? Dass ihr davonlaufen müsst, um dieses Zuhause zu verlassen. Ihr müsst einfach fort. Du musst es für mich tun, weil ich nicht die Kraft dazu hatte. Unser Traum hat sich in einen Albtraum verwandelt, der Wunsch nach Freiheit in eine Fessel … Nur dass dein Vater das nicht bemerkt. Er ist schon viel zu weit weg. Lichtjahre weit. Er ist nicht mehr bei uns. Und es gibt nichts, was ihr tun könnt, um ihn zu retten. Ich schwöre es dir. Das musst du mir glauben. Es gibt nichts. Aber euch selbst könnt ihr noch retten. Du bist stark, Gea. Du bist talentiert. Du bist voller außergewöhnlicher Eigenschaften. Du bist auf diese Welt vorbereitet, auch wenn es dir nicht so vorkommt.«

Sie hielt inne, und ich wusste nicht, ob sie noch etwas sagen würde. Ich saß da und wartete, das Herz schlug mir bis zum Hals, und ich hatte das absurde Gefühl, als spräche sie bereits aus dem Jenseits zu mir.

»Es mag eine Art von Tod sein, aber der Tod ist Teil des Lebens«, fuhr sie fort. »Die Welt da draußen wartet auf dich. Sie ist da für dich. Du kannst sie nicht nur durch das Fenster betrachten.

Jede Minute, die du in dieser Welt lebst, wird intensiv und kostbar sein. Manchmal mag es schmerzhaft sein, du wirst Gefahren ausgesetzt sein, aber das ist nur der Beweis dafür, dass du lebst. Und der Sinn des Lebens ist es, zu leben, nicht, Angst zu haben.«

Ich drückte ihre Hand und hoffte, dass sie noch einmal ihre Augen öffnen würde. Sie tat es. Sie hob ihre Augenlider und sah mich, vielleicht zum letzten Mal, sah mich so, wie ich wirklich war, wie ich sie sah: endlich sie selbst.

Wenn. Wenn wir es rechtzeitig erkannt hätten. Wenn mein Vater keine alternativen Behandlungsmethoden angewandt hätte. Wenn wir sie früher ins Krankenhaus gebracht hätten … Aber in La Rocca lauteten die »Wenns« anders.

»Wenn sie zu Hause geblieben wäre, hätte sie überlebt«, widersprach mein Bruder und stieß den Spaten heftig in die Erde.

Er trug ein Paar Stiefel und ein altes, verwaschenes Hemd von Papà. Außerdem ließ er sich einen Bart wachsen wie er. Seit dem Tag unseres missglückten Abenteuers im Wald hatte er sich immer mehr zurückgezogen. Er schien wie ausgelöscht, hatte sich angepasst, statt zu kämpfen. Er hatte aufgehört, unseren Vater zu kritisieren, und mir kein zweites Mal vorgeschlagen, mit ihm davonzulaufen. Er schien sich damit abgefunden zu haben, dass die Art und Weise, wie wir lebten, die einzig mögliche war. Der Tod unserer Mutter musste ihm nun den endgültigen Beweis geliefert haben.

»Mamma selbst hat mich gebeten, sie ins Krankenhaus zu bringen.« Ich versuchte, nach seinem Arm zu greifen, aber er wich mir aus.

»Sie wusste nicht, was sie wollte.«

»Klar, weil sie zu viel gelitten hatte. Sie hatte monatelang gelitten. Wir haben die richtige Entscheidung getroffen.«

»Du hast die denkbar schlechteste Entscheidung getroffen. Mamma lebt nicht mehr. Und du bist schuld daran.«

Ich bemühte mich mit meiner ganzen Kraft, ihm nicht zu glauben, nicht in diese Falle zu tappen. Anzuerkennen, dass er recht haben könnte, hätte mich in einen Abgrund geschleudert, aus dem ich nie wieder herausgefunden hätte. Die Last der Schuld hätte mich für immer erdrückt. Ich holte tief Luft und unterdrückte meine Tränen. Die Schuld lag nicht bei mir. Ich hatte versucht, meine Mutter zu retten, worum sie mich selbst gebeten hatte. So wie man es in dieser Welt tat. Wir hatten der Medizin und der Realität vertraut. Es gab unendlich viele Sichtweisen, und meine war nicht weniger wert als die, mit der ich aufgewachsen war: Die Worte meines Vaters waren nicht Gesetz. Das war mir in Mailand klar geworden, meine einzige Lebenserfahrung außerhalb von La Rocca, doch erst in diesem Moment lernte ich, es zu akzeptieren.

Wenn mein Bruder Mamma im Krankenhaus doch nur hätte sehen können, wenn er doch nur gekommen wäre, um sich von ihr zu verabschieden. Wenn er ihr hätte beistehen und ihr zuhören können, wie ich es getan hatte.

»Krankheit ist Leiden, aber das Krankenhaus war der Tod«, sagte Andrea und wiederholte das, was er kurz zuvor von unserem Vater gehört hatte.

»Es gab eine Chance, sie zu retten!«, verteidigte ich mich.

»Warum haben sie es dann nicht getan? Ich verrate dir jetzt ein Geheimnis: Krankenhäuser sind Wirtschaftsbetriebe. Ein Lebender belegt ein Bett und ist damit ein Kostenfaktor. Dich zu retten, liegt nicht in ihrem Interesse.«

Ich wollte auf keinen Fall mit Panik reagieren, aber ich spürte, wie ich innerlich ins Wanken geriet. Die Überzeugungen meines Bruders machten mir Angst. »Andrea, was sagst du da?«

»Mamma hatte unheilbaren Krebs, das haben sie zugegeben. Wäre es da nicht besser gewesen, wenn wir uns bis zum Ende um sie gekümmert hätten?«

»Der Krebs war unheilbar, weil er zu spät entdeckt wurde. Wir sind keine Ärzte. Aber dort hat man immerhin ihre Schmerzen gelindert. Sie war wieder klar im Kopf, es ging ihr besser … Hätten wir früher gemerkt, dass es ihr nicht gut geht, wäre vielleicht alles anders gekommen. Siehst du das denn nicht?«

Das schien nicht der Fall zu sein. Andrea schien überhaupt nichts mehr mitzubekommen. Alles prallte an ihm ab wie an einer Mauer.

»Papà hat uns absichtlich in die Irre geführt«, erklärte ich. »Er hat uns im Ungewissen gelassen und sogar sie überredet, uns anzulügen. Er hat uns und sie der Möglichkeit beraubt, zu wählen.«

Andrea schwieg einen Moment und starrte auf den Boden, den er gerade umgrub.

»Du bist ein Kind geblieben«, erwiderte er schließlich kalt, als wollte er sich dafür rächen, dass ich seinem Wunsch an jenem Morgen vor zehn Jahren im Wald nicht nachgegeben hatte. Als ob er seitdem alles aufgegeben hätte, sogar die Liebe zu mir.

»Mamma hat im Krankenhaus mit mir darüber gesprochen«, beharrte ich. »Ich musste ihr versprechen, dass wir beide weglaufen würden. Morgen werden wir von hier weggehen. Mamma wird uns von oben beschützen, sie hätte das so gewollt. Das hat sie mir selbst gesagt.«

»Du bist doch verrückt. Würdest du wirklich weglaufen, nach allem, was passiert ist? Papà im Stich lassen?«

Natürlich wollte ich ihn nicht im Stich lassen. Ich hätte alles getan, um eine andere Lösung zu finden, um ihn mitzunehmen. Aber ich wusste, dass das ein unmögliches Unterfangen war. Hätte ich ihm die Hand gereicht, hätte ich mich wieder hineinziehen lassen und nie mehr die Kraft gefunden, wieder herauszukommen.

Ich dachte an das *Nuovo Mondo*, an jenen Tag mit Großmutter, den einzigen Tag in meinem ganzen Leben, an dem ich mich wirklich leicht gefühlt hatte, ohne irgendeine drohende Gefahr über meinem Kopf, sei es eine Katastrophe oder das Risiko, die Zuneigung meiner Familie zu verlieren. Vielleicht bot dieser Laden eine mögliche Zukunft für mich, auch wenn diese anders wäre als alles, was ich bis zu diesem Moment erwartet hatte.

Ich verspürte den Drang, Andrea davon zu erzählen, ließ es dann aber lieber; ich hätte damit nur zugegeben, ihn verraten zu haben. Diesen kleinen Schatz für mich behalten zu haben, der ihm entgangen war, weil ich an jenem Tag in Mailand von meiner Großmutter auserwählt worden war, während er notgedrungen Papà folgen musste und nicht in der Lage gewesen war, auch nur einen Augenblick die eingefahrenen Gleise zu verlassen, auf denen seine bisherige Existenz verlief. Zehn Jahre lang hatte ich es vermieden, die Erinnerung an dieses Geschäft mit ihm zu teilen. Wie hätte ich es jetzt in diesem Augenblick tun können?

»Schon möglich, es ist vielleicht kein Paradies da draußen«, erwiderte ich schließlich, »aber es ist real. Ob es uns gefällt oder nicht, es ist die einzige Chance, die wir haben, um zu verstehen, wer wir sind, wie unser Weg aussehen könnte … Um zu existieren. Wenn ein Baum im Wald umfällt, und niemand hört es …«

»Er macht Lärm«, unterbrach er mich wütend. »Er macht Lärm! Er macht sogar einen ohrenbetäubenden Lärm! Hörst du es denn nicht in der Nacht? Hörst du nicht die Geräusche des Waldes? Wie kannst du nur daran denken, dies alles zu verlassen? Wenn du das tust, wird es dich dein Leben lang verfolgen. Du wirst keinen Frieden mehr finden, warum kannst du das nicht verstehen? Das hier ist unser Leben. Wir haben keine Wahl mehr.«

Ich holte tief Luft. »Ich bin überzeugt, dass es besser ist, von den Geistern der Vergangenheit verfolgt zu leben, als gar nicht zu leben.«

Mein Bruder nahm den Spaten wieder in die Hand und setzte wütend seine Arbeit fort.

»Wenigstens kann man ruhig schlafen, wenn man niemanden verraten hat«, sagte er.

In dieser Nacht wälzte ich mich schlaflos im Bett hin und her. War ich egoistisch? Lud ich Schuld auf mich, wenn ich versuchte, das zu bekommen, was ich mir wünschte? Die Erinnerung an gemeinsame Familienmomente erfüllte mich mit Wärme, aber dann sah ich wieder meinen Vater vor mir. Seine massige Gestalt, die sich im Sommer gegen die Sonne oder im Winter gegen die Flammen des Kamins abzeichnete, ähnelte in vielem den gruseligsten Figuren aus manchen Geschichten … Nur dass er real war. Mein Seelenfrieden hing von seiner guten Laune ab. Wenn er nicht großmütig war, stürzte ich in einen Abgrund, aus dem es keinen Ausweg für mich gab.

Außerhalb von La Rocca hatte ich nichts. Ich war ein Niemand. Was hätte ich tun sollen in der Welt? Wer hätte ich sein können? Wäre ich fertiggeworden mit den Gefahren da draußen? Hätte ich existieren können? Verdammte ich mich mit meiner Flucht zu Einsamkeit und Scheitern? Oder erlöste ich mich dadurch vom Schmerz?

Ich streckte die Hand nach dem Rucksack aus, den ich unter das Bett geschoben hatte. Darin befanden sich unter anderem Dorothys Keramikgans und das Briefpapier mit den Giraffen, das Mamma mir geschenkt hatte. Daneben lag unsere Werkzeugtasche, die ich mitnehmen wollte, weil ich ohne sie nicht einen Tag überleben würde.

»Der Sinn des Lebens ist es, zu leben, nicht, Angst zu haben«, flüsterte ich meinem Bruder im Bett nebenan zu, die Worte meiner Mutter wiederholend, vielleicht auch, um mich selbst davon zu überzeugen.

Er hatte sich die Decke über den Kopf gezogen und gab mir keine Antwort. Andrea, der Bruder, von dem ich mich nie hatte trennen wollen, den ich liebte, wie ich mich selbst hätte lieben sollen, bedingungslos, er, der einst als Erster hatte weglaufen wollen, er würde nicht mit mir kommen. Er hatte sich entschieden, Adrenalin gegen Ruhe einzutauschen, das Abenteuer der Welt gegen bekanntes Terrain, während ich genau das Gegenteil tat und alles verriet. Und wofür? Das frage ich mich auch heute noch jeden Tag. Um mich selbst zu finden? Aber wie soll mir das gelingen, wenn ich mich weiter darauf beschränke, die Welt vom Fenster aus zu beobachten?

Nur der Gedanke an meine Mutter hat die Macht, mich zu beruhigen. Das Wissen, dass ich sie nicht völlig im Stich gelassen habe. Der Gedanke, dass irgendwo noch eine Chance auf mich wartet, wenn ich die Kraft finde, einen Schritt vor den anderen zu setzen.

35.

Eine Hoffnung gibt es noch für uns, das wollte ich dir unbedingt sagen«, lautet Adelaides Begrüßung. Sie mustert mich. »Warst du heute Nacht unterwegs?«

»Oh … Ein Notfall, aber jetzt ist alles wieder gut«, entgegne ich und versuche, mir meine Aufregung über mein Abenteuer jenseits der Grenzen des Viertels nicht anmerken zu lassen.

Als ich die Haustür öffnete, stand mir plötzlich Adelaide auf dem Treppenabsatz gegenüber. Sie war auf dem Weg in die Arbeit, wollte mich aber vorher unbedingt noch sehen und wenigstens kurz mit mir reden.

Aria hat ihren Kindergartenrucksack umgeschnallt und ihre Rapunzel-Barbie in der Hand.

»Unsere Hoffnung lässt sich in einem Wort zusammenfassen«, fügt Adelaide hinzu.

Sie macht eine Pause, damit ich sie nach Einzelheiten befragen kann, aber ich bin viel zu müde, traurig und etwas wirr im Kopf, sodass ich lieber warte, bis sie weiterspricht.

»Crowdfunding«, fährt sie triumphierend fort. »Und jetzt sag nicht, du weißt nicht …«

»… ich weiß, was das ist«, protestiere ich. »Ich habe zumindest davon gehört, auch wenn ich nicht ganz verstehe …«

»Hör zu, ich komme heute Abend vorbei und erkläre dir, was ich vorhabe. Hey«, sie hebt mahnend den Zeigefinger. »Wenn ich klopfe, musst du mir aber bitte aufmachen.«

Den Bohrmaschinenkoffer in der einen Hand, die Dübel in der Vordertasche der Latzhose, die Werkzeugtasche über der Schulter: So ausgestattet, klopfe ich leise. Der Wein der letzten Nacht hat mir Sodbrennen hinterlassen, und auch der Schlafmangel macht sich jetzt bemerkbar. Ich fühle mich, als stünde ich auf einem schwankenden Floß. Das Licht, das den Treppenabsatz überflutet, ist so hell, dass ich es am liebsten dimmen würde.

Es ist halb elf Uhr an einem Montagmorgen im Mai. Vielleicht ist er in der Uni, sage ich mir. Wenn er Vorlesungen oder Prüfungen hat … Aber ich habe den Satz noch nicht zu Ende gedacht, da reißt mein Nachbar schon die Tür auf. Heute im fliederfarbenen Hemd. In seiner Hand hält er eine Packung Vinavil-Spezialkleber.

»Dum-Dum-Geschosse?«, scherzt er, als ich ihm die Dübel zeige. Dann schaut er auf das Vinavil in seiner Hand. »Sorry, aber ich muss weitermachen, bevor der Klebstoff ganz trocken ist! Komm doch rein.« Und eilt davon in Richtung Wohnzimmer.

Langsam schließe ich die Tür hinter mir.

Ich sehe ein Schlüsselbrett an der Wand. Direkt darunter befindet sich ein langes, schmales Regal, auf dem Rechnungen liegen, daneben Werbeprospekte, amtliche Schreiben und … zwei oder drei Zettel wie die, die er mir geschickt hat!

Unterhält er etwa auch Korrespondenzen mit anderen Hausbewohnern? Mit Adelaide? Mit der Balletttänzerin aus dem zweiten Stock im Treppenhaus D? Mit der Heavy-Metal-Studentin aus dem ersten Stock im Treppenhaus A? Mit dem jungen Mann aus dem obersten Stockwerk mir gegenüber?

Plötzlich steht er mit einer Versteinerung in der einen und einem Pinsel in der anderen Hand im Flur und schaut mich fragend an. »Kommst du?«

»Klar doch, entschuldige, ich wollte nur nachsehen …« Aber da ich nicht weiß, wie ich fortfahren soll, beeile ich mich, ihn einzuholen.

»Das mag jetzt aussehen wie eine gewöhnliche Muschel«, erklärt er mir unterdessen und präsentiert mir das Fossil, an dem er gerade arbeitet, »und es ist tatsächlich eine gewöhnliche Muschel, deren Bewohner jedoch vor dreihundert Millionen Jahren darin gelebt hat.«

»Man soll Fossilien nie nach ihrem Aussehen beurteilen!«

Er lacht über meinen Witz und legt die Versteinerung vorsichtig auf einen Ständer aus Plexiglas in der Mitte des Tisches.

Ich nutze die Gelegenheit, um Bleistift, Wasserwaage und Maßband aus meiner Werkzeugtasche zu holen: treue Freunde und Begleiter meiner Abenteuer seit der Zeit, als ich mir eine Situation wie die jetzige nicht einmal vorstellen konnte.

»Hast du zufälligerweise eine Leiter?«, frage ich.

Er bringt sie mir und stolpert dabei unbeholfen über den Saum seiner Hose. Ich muss grinsen. »Ich habe dir doch gesagt, dass ich eine absolute Niete in solchen Dingen bin…«, sagt er, während ich nach seiner Hand greife, damit er nicht hinfällt.

Der Kontakt mit seiner Haut schwingt leise in mir nach, während ich mithilfe des Maßbands und der Wasserwaage berechne, wie ich den Schaukasten am besten mittig an der Wand befestige.

»Hast du einen Lappen für den Boden? Es könnte ziemlich viel Dreck geben.«

»Holst du ihn dir selbst, wenn es dir nichts ausmacht?«, erwidert er und zeigt mir seine Hände, die den Klebstoff und den Pinsel halten. »Im Flurschrank dürfest du einen finden.«

Ich gehe hinaus auf den Flur. Allein in seiner Wohnung herumzulaufen, bewirkt etwas in mir. Mit einem Lächeln begrüße ich die flackernden Wandleuchter. »Ich sollte wirklich eure Glühbirnen austauschen«, flüstere ich ihnen zu. »Das werde ich diesem Chaoten gleich sagen.«

Auch heute ist die Küchentür nur angelehnt, und das helle Licht des Tages fällt als schmales Band auf den Fußboden mit den Steinkornfliesen. Ich glaube, ich habe den kleinen Schrank entdeckt. Er steht direkt unter dem Regal, unter den Notizen, die er an wer weiß wen geschrieben hat. Ich werfe einen flüchtigen Blick darauf, aber zu schnell, um etwas zu entziffern. Aus Respekt? Oder aus Angst?

Ich bücke mich, öffne eine Tür und versuche, mich auf die Suche nach dem Lappen zu konzentrieren. Außer einem Tennisball, einer Gießkanne und alten Zeitungen finde ich tatsächlich einen Putzlappen, der noch halbwegs sauber ist. Offensichtlich richte ich mich etwas zu schnell wieder auf, denn plötzlich wird mir schwindlig. Als ich mich an dem Regal festhalte, fällt mein Blick auf den Zettel, der ganz oben auf dem Stapel liegt.

Du kannst dich verspäten, aber

Das ist der Anfang der Nachricht, die er mir auf der Türschwelle hinterlassen hat! Ich umklammere weiter mit beiden Händen das Regal, um mein Gleichgewicht wiederzufinden. Also war das nur ein erster Versuch? War er unsicher, was er mir schreiben soll? Hatte er Zweifel, ob er mir überhaupt schreiben soll?

»Hast du ihn gefunden?«, ruft er fragend vom anderen Zimmer aus.

Im Zurückgehen schwenke ich den Putzlappen vor meinem Gesicht, damit er mir auf keinen Fall die Gedanken, die mir durch den Kopf schwirren wie Schwalben am Märzhimmel, von der Stirn ablesen kann.

Verstohlen beobachte ich ihn, während er mit dem Fossil beschäftigt ist. Er geht derart in seiner Tätigkeit auf, als hätte er meine Anwesenheit völlig vergessen. Im Kontakt mit mir ist er aufmerksam und zuvorkommend, aber jetzt ist er gleichermaßen aufmerksam und zuvorkommend seiner versteinerten Muschel gegenüber.

Ich hole die Bohrmaschine heraus und steige auf die Leiter. Die Bohrerspitze kämpft sich durch ein Gemisch aus Beton und Stein, während eine dichte Staubwolke aufsteigt. Ich beiße die Zähne zusammen und drücke weiter den Bohrer gegen die Wand. Ich komme auf Anhieb durch. Ich setze den Dübel ein und greife wieder zum Bohrer.

Schließlich hilft mir mein Nachbar, den Schaukasten hochzuhieven. Dann treten wir einen Schritt zurück, um unser Werk zu bewundern.

»Das ist perfekt!«, ruft er. »Jetzt fehlen nur noch die Versteinerungen.« Mit dem Kinn deutet er auf einen Stapel Bücher auf dem niedrigen Couchtisch. »Aber erst muss ich die letzte Prüfung schaffen.«

»Bist du dann Paläontologe?«

»Ja, mit einiger Verspätung. Weil ich mich auch der Feldforschung verschrieben habe. Und ich habe gejobbt, um mich über Wasser zu halten. Jetzt habe ich zwar kein Geld mehr, aber zum Glück bin ich mit dem Studium auch fast fertig.«

Er zögert kurz, ehe er vor mir auf den Flur hinausgeht. Heute steht die Tür zu seinem Zimmer offen, und ich kann es mir nicht verkneifen, einen Blick hineinzuwerfen: überall Bücher.

»Lesen ist so eine Art Flucht, damit ich nicht zu viel mit mir allein bin«, erklärt er mir fast entschuldigend.

»Mir geht es genauso«, gebe ich zu.

Seine großen Augen sehen mich an, als wollten sie mich vollständig ergründen.

»Laut meiner Mutter«, fahre ich fort, getrieben von dem plötzlichen Bedürfnis, sie wiederauferstehen zu lassen, wenn auch nur für einen Augenblick, »ist das Theater die ganze Welt in einem Raum, Kino die Welt, die in bewegten Bildern festgehalten wird, und Bücher sind das, was die Welt sein könnte. Alles Möglichkeiten, uns weit von zu Hause zu entfernen, ohne uns irgendwo hinbegeben zu müssen. Ihr Traum war es, mich einmal in die Scala mitzunehmen.«

»Deine Mutter scheint ein interessanter Mensch zu sein.«

»Das war sie.«

Er versteht sofort. »Das tut mir leid …«

Aber mein Telefon klingelt genau im falschen Moment und unterbricht das Gespräch.

»Hat der Wecker nicht geklingelt? Ist deine Katze gestorben? Oder bist du zu sehr damit beschäftigt, Rauchabzüge zuzumauern, Madama Dorè?«, herrscht Seidewollemix mich an.

»Ich habe gerade einen Schaukasten aufgehängt …«, erkläre ich stotternd.

»Na, wenigstens hast du nichts kaputt gemacht … bis zum Beweis des Gegenteils. Ich kann es natürlich nicht beweisen, aber ich würde meinen Mini darauf verwetten, dass du es warst, die die Trockenwand dort hochgezogen hat. Und ich bin ganz und gar nicht glücklich darüber, das versichere ich dir. Ich könnte dich anzeigen«, schnaubt sie, »aber du hast Glück: Das werde ich nicht. Der Hamburgerladen wird trotzdem an der Versteigerung teilnehmen, und ich kann es kaum erwarten, dass alles vorbei ist. Um wie viel Uhr kommst du heute? Es gibt noch eine Menge zu tun.«

»Heute …?«

Ich hatte mir noch keine Gedanken darüber gemacht, wie ich mit der Situation umgehen sollte; vielleicht dachte ich einfach, mich nicht mehr blicken zu lassen.

»Ich bin schon unterwegs«, sehe ich mich gezwungen, stattdessen zu sagen. Um Zeit zu schinden, aus Befangenheit, um das Gespräch so schnell wie möglich zu beenden.

Mein Nachbar nickt und tut so, als würde er schmollen. »Bei anderen gehst du ran, wie ich sehe. Ich habe gestern Abend zweimal versucht, dich anzurufen. Ich habe deine Nummer am schwarzen Brett gefunden.«

Dann war er das …

»Mir sind Zettel unter der Tür lieber.« Ich spüre, wie ich rot werde, aber gesagt ist gesagt.

Seine großen Augen werden noch größer. »Wie viel bin ich dir schuldig?«, fragt er dann etwas verlegen.

Richtig, ich habe schließlich für ihn gearbeitet. Ich nenne ihm den Preis.

»Ich bin übrigens Achille«, sagt er, als ich ihm die Quittung gebe. Und streckt mir die Hand hin.

»Achille?«

Es ist irgendwie absurd. Absurd perfekt.

»Wie Compagnoni.«

»Ich dachte, wie der Held bei Homer.«

»Auch Compagnoni war ein Held, auf seine Art, einer der ersten beiden Männer in der Geschichte, die den Gipfel des K2 erreichten. Meine Eltern waren Bergsteiger.«

Ich spüre seinen Schmerz bei der Verwendung der Vergangenheitsform. Bitte, nicht … Sag mir nicht, dass auch er … Bitte, nein, nicht er auch …

»Unter der Woche, wenn ich in der Schule war, unternahmen meine Eltern die schweren Bergtouren. Am Samstag und am Sonntag nahmen sie mich mit auf die sogenannten leichten Wanderungen. Ich habe dann immer nach Versteinerungen gesucht.«

Ich spüre, dass er gerne fortfahren würde, aber nicht so recht weiß, wie. Sein Körper wirkt gedrückt, als trüge er eine schwere Last. »Eines Tages sind sie nicht mehr zurückgekommen. Das ist alles.«

Ich würde ihm gerne die Hand auf den Arm legen, ihm sagen, dass manche Dinge besser in uns verschüttet bleiben. Dass man sie vielleicht in Büchern wiederfinden kann, aber nicht darüber reden soll, denn das macht sie nur umso realer. Aber ich selbst habe ihm gerade von meiner Mutter erzählt, und ich habe es getan, damit er meinen Schmerz sieht. Damit dieser existiert.

»Das tut mir leid«, flüstere ich und berühre flüchtig seinen Arm.

»In uns sind Geheimnisse begraben, die nur andere entschlüsseln können.«

»Lernst du nachts Zitate auswendig, statt zu schlafen?«

»Das Zitat ist von mir«, sagt er, leicht errötend.

»Dann schreibe ich es mir besser auf. Dann werde ich, wenn du berühmt wirst, weil du Cuatro Ciénegas gerettet hast, sagen können, dass ich eines deiner unveröffentlichten Werke besitze.«

Er lacht. »Schön wär's.«

»Es kann doch nicht ewig regnen, oder? Das sagt uns doch dein Sweatshirt.«

»Stimmt«, erwidert er mit leuchtenden Augen, die sich in mich bohren.

Als ich mich von ihm verabschiede, stelle ich mir vor, wie schön es wäre, wenn auch er mit all seinen Fossilien auf meine Arche Noah käme. Ich bin überzeugt, dass es uns dort sehr gut gehen würde.

36.

»Morgenstund hat Gold im Mund«, ruft Seidewollemix und wedelt mit ihrem Handy.

Auch heute ist sie wieder top gestylt, Designerware von Kopf bis Fuß, und wie es scheint, besserer Laune als sonst.

»Ich muss schon sagen, allmählich gefällt mir dieses Viertel immer besser. Es wird mir fehlen, wenn ich in absehbarer Zeit keinen Grund mehr habe, hierherzukommen. Natürlich wäre es besser, wenn es hier ein Sushi-Restaurant gäbe oder ein einigermaßen nettes Lokal, in dem ich mit meinem Vater zu Mittag essen könnte.«

»Es gibt zwei Bowl-Läden, zwar nur zum Mitnehmen, aber die müssten dir gefallen. Und ihr könntet euch auch an den Naviglio-Kanal setzen. Ich sage dir auch, wo.«

»Auf die kleine Mauer und die Füße über dem grünlichen Wasser baumeln lassen?«

»Warum gehst du dann nicht ins *Nulla*? Angelina kocht hervorragend.«

»Was, der Laden auf dem kleinen Platz mit den Plastiktischen? Ich glaube, du kennst meinen Vater nicht.«

Und ich glaube, du hast den Geist des Viertels nicht ganz verstanden, möchte ich erwidern. Vielleicht liegt es an meiner Müdigkeit, dass ich heute ein wenig ungeduldig bin.

Ich habe pochende Kopfschmerzen, einen rebellischen Magen, und mich plagt eine latente Traurigkeit. Es ist einer dieser Tage, an denen man sich am besten unter die Bettdecke verkriechen sollte, mit jemandem an der Seite, der einem Tee und Kekse bringt. Dann fällt mir wieder ein, dass ich erwachsen bin, alleine lebe und letzte Nacht schon viel zu viele Kekse verdrückt habe.

»Ich schaue mir noch die restlichen Sachen an, dann bin ich fertig«, verkünde ich kühl.

»Und ich dachte, du würdest auch den Verkauf übernehmen!«, entgegnet Seidewollemix und tippt mit dem Daumen auf dem Display ihres Handys herum.

»Die Dinge finden schon selbst ein neues Zuhause.«

Aber sie hat mir gar nicht zugehört. »Hör mal, ich muss los. Heute habe ich ein wichtiges Mittagessen mit meinem Vater. Wir sehen uns später.«

Ich betaste die Keramikgans in meiner Tasche. Heute hier zu sein, fühlt sich ganz anders an als letzte Woche. In dem prächtigen Spiegel mit dem schmutzigfleckigen Rahmen sehe ich all die Dinge abgebildet, um die ich mich in den letzten Wochen gekümmert habe. Sie scheinen mich anzuschauen wie Kinder, die sich für eine in letzter Minute abgesagte Party herausgeputzt haben. Der Deckel des Klaviers, das schon bereit schien, wieder gespielt zu werden, ist geschlossen. Das aufgefrischte Teeservice ist mit umgedrehten Tassen auf irgendeinem Regal gelandet. Die chinesischen Figürchen stehen aufgereiht da wie ein Bataillon auf der Flucht. Alles ist bereit für den Abschied.

Ich lese noch einmal die Schrift an der Wand über der Kasse: *In diesem Laden hat nichts einen Preis, aber alles einen Wert.*

Ich habe es nicht geschafft, diesen Ort zu retten, und das Gefühl der Niederlage werde ich für immer mit mir herumtragen. Wenn ich in Zukunft am Balkon stehen und hinausschauen werde, wird kein Ladenschild mehr da sein, kein roter Rollladen. Die Stunden, die ich hier mit meiner Großmutter und Dorothy, mit Adelaide, Aria, Angelina und Priscilla verbracht habe, werden langsam verblassen und schließlich verschwinden, als hätte es sie nie gegeben.

Zumindest habe ich alles getan, was in meiner Macht stand, um es möglich zu machen, um zu sehen, ob ich im Dickicht des Waldes den richtigen Weg gefunden hätte.

»Aber kommen wir zur Sache«, sage ich müde zu dem großen Spiegel mit dem fleckigen Rahmen.

Ich hole eine alte Schüssel und eine Thermoskanne mit heißem Wasser aus meinem Rucksack, gieße das Wasser in die Schüssel und füge Fischleim hinzu, bis es eine gallertartige Konsistenz annimmt. Das Holz darf nämlich nicht zu stark aufquellen, wenn der Schmutz sich löst. Ich streiche den ganzen Rahmen mit dem gelierten Fischleim ein.

»Wo werdet ihr hingehen?«, wende ich mich fragend an die stummen Objekte ringsum.

Mit einem Wattebausch entferne ich die gelierte Masse von dem Rahmen. Anschließend bestreue ich das Holz mit Sägemehl, um es zu trocknen. Die Sägespäne habe ich noch von den Arbeiten an Arias Puppenhaus übrig.

»So, und jetzt haltet mal ein kleines Nickerchen. Wir sehen uns bald wieder.«

Ich schaue mich gerade um, ob es vielleicht noch mehr zu tun gibt, als ich höre, dass mich von draußen jemand ruft.

»Ich habe mir extra ein Fahrrad ausgeliehen, um dich in der Mittagspause zu sehen«, erklärt Adelaide keuchend, als ich auf den Gehsteig hinaustrete. »Ich habe einfach nicht bis heute Abend warten können und gehofft, dich hier zu finden.« Sie hält inne, um nach Luft zu schnappen. »Das ist ja schon ein gutes Zeichen.«

Ich zucke mit den Schultern. »Ich bin nur gekommen, um meinen Freunden ›Hallo‹ zu sagen.«

Adelaide steigt vom Fahrrad und schiebt mich in den Laden. »Gea, wir können nicht so einfach aufgeben. Wir können nicht so tun, als ob nichts passiert wäre. Was sollen wir denn sonst machen? Soll ich aufgeben und mich weiter den Zwängen des Ladens unterwerfen, in dem ich arbeite? Und du pustest wieder Spülbecken durch?«

»Was ist daran falsch?«

»Nichts, aber wir haben es bis hierher geschafft, und jetzt zeigt uns das Leben einen anderen Weg. Wir sind fast dreißig Jahre alt, wir müssen an eine Zukunft glauben.« Sie packt mich am Arm. »Und dann geht es nicht nur um mich oder dich, sondern um uns, die Gruppe, zu der wir uns zusammengefunden haben. Um unser Viertel, um die Stadt, um die Welt! Du erinnerst dich? Verhindern, durchkreuzen, widersetzen, hemmen, sabotieren … Soll unser Aktivismus bereits hier enden?«

»Man kann nicht sagen, dass wir es nicht versucht haben.«

»Dann lass uns noch einmal einen Anlauf nehmen! Es gibt eine Lösung, das habe ich dir doch gesagt. Lass uns ein Crowdfunding auf die Beine stellen.«

»Die Makler haben konkrete Angebote erhalten …«, erkläre ich ihr. »Wir haben keine Zeit mehr.«

»Dann lass uns nicht noch mehr Zeit verlieren. Ich habe gestern Abend noch mal nachgedacht. Überleg doch mal, da bin ich, da bist du, da sind Angelina, Priscilla … Wir sind viele, die an diesen Ort glauben, die nicht wollen, dass sich das Viertel ›modernisiert‹, weil du genau weißt, was am Ende dabei herauskommen wird, oder? Wir müssten wegziehen von hier, weil alles zu teuer wird und wir uns fremd in unserem eigenen Zuhause fühlen. Oder wenn wir bleiben, müssten wir unglaubliche Opfer bringen und gezwungen sein, umgeben von Orten und Geschäften zu leben, mit denen wir nichts zu tun haben wollen.«

»Keine von uns hat etwas gespart«, wende ich ein.

»Stimmt, aber wenn jede etwas beisteuert und es uns gelingt, andere Leute zu überzeugen … Versuchen wir es wenigstens. Was kostet es uns denn? Ich habe schon mal gesehen, wie so etwas funktioniert, ich kümmere mich um alles. Du muss nur die richtigen Worte finden, um eine Geschichte zu erzählen.«

»Ich?«

»So wie auf deinen Origami-Karten und den Schildern.«

Das ist etwas anderes, liegt es mir auf der Zunge. Für die Origami-Objekte verwende ich Zitate, die nicht von mir sind. Und die Schilder … das sind einfach nur Hinweistafeln. Damit will ich die anderen nur warnen, auf etwas aufmerksam machen, bestenfalls schmücke ich sie noch mit einem netten Gedanken aus. In dem Fall hieße es, um Hilfe zu bitten, und um Hilfe bitten heißt, zu versagen, wie mein Vater sagen würde.

Ich schüttle den Kopf. Ich bin nicht überzeugt. Ich habe keine Lust dazu. Nein. Es ist besser, sich auf die eigenen Kräfte zu verlassen, auf eigenen Beinen zu stehen …

»Ist es vielleicht besser, wenn aus dem Laden ein Wettbüro wird?«, wendet sie ein.

Ich seufze, weil mir keine gute Antwort einfällt.

»Versuchen wir, ein Konzept zu erarbeiten.« Sie lässt nicht locker. »Mal sehen, was passiert. Wir haben nicht viel zu verlieren. Es ist immer Ansichtssache, was man unter Scheitern versteht, oder? Aufzugeben hieße für mich, zu scheitern.«

Ansichtssache: Wenn im Wald ein Baum umfällt …

»Wie viel, glaubst du, wirst du zusammenbekommen? Im besten Fall, meine ich?«, will ich wissen.

»Genug Geld, um den Laden zu kaufen.«

»Und wer betreibt ihn dann?«

»Wir! Wer denn sonst?«

Es ist Zeit, das Sägemehl vom Rahmen zu entfernen und ihn mit einem Föhn zu trocknen, aber Adelaide sitzt direkt vor mir und zwingt mich, sie anzuschauen.

»Ich würde den Laden gerne retten … Ihn zu betreiben, das ist eine andere Sache. Ich weiß nicht einmal, ob ich das könnte.«

»Natürlich könntest du das!« Sie wirkt empört. »Hör mal, ich muss jetzt los. Wollen wir heute bei dir zu Abend essen?«

Zusammen zu Abend essen? Bei mir? Der Abend ist normalerweise die Zeit, in der ich mit mir allein bin, den vergangenen Tag verarbeite und den nächsten plane. Ich darf mich nicht aus meiner Routine bringen lassen, sonst komme ich noch durcheinander.

»Ich glaube, ich habe nur noch etwas Salat daheim.« Eine andere Ausrede fällt mir nicht ein. »Vielleicht ist es besser, wenn …«

»Salat passt hervorragend! Dann kann ich gleich eine Runde Fasten einlegen. Ich bringe den Wein mit.«

»Den habe ich.«

Ich kann Adelaide nicht davon abbringen, also stimme ich schließlich zu und lasse mich von ihr umarmen. Nachdem ich ihr zugesehen habe, wie sie auf ihr Fahrrad steigt und am Ende der Straße verschwindet, setze ich mich auf den Platz hinter der Kasse und zwinge mich, nichts zu tun, außer in die Runde zu lauschen.

Mein Kopf ist voller »Wenn«-Fragen aller Art. Um mich abzulenken, versuche ich, mich auf die Stille im Geschäft zu konzentrieren. Wie jede Stille ist auch diese hier nicht wirklich geräuschlos. Irgendwo knarrt das Holz, die Glühbirnen im Kronleuchter surren fast unmerklich. Die Luft, die durch die halb offene Tür hereinströmt, bringt den Stoff des Paravents und den Saum eines Kimonos, der an einem Schrank hängt, zum Rascheln. Mein eigener Atem kitzelt in meiner Nase und erinnert mich daran, dass ich lebe. Meine eigene Existenz verursacht hier den größten Lärm, wird mir plötzlich bewusst. Und ich bin nicht nur am Leben, ich bin auch an einem Ort, der mir ähnelt. Ich bin ein bisschen mehr ich selbst, als ich es zuvor war. Und mit diesen Gedanken beruhige ich mich.

37.

Als Adelaide um neun Uhr klopft, schrecke ich hoch. Es ist mindestens schon eine Stunde her, dass ich am Küchentisch eingeschlafen bin, mit dem Kopf auf meinen verschränkten Armen. Neben mir das immer noch volle Glas, das ich eigentlich trinken wollte, während ich warte.

»Stehst du schon lange hier draußen?«, frage ich, als ich ihren entrüsteten Gesichtsausdruck bemerke.

Sie hält die schlafende Aria im Pyjama auf dem Arm.

»Fünf Minuten vielleicht, aber Aria ist schwer. Kann ich sie auf die Couch legen?«

»Sicher«, antworte ich und trete beiseite, um die beiden hereinzulassen.

Es ist das zweite Mal, dass Adelaide zu mir nach Hause kommt, und ich fühle mich schon etwas wohler dabei. Wir gehen im Halbdunkel den Flur entlang; im Wohnzimmer schalte ich eine Nachttischlampe ein, die ein schönes, gedämpftes Licht spendet, um die Kleine nicht zu wecken. Adelaide legt Aria auf das Sofa. Ich reiche ihr meine Iso-Decke, wobei ich darauf achte, dass sie Aria mit der goldenen Seite nach oben zudeckt.

»Die ist warm und leicht, und wenn sie aufwacht, denkt sie, sie ist eine Prinzessin«, erkläre ich im Flüsterton, als ich merke, wie verwirrt Adelaide mich anschaut.

»Da hast du mich auf eine Idee für ein Kleid gebracht … Ach, übrigens, bevor ich es vergesse …« Sie holt ein Schneidermaßband aus ihrer Tasche. »Ein Maß fehlt mir noch.«

Blitzschnell fesselt sie damit meine Taille und lässt mich dann wieder los. Stocksteif wie eine Schaufensterpuppe stehe ich da und befürchte, sie zu beleidigen, wenn ich sie um eine Erklärung bitte. Was hat sie vor?

Offenbar um das Thema zu wechseln, öffnet sie ihre Tasche und reicht mir eine Packung aus Styropor. »Ich habe uns Eis mitgebracht. Im Film essen die doch immer Eis, wenn sie große Pläne für die Zukunft schmieden, nicht wahr? Obwohl du wahrscheinlich eher intellektuelle Filme ansiehst, vermute ich. Die, in denen Pfeife geraucht wird.«

Sie lacht lautlos in sich hinein.

Weil ich vorhin eingeschlafen bin, hatte ich keine Zeit mehr, mir eine gute Ausrede einfallen zu lassen, um dieses Crowdfunding zu vermeiden, und jetzt, wo Adelaide energiegeladen vor mir steht, fürchte ich, dass ich keinen Rückzieher mehr machen kann.

Zwei Stunden später haben wir unsere Seite auf einer speziellen Website erstellt und sind dabei, der Beschreibung unseres Projekts den letzten Schliff zu geben.

> Hallo zusammen,
> wir sind Gea und Adelaide und haben es uns zur Aufgabe gemacht, *Il Nuovo Mondo* zu retten, einen bezaubernden Möbel- und Trödelladen in unserem Viertel, der eine wunderbare Geschichte zu erzählen hat.
> ~~Unser Viertel ist einzigartig!~~ Wir glauben, dass unser Viertel einzigartig ist wegen der Menschen, die hier leben. Wir glauben, dass es die Menschen sind, die den Geist unserer Geschäfte und Lokale ausmachen. Dorothy war der gute Geist von »Il Nuovo Mondo«, und jetzt würden zwei junge ~~Frauen/Freundinnen~~ Freundinnen gerne in ihre Fußstapfen treten und alles tun, um den Geist der Vergangenheit wieder heraufzubeschwören. Zwei junge

Bewohnerinnen dieses Viertels, die an die Schönheit und an ~~an die Geschichten hinter den Dingen, an die Bedeutung und~~ den Wert der Geschichten hinter den Dingen glauben, ~~an das Recycling~~ an das Upcycling [Adelaide sagt, das sei ein passenderer Begriff] als Antwort auf den Konsumismus, die Gleichgültigkeit, die Massenproduktion.

Wenn wir *Il Nuovo Mondo* retten, retten wir einen Teil des Viertels.

Wenn wir das Viertel retten, retten wir einen Teil von uns.

Unterstützt uns!

»So, und jetzt sind wir Partnerinnen«, hat Adelaide zum Schluss dann noch gesagt.

38.

Sie sind am Sonntag nicht gekommen …« Ich lege die Einkäufe auf den Küchentisch von Signora Dalia.

»Schätzchen, ich habe dir doch gesagt, dass ich nicht kommen werde.«

Ich hatte gehofft, sie hätte es einfach nur so gesagt, um sich bitten zu lassen, um es spannend zu machen. Ich öffne die Tüten und helfe ihr, die Dosen mit geschälten Tomaten, die Flasche Olivenöl und die Nudelpackungen herauszunehmen. »Sie haben eine große Enthüllung verpasst. Eine wirklich interessante Überraschung.«

»Was soll mich noch überraschen? In meinem Alter?«

Sie verstaut das Zuckerpäckchen in der Speisekammer, neben den vier anderen. Signora Dalia gehört zu den Menschen, die sich mit einem Vorrat an Grundnahrungsmitteln sicherer fühlen. Man weiß ja nie. Ich bin wirklich die Letzte, die so etwas lächerlich findet.

»Ist Margaret nicht gekommen?«

»Doch, Signora Dalia, Margaret ist gekommen. Sie ist eine sehr nette Dame. Sehr elegant. Und sehr reich. Aber sie ist nicht Dorothys Tochter.«

Signora Dalia stellt sich in ihren Hausschuhen auf die Zehenspitzen, um die Polenta auf dem obersten Regal zu verstauen. Als sie sich zu mir umdreht, sprühen ihre Augen Funken, aber nicht vor Verwunderung, wie mir scheint.

»Sie ist ihre Nichte«, erkläre ich. »Die Margaret, von der Dorothy sprach, ihre angebliche Tochter, die gibt es gar nicht. Dorothy hatte nie Kinder.«

Dalia zuckt mit den Schultern; ein verräterischer Ausdruck huscht über ihr Gesicht.

»Sie wussten es?«

»Na und, *allora*?«, gibt sie zu.

»Sie geben mir Dorothys Briefe und verschweigen ein so wichtiges Detail?!«, protestiere ich. »Sie hätten mich vorwarnen sollen! Das hätte mir eine Menge Ärger erspart …«

»Ah, die Mühsal des Lebens, Schätzchen, wer kann dir das schon ersparen? Ja, ich wusste, dass Margaret eine … eine Marotte von ihr war. Und ja, ich habe dich nicht gewarnt.«

Sie setzt sich und legt beide Handflächen auf den Tisch.

»Tja, offenbar eine … eine Marotte, die sie schon länger hatte«, murmle ich. »Ich meine, sich selbst so etwas vorzumachen …«

»Schätzchen, das Leben verliert an Bedeutung, wenn die einzige Bedeutung, die man für möglich hält, in dem liegt, was man nicht hat. Ich habe Dorothys kleinen Spleen immer akzeptiert und sie gewähren lassen. Wenn sie das Bedürfnis verspürte, eine Tochter zu haben, dann war das so für mich. Manchmal ist die Welt, die wir uns selbst erschaffen, besser als die ursprüngliche. Und es braucht jemanden, der mit uns daran glaubt.«

Ich muss an meine Eltern denken, die einander gebraucht hatten, um die mit viel Adrenalin aufgeladene Blase eines Lebens in La Rocca aufrechtzuerhalten.

»Sind Sie sicher, dass es richtig ist, uns vor der Welt zu schützen?«

Signora Dalia zwinkert. »Die Welt ist Leiden …«

Mir kommen ihre Bilder in den Sinn, ihre Halbsätze, das, was ich in Dorothys Brief gelesen habe. Ich nehme meinen ganzen Mut zusammen. »Signora Dalia, wenn Dorothy Ihnen vor ihrem Tod die Briefe gegeben hat, die sie an ihre Tochter schrieb, dann doch wahrscheinlich deswegen, damit Sie sie lesen.«

Sie starrt mich an, als hätte sie einen Geist gesehen.

»Und wissen Sie auch, warum?«, fahre ich fort. »Weil in einem dieser Briefe eine wichtige Information steht, die Sie betrifft. Und da die Briefe sich jetzt in den Händen der Nichte befinden, fürchte ich, dass ich diejenige sein muss, die Sie mit dem Inhalt vertraut macht. Ich hoffe, ich tue das Richtige. Was sagen Sie dazu? Soll ich?«

»Ich …« Ihre Stimme zittert, sie malträtiert die Tischdecke. »Kommt Florian darin vor?«

»Ich habe den Brief vollständig abgeschrieben. Für Sie. Die Realität klopft an Ihre Tür. Lesen Sie den Brief, wenn Sie sie hereinlassen wollen.«

Signora Dalia wird blass. Ihre Hände zittern mehr als sonst. »Du meinst, dass ich es wissen sollte, Schätzchen?«

»Ich sage Ja. Es ist eine gute Nachricht … denke ich.«

Etwas scheint sie zurückzuhalten, etwas anderes jedoch zum Lesen zu drängen.

»Kommt Florian darin vor?«, wiederholt sie zögernd.

»Sie kommen darin vor.«

Sie wirft mir einen misstrauischen Blick zu, setzt die Brille auf, die um ihren Hals hängt, und ergreift den Brief.

22. Mai 2003

Liebe Margaret,
alles Gute zum Geburtstag, mein Schatz! Wer sagt denn, dass man ab einem gewissen Alter nicht mehr feiert?
Auch ich, die ich schon über achtzig bin, gebe nicht auf. Um ehrlich zu sein, manchmal weiß ich nicht, wie ich es schaffe, jeden Tag den Rollladen von Il Nuovo Mondo hochzuziehen, und doch tue ich es. Der Gedanke, diesen Laden zu schließen, ist unerträglich für mich.
Was würde aus all den Sachen hier drinnen werden? Was aus dreißig Jahren Leben? Wie könnte ich meine Mitstreiterinnen

im Stich lassen, die weiter zu mir kommen, manche inzwischen mit ihren Töchtern oder sogar mit ihren Enkelinnen? Die Zeiten haben sich geändert. Sinnlos, die Augen davor zu verschließen. Die Menschen wollen funktionale Möbel. Hat man jemals schon von einem funktionierenden Möbelstück gehört? Und so bleiben viele besondere Objekte unverkauft, werden alt hier bei mir … Aber ich gebe nicht auf. Es gibt immer noch Leute, Kunden, die an die Persönlichkeit, die Schönheit und die Seele der Dinge glauben.

Vor ein paar Monaten ist Enzo gestorben, Dalias Ehemann. Ich habe dir bereits von ihr erzählt. Eines Tages, vor Jahren, war Enzo heimlich zu mir gekommen und hatte mir gestanden, dass er alles wisse. Er wusste es und liebte seine Frau trotzdem, aber er hatte nicht den Mut, es ihr zu sagen. Das war auch nicht nötig. So war es viel schöner. Sie wusste nicht, dass er ihr Geheimnis kannte, und konnte sich weiterhin wohlfühlen in ihrer Wohnung, in ihrem Leben und in der Rolle, die sie sich selbst zugewiesen hatte. Ich war eigentlich nicht damit einverstanden, aber ich habe mich nicht eingemischt. Schließlich war es ihr Leben. Trotzdem fand ich es schade.

Seit Enzos Tod frage ich mich, ob ich es Dalia sagen soll. Es stimmt schon, dass er sie weiter hat lieben wollen, wie sie war, ungeachtet aller Umstände. Aber sie hat ihn auch geliebt, trotz Florian, das weiß ich, und sie hat das Recht, es zu erfahren. Ein wenig beneide ich sie. Niemand hat von ihr verlangt, anders zu sein. Sie hat diese Liebe verdient, indem sie einfach sie selbst war.

Ich hatte nicht so viel Glück. Außer meinem Geschäft und den Menschen, die zu mir hereinkommen, hatte ich nicht viel Glück im Leben. Aber wenn das Glück groß genug ist, reicht das. Jeder ist aus einem bestimmten Grund auf dieser Welt.

Verstehst du jetzt, warum ich diesen Laden nicht schließen will?
Gestern kam ein junges Mädchen mit wildem Blick und funkelnden Augen herein. Ich musste sofort an dich denken. Ich nahm ihr das Versprechen ab, unbedingt wiederzukommen, und schenkte ihr eine der beiden Keramikgänse, die ich niemals verkaufen würde.
Ich warte auf sie, so wie ich auf dich warte. Mein ganzes Leben lang habe ich auf dich gewartet. Ich kann einfach die Hoffnung nicht aufgeben, dass dieser Ort nach mir weiterleben wird. Dieses Mädchen hat mir versprochen, dass es alles dafür tun wird. Und ich glaube ihm.
In Liebe
Dorothy

Dalias Augen werden feucht, dann beginnen die Tränen lautlos über ihre hageren Wangen zu laufen. Erst jetzt wird mir bewusst, dass ich in meinem Leben noch nie jemanden wirklich weinen gesehen habe, abgesehen von meiner Mutter, und die Szene löst in mir ein nur schwer zu ertragendes Gefühl aus.

»Kann ich etwas für Sie tun, Signora Dalia? Irgendetwas?«

Sie zieht ein besticktes Taschentuch hervor und zerknüllt es zwischen ihren Fingern. »Ja, hör mir zu, was ich dir zu erzählen habe, Schätzchen, wenn du noch Zeit hast.«

»Ich bleibe, ich geh nicht weg«, entgegne ich, doch tief drinnen in mir habe ich Angst. Dalia sieht aus wie jemand, der gerade zu einer langen, anstrengenden Reise aufbricht und um jeden Preis an sein Ziel kommen will. Werde ich es schaffen, ihr dabei nahe zu sein?

»Früher habe ich meine ganze Freizeit im *Nuovo Mondo* verbracht«, beginnt sie. »Manchmal habe ich sogar meine Näharbeiten mitgenommen. Eines Abends, bei einem Frühlingsfest, das

Dorothy organisiert hat, lernte ich Florian kennen. Enzo hatte nicht mitkommen wollen. Er sagte, der Laden sei ›meine Sache‹. Er fühlte sich dort nicht wohl. Florian war ›Zigeuner‹, wie man damals sagte. Er spielte Geige, sah gut aus, war lässig, reiste durch die Welt. Ein Freigeist. Ganz anders als mein Mann, der eher schweigsam war, strebsam und sachlich.«

Signora Dalia hört sich an, als erzählte sie die Geschichte einer Fremden. Ich wage kaum zu atmen, aus Angst, diesen Augenblick zu ruinieren.

»Florian umwehte ein Hauch von Abenteuer. Er war hungrig nach der Welt, und ich war es auch, nur hatte ich das schon vergessen. Ich war mit der Vorstellung in die Stadt gekommen, dass sich mein Leben radikal verändern, dass ich jeden Tag neue Erlebnisse haben und neue Entdeckungen machen würde. Stattdessen hockte ich zu Hause in unserer Wohnung und machte Näharbeiten. Ich war allein und hatte keine Möglichkeit mehr, meine Zukunft zu ändern. An diesem Abend bin ich nicht nach Hause gegangen. Ja, warum schaust du mich so an! Ich war auch mal jung, Schätzchen! Ich habe eine Ausrede erfunden, und Dorothy hat mich gedeckt. Enzo würde es mir glauben, sagte ich mir. Er war zu anständig, um schlecht von mir zu denken.«

Signora Dalia scheint gleichzeitig verlegen und tief bewegt zu sein, und ich versuche, mir keine Emotionen anmerken zu lassen, um ihre Erzählung nicht zu beeinflussen.

»Am nächsten Morgen«, fährt sie seufzend fort, »stand Florian von der Decke auf, die er für uns beide auf dem Boden des Ladens ausgebreitet hatte, und sah mich mit seinen tiefgrünen Augen an. Ich wünschte mir, dieser Moment würde niemals enden. Er nahm mich bei der Hand und sagte: ›Komm mit mir.‹ Ich war jung, vielleicht war es möglich? Was waren seine wahren Absichten? Hätte ich es übers Herz gebracht, Enzo zu verlassen, mit dem ich ein ruhiges, angenehmes Leben führte? Enzo, der mich gerettet hatte, als er mich in die Stadt mitnahm? Um meinetwillen, um unserer Liebe willen, um einer neuen Chance willen?«

Ich lausche mit angehaltenem Atem, obwohl ich mir vorstellen kann, wie die Sache ausging. Mich interessiert das Warum.

»Ich sah mit an, wie Florian mit seiner kleinen Reisetasche aus meinem Leben verschwand, auf der Suche nach neuen Abenteuern. ›Ich komme nach‹, sagte ich. ›Ich werde dir von jedem Ort, an dem ich haltmache, schreiben, um dich wissen zu lassen, wo ich bin‹, sagte er. Und das tat er dann auch. Er schickte mir Brief um Brief, die ich alle las und einen nach dem anderen in der Spüle verbrannte, von Orten, die ich Jahre später malte, sodass es war, als wäre ich selbst dort gewesen. Enzo und ich setzten unser ruhiges, unaufgeregtes Leben fort. Dreißig Jahre lang hörte ich jeden Tag den Ruf der Welt, verspürte den Drang, wegzugehen, ohne auch nur ein einziges Mal zurückzuschauen. Letzten Endes bin ich geblieben, habe ausgeharrt und auf die Tür gestarrt.« Sie zuckt die Schultern. Ein leichtes, schicksalsergebenes Lächeln umspielt ihre Augen. Sie schaut auf den Brief, den sie noch immer in der Hand hält.

»Mein Enzo wusste es also … Wenn ich an die Sommerabende zurückdenke, die ich mit ihm in der Küche verbracht und Scrabble gespielt habe. An all die Male, die er mir einen Schal brachte, wenn es in der Wohnung zu kühl wurde. An die Reisen, die wir unternahmen, indem wir die Postkarten anderer Leute lasen und deren Routen auf dem Atlas bis ins kleinste Detail nachvollzogen, ohne je das Haus zu verlassen, weil ich an diesem Punkt meines Lebens keine Lust mehr dazu hatte. Ich hatte Angst, dass ich nie wieder zurückkehren wollte. Dass ich meine Entscheidung bereuen würde. Das war es, wovor ich wirklich Angst hatte.«

Vielleicht kann sie niemand so gut verstehen wie ich.

»Zu wählen ist schmerzhaft«, sage ich. »Ob man sich entscheidet, zu gehen oder zu bleiben. Ich bin gegangen und tue doch nichts anderes, als zurückzuschauen …«

Signora Dalia sieht mich an, als könne sie mich endlich verstehen.

»Das Leben an sich ist nie leicht, das ist vielleicht einfach so«, erwidert sie schließlich. »Aber es ist schön, es miteinander zu teilen. Du hast mich wieder an die Zeit erinnert, die ich in diesem Geschäft verbracht habe. An die Gruppe von Freundinnen. Wie viele Tage, wie viele Abende habe ich mit ihnen verbracht. Das war meine Art zu reisen geworden. Und es war trotz allem eine glückliche Zeit. Entscheidungen zu treffen ist schwer, aber solange man sie treffen kann, ist man am Leben. Nicht wahr, Schätzchen?«

39.

Lieber Papà,

du hast mir den Namen einer Göttin gegeben. Du hast mir alles gegeben, was du mir geben konntest. Und es hat mir nicht gereicht.

Jahrelang lebte ich wie auf einer Insel, bis der Ruf des Meeres zu stark wurde. Als ich ins Wasser sprang und zu schwimmen begann, glaubte ich in meiner Naivität, dass du mich begleiten würdest. Dass wir zusammen ein Floß bauen würden. Was ich nicht verstand, war, dass du, wenn du dich mir anschließen würdest, deine Insel aufgeben und ertrinken müsstest.

Die Stadt ist voller Menschen. Ich weiß nicht, was sie denken, welche Sehnsüchte, welche Sorgen sie haben. Sie haben Freunde, sie sind zur Schule gegangen, in den Supermarkt, zum Skifahren, in den Freizeitpark. Ich beobachte die Vertrautheit, mit der sie sich begrüßen, die Zukunft, die sie sich aufbauen, die Kinder, die aufwachsen, die Dinge, die ihnen widerfahren. Die Welt da draußen wartet darauf, entdeckt zu werden.

Papà, als Andrea und ich allein im Wald waren und er sich den Knöchel verstauchte, war ich mir sicher, dass wir nicht überleben würden: Nie in meinem Leben hatte ich so große Angst. Ich habe nach dir gerufen, aber du hast nicht geantwortet.

Dort wurde mir klar, dass du zwar jeden Tag physisch präsent, aber nicht wirklich da warst. Andrea und ich waren allein.

Wir konnten nicht auf dich zählen, und wir konnten nicht auf Mamma zählen, denn auch sie war nicht da, wo sie zu sein schien. An dem Tag, als ich damals wieder zurück nach Hause kam, war ich nicht mehr dieselbe wie vorher. Natürlich habe ich überlebt. Das hat mich gelehrt, dass ich es in jeder Lebenslage wahrscheinlich geschafft hätte. Jetzt bin ich hier und betrachte die Welt durch ein Fenster. Ich muss alles wieder neu lernen und viel vergessen.

Ich denke jeden Tag an die Abende, die ich mit euch vor dem Kamin verbracht habe. An die Zeiten, in denen du mich auf deine Schatzsuche mitgenommen hast. An die vielen Male, die wir gemeinsam etwas repariert haben. An das anerkennende Pfeifen, das von deinen Lippen kam, wenn du glücklich warst. Papà, ich habe wirklich daran geglaubt, an deinen Traum. In meinem Kopf habe ich ihn mir eine Million Mal ausgemalt. Beim Ertönen der Sirene, die du in der Küche installiert hattest, hätte ich mir mein Plüschkaninchen geschnappt und wäre noch im Schlafanzug hinunter in den Keller geeilt. Ich wusste, dass du dich darum kümmern würdest, die Koffer herunterzubringen, die wir immer in den Schränken bereithielten. Ich fühlte mich lebendiger bei dem Gedanken: Auf das Überleben vorbereitet zu sein, war die folgerichtige Konsequenz all unserer Bemühungen. Und du wärst der Held geworden, der zu sein du immer geträumt hattest.

Für mich, musst du wissen, warst du immer ein Held.

Dann sind viele Dinge passiert. Über Mamma möchte ich gar nicht reden. Ich bin gegangen, ohne mich zu verabschieden und ohne mit dir auch nur noch ein Wort über diesen Tag zu verlieren, und ich denke, das wird das Einzige bleiben, was ich dazu zu sagen habe. Aber ich glaube, auch sie würde sich wünschen, dass wir uns wieder in die Arme schließen können. Ich bitte dich nicht, deine Insel zu verleugnen, sondern meine

zu besuchen, um wenigstens für einen Nachmittag wieder Vater und Tochter zu sein. La Rocca ist immer in meinem Herzen, aber den Weg dorthin zu finden, war noch nie so schwierig wie heute. Kommt mich besuchen.
Jemand schrieb mir neulich: »Den Tod abzulehnen heißt, das Leben abzulehnen.« Vielleicht besteht das Leben nicht darin, den Tod ein Stück weiter hinauszuschieben, sondern ihn zu vergessen, wenn auch nur für einen Moment, damit wir wirklich an das Leben glauben können.
Die Welt verletzt uns, die Zukunft ist ungewiss, aber die Gegenwart ist alles, was wir haben, und deshalb frage ich dich: Warum versuchst du es nicht?
Ich warte auf euch.
Deine Gea

40.

> **Unser Viertel ist einzigartig wegen**
> **der Menschen, die hier leben!**
> **Wenn wir *Il Nuovo Mondo* retten,**
> **retten wir einen Teil unseres Viertels.**
> **Besucht unsere Website und macht mit.**

Heute Morgen habe ich aus dem Packpapier, das ich noch zu Hause hatte, über dreihundert Karten gebastelt und mit meinem Füller beschriftet. Bei uns im Block, in unserem Treppenhaus, werde ich anfangen, unter jeder Tür eine Karte hindurchschieben, und sie anschließend im ganzen Viertel verteilen.

Doch bevor ich die Karte unter Achilles Tür hindurchschiebe, zögere ich kurz. Ich spitze die Ohren, um zu hören, ob er vielleicht zu Hause ist: absolute Stille. Ich habe ihm noch nie von *Il Nuovo Mondo* erzählt. Soll ich den Zettel unterschreiben oder ihn im Unklaren lassen? Würde er meine Handschrift überhaupt erkennen? Sicher, es ist nicht gerade das älteste Ökosystem der Welt, nicht zu vergleichen mit seinen Fossilien, aber was ist falsch daran, ein Geschäft retten zu wollen? Und was wird er von mir denken, wenn ich versage? Letztlich könnte mich das Leben aber auch mal überraschen. Ich kenne Achille noch nicht gut genug, um das völlig auszuschließen, und möchte heute einfach gerne daran glauben. Verstohlen schaue ich mich um, bevor ich einen raschen Kuss auf den Zettel drücke, als wollte ich ihm Glück wünschen (oder mir?). Dann schiebe ich das Blatt Papier schnell unter der Tür durch.

Auf der Rückseite von Trofeos Karte füge ich hinzu: *Du* MUSST *unbedingt kommen und dir das ansehen, Gea.*

Als ich mit unserem Treppenhaus fertig bin, statte ich den anderen einen Besuch ab. Türen, nichts als Türen: alte und neue, Sicherheitstüren, zugemauerte und wieder geöffnete Portale, Türen mit oder ohne Namensschild, mit abgetretenen, nagelneuen oder ausgefransten Fußmatten davor. Daneben stehen Schuhe, leere oder übervolle Schirmständer, lebende oder tote Pflanzen. Jede Tür hat sich ihre eigene Karte verdient. *Wusch!* Ich schiebe sie untendurch. *Wusch!* Das Herz klopft mir bis zum Hals aus Angst, jemand könnte öffnen und mich im schönsten Moment überraschen. *Wusch!*

Alles läuft gut, bis ich im zweiten Stock, Treppenhaus A, auf die Dame mit dem Dalmatiner stoße. »Ich will keine Werbung!«, ruft sie.

Ihre Stimme hallt durch das ganze Haus.

»Keine Angst, Signora, das ist nur … ist nur von der Nachbarschaftsinitiative«, säusele ich.

»Moment mal, du bist doch das Mädchen, das meinem Hund während der Eigentümerversammlung einen Napf mit Wasser gebracht hat?«

»Ja, die bin ich.«

Sie nimmt den Zettel in die Hand. »Dann werde ich mir das mal näher anschauen. *Ciao!*«

Jetzt bin ich fertig mit meiner Runde, und zum Glück ist sonst niemand mehr aufgetaucht. Als Letztes hänge ich noch ein Schild an das Schwarze Brett:

HABT IHR SCHON MAL EIN LADENGESCHÄFT GERETTET?
NEIN? DANN BESUCHT UNSERE WEBSITE.
EINE KLEINE, GROSSE WELT ERWARTET EUCH!

Und mich erwartet jetzt *Il Nuovo Mondo*. Ich bin ein klein wenig anderer Stimmung als gestern, als ich mich dorthin begebe. Hoffnung keimt auf in mir. Es könnte durchaus sein, dass dieses Crowdfunding nur mir absurd erscheint. Was verstehe ich schon von Sharing-Plattformen, ich, die ich weder einen Computer noch ein Smartphone besitze? Vielleicht hat Adelaide recht: Es kann funktionieren. Andererseits, wenn die Welt so wäre, wie ich sie mir vorstelle, sähe sie ganz anders aus.

Ich überquere den Hof und werfe einen Blick nach oben: blauer Himmel, zarteste Wolkenstreifen und ein Mond wie gemalt. Mir kommt der Brief an meinen Vater in den Sinn, an dem ich seit fünf Jahre schreibe und den ich gestern Abend urplötzlich beendet habe. Als ich den Brief zusammenfaltete, in den Umschlag steckte und diesen verschloss, fühlte ich mich, als hätte ich soeben den Führerschein ausgehändigt bekommen. Jetzt muss ich mich nur noch dazu entschließen, das Schreiben auch abzuschicken.

Da fällt mir auf – vielleicht Ironie des Schicksals –, dass vor unserem Tor eine Luxuskarosse geparkt ist, eines dieser flachen, länglichen, dunklen Vehikel, die wie Insekten aussehen. Nicht die Art von Auto, das ich mir aussuchen würde, um ehrlich zu sein, auch wenn ich es mir leisten könnte und wüsste, wohin ich damit fahren soll. Nichts für ungut, ihr Ameisen und Käfer, die ihr wunderschön anzusehen und perfekt seid.

Die Tür springt auf, und zu meiner Überraschung schält sich unser Querulant aus dem Fahrersitz. Er weist seine Frau an, Tüten und Taschen aus dem vorne gelegenen Kofferraum zu holen, und wirft mir einen verärgerten Blick zu, als er bemerkt, dass ich mir ein leichtes Grinsen nicht verkneifen kann. Es ist nichts Persönliches. Aber der Kontrast zwischen seiner offenkundigen Selbstgefälligkeit und unserem bescheidenen Wohnblock ist doch zu komisch.

Seine Frau schaut mich mit einem traurigen, fast schon entschuldigenden Blick an. Ich gebe ihr mit einer winzigen Kopfbewegung zu verstehen, dass es mir leidtut, über sie gelacht zu haben, und drücke ihr mein Flugblatt in die Hand, nicht sicher, ob ich die Situation damit rette oder endgültig ruiniere.

Der Rollladen vor dem Geschäft ist noch immer heruntergelassen und nirgendwo eine Spur von Seidewollemix.

Liebevoll streichle ich über das staubige rote Metall. Ich sollte es dringend sauber machen, damit es wieder glänzt wie früher. Sicher, wahrscheinlich ist hier bald alles leer, und dann stehen nur noch Spielautomaten herum oder liegen tiefgefrorene Hamburger auf einem Blatt Eisbergsalat, der nach Plastik schmeckt, aber bis dahin gibt es *Il Nuovo Mondo* noch, und es wäre richtig, dem Geschäft den Wert zuzugestehen, den mein lieber alter Laden sich verdient hat. Wunderbare Dinge gibt es hier, wird der glänzende Rollladen wieder laut verkündigen, sobald er einmal geputzt ist, und wer weiß, vielleicht bleibt ja jemand davor stehen und hört es.

Ich laufe rasch nach Hause, um einen Schwamm, einen Lappen und einen Eimer zu holen, in den ich heißes Wasser und drei Verschlusskappen Essig füllen werde; außerdem nehme ich noch meine ausziehbare Leiter mit.

Die Arbeit ist anstrengend, aber befriedigend. Je mehr ich schrubbe, desto leuchtender tritt die rote Farbe wieder zutage und versetzt mich zurück in die Zeit von Dorothy und ihrem weißen Zopf, der ihr wie eine Taube auf der Schulter saß, zurück an den Tag mit Großmutter in ihrem lila und blau geblümten Kleid.

Großmutter wäre stolz auf meine Bemühungen. Der Gedanke, dass sie nicht mehr da war, als ich zurückkam, macht mich traurig, weil sie nie erfuhr, dass sie mein Leben grundlegend verändert hatte. Im Laufe der Jahre hatte ich ihr von La Rocca aus Nachrichten auf Mammas Briefpapier geschrieben, die ich dann aus Angst, entdeckt zu werden, in winzige Stücke zerriss.

Liebe Großmutter, ich denke oft an dich, an dein Kleid, deinen weißen Morgenmantel und dein Fruchtgelee.

Ich würde gerne mal wieder in die Stadt kommen, aber ich kann nicht. Warum besuchst du uns nicht, und vielleicht fahre ich dann eine Zeit lang mit dir zurück? Könntest du vielleicht Papà überreden?

Großmutter, wie geht es Dorothy? Ich habe immer noch ihre Gans, und ich würde sie ihr gerne eines Tages zurückgeben.

Wenn wir sterben, dann sollst du wissen, dass ich froh bin, eine Großmutter wie dich gehabt zu haben.

Ich bin mit der Reinigung des oberen Teils des Rollladens fertig. Wasser und Essig laufen in Schlieren herunter und wecken in mir Assoziationen an ein zeitgenössisches Kunstwerk mit dem Titel: *Ohne Titel.* Ich steige von der Leiter, um mich an den unteren Teil zu machen. Während ich arbeite, läuft der Tabakhändler auf dem Bürgersteig hinter mir auf und ab.

»Aber jetzt geben sie mir diesen Kredit, die finanzieren, verdammt noch mal, wirklich jeden, sogar Diebe! Ich habe das Zeug beisammen«, bellt er ins Telefon. »Nein, ich sagte, ich hätte bereits alles hinterlegt. Aber verdammt, was fehlt denn jetzt noch? Die Situation geht mir echt auf die Nerven, und du weißt genau, was passiert, wenn …«

Ich weiß nicht, ob sein Gesprächspartner weiß, was passiert, aber ich kann es mir vorstellen. Aus dem Augenwinkel beobachte ich, wie er sich bückt, um etwas aufzuheben. Er runzelt die Stirn. Ich erbleiche: Es ist einer meiner Crowdfunding-Zettel. Er muss mir aus der Tasche gefallen sein.

Als der Tabakhändler den Zettel gelesen hat, wirft er einen bösen Blick auf den Laden und einen noch böseren auf mich. Ich fange wieder zu schrubben an und tue so, als wäre ich gerade mit einem besonders hartnäckigen Fleck beschäftigt.

»Autsch, würde der Rollladen sagen.«

Ich erkenne sofort die Stimme von Seidewollemix und drehe mich um.

»Wer schön sein will, muss leiden …«

Seidewollemix macht einen nachdenklichen Eindruck, den ich so nicht kenne an ihr. Ich bitte sie um Geduld, weil ich den Rollladen noch rasch mit dem Tuch trocken reiben will, bevor ich ihn hochziehe.

»Sollen wir der alten Dame vielleicht auch noch Locken legen oder das Haar lieber glatt föhnen?«, höhnt sie ironisch, klingt dabei aber ziemlich kleinlaut.

Als ich fertig bin, tritt sie einen Schritt zurück.

»Na, dann zieh ihn jetzt hoch, den Rollladen«, sagt sie. »Das volle Programm.«

Mir fällt ihr gestriges Mittagessen ein, und ich erkundige mich, ob sie ein Restaurant in der Nachbarschaft gefunden hat.

Sie schüttelt den Kopf. »Ich habe mich mit meinem Vater in der Stadt getroffen, aber weißt du was? Wir hätten uns genauso gut eine Bowl kaufen, an den Naviglio setzen und die Füße über dem Kanal baumeln lassen können.«

Ich weiß nicht, worauf sie hinauswill. »Am Naviglio zu sitzen, ist immer eine gute Idee.«

»Nicht, wenn dein Vater eigentlich ankündigen sollte, dass er sein Immobilienbüro an dich übergibt, stattdessen aber einen Rückzieher macht.« Sie legt einen Umschlag mit Papieren auf die Anrichte im Laden und macht die Tür wieder zu. »Mit dem Verkauf des Ladens hier hätte ich ihm beweisen müssen, was ich wert bin. Anscheinend nicht genug.«

»Aber du hast ihn doch noch gar nicht verkauft.«

»Eben. Ich habe mich dumm angestellt bei dem Geschäft. Meine weiblichen Schwächen stehen mir im Weg, sagt er, die Objekte, die man recyceln muss, und so weiter und so fort …«

Seidewollemix' selbstsichere Art ist ihr vollkommen abhandengekommen. Sie scheint wirklich niedergeschlagen zu sein, und ich verstehe sie. So habe ich mich auch gefühlt, als ich bei den Fragen meines Vaters zur Arche Noah die falschen Antworten gegeben habe.

»Auf jeden Fall habe ich dir meinen Namen bereits verraten … Du noch nicht. Wie heißt du eigentlich?«, frage ich und tue damit den letzten Schritt.

»Beatrice.«

»Beatrice! Wie …«

»Dantes Muse und so weiter.«

»Ich dachte eigentlich an *Viel Lärm um nichts*. Die Beatrice aus Shakespeares Stück gilt als frühes Beispiel einer Feministin.«

»Was du nicht sagst.«

»Es gibt nicht nur lustige Weiber in seinen Komödien!«, erkläre ich schmunzelnd.

»Jetzt, wo ich das weiß, geht es mir gleich besser«, zieht sie mich auf.

»Dann verrate ich dir jetzt etwas, bei dem es dir wirklich gleich besser gehen wird: Der Tabakhändler wird auf jeden Fall mitbieten. Ich habe ihn gerade am Telefon darüber reden hören.«

Seidewollemix schnaubt. »Ist mir doch egal. Mein Vater meint, ich bin noch nicht so weit, das Geschäft zu übernehmen, und werde es vielleicht auch nie sein. Also sollte ich mir lieber irgendwo einen Job als Angestellte suchen, weil das freie Unternehmertum angeblich nichts ist für mich.«

»Tut mir leid, dass dein Vater so denkt, meiner Meinung nach hat er unrecht. Und … es tut mir leid, dass ich deinem Geschäft in die Quere gekommen bin«, höre ich mich zu meiner Überraschung hinzufügen.

Sie macht eine vage Geste und sieht aus, als würde sie gleich in Tränen ausbrechen. »Gegen die Kunst ist kein Kraut gewachsen.«

»Mein Vater hätte sich sehr gewünscht, dass ich … dass ich mich weiter als Teil seines Unternehmens sehe«, vertraue ich ihr an. »Männlein oder Weiblein, das war ihm egal. Aber ich bin trotzdem weggegangen.« Ich betaste den Umschlag in der Seitentasche meiner Latzhose. »Ich habe ihm einen Brief geschrieben und um Waffenstillstand gebeten. Fünf Jahre habe ich dafür gebraucht.« Ich frage mich, wieso ich plötzlich so vertraulich werde. »Ich will den Brief ja abschicken, aber dann sage ich mir: Wenn er nie den Kontakt zu mir gesucht hat, was liegt ihm dann an mir?«

»Wenn mein Vater nicht mit mir zusammenarbeiten will, was liegt ihm dann an mir?«

Wir schauen uns beide an.

»Du musst den Brief abschicken«, sagt sie schließlich.

Ich stelle mir vor, wie mein Vater den Briefkasten am Ende der Einfahrt während seines wöchentlichen Kontrollgangs öffnet. Er tat es mehr der Ordnung halber als aus anderen Gründen. In La Rocca bekamen wir, abgesehen von ein paar schrägen Werbeprospekten, fast nie Post, aber irgendjemand könnte sich am Briefkasten zu schaffen gemacht oder ihn beschädigt haben, also musste immer kontrolliert werden.

Ich stelle mir vor, wie er auf den Umschlag starrt: überrascht, gelähmt, argwöhnisch. Dann gibt es zwei Möglichkeiten: Er könnte ihn an Ort und Stelle lassen, wegwerfen, verbrennen oder aber ihn in die Hand nehmen und genauer betrachten. Würde er den Mut finden, ihn zu öffnen? Würde er bis zum Ende durchhalten, wenn er sich entschlösse, ihn zu lesen?

Ich stelle mir vor, wie er kompakt und breitbeinig in seinem soliden Schuhwerk in der Auffahrt steht. Mit langem Bart, die kleinen, von tiefen Falten umgebenen müden Augen fest auf die Worte gerichtet, die ich mit Füllfederhalter auf das Giraffenbriefpapier geschrieben habe. Im Haus meiner Großmutter, in Mailand. In der Welt da draußen.

Ich stelle mir vor, wie seine kräftigen Hände das Papier halten und versuchen, es nicht zu zerknittern, und trotzdem einige schwarze Abdrücke an den Rändern hinterlassen. Ich stelle mir vor, wie er den Kopf schüttelt, flucht, den Brief zerknüllt. Dann spule ich das Band zurück und stelle mir vor, wie eine Träne seinen Bart benetzt und am Kragen seines karierten Hemdes hinunterläuft.

Fehle ich ihm so sehr, wie er mir fehlt?

»Da kommen ja die lustigen Weiber«, kommentiert Beatrice und unterbricht meine Gedanken. Sie deutet mit dem Daumen hinter sich zum Schaufenster.

Ich gehe rasch zurück in den Laden, offensichtlich zu schnell, denn schon wird mir wieder schwindlig. Noch im selben Moment tauchen auf der Schwelle Aria und Adelaide auf. Letztere ruft strahlend: »Die ersten Reaktionen sind eingegangen!«

Ohne auf Beatrice zu achten, teilt sie mir mit, dass unser Aufruf von mehr als zwanzig Leuten gesehen wurde und dass bereits zwei Geldbeträge eingegangen sind. Einmal fünfzig und einmal zwanzig Euro. Als sie meine Enttäuschung bemerkt, hebt sie den Zeigefinger. »Das ist nur die erste Stunde. Siebzig Euro in einer Stunde …«

Beatrices Blick wandert von ihr zu mir und wieder zurück, als schaute sie einem Tischtennismatch zwischen Marsmenschen zu.

»Wir haben ein Crowdfunding organisiert«, erklärt Adelaide schließlich.

»Das hat uns gerade noch gefehlt!« Seidewollemix verdreht die Augen.

»Wir wollen euch nicht behindern, nur regelgerecht an der Auktion teilnehmen.«

»Ihr spinnt doch alle.« Aber dabei hört sie sich an, als wollte sie uns ein Kompliment machen.

Adelaide dreht sich zu mir um. »Gea, wir haben alles unter Kontrolle. Es wird klappen.«

Sie so überzeugt zu sehen, lässt mich wieder Mut fassen.

»Es ist Zeit für die Fotos«, verkündet Adelaide und holt ihr Handy hervor.

Jetzt wird Aria lebendig. »Die Fotos, die Fotos! Ich helfe dir, Mamma.«

Adelaide fotografiert den Laden und alle möglichen Gegenstände aus den verschiedensten Blickwinkeln (»Wegen des Lichts!«). Ich bemerke ihren entschlossenen Gesichtsausdruck, die Energie, mit der sie sich bewegt, und muss an denjenigen denken, der versucht hat, ihr die Flügel zu stutzen. Stürzt sie sich deswegen mit so erstaunlicher Leichtigkeit wieder ins Leben? Um nicht mehr das Gefühl zu haben, in einer Falle zu sitzen?

Dorothy hätte sie gemocht, da bin ich mir sicher. Sie hätten Stunden auf den mit Brokat bezogenen Sesseln verbracht und sich unterhalten. Etwas, wozu ich überhaupt nicht in der Lage wäre. Wäre Adelaide an dem Tag bei mir gewesen, an dem ich zum ersten Mal hierherkam, hätte sie sich sofort die Tarotkarten legen lassen und diesem Jungen Ratschläge für sein Liebesleben gegeben.

Jetzt könnte sie alle ihre tollen Kleider anprobieren lassen und vielleicht sogar herausfinden, welche Göttin in jeder Kundin steckt, die hereinkommt. Ich sehe sie vor mir, wie sie mit einer Wolke aus dunkelrotem Tüll in den Händen hinter dem Paravent hervortritt und sagt: »Die Menschen sind wunderbar.«

»Komm, Gea, setz dich mal hierher und tu so, als würdest du die Figuren reparieren …«

»Aber …« Ich möchte einwenden, dass mich noch nie jemand fotografiert hat und ich wirklich keine Lust habe, jetzt damit anzufangen, noch dazu, wenn ich mich in Pose werfen soll. Aber da hat sie mir bereits eines meiner Porzellanfigürchen in die Hand gedrückt, und ich schaue rasch zu Boden, um der Kameralinse auszuweichen.

»Wunderbar … super«, wiederholt sie ständig und knipst in rascher Folge. »Ich spüre, jetzt geht was vorwärts!«

Als sie mit den Fotos fertig ist, umarmt sie mich hastig. »Ich muss jetzt zur Arbeit. Und du in den Kindergarten«, fügt sie, an ihre Tochter gewandt, hinzu. »Das Leben ist hart für diejenigen, die für eine bessere Zukunft kämpfen.«

Beatrice seufzt und schaut den beiden nachdenklich hinterher. »Ich weiß ja nicht, welchen Beruf ihr Vater ausübt, aber wenn er ein Geschäft hätte, bin ich sicher, dass er mehr als froh wäre, es ihr zu überlassen.«

41.

Beatrice hat das Mittagessen ausfallen lassen und tigert stattdessen nervös im Laden auf und ab, während ich an einer türkisfarbenen Truhe arbeite. Sie ist noch immer wütend auf ihren Vater. Ein gedemütigter Mensch ist ein verlorener Mensch. Die Welt sollte innehalten, diesen Menschen wahrnehmen und ihn trösten. Ich wünschte, ich könnte sie trösten, aber ich weiß nicht, ob es etwas nützt, meine Erfahrung mit ihr zu teilen.

Ich betrachte die türkisfarbene Truhe: Sie erstrahlt wieder in ihrem ursprünglichen Glanz, auch wenn die Flecken noch deutlich zu sehen sind. Wahrscheinlich sind sie auf den versehentlichen Kontakt mit einer Wärmequelle zurückzuführen. Aber ich finde, sie verleihen dem Möbelstück Charakter.

Plötzlich dreht Beatrice sich zu mir um. »Hör mal, ich glaube, du hast mich angesteckt.«

»Wie meinst du das?«

»Mir ist da eine verrückte Idee gekommen, die geht mir nicht mehr aus dem Kopf. Deswegen kann ich genauso gut versuchen, sie gleich in die Tat umzusetzen. Der *Deal* liegt jetzt in meinen Händen, ob es meinem Vater gefällt oder nicht. Räumlichkeiten wie dieses Geschäft stehen leer zum Verkauf, ohne etwas darin. Das heißt, alles hier drin gehört mir. Und das schenke ich euch. Bietet die Sachen zum Verkauf an. Wenn es euch gelingt, mit den Einnahmen daraus und dem Erlös aus dem Crowdfunding den Laden hier zu ersteigern, umso besser, wenn nicht, dann teilen wir uns den Gewinn.«

»Ist das dein Ernst?«

»Mir war noch nie ernsthafter zumute.«

Ich weiß nicht recht, wie ich reagieren soll, und kann gar nicht mehr aufhören zu grinsen.

Auch sie lächelt.

»Danke für deine verrückte Idee! Das ist sehr großzügig von dir. Ich werde mit Adelaide darüber sprechen.«

»Tu das, bevor ich es bereuen könnte.«

Mein Blick wanderte wieder auf die Truhe hinunter, als ich hinter dem Schaufenster eine Gestalt wahrnehme. Für einen Moment zweifle ich an meinem Sehvermögen, doch das Bild ist klar und deutlich. Übergangsmantel und hennafarbenes Haar: Signora Dalia.

»Ich habe kein Internet, um mir diese Website von euch anzuschauen. Also komme ich persönlich vorbei, wie man das früher gemacht hat«, verkündet sie, als ich zu ihr hinausgehe.

Fast klingt ihre kleine Spitze wie eine Verteidigung, als wollte sie sagen: Ich bin nicht von gestern. Aber ich bin so glücklich, dass sie hier ist, dass ich dem keine Bedeutung beimesse. Ich biete ihr sogar meinen Arm an, um sie in den Laden zu geleiten.

»Kommen Sie doch herein und schauen Sie sich selbst um«, fordere ich sie auf, und erstaunlicherweise kommt es mir so vor, als sähe auch ich alles zum ersten Mal.

Signora Dalia geht auf Erkundungstour durch den Laden, bemüht, sich ja nichts anmerken zu lassen. Aber sie ist so gerührt, was man ihr deutlich ansieht, dass sogar Beatrice mir einen fragenden Blick zuwirft, den ich mit einem beruhigenden Nicken beantworte.

»Das hast du gut gemacht, Schätzchen«, sagt Signora Dalia schließlich anerkennend und drückt meinen Arm. »Ja, das hast du gut gemacht.«

Sie schaut sich weiter alles genau an, bis sich eine Träne aus ihrem Augenwinkel löst, die sie umgehend mit dem Zeigefinger wegwischt. »Siehst du, warum ich nicht kommen wollte? Die Vergangenheit ist vergangen … Aber für dich ist sie Gegenwart. Und du bist ein liebes Mädchen. Und das ist wirklich eine tolle Leistung von euch. Ich wollte dir etwas sagen …«

Sie deutet auf das kleine Sofa im Hauptraum. »Setzen wir uns doch einen Moment. In Ordnung?«

Ich lasse mich neben ihr nieder; ich kann mir nicht vorstellen, was sie mir zu sagen haben könnte.

»Ich habe keine großen Ersparnisse«, beginnt sie. »Aber wenn ihr wollt, gebe ich euch meine Bilder, und ihr könnt versuchen, sie zu verkaufen.«

Sie würde uns ihre Kunstwerke überlassen? Ihre großen und kleinen Momente der Erlösung? Die Leinwände, auf die sie alles von sich hat einfließen lassen? Ihre Träume, ihre Schuldgefühle, ihre Einsamkeit?

»Ich möchte sie loswerden«, fährt sie fort. »Ich habe sie wirklich mal gebraucht, aber das ist jetzt vorbei. Ich habe mich wieder mit meiner wahren Liebe versöhnt: der Realität.«

»Nicht nur Freizeittreff, auch Beichtstuhl«, flüstert Beatrice mir zu. »Ich will mich nicht aufdrängen, ich gehe lieber«, fügt sie hinzu und schlängelt sich an uns vorbei.

»Jahrelang habe ich gedacht, mein richtiges Leben wartet vergebens darauf, dass ich den Mut finde, es zu leben«, setzt Signora Dalia wieder zu reden an, als wir allein sind. »Aber jetzt weiß ich, dass das nicht der Fall ist. Mein Leben ist das, was ich gelebt, nicht das, was ich mir vorgestellt habe. Das Mögliche erscheint uns immer besser als das, was wir haben. Aber was wir haben, ist real, das ist sein wahrer Wert.«

»Signora Dalia, Ihre Bilder sind wunderschön.«

Mag sein, dass ich an unbelebten Gegenständen hänge, als wären sie Menschen, aber was würden die Wände ihrer Wohnung dazu sagen? Und wie würde sie es schaffen, sich inmitten kahler Wände hinzulegen, ohne die Gesellschaft ihrer Bilder?

»Schätzchen, man muss lernen, loszulassen …«

Aber wie macht man das?, würde ich sie gerne fragen. Bringen Sie es mir bei! Vielleicht einfach so, indem man Mut schöpft in jedem Alter? Indem man Abschied nimmt von Bedauern und alten Sehnsüchten? Es gibt so viele Dinge, die ich gerne loslassen würde, angefangen bei bestimmten Gedanken. Und dann die Vergangenheit, die mich verfolgt wie ein Schatten, und dieses Gefühl der Unterdrückung und …

Ich suche gerade nach den richtigen Worten, als Angelina hereinkommt.

»Liebes«, sagt sie atemlos zu mir. »Du hast es gewusst? Das mit den Bussen und so?«

Schuldbewusst verziehe ich das Gesicht. »Ja. Aber ich wollte seinen Traum respektieren und …«

»Mach dir keine Sorgen. Ich weiß alles. Okay. Aber Busfahrer?! Ich verstehe ja, dass ihm das *Il Nulla* nicht gefällt. Wer kann es ihm verdenken. Die jungen Leute heutzutage wünschen sich andere Dinge. Ich verstehe ja, dass er gegen seinen Vater rebellieren will, ich verstehe, dass er es eilig hat, seinen eigenen Weg zu finden. Er war schon immer ein frühreifes Kind. Ich verstehe, dass er seine Großmutter sehr lieb hat … Das verstehe ich alles, aber nicht, dass er davon träumt, Busfahrer zu werden! In dem Alter träumt man doch davon, Astronaut zu werden, Filmregisseur oder, was weiß ich, Arzt!

»Ich habe davon geträumt, einen Eisenwarenladen zu eröffnen«, gestehe ich. »Aber wenigstens hat Eugenio einen Traum, nicht wahr? Außerdem muss es wahnsinnig Spaß machen, diese Dinosaurier der Straße zu fahren.«

»Wenn du es so siehst …« Angelina legt den Kopf schief und schaut mich an. »Einen Eisenwarenladen?«

»Ja«, sage ich und breite meine Arme aus.

Erst jetzt fällt mir auf, dass ich Angelina noch nicht mit Signora Dalia bekannt gemacht habe. Sie kennen sich vom Sehen, wie sie mir sagen, und scheinen sich ganz gut zu verstehen.

»Es hätte schlimmer für dich kommen können, meine Liebe«, sagt Signora Dalia, die sich aufgefordert fühlt, auch etwas zu sagen. »Busfahrer ist kein schlechter Beruf.«

Und jetzt kommt auch noch Adelaide. Ich eile ihr entgegen, da ich es kaum erwarten kann, ihr von Beatrices Angebot zu erzählen.

»Ah, jetzt ist sie also schon Beatrice …«, lautet ihr sarkastischer Kommentar, aber dann ist sie doch begeistert. »Ich wusste doch, dass man die Frau nur ein wenig wachrütteln musste.«

»Hallo, Mädels!«, ruft Priscilla, die jetzt ebenfalls in der Tür erscheint. »Wie schön, dass ihr alle hier seid. Ich wollte nur mal kurz vorbeischauen, auch wenn ich mir nach den Ereignissen vom Sonntag keine allzu großen Hoffnungen mehr mache.«

»Die Dinge haben eine unerwartete Wendung genommen.« Adelaide winkt sie herein, um ihr alles zu erzählen.

Schließlich lassen wir uns an dem kleinen Tisch nieder, um uns zu überlegen, wie es jetzt weitergehen soll.

»Da kommt mir eine Idee!«, erklärt Adelaide und strahlt plötzlich über das ganze Gesicht. »Warum organisieren wir am Samstag nicht einen großen Ausverkauf? Einen Nachbarschaftsverkauf?«

Alle klatschen begeistert in die Hände, während ich mich völlig überrumpelt fühle. »Einen Ausverkauf? Wie meinst du das?«

Adelaide erklärt, dass eine außerplanmäßige Ladenöffnung samt Verkauf aller Waren angesichts von Beatrices Angebot eine gute Möglichkeit wäre, Geld zusammenzubekommen und die Leute auf das Projekt aufmerksam zu machen. Der bloße Gedanke, mich von all diesen Gegenständen zu trennen, versetzt mir einen Stich, aber gleich darauf wird mir ganz warm ums Herz bei der Vorstellung, die Bewohner des Viertels mit ins Boot zu holen.

»Ich bringe was zu essen mit«, sagt Angelina und springt auf.

»Wir könnten uns auch was Schönes einfallen lassen und Stände bis auf den Bürgersteig hinaus aufstellen«, schlägt Priscilla vor. Man hört ihr an, dass sie große Lust hat, dabei mitzumachen.

Signora Dalia murmelt, dass sie uns da jemanden schicken könnte. Aus ihrem Bekanntenkreis.

»Gea, was meinst du?«, fragt Adelaide. »Sagst du denn gar nichts?«

»Und was ist, wenn niemand kommt? Wenn wir nichts verkaufen? Wenn der Tabakhändler uns boykottiert?«

»Wenn, wenn, wenn!«, schimpft Signora Dalia. »Und wenn die Welt untergeht?«

Genau!, möchte ich am liebsten erwidern.

»Wenn wir es nicht versuchen, werden wir nie erfahren, wie es hätte sein können«, wirft Adelaide ein. »Und wenn es tatsächlich so kommt, wie du befürchtest, dann hatten wir wenigstens unseren Spaß.«

»Na, gut.« Ich gebe auf.

Alle klatschen. Daraufhin holt Adelaide ein Notizbuch aus der Tasche und fängt an, eine Liste zu erstellen mit allem, was noch zu organisieren ist. Wir brauchen Einladungen, um sie in den Briefkästen des ganzen Viertels zu verteilen, wir müssen im Internet aktiv werden, wir müssen Schilder aufstellen, telefonieren, alle Bekannten persönlich verständigen, mit den Ladenbesitzern ringsum sprechen, Blogs und Nachrichtenseiten kontaktieren, die Behörden einschalten … Nein, die nicht. Die Liste wird lang und länger, und uns bleiben nur noch drei Tage.

Die Begegnung mit Adelaide ist mit das Wertvollste, was mir durch diese Geschichte widerfahren ist. Und das ist wahrhaftig nicht wenig. Den Kopf voller ermutigender Gedanken, gehe ich pfeifend nach Hause.

Als ich an dem roten Briefkasten an der Ecke vorbeikomme, wo die Straße, in der das *Nuovo Mondo* liegt, und die unsere aneinanderstoßen, bleibe ich stehen.

Stadt / Alle anderen Bestimmungsorte. Die perfekte Zusammenfassung des Briefs, den ich in Händen halte.

Ich puste vorsichtig auf den Umschlag, um ihm etwas Magie einzuhauchen.

Papà, am Ende der Auffahrt. Seine kräftigen Finger, die das Briefpapier mit den Giraffen umklammern, die Schmutzflecken, meine Worte. Mein Bruder und die Sehnsucht, ihn wieder in meiner Nähe zu spüren.

Ich bewege den weißen Umschlag mit der Adresse von La Rocca näher an den Schlitz heran. Ein Schwebezustand zwischen dem, was er in all den Jahren nicht war, und dem, was er sein könnte, wenn ich die Kraft finde, ihm nur einen kleinen Schubs zu versetzen, damit er zu meinem Vater fliegt bis in diesen entlegenen Winkel der Welt.

Ist er erst einmal im Innern des Kastens, würde er sich meiner Kontrolle entziehen und nicht mehr ausschließlich mir gehören. Und ob ich eine Antwort darauf erhalte oder nicht, wird das Leben entscheiden. Ich werde nur abwarten können, in dem Bewusstsein, dass ich alles getan habe, was in meiner Macht stand. Ich beiße die Zähne zusammen und atme tief ein, ehe ich den Umschlag sanft in den Briefschlitz schiebe, wo er auf all den anderen darunter landet. Jetzt hat er Freunde, ist nicht mehr allein. *Ciao*, Papà!

42.

Als ich neun Jahre alt war, begann ich, Briefe an Rossella, eine Freundin, zu schreiben. Sie wusste allerdings nichts davon.

Rossella war ein echtes Kind, aber keine wirkliche Freundin von mir. Ich träumte davon, dass sie es eines Tages werden würde, obwohl wir uns nur dann sahen, wenn ich meinen Vater zum Einkaufen in den kleinen Supermarkt in der nächsten Stadt begleitete. Zwanzig Kilometer waren es bis dorthin, davon fünf auf dem Schotterweg, der von La Rocca zur Landstraße führte.

Rossella saß meistens auf einem Hocker neben der Kasse, den Kopf über ein Schulheft gebeugt. Obwohl sie durch das Kühlregal teilweise verdeckt war, konnte ich sehen, dass auf dem Titelblatt Sailor Mercury abgebildet war, meine Lieblingsfigur der Sailors, mit der ich mich identifizierte. Ich kannte sie aus einem kleinen Comicheft, das einmal bei uns in einem Graben gelandet war und das ich seitdem behandelte wie einen alten, kostbaren Papyrus.

Rossella trug modische Kleider mit glitzernden Applikationen, nicht die abgelegten Sachen ihres älteren Bruders, wozu ich gezwungen war. Sie ging zur Schule und kannte deshalb alle anderen Kinder des Dorfes, die manchmal mit ihren Eltern in den Lebensmittelladen kamen, wenn auch wir dort waren, die sie aber, versunken in ihre eigene Welt, nur mit einem leichten Anheben des Kinns oder einem leisen »*Ciao*« begrüßte. Mich schaute sie nicht einmal an; für sie existierte ich nicht. Ich war mir jedoch sicher, dass das nur daran lag, dass sie mich noch nicht kannte.

Es war ihre geheimnisvolle und überlegene Art, die mich anzog, und die Melancholie und das Gefühl der Einsamkeit, das sie ausstrahlte, unterschieden sie von allen anderen Kindern. Ich war mir sicher, dass wir vieles gemeinsam hatten, Rossella und ich, auch wenn unsere Leben so verschieden waren. So stand beispielsweise auch ihr Schicksal von vorneherein fest. Sie hatte sogar schon angefangen, ihren Eltern im Laden zu helfen. Wenn sie nicht gerade auf ihrem Hocker saß und etwas in ihr Heft schrieb, räumte sie wenig begeistert die Regale ein und kassierte diejenigen Kunden ab, die es nicht sonderlich eilig hatten, ohne sich bei ihnen zu entschuldigen, wenn ihr ein Fehler unterlief. Ich musste nur die richtige Gelegenheit finden, sie anzusprechen, dann würde sich alles von selbst ergeben.

In meinem Kopf hatte ich mir die Szene schon hundertmal ausgemalt: Mein Vater würde etwas im Panda vergessen haben und mich endlich allein im Laden lassen. Ich würde an das Kühlregal herantreten und lässig zu Rossella bemerken, dass sie da ein sehr schönes Heft habe und dass auch ich Sailor Mercury sehr mögen würde, weil sie freundlich und eine Einzelgängerin war und Ärztin werden wollte.

Dann hätte ich Rossella gefragt, ob sie wüsste, dass das Schloss von Sailor Mercury Mariner Castle hieß, wegen *Mariner 10*, der ersten Sonde, die auf dem Merkur gelandet war. Merkur, ein leuchtender Stein voller Krater – ähnlich den Falten im Gesicht eines Matrosen –, die von unzähligen Kollisionen mit Asteroiden erzählten. Wir alle stoßen in unserem Leben mit Asteroiden zusammen, und Merkur machte keinen Hehl daraus. Da er keine Atmosphäre hatte, war sein Himmel auch tagsüber schwarz, und die Sonne erschien von dort aus dreimal so groß.

Nachdem ich Rossella das alles erzählt hatte, hätte ich sie nach ihrem Alter gefragt, um dann mit gespielter Überraschung festzustellen, dass wir gleich alt waren, was ich bereits wusste, da ich es sie einmal hatte sagen hören. Ich hätte sie auch gefragt, ob sie gerne in die Schule geht. Rossella hätte mit Staunen von meinem Leben am Rande des Waldes erfahren. Sie wäre von mir ebenso fasziniert gewesen wie ich von ihr, und wir hätten eine Brieffreundschaft geschlossen, in der wir unsere Weltanschauung geteilt hätten. In der Gewissheit, dass dies früher oder später geschehen würde, hatte ich bereits begonnen, ihr zu schreiben. Einer meiner Briefe lautete:

Liebe Rossella,
der wahre Grund, warum ich Merkur mag, ist der, dass er so schwer zu erforschen ist. Die Nähe zur Sonne macht es kompliziert, ihn zu erreichen, und erfordert eine sehr komplexe thermische Kontrolle der Sonden. Deshalb werden auch keine Expeditionen organisiert, um ihn aus der Nähe zu betrachten. Er ist einsam und geheimnisvoll, genau wie du und ich.
Wusstest du, dass es in den ersten ZWEI MILLIARDEN Jahren nach dem Urknall Leben auf der Venus gab? Dann wurde der Planet zu heiß, und alles ist verbrannt, das hat mir mein Vater erzählt. Ihm zufolge könnte das gleiche Schicksal, das die Venus ereilte, bald auch die Erde treffen.
Ich weiß, es ist nicht gut, schlechte Nachrichten zu überbringen, aber zu dir will ich ehrlich sein. Du bist meine beste Freundin. Hast du denn keine Angst?
Alles Liebe
Gea

Ich habe mich auf den Boden gesetzt und öffne die Mappe mit den Briefen, die ich im Laufe der Zeit an Rossella geschrieben habe. Sie gehören zu den wenigen Dingen, die ich in meinen Rucksack steckte, als ich aus La Rocca davonlief. Ich fange an, sie zu lesen, und weiß endlich, warum ich das Bedürfnis hatte, sie mitzunehmen: Sie waren ein wesentlicher Teil von mir, der Teil, den ich einem anderen gegeben hätte. Was wäre geschehen, wenn ich sie wirklich an den Lebensmittelladen geschickt hätte, dessen Adresse ich sorgfältig auf einem weißen Blatt Papier notiert hatte? Hatte mein Vater auch nur die geringste Ahnung davon gehabt, wie ausgehungert nach Beziehungen ich war? Welches verzweifelte Bedürfnis nach anderen Menschen ich hatte?

Das Einzige, woran ich in der Nacht meiner Flucht aus La Rocca denken konnte, war, dass ich in meinem ganzen Leben noch nie einen Freund gehabt hatte und dass ich vielleicht nie einen haben würde. Alles, was andere fühlten, blieb ein Geheimnis für mich, und was in mir vorging, wusste nur ich. Ohne es mit jemandem teilen zu können, schien es nicht einmal real zu sein.

43.

Sollen wir die kleine Couch nach draußen stellen?«, will Beatrice wissen, die nicht nur nicht abgesprungen ist, wie ich befürchtete, sondern uns auch noch tatkräftig unterstützt. »Oder meinst du, es regnet dann?«

Instinktiv schaue ich nach oben, aber dort ist keine Spur von Wolken zu sehen.

»Also, ich würde sie rausstellen«, erklärt Priscilla, ohne Beatrices ironischen Unterton mitbekommen zu haben. »Und ich würde noch einen Stuhl dazustellen, einen Sessel und vielleicht sogar noch einen kleinen Tisch. Wie den hier, den ich übrigens zu kaufen gedenke.«

Seit heute ist Priscilla eine unserer großzügigsten Unterstützerinnen. Mit all den Sachen, die sie im *Nuovo Mondo* kaufen will, wird ihre Wohnung endlich auch ihr Zuhause werden, wie sie sagt. Ein paar der Dinge, die wir gerettet haben, werden sie retten und sie ihrem wahren Selbst ein Stück näherbringen. Das ist meine konkrete Antwort auf die Frage, warum ich für diesen Ort kämpfe. Seit zwei Tagen und zwei Nächten bin ich damit beschäftigt, allem, was sich noch hier drin befindet, den letzten Schliff zu geben: Aschenbecher aus den Zwanzigerjahren des vergangenen Jahrhunderts, ein antikes Reiseschachbrett, unzählige Schilder, haufenweise Tischwäsche, Schmuck, Kandelaber, Gemälde, eine Golfausrüstung und Lampen in allen möglichen bizarren Formen.

Nicht alles wird zum Verkauf stehen. Einiges wird als Grundausstattung für den Laden erhalten bleiben. Zum Beispiel alles in dem kleinen Salon, in dem Dorothy mit ihren Freundinnen zusammensaß – das Teeservice, ihre Keramikgans, das Klavier. Wir waren uns alle einig, dass der Laden, sollte er jemals wiedereröffnet werden, nicht ohne diese Dinge auskommen kann. Sie machen seine Identität aus.

»Angelinas Kuchen und ihr Gebäck könnten wir doch hier auf das Klavier stellen«, schlägt Adelaide vor. »Was meint ihr?«

Es ist fast Mittag, uns bleibt nicht mehr viel Zeit, bevor wir aufmachen. Priscilla ist die mit dem größten Organisationstalent und teilt uns alle ein: Adelaide wird mit mir die sperrigsten Möbel verrücken, die noch im Weg stehen, Beatrice wird die kleineren Gegenstände arrangieren, Aria wird überall Staub wischen und die Kassennische vorbereiten.

»Aber wie viele schöne Töchter, Madama Dorè, aber wie viele schöne Töchter …«, fängt Aria zu singen an und lässt zufrieden den Staubwedel kreisen. *»Ma quante belle figlie!«*

»Sie sind wunderschön, und ich behalte sie bei mir«, stimmt ihre Mutter mit ein, *»sie sind schön und …«* Nach einem Blick auf ihr Handy verstummt sie jedoch. »O Gott!«

»Habt ihr gerade ein anonymes Angebot über eine Million Euro bekommen?«

Voller Entsetzen blickt Adelaide erst zu Beatrice, die das soeben gesagt hat, dann zu allen anderen, ehe ihr Blick wieder auf das Display zurückkehrt und sodann wieder uns gilt. Schließlich reicht sie mir das Telefon mit spitzen Fingern, als wäre es eine Bombe, die gleich explodieren wird. Nach guten Nachrichten sieht das nicht aus.

Auf dem Display ist der Chatverlauf unserer Crowdfunding-Seite zu sehen, ebenso eine Nachricht, die offenbar dort aufgeploppt ist:

Ihr könnt es gern versuchen, ihr blöden Schnepfen. Ihr könnt gern heute Nachmittag euer dummes kleines Theater aufführen. Aber ich rate euch, räumt das Geschäft so unauffällig wie möglich leer, anstatt euch in Dinge einzumischen, die euch nichts angehen. Denn sagt nicht, ich hätte euch nicht gewarnt.

Passiert das wirklich? Die Nachricht ist anonym, das ist möglich auf der Website. Ich schaue die anderen an, die natürlich wissen wollen, was los ist. Ich wünschte, ich könnte laut vorlesen, um sie teilhaben zu lassen, und ich wünschte, ich könnte es mit Lockerheit oder zumindest mit einer gewissen Zuversicht tun, aber mir verschwimmt alles vor den Augen. Ich drücke Adelaide das Telefon wieder in die Hand, lasse mich auf einen Stuhl fallen und höre zu, wie sie mit wütender Stimme die Drohungen wiederholt, die wir erhalten haben.

Eine Zeit lang macht keine von uns den Mund auf. Die angespannte Stille wird jäh durch Angelinas Ankunft unterbrochen.

»*Voilà!*« Gut gelaunt stellt sie zwei Bleche mit frischem Kuchen auf die Ablage der Kasse. Eine köstliche Duftwolke verbreitet sich in der Luft. »Häh? Was ist denn los?«

Adelaide hält ihr das Telefon hin, damit sie selbst lesen kann. Angelina kramt in ihrer Tasche nach ihrer Brille. »Worum geht es denn?«, fragt sie, aber keine von uns bringt auch nur ein Wort heraus. Endlich greift sie nach dem Handy, und während sie liest, wird ihre Miene immer ernster.

»Gütiger Himmel!«, ruft sie schließlich, und auf ihrem Gesicht spiegeln sich Wut und Empörung. »Wer könnte das gewesen sein?«

Ohne uns abzusprechen, haben wir alle an dem üblichen kleinen Tisch Platz genommen. Beatrice ist als Einzige stehen geblieben und lehnt sich mit verschränkten Armen an die Lehne meines Sessels.

»Das muss der Tabakhändler gewesen sein …«, spekuliere ich.

»Ich bin mir fast sicher«, meint Adelaide seufzend.

»Es sei denn, es war mein Mann«, ruft Angelina und betupft sich die Stirn mit einem Taschentuch.

Priscilla lacht, sie hält das für einen Scherz, besinnt sich aber gleich eines Besseren.

»Es gefällt ihm nicht, dass ich jetzt weniger Zeit für unser Geschäft habe«, fühlt Angelina sich zu erklären genötigt. »Für *sein* Geschäft, zumindest auf dem Papier. Ihn ödet dieser ganze ›Kleinkram‹, wie er sich ausdrückt, ziemlich an.« Sie zuckt mit den Schultern. »Trotzdem glaube ich nicht, dass er zu so etwas fähig ist. Nicht zuletzt aus dem einfachen Grund, weil er nicht einmal weiß, was das ist, ein Crowdfunding.« Diesmal ist sie es, die kurz auflacht.

»Und wenn es unser Querulant war?« Die Frage stelle ich mehr mir selbst als den anderen.

»Wer?«, wollen die anderen unisono wissen.

»Nein, nichts, der Ehemann einer Nachbarin, der Anwalt mit dem Sondermodell. Ich glaube, er hasst mich.«

»Ah, der, der sich für einen Sheriff hält«, erwidert Priscilla. »Ich glaube nicht, dass der sich so weit herablassen würde.«

»Nein«, gebe ich ihr recht. »Ich glaube nicht, dass er es war. Auch nicht dein Mann, Angelina. Und schon gar nicht der Paragrafenreiter von dem Burgerladen. Sehen wir der Realität ins Auge … Es kann nur unser Nachbar hier gewesen sein.«

Angelina beugt sich vor. »Was kann er uns denn schon anhaben?«

Ich zucke mit den Schultern. »Alles Mögliche. Der Laden ist verwundbar, wir sind verwundbar …«

»Genau das will er uns doch einreden!«, ruft Adelaide.

»Dürfte ich vielleicht auch etwas sagen, da dieser Ort hier, technisch gesehen, immer noch mir gehört?«, wirft Beatrice ein.

Unser aller Blicke richten sich auf sie.

»Der Tabakhändler fürchtet Konkurrenz bei der Auktion, aber vor allem fürchtet er, dass er keinen Kredit von seiner Bank bekommt. Mir ist gerade aufgefallen, dass die Nachricht ungefähr drei Stunden alt ist. Aber vor etwa einer Stunde hat er mich angerufen: Er war völlig aus dem Häuschen, weil er den Kredit bekommen hat. Er wird also sein Angebot abgeben können, und das sollte ausreichen, um ihn fürs Erste ruhigzustellen. Aber sicher können wir uns deswegen noch lange nicht fühlen …«

Wir nehmen ihre Nachricht mit einer gewissen Erleichterung auf, aber bald kehrt wieder nachdenkliche Stille ein, in der jede sich so ihre eigenen Gedanken macht. Was, wenn nicht er es war, sondern ein Feind, den wir noch nicht kennen?, überlege ich. Was, wenn wir den Angriff nicht abwehren können?

Es ist Adelaide, die schließlich das Schweigen bricht. »So oder so, wir sollten uns das nicht zu Herzen nehmen. Was geben wir für ein Bild ab, wenn wir schon beim ersten Versuch, uns einzuschüchtern, einknicken? Okay, ein paar Leute aus der Nachbarschaft mögen uns nicht. So absurd es auch klingen mag, sie sehen uns als Bedrohung an. Im Übrigen sind Menschen, die sich zusammentun, immer eine Bedrohung, vor allem, wenn es sich um Frauen handelt … Und wenn schon? Glauben die Leute denn wirklich, dass sie das Problem mit Gewalt lösen können?«

»Leider ja«, erwidert Priscilla, »man muss doch nur die Zeitung aufschlagen.«

»Okay. Aber wir sind viele, wir sind zusammen …«

»Wir wissen uns zu verteidigen«, füge ich hinzu.

»Das wird sich noch zeigen, wie wir uns verteidigen werden«, antwortet Priscilla. »Für rechtliche Angelegenheiten wisst ihr ja, an wen ihr euch wenden müsst, aber für den Rest …«

Dafür bin ich da, liegt mir auf der Zunge.

»Der erste Schritt, uns zu verteidigen, ist der, keine Angst zu haben«, beharrt Adelaide.

Wenn es wirklich der Tabakhändler war, dann weiß ich, was er vorhat. Er ist sich seiner Sache so sicher, dass er sich in die Karten hat schauen lassen. Und zwar zu einem Zeitpunkt, als noch kein Anlass zu Argwohn bestand, und wie es das Schicksal wollte, hat er es ausgerechnet zu mir gesagt.

»Wir können den Kerl unschädlich machen«, erkläre ich mit großer Entschiedenheit.

Ich würde gerne noch eine Reihe von Garantien hinzufügen: mein technisches Wissen etwa, das, was ich ihn haben sagen hören, den Plan, den ich im Kopf habe, aber ich hätte in dem Moment nicht gewusst, wo ich anfangen sollte, um mich verständlich zu machen.

»Vertraut ihr mir?«, frage ich stattdessen aus einem plötzlichen Impuls heraus.

Neugierig schauen sie mich an. Ich weiß nicht, warum ich gefragt habe, ich weiß nur, dass es mir guttun würde, ein Ja als Antwort zu bekommen.

Wir sitzen noch immer um den niedrigen Tisch herum, in einem blitzeblank aufgeräumten, wohlduftenden Ladengeschäft, das in Kürze seine Pforten öffnen wird. Von außen betrachtet, sehen wir bestimmt aus wie eine Gruppe von Freundinnen, die sich über Gott und die Welt unterhalten. Denn Freundinnen sind wir doch, oder?

»Aber natürlich vertrauen wir dir, Süße!«, ruft Angelina.

Eine nach der anderen bestätigt mir das ebenfalls.

»Also, dann sollt ihr wissen, dass ich einen Plan habe«, erwidere ich erleichtert. »Und jetzt amüsieren wir uns.«

Und ich kann nicht glauben, dass tatsächlich ich das war, die das gerade gesagt hat.

44.

Trotz der leicht gedrückten Stimmung stoßen wir im Hinterzimmer mit einer Flasche Spumante an und zwingen uns, nicht an die Drohungen zu denken.

»Es ist schon ein Erfolg, dass wir es so weit geschafft haben«, erklärt Adelaide und entkorkt die Flasche. »Und …«, sie schaut auf ihr Handy, »wir haben schon ein Viertel der nötigen Summe beisammen!«

Mehrere Online-Zeitungen haben über uns berichtet, und die Handzettel müssen auch etwas bewirkt haben.

»Und ihr meint, die restlichen drei Viertel werdet ihr heute zusammenbekommen?« Beatrice wirkt enttäuscht.

»Alles ist möglich, jetzt komm schon«, fordert Priscilla sie auf, aber sehr überzeugt scheint sie mir nicht zu sein.

Wir haben zwar viele wertvolle Sachen hier im Laden, aber das reicht sicher nicht, um damit drei Viertel des Mindestwerts dieses Geschäfts zu erzielen, selbst wenn wir heute alles verkaufen. Adelaide ist jedoch fest überzeugt, dass die Öffnung des Ladens Geldgeber aus der Nachbarschaft anlocken wird, auch von außerhalb.

»Wir müssen uns einfach von unserer Begeisterung leiten lassen«, ermahnt sie uns. »Und die anderen damit anstecken.«

Das *Il Nuovo Mondo* tatsächlich wiederzueröffnen, ist überwältigender als jeder Traum. Ich spüre, wie ich ganz flach atme und wie mir Schauer über den Rücken laufen. Die bange Sehnsucht, die ich als Kind bei der Vorstellung empfand, einmal mein eigenes Geschäft zu führen, hat sich verstärkt. Aber ich bin nicht allein.

Zum ersten Mal seit wer weiß wie langer Zeit habe ich das Gefühl, dass mir nichts passieren kann, dass sich immer jemand für mich einsetzen wird.

»Es ist jetzt drei Uhr!«, verkündet Adelaide und trinkt den Spumante mit einem Schluck aus. »Der Laden ist hiermit offiziell für das Publikum eröffnet!«

Sie wird die Kunden empfangen und ihnen unser Projekt vorstellen. Angelina wird sich um die Erfrischungen kümmern: Tee und Gebäck, wie es Tradition ist. Priscilla ist für den Verkauf von Dalias Bildern zuständig. Ich werde die Oberaufsicht haben.

Ich beziehe Posten draußen vor der Tür. Der Tabakhändler patrouilliert mit grimmigem Blick auf der Straße und schaut scheel auf die kleine Sitzgruppe, die wir am Eingang arrangiert haben, ehe er, die Faust schüttelnd, wieder in seinen Laden zurückkehrt. Dabei brüllt er etwas, das ich nicht verstehen kann.

Erst jetzt bemerke ich die Dichterin, die mit einem Stift in der Hand auf dem Bürgersteig gegenüber sitzt und auf ein schmutziges Blatt Papier starrt. Eine der Einladungen, die ich in der Nachbarschaft verteilt habe, lugt zur Hälfte aus ihrer Tasche hervor. Sie zu sehen, macht mich glücklich, aber dann lenkt mich die Ankunft einiger neugieriger Kunden ab.

Adelaide ist für Small Talk und Verkauf zuständig. Ein paar der Loftbewohner scheinen sich für den – wahrscheinlich – englischen Wandteppich zu interessieren, der eine Jagdszene darstellt. Er ist unser wertvollstes Stück. Adelaide bewegt sich mit Sicherheit und Anmut in der Menge. Ihre Erfahrung im Umgang mit Kunden kommt uns jetzt zugute. Sie ist die perfekte Empfangsdame.

Ich versuche, mich im Hintergrund zu halten, während ich sie beobachte. Ich habe sie gebeten, mich aus solchen Situationen herauszuhalten. Sie scheint es sich zu Herzen genommen zu haben, denn sie bittet mich nicht, mich zu ihnen zu gesellen. Kurz darauf laufen die Loftbewohner an mir vorüber, ohne den Wandteppich oder etwas anderes gekauft zu haben. Adelaide verdreht aus der Ferne die Augen.

Als erstes für mich bekanntes Gesicht trifft nun die Frau unseres Querulanten ein. Schüchtern betritt sie den Laden, schaut sich um und fängt an, die Schilder zu lesen.

»*Ciao*, Gea«, ruft sie, als sie nach einer Weile auf mich zukommt. »So viele interessante Sachen, meinen Glückwunsch.«

»Danke, ja, stimmt …« Ich bin ein wenig befangen wegen ihres Mannes.

»Ich lasse dich lieber wieder in Ruhe und schaue mich noch ein wenig um«, sagt sie.

Eingehend betrachtet sie einen niedrigen Tisch und wendet sich dann einem Mann hinter ihr zu, der gerade einen orangefarbenen Sessel hochhebt, eine Art Barbarenthron, eines dieser Objekte, von denen ich sicher war, dass sie niemand kaufen würde. Als er sich umdreht, erkenne ich den Querulanten. Unglaublich, er ist es tatsächlich! So vernarrt, wie er in seinen Sessel ist, hebt er ihn mit aller Kraft hoch und trägt ihn allein zur Kasse. Ich gebe Adelaide ein Zeichen, dass sie ihn abkassieren soll, damit er es sich ja nicht anderes überlegt, wenn er mich sieht, und in dem Moment kommt auch noch Lucilla von der Eisdiele auf mich zu, der es ein altes Reklameschild für Sammontana-Eis angetan hat. »Das ist genau das Richtige für meine kleinen Kunden. Es wird ihnen super gefallen.«

Es kommen immer mehr Leute, darunter auch viele der alten Bewohner des Viertels. Alle sind äußerst gesprächig und neugierig, oft geradezu überschwänglich. Einige haben Geschichten über Dorothy zu erzählen, wie die Frau aus dem Naturkostladen, die ihre Kopfschmerzen behandelte.

»Auch meine Mutter hatte oft Kopfschmerzen, sie nahm ätherisches Lavendelöl dagegen, das wir zu Hause herstellten«, erzähle ich in der Hoffnung, dass meine Mutter uns von dort oben zuschaut.

»Richtig, Lavendel«, bestätigt die Naturkostfrau und stellt ein paar Fläschchen aus Muranoglas neben die Kasse.

Geppo, der Eisenwarenhändler, ersteht für seine Frau eine lackierte Brosche aus den Sechzigerjahren. Vor lauter Begeisterung gibt sie mir einen Kuss auf die Wange. »Seit dreißig Jahren hat er mir nichts mehr geschenkt!« Dann zwinkert sie mir verschwörerisch zu. »Weißt du eigentlich, dass du deiner Großmutter sehr ähnlich siehst? Du solltest auch ab und zu mal ein Kleid anziehen!«

»Bald wird es hier drin auch Kleider geben, Sie werden schon noch sehen. Und die habe alle ich genäht«, wirft Adelaide ein, die gerade hinter uns vorbeigeht. »Früher oder später wird dann auch Gea eines anziehen.«

»Tut mir leid, aber ich fühle mich sehr wohl in meiner Latzhose …«

Kurz nach fünf Uhr hat Signora Dalia ihren Auftritt.

»*O, Signore!*«, ruft sie aufgeregt, als sie den Laden betritt.

Huldvoll nickt sie allen, die sie grüßen, zu. Eigentlich hatte sie gewollt, dass ihre Bilder anonym verkauft werden, aber jetzt bleibt sie zögernd in der Nähe stehen. Offensichtlich ist sie doch neugierig, wie die Geschäfte laufen. Unter den Käufern befindet sich auch das Frauchen des Dalmatiners – zweiter Stock, Treppenhaus A –, die eine Vedute auf Warschau erwirbt. Priscilla beglückwünscht sie zu ihrer Wahl und beobachtet amüsiert, wie die Kundin sich anschließend auf den Schokoladenkuchen stürzt.

»Na, du Hübsche, du bist heute ja gar nicht vorbeigekommen.« Alì steht plötzlich mit einer Tüte voller Kräuter, Spargel, Artischocken und grünen Bohnen in der Hand mitten im Laden. »So etwas spricht sich natürlich schnell rum in der Nachbarschaft«, erklärt er und überreicht mir als Antwort auf mein stummes Staunen die Tüte.

»Danke! Heute gibt's zwar keine Brioche, aber auf dem Klavier steht Kuchen. Nimm dir, was du willst«, antworte ich.

Aus dem Augenwinkel bemerke ich, dass in dem Moment jemand auf mich zukommt, es sich plötzlich jedoch anders zu überlegen scheint und eine linkische Kehrtwendung macht. Achille hat auch heute wieder sein Lieblingssweatshirt an. Er ist gekommen!

Der Laden füllt sich immer mehr. Nachdem ich Alì begrüßt habe, mache ich Anstalten, auf Achille zuzugehen, traue mich aber nicht so recht. Stattdessen winke ihm aus der Ferne zu. »Schön«, formuliert er lautlos mit den Lippen und deutet um sich. Dann konzentriert er sich auf das Schild, das an einem Ölporträt befestigt ist.

»Du hättest mich ja auch persönlich einladen können … aber wie du siehst, bin ich nicht nachtragend«, sagt er zu mir, als wir endlich nebeneinanderstehen, ohne zu wissen, wer von uns beiden den ersten Schritt gemacht hat. Das allgemeine Chaos ringsum hat wohl geholfen.

»Das hier würde ich übrigens gerne kaufen.« Er hebt einen Kupferstich mit Wasserzeichen aus dem achtzehnten Jahrhundert hoch, auf dem eine Reihe von Fossilien abgebildet sind. Den hatte ich extra gut sichtbar für ihn aufgestellt.

»Keine Sorge, du musst eine Null vom Preis abziehen«, beeile ich mich zu erklären. Ich hatte einen falschen Preis hingeschrieben, damit niemand auf die Idee kommt, den Stich zu kaufen.

Erleichtert atmet er auf. »Ich hätte sonst einen Kredit aufnehmen müssen.«

»Oder ein Crowdfunding anleiern.«

»Wäre wirklich cool, wenn der Laden hier wieder offen hätte. Obwohl … Hättest du dann noch Zeit, mir Briefchen zu schreiben?«, fügt er hinzu, dreht sich um und geht vor mir zur Kasse.

»Wer weiß …«, entgegne ich mit klopfendem Herzen und wickle den Stich sorgfältig in Packpapier ein.

Er will gerade etwas sagen, als Eugenio hereinplatzt. »Hey! Hier sieht es ja aus wie in deiner Schatzkammer in höchster Potenz!«

Eugenio! Ich habe ihn seit dem Morgen, an dem ich ihn im Bus entdeckt habe, nicht mehr wiedergesehen.

»Welche Schatzkammer?«, wiederholt Achille fragend.

»War sie etwa nicht auf der Liste? Hör mal, Eugenio, deine Mutter steht da drüben und hält Hof.«

Wir schauen ihm beide versonnen nach, als er zu ihr hinübergeht.

»Tja, ich bin dann mal weg«, sagt Achille unvermittelt. »Die Fossilien warten auf mich.«

»Geduld sollten sie eigentlich haben … Aber klar, man kann sie nicht lange allein in der Badewanne lassen.«

Er lacht. »Wenn erst der Maschendraht am Boden der Obstkisten ist, dann sieht die Sache schon ganz anders aus.« Er zwinkert mir zu.

Ich will gerade etwas erwidern, als Eugenio mit einer silbernen Krawattennadel zu mir zurückkommt.

»Für die Zeit, wenn ich mal Busfahrer bin«, verkündet er und reicht mir das Geld.

Ich schaue mich nach Achille um, aber er ist bereits in der Menge verschwunden, die dann auch mich verschluckt. Ich muss Dutzenden von Leuten Erklärungen geben, komme kaum mehr zum Nachdenken, und die Zeit bis zum Abend vergeht wie im Flug.

Fast alle sind schon gegangen, als ich Trofeo bemerke. In seinem Trainingsanzug läuft er allein im Laden herum, ich hatte ihn nicht kommen sehen. Ich lege ihm eine Hand auf die Schulter.

»Du bist hier«, sage ich zu ihm.

Er dreht sich um. Ich versuche, sein Schweigen zu entschlüsseln. Ist es das Schweigen, wenn er ungeduldig ist, weil die Dinge nicht so laufen, wie sie sollten? Oder das, wenn er müde ist und einfach nur im Bett liegen möchte? Ist es das Schweigen, wenn er das Gefühl hat, keine Worte mehr zu haben für diese Welt? Nein. Mir scheint es eher das zu sein, wenn er schöne Dinge sieht und sich darüber freut.

Er hebt seinen Arm und hält mir eine kleine, handbemalte Keramikschüssel vor die Nase. Er denkt dabei sicher an Pelé, denn auch mir kam er in den Sinn, als ich sie das erste Mal sah.

»Bravo, gut gemacht«, sagt er plötzlich und schaut mir fest in die Augen, nachdem er das Wechselgeld genommen hat.

Da ist er also, der Klang von Trofeos Stimme, stark und zerbrechlich zugleich, wie die Eisschicht, die im Winter die Seen bedeckt. Im Leben eines jeden geschehen außergewöhnliche Ereignisse. Den Traumjob zu bekommen, die Liebe zu finden, eine Religion zu entdecken. Es gibt auch Menschen, die sich von der plötzlichen Wiedereröffnung eines Ladens überwältigen lassen oder davon, endlich die Stimme eines Freundes zu hören.

Ich lächle ihn an und versuche, die Tränen zurückzuhalten, aber sie strömen unkontrolliert, als hätten sie einen eigenen Willen. Wer weiß, wie lange sie schon da waren und nur auf diese Gelegenheit gewartet haben.

»Gratuliere auch dir«, erwidere ich, und ich glaube, er versteht, was ich meine.

45.

Mir scheint, das war ein großer Erfolg«, lautet Beatrices Kommentar am Ende des Tages, als sie mit uns zusammen den Laden aufräumt, der jetzt zur Hälfte leer ist.

»Sieht fast so aus«, muss ich zugeben. »Aber wir müssen erst mal rechnen …«

»Dann machen wir das gleich. Keine Rechnung ohne den Wirt«, sagt Beatrice und klopft sich auf die Brust.

»Damit können wir wirklich zufrieden sein«, erklärt Adelaide, nachdem sie die Einnahmen aus dem Verkauf bekannt gegeben hat. Mit den Erträgen des Crowdfundings ist sie jedoch weniger zufrieden. »Toll daherreden können sie alle, aber dann …«

»Die Summe, die wir zusammenkriegen sollten, war doch unvorstellbar hoch, ein Drittel haben wir immerhin«, tröste ich sie. »Das ist schon eine Menge.«

»Sehr viel sogar«, bestätigt Beatrice. »Und ich muss gestehen, ich hätte keinen Pfifferling darauf gewettet, dass ihr überhaupt so viel Geld zusammenbekommt.«

»Tatsache ist aber leider, dass wir mehr als das Doppelte brauchen, nur um den Ausrufpreis zu erreichen«, gebe ich zu bedenken. »Wir haben es versucht, wir sind gescheitert.«

»Dann versuchen wir es einfach noch mal, man kann immer besser scheitern«, versucht Priscilla uns aufzumuntern. »Ich weiß, wovon ich rede, auf dem Gebiet kenne ich mich aus.«

»Es hat trotzdem Spaß gemacht«, sage ich.

Adelaide hat nur ein mattes Lächeln für mich übrig, ehe sie Aria holt, die die ganze Zeit über auf dem Sofa saß und sich auf dem Handy Zeichentrickfilme ansah. Zusammen machen sie sich auf den Heimweg. Nur das kleine Mädchen winkt uns zum Abschied zu.

»Kopf hoch, ihr habt ja noch sechs Tage Zeit.« Beatrice klopft mir auf die Schulter. »Da war mal einer, der hat in sechs Tagen die Welt erschaffen.«

»Haben alle Immobilienmakler so einen Sinn für Humor?«, frage ich lachend.

»Oh, aber als Immobilienmaklerin bin ich ja völlig ungeeignet … Das haben wir doch jetzt amtlich.«

»Vielleicht überlegt es sich dein Vater doch noch mal.«

»Er ist nicht der Typ, der es sich anders überlegt. Darauf hat er eine ganze Karriere aufgebaut. Aber ich habe eine neue Idee.«

»Eine Idee?«

»Die erzähle ich dir, wenn ihr euer Angebot abgegeben habt.«

»Also nie.«

»Wir werden ja sehen. Heute Abend habe ich auf jeden Fall genügend begeisterte Kommentare gehört. Sag niemals nie.«

Ohne lange zu überlegen, beuge ich mich vor und nehme sie in den Arm. Beatrice stutzt, erwidert meine Umarmung aber.

Bevor ich das Geschäft verlasse, verabschiede ich mich stumm von den wunderbaren Dingen, die sich dort befinden, von denen, die ein neues Leben vor sich haben, und von den anderen, die noch bleiben.

»Wir haben wirklich gute Arbeit geleistet«, flüstere ich.

Dann schließe ich die Tür hinter mir ab. Auf dem Bürgersteig gegenüber sitzt noch immer die Dichterin. Ich gehe zu ihr hinüber und reiche ihr ein in Folie eingewickeltes Stück Schokoladenkuchen. Sie blickt auf, nimmt es ungerührt entgegen und reicht mir das Blatt Papier, das sie in der Hand hält. Schließlich ist Samstag. Ich gehe ein Stück weiter und lese im Schein der Straßenlaterne.

inseln
über brücken vereint
zu familien

Ich bin versucht, das Gedicht aufzuheben, aber dann beschließe ich, mich an die Tradition und an meine nachbarschaftliche Kreislaufwirtschaft zu halten. Ich gehe weiter bis zur Brücke, um das Blatt Papier dort abzulegen, in der Hoffnung, dass es bis morgen früh, bis die Friedensrichterin vorbeikommt, noch da sein wird.

46.

Bin ich zu früh?«, frage ich.

Adelaide hat mir im Schlafanzug aufgemacht, die Augen verquollen, das Haar zerzaust, und scheint mich kaum wiederzuerkennen. Ihre anfängliche Verwirrung äußert sich lautmalerisch in einem doppelten überraschten »Oh«.

»Wie spät ist es?«, murmelt sie und gähnt ausgiebig.

»Fast zehn Uhr«, antworte ich, großzügig aufrundend, denn eigentlich ist es erst kurz nach neun.

»Vielen Dank, aber wir haben kein Interesse«, sagt sie und tut so, als wollte sie mir die Tür vor der Nase zuschlagen.

»Aber ich habe eine gute Nachricht.«

Nur deswegen habe ich überhaupt den Mut aufgebracht, um bereits um diese Zeit unaufgefordert hier aufzutauchen. In aller Eile bin ich aus der Wohnung gerannt, ohne das Gas abzudrehen, nur mit den Socken an den Füßen.

»Entweder es ist wirklich ein Wunder geschehen oder ich komme in einer Stunde bei dir vorbei«, erwidert sie. »So viel Zeit brauche ich nämlich, um unter einer heißen Dusche Müdigkeit und Enttäuschung von mir abzuwaschen. Aria schläft übrigens noch.«

»Es scheint sich tatsächlich um ein Wunder zu handeln.«

»Um was für ein Wunder?«

»Das habe ich auch noch nicht ganz begriffen.«

»Dann ist sicher ein Haken dabei«, brummelt sie, fordert mich aber trotzdem auf, ihr in die Wohnung zu folgen.

Meine Füße freuen sich, in Kontakt mit dem warmen Parkettboden und dem langflorigen Teppich im Wohnzimmer zu treten, während ich Adelaide folge und dabei einen Slalomkurs zwischen Puppen, Malstiften, Bändern, Röcken, Kleidern und Blusen absolviere. Dabei bemerke ich das goldfarbene Unterkleid, das sie mich hatte anprobieren lassen und das jetzt zerstückelt auf dem Boden liegt. Daneben, einer Mordwaffe gleich, eine Stoffschere. An dem Massaker ist wohl nur meine Unschlüssigkeit schuld, was ich sehr bedaure. Was wird jetzt daraus?

»Machst du den Kaffee?« Adelaide deutet auf den Espressokocher neben der Küchenspüle, setzt sich an den Tisch und lässt den Kopf auf ihre verschränkten Arme sinken.

Ich habe letzte Nacht fünf Stunden am Stück durchgeschlafen. Achille war so freundlich, nicht auf meinem Kopf herumzutrampeln. Schade nur, dass der erholsame Schlaf in einem Albtraum endete. Es ist immer derselbe: Ich laufe mit dem Schlafsack auf dem Rücken durch den Wald und rufe meinen Vater, bekomme als Antwort aber nur ein Echo. Mein Bruder ist nicht bei mir, und im Traum wird mir klar, dass es ihn nie gab, dass Andrea nur ein Hirngespinst von mir war. Im Dahineilen stelle ich fest, dass der Wald im Kreis verläuft und dass ich in Wirklichkeit nach La Rocca zurückkehre, statt daraus zu fliehen, wie ich glaube. Voller Panik bin ich aufgewacht, und in dem Moment hat das Telefon geklingelt.

»Also?«, fragt Adelaide, ohne den Kopf zu heben.

»Ich habe gerade einen Anruf erhalten. Von Margarets Sekretärin. Ich habe kein Wort verstanden, bin aber optimistisch.«

Ich stelle den Espressokocher auf den Herd. Dass ich optimistisch bin, ist vielleicht das größte aller Wunder, und Adelaide scheint das auch zu begreifen. »Willst du mir damit sagen, dass du nicht mit einer Katastrophe rechnest? Dass wir nicht einen Schritt von einem epochalen und endgültigen Scheitern entfernt sind?«, entgegnet sie.

»Möglicherweise. Rufen wir sie schnell an, bevor sie ihre Meinung ändert oder ein Asteroid auf die Erde trifft. Ich verlasse mich auf deine Fähigkeiten als Dolmetscherin.«

Es verleiht mir ein Gefühl von Leichtigkeit, über meine fixen Ideen zu scherzen.

»Ihre Meinung ändern in Bezug auf was?«, fragt Adelaide.

»Wie gesagt, ich habe kein Wort verstanden, aber sie hörte sich an wie jemand, der dir einen Rettungsring zuwirft, während du am Ertrinken bist.«

»Und du hattest nicht den Eindruck, dass es sich dabei um einen Notfall handelt.« Adelaide macht mir ein Zeichen, ihr mein Telefon zu geben; allmählich kehrt ihr gewohntes Strahlen zurück.

Rasch scrollt sie durch die Liste der eingegangenen Telefonate und startet den Anruf. Sie drückt auf die Freisprechtaste, wartet, nagt mit konzentrierter Miene an ihrer Unterlippe.

Ein Teil von mir hofft, dass niemand abnimmt. Eigentlich möchte ich gar nicht wissen, was Margaret uns tatsächlich mitzuteilen hat. Gleichzeitig wünsche ich mir nichts sehnlicher, als es zu erfahren, und plötzlich spüre ich, wie mich doch noch die Angst packt.

Heiser und lang anhaltend läutet das Telefon in Park Crescent. Ich lasse meiner Fantasie freien Lauf. Ich sehe ein Arbeitszimmer, dessen Wände mit antiken Bänden bedeckt sind; auf der einen Seite ein rotes Samtsofa, in der Mitte zwei Ledersessel vor einem Mahagonischreibtisch. Das Läuten durchbricht die Stille des leeren Raums. Eine Frau tritt ein, vielleicht mit Brille, knielangem Rock, das Haar zu einem Knoten zusammengefasst, und hebt schließlich mit einer selbstbewussten, routinierten, insgeheim lustlosen Geste den Hörer ab. Vielleicht aber auch nicht. Vielleicht sind sie beide ausgegangen, die Signora Smith und ihre Sekretärin, vielleicht sind sie zu einer weiteren Auslandsreise aufgebrochen, und ich habe ihre Nachricht für immer verpasst.

»Guten Morgen, wer ist da?« Die Stimme dringt mit Nachdruck in Adelaides Küche. Der Ton ist distanziert, aber freundlich, wie immer.

Ich halte den Atem an, während Adelaide die Situation erklärt. Glücklicherweise zeigt die Sekretärin keinerlei Anzeichen von Ungeduld bei der Aussicht, das alles wiederholen zu müssen, was sie mir gerade gesagt hat.

Wie gesagt, die Signora Smith ist gerührt von den Briefen ihrer Tante. Und sie hat viel über den Laden und unser Projekt nachgedacht. Das, was wir zusammen aufbauen, ist wichtig, besonders in der heutigen Zeit. Ebenso, dass wir uns in unserem Alltag von der einzigen Philosophie inspirieren lassen, die uns retten kann. Deswegen bedankt sich die Signora dafür, dass wir ihr den Link zu unserem Crowdfunding geschickt haben, und möchte uns mitteilen, dass sie heute Morgen eine Spende getätigt hat. Sie wünscht uns von ganzem Herzen das Beste.

Nachdem wir uns überschwänglich bedankt haben, verabschieden wir uns und gehen zu Adelaides Computer, um die Website aufzurufen. Ich kaue auf meinen Nägeln, um nicht nachdenken zu müssen. Ich versuche, meine Gedanken im Zaum zu halten, versuche, nicht einmal das kleinste »Wenn« zu formulieren. Die Seite lädt mit nervenaufreibender Langsamkeit. Adelaide trommelt mit den Fingern neben der Tastatur, als wollte sie den Computer anfeuern. Wenn die Spende höher ist als … Wenn die Spende …

Dann ist es offiziell: Mit dem Geldbetrag von Margaret erreichen wir das angepeilte Ziel und können an der Auktion teilnehmen! So viel Großzügigkeit auf einen Schlag, so viel Glück in einem einzigen Moment, das hatte ich noch nie erlebt.

»Warum schreit ihr denn so … und hampelt hier herum?«, ertönt Arias Stimmchen an der Küchentür. Sie drückt ihre Rapunzel-Barbie an die Brust.

»Weil wir glücklich sind, Schatz«, antwortet ihre Mutter und hüpft vor Freude.

»Dann bin ich auch glücklich«, ruft Aria, wirft die Puppe in die Luft und fängt sie im Fallen wieder auf.

47.

Erzählen Sie doch mal, wie haben Sie das gemacht?«

Das eingeschaltete Aufnahmegerät schüchtert mich dermaßen ein, dass ich mich mehrmals verhasple und wieder von vorne anfangen muss. In ihrem Fall handele es sich lediglich um »einen kleinen Nachrichtenblog«, wie mir vor Beginn des Interviews die hochgewachsene junge Frau mit den roten Dreadlocks, die jetzt vor mir sitzt, versichert hat; sie schien großen Wert darauf zu legen. Für mich heißt das trotzdem nichts anderes, als dass ich in der Zeitung bin, auch wenn es sich um eine Online-Publikation handelt, und das allein ist schon unglaublich: Mir sind Dinge widerfahren, die einen Widerhall in der Welt gefunden haben. Ich existiere.

Ich setze erneut an. »Mein Vater hat immer gesagt: ›Vorausschauen, verhindern, sich entsprechend verhalten.‹«

Bevor ich noch etwas hinzufüge, hole ich tief Luft. Irgendwo habe ich vor einiger Zeit einmal einen Artikel gelesen, in dem es darum ging, wie man seine Ideen in der Öffentlichkeit am besten zum Ausdruck bringt, und einer der Grundpfeiler der Präsentationstechnik scheint die Regulierung des Atems zu sein. Nie hätte ich gedacht, dass mir der Artikel jemals nützlich sein könnte, aber hier ist der Beweis, dass vorausschauendes Denken durchaus seine Vorteile hat.

»Katastrophen lauern an jeder Ecke«, erkläre ich nun der Journalistin. »Man darf nie unvorsichtig werden. Man muss jederzeit in der Lage sein, seine Umgebung zu lesen und auf die Zeichen zu achten.«

»Wie sind Sie denn nun vorgegangen?«, will die junge Frau wissen.

»Ich hatte einen Rauchmelder installiert. Geppo, der Eisenwarenhändler hier im Viertel, hat ihn mir geschenkt«, erwidere ich, um auch für meinen Freund etwas Werbung zu machen. Das Kilo Gemüse, das ich ihm im Gegenzug dafür schenkte, verschwieg ich. »Ein Feuer kann durch jeden noch so kleinen Zwischenfall ausbrechen, angefangen bei einer nicht richtig ausgedrückten Zigarette bis hin zu einem elektrischen Kurzschluss. Im Laden stehen viele Holzmöbel und Polstersessel, und ich wollte einfach auf alle Eventualitäten gefasst sein. Das ist alles.«

Aber das ist nicht alles, und ich hoffe, dass sie mir nicht auf die Schliche kommt. Der Rollladen hinter der jungen Frau ist nur halb hochgezogen, um eventuelle Schaulustige fernzuhalten. Beatrice ist noch nicht eingetroffen, und Adelaide musste zur Arbeit und hat mich mit der Situation allein gelassen.

»Eurem Crowdfunding habt ihr es zu verdanken, dass ich mich für das Projekt *Nuovo Mondo* begeistert habe«, fährt die junge Journalistin fort, »und mir hat es fast das Herz gebrochen, als ich heute Morgen erfahren musste, dass jemand versucht hat, den Laden in Brand zu setzen. Habt ihr schon eine Idee, wer das getan haben könnte?«

»Nicht alle hier im Viertel mögen uns, so viel ist sicher«, entgegne ich zögernd. »Aber wir haben keine Beweise dafür, dass Absicht dahintersteckt, es könnte auch ein missglückter Streich gewesen sein …«

Ein Anflug von Wut huscht über das Gesicht der jungen Frau, und sie hält den Rekorder an. »Dass euch nicht alle mögen, wundert mich nicht. Es gibt so viele gleichgültige und bösartige Menschen: Um Leute wie sie anzuprangern, habe ich beschlossen, diesen Blog zu starten. Ich werde auf jeden Fall mit meinen Lesern über eure Situation sprechen und hoffe, euch helfen zu können. Ihr baut da etwas sehr Schönes auf.«

Dann stellt sie mir noch ein paar Fragen über den Laden, über die alte Besitzerin und über einige der Objekte, über die mit den interessantesten Geschichten. Schließlich bittet sie mich, etwas über mich selbst zu erzählen.

»Oh, ich bin nur jemand, der Dinge repariert …«

»Was für Dinge?«

»Na ja, alle möglichen Dinge … Möbel, Waschbecken, Puppen … Alles, was repariert werden kann.«

Sie lächelt mich neugierig an. Es ist seltsam, diese Wirkung zu haben. Früher haben mir die anderen die Tür vor der Nase zugeschlagen, jetzt interviewen sie mich. Und das alles nur wegen eines hochgezogenen Rollladens.

»Alles, was wir retten, kann eines Tages uns retten«, erkläre ich, die Gelegenheit nutzend.

Sie scheint das verstehen zu können. Und tatsächlich schenkt sie mir ein komplizenhaftes Lächeln. Um nicht noch mehr hinzufügen zu müssen, hefte ich meinen Blick auf den Asphalt. Sie schaltet das Aufnahmegerät aus, schüttelt mir die Hand und teilt mir entschuldigend mit, dass sie jetzt wirklich gehen müsse, sie habe noch eine andere Arbeit, zu der sie bereits zu spät komme.

»Einen richtigen Job, und es tut mir im Herzen weh, das sagen zu müssen. Bloggen ist das, was ich wirklich machen möchte, aber dazu komme ich nur in meiner freien Zeit.«

»Mir ging es bisher genauso mit meinem Leben – das war auch immer nur zwischendrin möglich«, sage ich und erkenne erst in diesem Moment die volle Bedeutung.

Während die junge Frau sich entfernt, überlege ich, was für ein Glück ich doch habe, dass sie sich so für unser Projekt begeistert. Seit ich den Daumen rausgehalten habe, haben schon so viele Leute angehalten, um mich ein Stück mitzunehmen, und dank ihnen bin ich viel weiter gekommen, als ich jemals dachte.

Nachdem ich mich vergewissert habe, dass mich niemand sieht, ziehe ich den Rollladen ganz hoch. Das Glas der Eingangstür ist eingeschlagen. Die Scherben, die auf der Türschwelle liegen, glitzern im Morgenlicht. Ein dichter, dunkler Nebel erfüllt die Räume; über allem liegt das weiße Pulver des Feuerlöschers. Es riecht noch immer verbrannt.

Der Feueralarm weckte mich mitten in der Nacht, ich hatte es gerade geschafft, wieder einzuschlafen. Einen Moment lang dachte ich, ich sei noch immer in La Rocca und mein Vater würde uns zu einer seiner Übungen rufen. Dann wurde mir plötzlich klar, dass es sich nicht um einen einfachen Test handelte. Der Feuermelder auf dem Nachttisch hatte sich eingeschaltet und fiepte tatsächlich.

Ich stand eilig auf, schon halb angezogen, wie immer in Momenten der Alarmbereitschaft. Ich rannte auf den Balkon hinaus, um zu schauen, was los war, und schlüpfte in meine festen Arbeitsschuhe. Der Rollladen des *Nuovo Mondo* war hochgezogen, und Rauch quoll bereits unter der Tür hervor.

»Papà«, sagte ich mir, »die Katastrophe ist da. Und ich bin bereit.«

Der Tabakhändler hatte es angekündigt, und man hatte mir beigebracht, eine Drohung nie auf die leichte Schulter zu nehmen. Adrenalin strömte in meinem Blut, und ich fühlte mich lebendig und in Kontrolle wie nie zuvor. Von Panik keine Spur. Meine Urangst war einem kühlen, klaren Geist gewichen.

Rasch eilte ich im Dunkeln die Treppe des Hauses hinunter und rannte in den Laden, in dem, wie ich vermutete, niemand mehr war. Ich hatte nicht nur einen Rauchmelder installiert, sondern am Eingang auch einen Feuerlöscher angebracht. Den hob ich jetzt hoch und richtete den Strahl auf den Brandherd, einen zerfallenen Stapel aus Zeitungen und Kartons. Ein mickriger Brandauslöser, aber er hätte gereicht, um alles zu zerstören, wenn ich nicht eingegriffen hätte.

Ich verhalte mich genauso, wie man es mir beigebracht hat, schoss es mir durch den Kopf, während ich das Feuer löschte. Und dabei fühle ich mich stark und tüchtig.

Nach einer Weile hörte ich von draußen Stimmen. Jemand wollte wissen, was los sei, ob ich Hilfe bräuchte.

»Ein kleiner Zwischenfall, aber das Feuer ist jetzt aus«, beeilte ich mich, die fremden Stimmen zu beruhigen. »Alles unter Kontrolle.«

Doch dann sackte ich zu Boden und fing zu weinen an. Die Hände im Schoß, mit zitternden Knien, den Geruch nach Feuer in der Nase. Ich ließ die Tränen fließen, ohne etwas dagegen zu unternehmen. Das Adrenalin war der Fassungslosigkeit gewichen. Eine Weile blieb ich schluchzend sitzend.

Als ich mich endlich beruhigt hatte, holte ich von hinten die Leiter, um die Infrarotkamera zu erreichen, die ich auf dem Schrank hinter der Kasse versteckt hatte. Sie war noch aktiv, und es dauerte nicht lange, bis ich die Aufnahmen fand und sah, wer das Feuer gelegt hatte.

Keine große Überraschung.

Die Erleichterung über die abgewendete Gefahr weicht der Trauer um den Laden. Es gibt keine irreparablen Schäden, aber der Rauch hat den Boden und die Decke an einigen Stellen geschwärzt. Ein paar Funken müssen in Richtung eines niedrigen Tisches geflogen sein, der ein Bein verloren hat und umgekippt ist, die Kante ist zur Hälfte verkohlt. Wir liefen tatsächlich Gefahr, unseren Traum in Rauch aufgehen zu sehen, gerade als er sich zu erfüllen begann. Erst gestern haben Adelaide und ich eine Sozialgenossenschaft, »Il nuovo mondo«, gegründet, der auch die anderen beigetreten sind. Ein paar Stunden später haben wir offiziell unser Gebot für die Teilnahme an der Auktion abgegeben.

Und jetzt? Jetzt habe ich Angst. Wird es weitere Angriffe geben? Welcher Art? Werde ich in der Lage sein, sie vorherzusehen? Werde ich in der Lage sein, etwas dagegen zu unternehmen? Und wenn ich versage? Und *wenn* …

Plötzlich befinde ich mich wieder mitten im Wald. Ich rufe um Hilfe, und niemand kann mich hören.

48.

Adelaide nimmt sich Urlaub, obwohl ihr keiner zusteht, und wir brauchen zwei Tage, um das Geschäft so gut wie möglich wieder in Ordnung zu bringen. Es ist ein bisschen wie damals, als wir es renoviert haben, aber die Stimmung ist eine andere. Wir haben Schlachten gewonnen und verloren, und ich weiß nicht mehr, wie der Krieg ausgehen wird.

Ich bediene mich immer noch militärischer Begriffe, was für eine siebenundzwanzigjährige Pazifistin wie mich ziemlich lächerlich ist, aber ich habe sie nun mal geerbt, und es ist schwierig, ein Erbe wieder loszuwerden. Oft dauert es ein ganzes Leben, und vielleicht reicht nicht einmal das.

Die ersten Stunden sind die schwersten. Wir fühlen uns verletzt. Beschädigt, wie all die Objekte ringsum, die bereits so viele Jahre einsamer Abnutzung erlitten haben und nun die Aggression derer zu spüren bekommen, die sie verachten. Und dennoch hat man uns bewiesen, dass wir nicht die Einzigen sind, die an diesen Ort und an eine Zukunft glauben. Das hielten wir uns vor Augen, während wir kehrten, schrubbten, putzten.

Angelina kam zu Hilfe geeilt mit selbst zubereitetem kulinarischem Trost und einem Stapel Zeitungen, welche die Friedensrichterin im *Nulla* hatte liegen lassen. Jeden Tag lässt sie eine auf dem Tisch zurück, bevor sie geht, wie Angelina mir erzählt. Die Nachricht macht mich traurig: Ich war so beschäftigt, dass sie ihr tägliches Gedicht nicht mehr von mir bekommen hat, außer dem von neulich Abend.

Ich ziehe den *Zauberer von Oz* aus der Vordertasche meiner Latzhose – das Buch ist abgegriffen und voller Unterstreichungen – und gebe es Angelina mit der Bitte, es der Friedensrichterin heute auf den kleinen Tisch in der Bar zu legen. Wenigstens wird sie etwas zu lesen haben, bis ich meinen gewohnten Rhythmus wieder aufnehmen kann.

Die Zeitungen können wir gut zum Polieren und Bohnern brauchen, sie erinnern mich aber auch daran, dass mein Vater in vielen Dingen recht hatte: Unser Planet steht wirklich am Abgrund, und Katastrophen sind jetzt an der Tagesordnung. Bestimmte Szenarien werden zur Realität. Während ich schrubbe und poliere, frage ich mich, ob Papà es wohl als Trost empfindet, wenn er feststellen muss, dass sich die Welt genau in die Richtung entwickelt, die er sich vorgestellt hat.

Beatrice ist empört und fordert wütend den Kopf des Feindes. Ich habe ihr nicht verraten, dass ich die Aufnahmen habe, die den Tabakhändler belasten, um nicht zu riskieren, dass sie ihn anzeigt, was ihn ruinieren würde. Ich kenne seine Frau vom Sehen, ausgemergelt und blass, und seine beiden kleinen Mädchen, und ich möchte nicht, dass sie den Preis dafür zahlen müssen. Ich halte es für klüger, ihn wissen zu lassen, dass wir die Beweise haben, dass wir die Bilder jederzeit veröffentlichen können.

Als der Laden wieder in vollem Glanz erstrahlt, fühlen auch wir uns sicherer. Wir dürfen nicht aufgeben. Wir können diejenigen, die uns vertrauen, nicht im Stich lassen. Wir werden uns nicht einschüchtern lassen.

Adelaide wird direkt aus dem Klamottenladen, in dem sie jobbt, in die Agentur kommen. Zum Glück fängt die Versteigerung erst um dreizehn Uhr an, also in der Mittagspause, sodass Adelaide nicht um einen weiteren Urlaubstag bitten muss, der ihr mit Sicherheit nicht gewährt worden wäre. Auch Priscilla wird kommen.

Bevor ich aus dem Haus gehe, schaue ich noch bei Signora Dalia vorbei, um sie auf den neuesten Stand zu bringen. Als ich ihr mitteile, dass wir nicht aufgeben würden, bekreuzigt sie sich und drückt mir ein verblasstes und zerknittertes Bild in die Hand: ein Bischof in Toga, weißen Handschuhen und einem hohen, mit bunten Edelsteinen besetzten Hut.

»Der heilige Ambrosius, Schätzchen. Schick ein Stoßgebet zu ihm hoch.«

In Begleitung von Eugenio und Angelina verlasse ich endgültig das Haus. Ich trage die übliche Latzhose (mit dem Heiligenbild in der Vordertasche) und Arbeitsstiefel, aber statt eines T-Shirts habe ich eine Bluse von Adelaide angezogen. Sie legte großen Wert darauf, dass ich mich angemessen kleide, auch wenn sie hinzufügte: »Dein übliches Outfit ist übrigens sehr cool.«

»Das glaube ich jetzt weniger, um ehrlich zu sein.«

Und dann nutzte Adelaide auch gleich noch die Gelegenheit, um mir endlich zu sagen, dass ich ihrer Meinung nach nicht in jedem zweiten oder dritten Satz darauf hinweisen muss, dass ich es ehrlich meine. Denn ich mag vielleicht seltsam sein und seltsame Dinge sagen, aber dass ich aufrichtig bin, das würde niemand infrage stellen. Und schließlich fügte sie noch hinzu, dass ich mich nicht ständig verpflichtet fühlen muss, mich für das, was ich bin, zu entschuldigen. Weil ich perfekt bin. Ich hatte das Gefühl, dass sie mir das schon lange sagen wollte, und es berührte mich so sehr, dass ich den Tränen nahe war. Nennt mir eine Person, die mich unabhängig vom Ergebnis anfeuert, einen Menschen, der jubelt, wenn ich gewinne: Adelaide … Sie darf auf keinen Fall auf meiner Arche Noah fehlen. Und Aria natürlich auch nicht!

Auf meinen Rucksack mit den Sandwiches, der Wasserflasche, dem Schweizer Taschenmesser und den Taschentüchern wollte ich allerdings nicht verzichten, aber die Rettungsdecke, die gefriergetrockneten Lebensmittel, den Campingkocher, die Solartaschenlampe, den Kompass und all die anderen Utensilien, die ich bis vor ein paar Wochen noch ohne zu zögern mitgenommen hätte, habe ich dann doch zu Hause gelassen.

Ich mache keinen Hehl daraus, dass dies eine gewisse Unsicherheit in mir auslöst. Wenn wir es nicht schaffen, uns zurückzuziehen, wenn ein Atomkrieg ausbricht, wenn ich gekidnappt werde … Aber ich versuche, vernünftig zu bleiben und mir einzureden, dass die einzige Katastrophe, die wirklich droht, eine Niederlage bei der Versteigerung ist: Dagegen könnten selbst ein Kocher, ein Kompass oder eine Rettungsdecke nicht viel ausrichten.

Auch Angelina ist eleganter als sonst gekleidet, sie trägt eine hellblaue Bluse und eine beigefarbene Hose mit Bundfalte. Dazu Sneaker mit ein paar Glitzersteinen und goldenen Schnürsenkeln.

Wir haben schon fast die Umgehungsstraße erreicht. Eugenio zeigt auf die Haltestelle und teilt uns mit, dass der Bus in sieben Minuten kommt; er hat eine App auf seinem Handy, mit der er den Fahrplan in Echtzeit überprüfen kann.

Es ist das erste Mal, dass Angelina ihn in seiner Fahreruniform sieht.

»Du siehst richtig elegant aus«, muss sie zugeben und rückt liebevoll seine Krawatte zurecht. »Fast wie ein Engländer.«

Eugenio errötet und strafft stolz seinen Rücken.

»Nur gut, dass wir deinem Vater nicht begegnet sind«, fügt sie aber hinzu.

Inzwischen haben wir das Viertel hinter uns gelassen. Angelina hat es irgendwie geschafft, ihren Mann davon zu überzeugen, ab und zu im *Nulla* zu arbeiten. »Es ist eine Sache von Leben und Tod, habe ich ihm gesagt. Bleib oder geh.«

»Stell dir vor, er würde tatsächlich gehen«, entgegne ich. »Ohne dich würde er doch keine Woche überleben.«

»Jetzt übertreib mal nicht«, erwidert sie lachend. »Einen Monat vielleicht …«

Eugenio entfernt sich ein paar Schritte, um das Hinweisschild an der Haltestelle zu lesen.

»Angelina«, flüstere ich, »es geht mich zwar nichts an, aber ich weiß, wie wichtig es für Eugenio ist, dass ihr seinen Herzenswunsch akzeptiert. Wenn du vielleicht mit deinem Mann reden könntest …«

Sie seufzt, als wolle sie mir zu verstehen geben, dass dies eine lange Geschichte ist, eine dieser Lebenslagen, die man von außen kaum verstehen kann. Ich will nicht nachbohren, die Situation scheint ähnlich wie bei mir zu sein, und manchmal reicht es einfach, wenn man sagen kann, dass man mittendrin steckt.

Der Verkehr ist so dicht, dass man sich kaum unterhalten kann. Es ist ohne große Vorzeichen Sommer geworden.

In Adelaides Bluse fühle ich mich wie eingesperrt. Früher hätte mich das beunruhigt. Im Falle eines Angriffs hätte ich mich nicht frei bewegen, mich nicht verteidigen können, aber jetzt versuche ich, mich nur auf das zu konzentrieren, was wirklich um mich herum passiert.

Nun denn, ich habe ein weiteres Mal mein gewohntes Viertel verlassen, sage ich mir, während wir schweigend auf unseren Bus warten. Diesmal, um ins Stadtzentrum zu fahren und alles aufs Spiel zu setzen, was mir lieb und teuer ist. Ich weiß, dass ich Gefahr laufe, mich desillusioniert in einer Realität wiederzufinden, die ich bereits jetzt als trostlos und öde erlebe und die mich einengt, aber wenn der einzige Weg, einen Traum zu verwirklichen, darin besteht, die Möglichkeit eines Scheiterns zu akzeptieren, habe ich dann eine Wahl?

Wegen des dichten Verkehrs kommt der Bus nur stockend voran. Ein Hindernislauf, unterbrochen von Hupen und quietschenden Bremsen. Die Landschaft zieht in Zeitlupe am Fenster vorbei. Ich sehe Discounter, Elektronikgeschäfte, Feinkostläden, Waschsalons, internationale Restaurants und schließlich, je näher wir dem Zentrum kommen, luxuriöse Hotels und Boutiquen, Wohnhäuser mit wunderschönen Gärten.

Unsere Haltestelle liegt auf halber Höhe eines eleganten, von Bäumen gesäumten Boulevards, und mir fallen eine protzige Cocktailbar und ein Zentrum für Schönheitschirurgie auf. Kaum zu glauben, auch das ist unsere Stadt. Die Passanten tragen teure Kleidung und haben einen selbstbewussten Gang, ganz im Gegensatz zu uns dreien, die wir uns unsicher, fast ängstlich bewegen. Wer weiß, welchen Eindruck wir erwecken.

Eugenio ruft mich und deutet auf ein makelloses Schaufenster, in dem perfekt formulierte Immobilienanzeigen hängen, mit Farbfotos von hellen Innenräumen. Ohne Preis, versteht sich. Drinnen entdecke ich Beatrice, pfirsichfarbenes Kostüm, schwindelerregend hohe Absätze, die sich mit ihrem Vater unterhält; neben ihnen steht ein Mann in grauem Anzug.

Beatrice winkt mir zu, sie wirkt angespannt. Ich drehe mich zu Angelina und Eugenio um, in der Hoffnung, dass sie mir die Kraft geben, dort hineinzugehen. Aber sie machen einen eingeschüchterten und besorgten Eindruck und sehen eher aus, als wollten sie gleich Reißaus nehmen.

»Los, jetzt kommt.« Angelina nimmt ihren ganzen Mut zusammen, streicht sich über ihr kurzes Haar und zupft ihre Bluse zurecht. »Wir gehen da jetzt rein.«

Genau in diesem Moment treffen Adelaide und der Tabakhändler gleichzeitig ein – sie auf einem Fahrrad, er auf einem Mofa. Mit einem Satz springt er auf den Bürgersteig und wirft uns unter seinem Helm einen unverschämten Blick zu; Spott und Überheblichkeit liegen auf seinem hohlwangigen Gesicht, ehe er rasch an uns vorbeieilt und das Immobilienbüro betritt. Wir vier bleiben reglos zurück, als hätte uns ein kalter Luftzug zu Eissäulen erstarren lassen.

»Der macht ja einen sehr selbstsicheren Eindruck«, murmelt Angelina.

»Hört mal, ich habe gekündigt«, platzt es aus Adelaide heraus. »Keine Ahnung, heute Morgen war ich unten im Lager, mein Chef konnte seine Hände nicht bei sich lassen, hat so getan, als wäre es ein Versehen. Er hat gemeint, es stünde nur ihm zu, mir freizugeben, dass ich darauf keinen Anspruch hätte, dass, wenn ich nicht … Keine Ahnung, dass ich nicht … Ich kam mir vor, als würde ich aus einem Albtraum erwachen. Da habe ich mir gesagt: Ich kann es schaffen. Ich werde gehen. Zum ersten Mal habe ich es geglaubt.«

Sie schaut uns an mit glasigem Blick. »Aber erst jetzt begreife ich, dass *Il Nuovo Mondo* uns noch nicht gehört und uns vielleicht nie gehören wird. Dass ich etwas Verrücktes getan habe, schließlich ist da noch Aria, und …«

»Keine Sorge, wir werden gewinnen«, versichere ich ihr, obwohl ich nicht im Geringsten davon überzeugt bin. »Du hattest den Mut, den ich wahrscheinlich nicht gehabt hätte.«

Sie lächelt mich an. »Stimmt nicht! Und ob du mutig bist. Aber jetzt fühle ich mich schon ein bisschen besser, danke.«

Der Tabakhändler steht inzwischen im Büro und spricht mit Beatrices Vater. Auch er wirkt wie ein Fisch auf dem Trockenen, aber wenn wir Goldfische sind, dann ist er ein Piranha. Es könnte durchaus sein, rede ich mir ein, dass er nicht so viel Kapital zusammenbekommen hat wie wir. Mit Margarets Beitrag und dem der Leser des Blogs der Journalistin mit den roten Dreadlocks überschreiten wir knapp die Mindestquote. Suchend schaue ich mich nach Priscilla um, die bisher noch nicht aufgetaucht ist.

»Jetzt lasst uns endlich reingehen«, sagt Adelaide plötzlich, nachdem sie einen letzten Blick auf ihr Handy geworfen hat. »Ich will so schnell wie möglich erfahren, wie verrückt ich war.«

Mühsam setze ich einen Schritt vor den anderen in Richtung Eingangstür. Angelina und Eugenio folgen uns.

Beatrice eilt uns mit einem gequälten Lächeln entgegen, zieht mich gutmütig wegen meiner Bluse auf und zeigt dann auf ein gläsernes Büro. Darin steht ein Schreibtisch und dahinter zwei drehbare Armstühle, davor ein paar Reihen Lederstühle mit Metallgestell.

Der Tabakhändler sitzt bereits in der ersten Reihe, breitbeinig, mit verschränkten Armen. Ein paar Reihen hinter ihm entdecke ich Priscilla, die versunken auf ihr Smartphone schaut.

»Endlich, Leute!«, ruft er, als er unsere Anwesenheit bemerkt. »Los, setzt euch. Lasst uns anfangen.«

»Der Burgerladen hat sein Angebot zurückgezogen«, teilt uns Beatrice mit, während wir Platz nehmen. »Sie haben einen Laden gefunden, der ihren fünftausend Anforderungen besser entspricht.«

Ein Konkurrent weniger, ein Stoßseufzer der Erleichterung.

»Können wir jetzt mal loslegen?«, nörgelt der Tabakhändler. »Ich habe es eilig, die Sache abzuschließen und mit dem Renovieren anzufangen.«

In diesem Moment betreten Beatrices Vater und der Mann im grauen Anzug, der, wie es sich herausstellt, der Notar ist, den Raum.

Ich kenne Versteigerungen nur aus Filmen. Normalerweise gibt es immer eine Dame im Pelzmantel, die ganz hinten sitzt, das letzte Gebot abgibt und den Zuschlag erhält. In keinem der Filme kämpften ein angriffslustiger Tabakhändler und ein seltsam zusammengewürfelter Haufen Frauen um den Sieg, und deshalb kann ich auch nicht vorhersagen, wie es ausgehen wird.

»Dann lassen Sie uns beginnen«, fordert Beatrices Vater den Notar auf, der inzwischen an seinem Schreibtisch Platz genommen und zwei Umschläge aus einer Mappe gezogen hat.

Ich höre, wie Angelina hinter mir sich lautstark räuspert. »Mamma!«, herrscht Eugenio sie an. Adelaide, zu meiner Rechten, drückt meine Hand. Priscilla, zu meiner Linken, setzt sich aufrecht hin. Beatrice, die neben ihrem Vater stehen geblieben ist, lässt uns, an ihrer Unterlippe nagend, nicht aus den Augen.

Ich streichle die Keramikgans in meiner Tasche und denke an Dorothy, an ihre Briefe, an Signora Dalia, an den Ausverkauf und an Trofeo, der »Gut gemacht!« zu mir gesagt hat. Ich denke zurück an meine Mutter und ihre Leidenschaft für schöne Dinge. Ich denke an meine Großmutter, die, als sie mich das erste und einzige Mal sah, die Weitsicht hatte, mich ins *Nuovo Mondo* mitzunehmen, ich denke an Margaret und die Journalistin.

Nachdem der Notar den ersten Umschlag geöffnet hat – es ist der unsere –, teilt er das Ergebnis mit.

Der Tabakhändler dreht sich abrupt zu uns um. Der Gedanke, eventuell gewonnen zu haben, hat keine Zeit, sich in mir festzusetzen, denn der Notar hat bereits den zweiten Umschlag geöffnet. Unser Gegner hat genau den gleichen Betrag geboten!

Ich merke, dass ich aufgesprungen bin, und lasse mich wieder auf meinen Platz zurücksinken. Erst drehe ich mich zu Adelaide, dann zu Priscilla um.

»Kann das sein?«, frage ich Priscilla. »Ist das möglich? Wie ist das möglich?!«

Der Tabakhändler steht auf und will wissen, wie es nun weitergeht.

»Im Gesetz sind Eventualitäten dieser Art geregelt«, erklärt uns der Notar, völlig unbeeindruckt, als ob so etwas an der Tagesordnung wäre. »Wir werden mit einem neuen Angebot fortfahren müssen.«

Priscilla nickt kleinlaut, um seine Aussage zu bestätigen.

»Hätte, hätte, Fahrradkette«, murmle ich, weil wir das nicht können. Wir haben bereits alles aufgeboten, was wir hatten; selbst wenn wir alle unsere Taschen leeren, könnten wir nicht mehr als ein paar Euro zusammenkratzen.

»Die beiden Parteien werden sich jetzt eine Viertelstunde Bedenkzeit nehmen«, schließt der Notar und stützt beide Handflächen auf dem Schreibtisch ab, um sich aufzurichten, ehe er in Begleitung von Beatrices Vater den Raum verlässt.

Der Tabakhändler steht ebenfalls auf. Geräuschvoll schiebt er seinen Stuhl zurück, greift zum Telefon und geht hinaus. Nur wir bleiben im Zimmer zurück.

Beatrice kommt zu uns herüber. »Tja, in Geschichten wie diesen gibt es fast nie ein Happy End.«

Adelaide ist in Tränen ausgebrochen. Ich möchte sie in den Arm nehmen, aber mehr als meine Hand auf die ihre zu legen und sie zu streicheln, schaffe ich nicht. Man kann jedenfalls nicht sagen, wir hätten es nicht versucht, aber das Gefühl der Niederlage, der Ungerechtigkeit und der Demütigung schmerzt dennoch.

Wir Armen, was haben wir uns nicht alles eingebildet. Wir, denen jede Überheblichkeit fremd ist, denen so wenig von der Welt geschenkt wird. Wie wenig Ziele sind für uns erreichbar. Wie wenig Aufmerksamkeit, Freundlichkeit und Rücksichtnahme für unseren Bemühungen. Wie viele von Anfang an verlorene Schlachten aufgrund fehlender Verbündeter.

»Ich habe wirklich daran geglaubt, und jetzt habe ich keinen Job mehr«, sagt Adelaide verzweifelt und starrt auf ihre Füße.

»Ich sagte, es gibt *fast* nie ein Happy End …«, fährt Beatrice fort, lächelnd wie eine Sphinx, und zwinkert uns zu.

Ich werfe meinen Freundinnen in dem kleinen, unpersönlichen Raum ohne jede Wärme einen fragenden Blick zu.

»Was hast du vor?«, will Adelaide schließlich von Beatrice wissen.

»Ach, dies und das«, erwidert sie und setzt sich zu uns. »Erstens: Unser Freund ist vielleicht nicht in der Lage, erneut zu bieten, so nervös, wie er reagiert hat. Zweitens: Haltet euch bereit …« Sie lässt uns noch einen Moment zappeln, ehe sie verkündet: »Ein bisschen Geld könnte auch ich beisteuern.«

Wir scheinen sie vollkommen entgeistert anzustarren, denn sie sieht sich genötigt, rasch eine Erklärung hinzuzufügen: »Ich trenne mich vom Büro meines Vaters, es bleibt also seine Immobilienagentur. Denn da ich ihm weiterhin als meinem Vater emotional verbunden bleiben möchte, kann ich nicht länger mit ihm zusammenarbeiten.«

Als ich sehe, wie einfach es für sie ist, eine so tiefe Wahrheit auszudrücken, wird mir ganz anders.

»Und außerdem habt ihr mich bekehrt«, fährt sie fort. »Ich habe mir überlegt, vielleicht würde es mir ja Spaß machen, alte Läden zu übernehmen und dafür zu kämpfen, sie am Leben zu erhalten. Herausforderungen habe ich schließlich schon immer geliebt. Und wenn sie völlig aussichtslos sind, habe ich wenigstens eine Ausrede, es nicht zu schaffen.«

Sie lacht zaghaft und wirft uns zum ersten Mal einen Blick zu, in dem so etwas wie eine Bitte liegt. Vielleicht um Zustimmung oder auch nur um ein wenig Ermutigung, oder vielleicht …

»Ein Kleinigkeit habe ich noch vergessen«, fährt sie fort. »Aber das, was ich vorhabe, geht nur zusammen mit euch, wenn ihr einverstanden seid. Was meint ihr?«

Ich würde mich gerne vergewissern, was Adelaide und Priscilla davon halten, aber gleichzeitig fürchte ich, dass ich Beatrice in Verlegenheit bringe, wenn sie sich dadurch ausgeschlossen fühlt. Ich vermute, dass es genau das ist, wovor sie sich letztlich am meisten fürchtet: ungenügend zu erscheinen. Und wer könnte sie besser verstehen als ich? Sie hat sich mit ihrer Aussage für ihren Geschmack schon viel zu weit aus dem Fenster gelehnt, und eines ist sicher: überrumpelt hat sie uns mit ihrem Vorschlag völlig. Noch traut sich niemand, eine Antwort zu geben, auch wenn mir nicht klar ist, warum ich nicht trotzdem und sofort laut und deutlich »Ja!« brülle.

»Gemeinsam an einen Traum zu glauben, ist etwas sehr Schönes«, wirft Eugenio ein und beugt sich zu uns vor.

Dann dreht er sich zu seiner Mutter um mit einem bedeutungsvollen und zärtlichen Ausdruck, der vielleicht noch vielsagender ist als der unserer Freundin.

49.

Samen haben alle etwas gemeinsam, und das unabhängig von ihrer Sorte. Alles, was sie brauchen, tragen sie bereits in sich. Von Anfang an. Für das Auge mögen sie winzig erscheinen, aber man kann sicher sein, dass sie in ihrem Inneren ein Herz haben, in dem all das pulsiert, was ihnen in Zukunft nützlich sein kann.

Auch Menschen sind Samen. Jeder trägt alles in sich, was er brauchen wird, wenn die Zeit gekommen ist; seine wahre Bestimmung hat sich bereits in seinem Innern angelagert. Egal, wie lange es dauert: Irgendwann kommt der Moment des Wachstums. Ein guter Grund, Samen auf meine Arche Noah mitzunehmen, wie ich mir jetzt überlege. Nicht so sehr, damit sie mich für die Ewigkeit am Leben erhalten, sondern um der Möglichkeit willen, mich auch in einer neuen Welt von ihnen überraschen zu lassen.

Bei Beatrice haben wenige Wochen und eine Gruppe von zu allem bereiten Frauen ausgereicht. Ihre Idee verleiht mir jetzt ein Gefühl von Größe und Leichtigkeit zugleich, als könnte ich fliegen, ohne Angst haben zu müssen, abzustürzen. Ich hätte nicht gedacht, dass ich jemals so etwas empfinden würde.

Doch leider werden meine Tagträumereien jäh vom Erscheinen des Tabakhändlers unterbrochen, der in den Raum platzt und mit großer Gestik sein neues Angebot unterschreibt. Die vage Hoffnung, als einzige Interessenten übrig zu bleiben, zerschlägt sich.

Jetzt sind wir an der Reihe. Wir treten an den Schreibtisch, um unser zweites Angebot abzugeben.

»Das ist ja eine ganze Volleyballmannschaft«, scherzt der Notar.

Priscilla strafft den Rücken. »Eher ein Team, das sich Geltung verschaffen will.«

Danke, Priscilla. Ich lächle in mich hinein, während der Tabakhändler uns einen bösen Blick zuwirft.

In ein paar Minuten werden wir das Urteil erfahren. Adelaide blickt ängstlich auf die Uhr am Handy. Eugenio, äußerlich gelassen, ist genauso angespannt wie wir.

Ich formuliere stumme Hypothesen. Wenn wir scheitern, haben wir es zumindest versucht. Wenn wir scheitern, dann alle miteinander. Wenn wir scheitern, werden wir es noch einmal versuchen, auf andere Weise, mit einem anderen Projekt. Wenn wir scheitern, bedeutet das, dass es so sein musste. Wenn wir scheitern … Der Notar öffnet den ersten Umschlag und liest unsere Zahl vor. Dann öffnet er den zweiten und liest laut die des Tabakhändlers.

Es sind Zahlen, kein Irrtum möglich. Zahlen, keine Geschichten, keine Samen, kein Raum für Interpretationen. Ein klares und endgültiges Ergebnis, schwarz auf weiß im Licht des Tages.

Hier das Ergebnis: Das Angebot des Tabakhändlers übertrifft das unsere. Hauchdünn.

Mit letzter Hoffnung wende ich mich fragend an Priscilla: Vielleicht kann man doch noch etwas tun? Irgendeine juristische Handhabe? Das Gesetz sieht vor … Aber der Gesichtsausdruck meiner Freundin sagt mehr als tausend Worte. Wir können kein weiteres Angebot abgeben. Es ist vorbei. Die Auktion ist beendet.

Der Tabakhändler bricht weder in lauten Jubel aus, wie ich es erwartet hätte, noch tritt er nach, er sieht uns nicht einmal an. Jetzt kann er mit dem Entrümpeln weitermachen, die Spielautomaten bestellen, das Schaufenster abdunkeln, die Kasse in die Mitte verlegen, damit die Kunden direkt »hineinstolpern«, und endlich das Schild ersetzen. Das Schicksal des roten Rollladens ist besiegelt, er wird verschwinden. Adieu, meine große kleine *Neue Welt*, mein

Reich und mein Zufluchtsort. Von heute an gehörst du nicht mehr mir. Der Notar liest noch einige Nebenbestimmungen zum Versteigerungsvertrag vor, aber niemand hört ihm mehr zu.

Alles hatte ich mir vorstellen können, nur nicht voraussehen, dass unser Scheitern mich letztlich doch nicht vernichten würde. Während der abschließenden Verlesung der Akten hatte ich zumindest das Gefühl, mich sowohl inner- als auch außerhalb meines Körpers zu befinden, während mein Blut wie nach einem Unfall rasch in Arme und Beine strömte.

Gleich darauf entschuldigte sich Priscilla und kehrte nach einer eiligen Verabschiedung in ihr Büro zurück, um dort einen Termin wahrzunehmen. Auch Adelaide musste sich sputen, um zurück zur Arbeit zu kommen, vielleicht gerade noch rechtzeitig, um ihre Kündigung zurückzunehmen, wer weiß. Sie wollte und konnte nicht bleiben, um noch ein paar Worte mit uns zu wechseln. All das geschah in wenigen Minuten. Wir trennten uns kommentarlos voneinander und zerstreuten uns wie Ameisen in alle Richtungen; jede brauchte Zeit für sich, um das Geschehene zu erfassen. Man hätte es sich einfach machen können: Wir haben die Versteigerung verloren, wir haben den Laden und alles, was er bedeutet hätte, verloren. Bald wird in der Nachbarschaft ein Wettbüro eröffnen. Was gibt es da noch zu sagen?

Ja, wir werden die Summe, die wir eingesammelt haben, in Beatrices Projekt investieren. Aber es ist klar, dass die Erfolgsaussichten gering sind, wenn der Enthusiasmus nachlässt. Wir bewegen uns außerhalb des Zeitgeistes. Das, woran wir glauben, ist am Verschwinden. Man kann die Strömung nicht umkehren.

Eugenio wollte mit dem Bus nach Hause fahren und bat seine Mutter, ihn zu begleiten. Er schien wirklich niedergeschlagen zu sein.

»Man kann doch auch von der Endhaltestelle aus wieder losfahren, richtig?«, sagte ich, um ihn und letztlich auch mich zu trösten.

»Klar doch«, antwortete er.

»Angelina, ich muss schon sagen, das mit deinem Sohn, das hast du gut gemacht.«

»Bist du sicher, dass es dir gut geht?«, wollte sie noch von mir wissen, bevor sie losging.

»Mir geht es gut. Ich werde jetzt einen kleinen Spaziergang machen«, beruhigte ich sie. Keine Ahnung, wie ich es dann geschafft habe, mit all meinen zerplatzten Hoffnungen von der Bildfläche zu verschwinden.

Ist es vielleicht das, was mein Vater empfand, als er sich vom akademischen Leben ausgeschlossen fühlte?, frage ich mich, während ich in Richtung Kanal nach Hause gehe. War es Scham? Furcht? Das Gefühl, keine Zukunft mehr zu haben? War es das, was ihn dazu trieb, sich von der Welt zurückzuziehen und sich einen Ort wie La Rocca aufzubauen? War es dieses Bündel an beklemmenden Gefühlen, vor dem er mich jahrelang zu schützen versuchte?

Aber was passiert, wenn ich diese Gefühle stattdessen zulasse? Wenn ich es akzeptiere, jede Orientierung zu verlieren? Ich befinde mich an einem Scheideweg, denke ich, als ich vor einer großen Kreuzung im Zentrum stehe, die durch die Bauarbeiten an der U-Bahn noch chaotischer und noch schwerer zu überqueren geworden ist als ohnehin schon.

Ich kann mich in meiner Wohnung einschließen und versuchen, alles zu vergessen, kann darauf warten, dass sich das Gewitter verzieht, und danach nur noch hin und wieder verängstigt das Haus verlassen. Oder ich kann inmitten des tosenden Sturms aufrecht stehen blieben, das Kommende mit Zuversicht begrüßen und mich der Angst stellen. Früher oder später hört es immer auf zu regnen. Da gibt es jemanden mit seinem Sweatshirt, der mich jeden Tag daran erinnert.

Ich spaziere durch die Stadt, genau wie beim ersten Mal, als ich allein in Mailand ankam. Auch heute scheint die Sonne, aber es ist wärmer. Die Straßen sind voller Menschen. Ich bin nicht mehr die alte Gea, vielleicht entdecke ich aber auch nur andere Facetten von mir. Ich schleppe keinen Schlafsack mehr mit mir herum, dafür wartet eine Wohnung auf mich. Ich fühle mich nicht mehr allein auf der Welt, sondern bin umgeben von Menschen, auf die ich mich verlassen kann. Die Zukunft bleibt nebulös, aber weniger düster, und das allein ist schon ein Wunder.

Es ist laut in den Straßen des Stadtzentrums. Ströme von Menschen kommen mir entgegen, viele weichen mir aus, manche rempeln mich an. Ich treibe wie ein Baumstamm im Strom. Plötzlich dringt das ferne Geräusch meines Handys an mein Ohr, ich spüre es in der Tasche meiner Latzhose vibrieren. Ich bin versucht, es klingeln zu lassen, ohne nachzusehen, wer es ist, so wie vor ein paar Nächten, als ich meine Wohnungstür nicht öffnete. Aber das Klingeln hört nicht auf, und ich denke an das, was ich mir gerade selbst gesagt habe. Was wäre, wenn ich inmitten des tosenden Sturms aufrecht stehen bliebe?

Ich ziehe mein Handy aus der Tasche; auf dem Display blinkt eine Nummer, die ich nicht in meinem Adressbuch habe. Ich hoffe von ganzem Herzen, dass mich jemand wegen eines Jobs anruft. Ich würde jetzt gerne etwas Handfestes machen, etwas renovieren, Lösungen finden, mein Gehirn anstrengen.

»Wann ist die Wiedereröffnung?«

»Oh, wir haben verloren, Achille«, antworte ich und versuche, nicht allzu enttäuscht zu klingen.

Achille ruft mich an?

»Ich bin bei meiner letzten Prüfung auch durchgefallen, danke der Nachfrage.«

»Ich wusste nicht, dass sie heute war.«

»Eine Prüfung kann man wiederholen, so ein Laden, na ja … Um etwas Ähnliches auf die Beine zu stellen, das dauert eine Weile.«

»Mindestens ein Leben lang.«

»Wenn es das wert ist …«

»Achille … Es ist unmöglich, das ist alles.«

»Ich hätte nicht gedacht, dass es unmögliche Dinge für dich gibt.«

Ich werde langsamer, um das Kompliment in vollen Zügen zu genießen. Plötzlich spüre ich weder Hitze noch Verwirrung. Ich suche die Blicke der anderen und werfe ein Lächeln in die Runde. »Du überschätzt mich.«

Ein Pärchen fährt auf dem Fahrrad an mir vorbei, sie auf der Stange sitzend wie früher. Ein Hauch von Romantik in unserer Zeit. Ich muss an Enzo mit dem Reis und der Milch auf dem Gepäckträger denken, zusammen mit seiner Dalia.

»Bist du in heimatlichen Gefilden?«, fragt Achille.

»Nein, im feindlichen Ausland. Auf der Piazza della Scala, um genau zu sein.«

»Ein bisschen zu früh.«

»Inwiefern?«

Ich höre ihn zögern.

»Insofern, als du … an dem Ort bist, an dem du in … fünf Tagen sein musst«, sagt er schließlich.

»Reise ich in die Zukunft?«

»Sagen wir mal so«, höre ich ihn lächelnd erwidern. »Ich habe zwei Karten für den *Zauberer von Oz*. Die Ballettversion.«

»Aha«, hauche ich mit dem Rest an Stimme, die mir noch geblieben ist.

Ich bleibe auf dem Platz neben einem Blumenbeet stehen, setze mich auf eine Bank und strecke die Beine von mir.

»Ich glaube, ich bleibe jetzt hier einfach sitzen und warte solange«, flüstere ich, während mich eine Träne an der Wange kitzelt. Ich hoffe, dass nur mein Lächeln durch das Telefon dringt.

»Vielleicht gar keine so schlechte Idee. Schließlich gibt es die

Zeit nur, damit nicht alles gleichzeitig passiert, hat mal jemand gesagt.«

»Du?«

»Einstein. Aber danke für das Kompliment.«

Wieder muss ich lächeln und habe das Gefühl, dass auch er lächelt. Wir hatten noch nie zuvor miteinander telefoniert. Um ehrlich zu sein, habe ich mich noch nie mit jemandem so am Telefon unterhalten. Es ist fast so lustig, wie ein Bild aufzuhängen. Ich hoffe wirklich, dass der Nagel hält, denke ich und drücke mir die Daumen. Aber so, dass es niemand sieht.

50.

Hinter mir flimmert das bläuliche Licht des Fernsehers. Trofeo schaut sich einen Kampf zwischen einem Krokodil und einem Nilpferd an. Mit geballten Fäusten fiebert er mit, die Lautstärke ist auf null gedreht.

Sein besorgter Blick hat mehrmals versucht, mir eine Antwort auf seine stumme Frage zu entlocken, aber ich habe noch immer nicht den Mut aufgebracht, ihm zu sagen, wie die Auktion ausgegangen ist. Während ich den Blumenkohl schneide, versuche ich mehrmals, den Mund zu öffnen, aber es kommt kein Ton heraus. Ich glaube aber, dass er auch so begriffen hat; mit Schweigen kennt er sich aus. Jetzt weiß auch ich, wie es sich anfühlt, die Worte zu verlieren: Es ist ein bisschen so, als würde man fernsehen ohne Ton, das Leben wird um eine Dimension ärmer.

Das Wichtigste für mich ist, ihn nicht zu enttäuschen. Ich glaube nicht, dass er das verkraften würde, und ich auch nicht. Wenn die Worte zu mir zurückkehren könnten – oder zumindest hege ich die Hoffnung, dass sie zurückkehren würden –, zu ihm werden sie nicht zurückkommen, das wissen wir beide. Deshalb war sein »Gut gemacht« so wichtig für mich. In meinem Kopf habe ich es tausendmal wiederholt. Die Zufriedenheit, der Stolz, die Erleichterung, die unsere Freundschaft ihm in diesem Moment geschenkt haben muss, als wäre die Erlösung auch die seine, als hätte er mich die ganze Zeit über angefeuert, ohne dass ich es bemerkt habe. Gut gemacht! Wenn ich nur eine Erinnerung, ein Gefühl, eine Empfindung aus dieser ganzen Sache mitnehmen könnte, dann wäre es sein »Gut gemacht«, das ich mit mir tragen würde.

Ich fülle gerade Pelés neues Schälchen mit zerkleinerten Pesto-Nudeln, als mein Handy klingelt. Schnell trockne ich meine Handfläche mit einem Lappen ab, den ich im Küchenregal gefunden habe, und schaue nach, wer es ist. Beatrice. Zwei Tage sind bereits vergangen, und wir haben noch immer nicht miteinander gesprochen. Ich habe nachgedacht, mir Worte zurechtgelegt, neu zurechtgelegt, wieder nachgedacht … Ich wollte mich ja damit auseinandersetzen, aber auch in dem Fall hatte ich das Gefühl, dass mir die Worte fehlen.

Aber jetzt bin ich bei Trofeo. Mir kann nichts Schlimmes geschehen. Selbst wenn sie schlechte Nachrichten hätte, selbst wenn sie mir sagen wollte, dass sie aus dem Projekt aussteigt, das sie uns vorgeschlagen hatte, wäre ich am Ende des Gesprächs nicht allein. Es ist nicht das erste Mal, dass Beatrice mich heute anruft, aber es ist das erste Mal, dass ich den Mut finde, mich zu melden.

»Ich wollte schon die Rettung rufen.«

»Tut mir leid, aber ich habe einfach Zeit gebraucht, um das zu verdauen … Ich muss …«

»Ich unterbreche dich lieber, bevor du zu viel verdaut hast: Es gibt sozusagen eine Programmänderung. Oder sagen wir lieber, eine Überraschung? Klingt irgendwie besser!«

Mein Herzschlag beschleunigt sich. Überraschungen sind wie Katastrophen, man muss darauf vorbereitet sein, und um ehrlich zu sein, ich fühle mich überhaupt nicht vorbereitet. Ich werfe einen Blick zu Trofeo hinüber, um mir ein Herz zu fassen. Er hat aufgehört, sich den Dokumentarfilm anzuschauen, und beobachtet mich teilnahmsvoll.

»Was ist passiert?«, frage ich Beatrice schließlich.

»Danke der Nachfrage.«

Das können nur gute Nachrichten sein, rede ich mir ein, vermeide es jedoch, mir nach außen hin etwas anmerken zu lassen, um Trofeo nicht zu beunruhigen, der versucht, das Gespräch anhand meiner Mimik zu entschlüsseln.

»Dank Priscillas Nachforschungen«, fährt Beatrice fort, »hat sich herausgestellt, dass unser liebenswürdiger Nachbar – eine grundanständige Person, wie wir alle wissen – eine Klage ausstehen hat sowie ein offenes Verfahren wegen Zahlungsverzugs. Aus diesem Grund ist sein Angebot als null und nichtig zu betrachten.«

»Null und nichtig?«, stammle ich.

Trofeo runzelt die Stirn, er kommt nicht ganz mit.

Ich helfe ihm. »Dann gehört der Laden also jetzt … uns?«, stottere ich.

»Aber klar doch!«, ruft sie, endlich in der Lage, ihrer Begeisterung freien Lauf zu lassen. Sie schnieft. »Mein Vater hat sich entschuldigt, hat alles zurückgenommen. Aber ich habe ihm erklärt, dass ich mit unserem Projekt so weitermachen will, wie wir gesagt haben. Und weißt du, was er geantwortet hat?«

»Was?«

»Dass es ihm nur recht geschieht …«

Ich fange an zu lachen, aus vollem Hals zu lachen. Ich lache und weine vor Rührung und Glück und Erleichterung. Mein Freund Trofeo hat Pelé auf den Schoß genommen und seinen Stuhl zu mir umgedreht, um das Spektakel zu genießen.

Adelaide schreit auf vor Freude, vollführt Luftsprünge, ruft Aria. Sie jauchzen und hüpfen und singen: *Oh, wie viele schöne Töchter von Madama Dorè.*

Bevor wir in den Laden hinuntergehen, wo Beatrice auf uns wartet, möchte Adelaide noch anstoßen. Da wir keinen Spumante haben, begnügen wir uns mit Arias Fruchtsaft.

Genau das passiert, sage ich mir, wenn man darum kämpft, glücklich zu sein. Die Welt geht unter … Aber nicht so, wie mein

Vater es sich vorgestellt hat, es ist eher der Beginn eines neuen Lebens.

»Ich habe noch was vergessen!«, ruft meine Freundin plötzlich. Sie läuft in ihr Zimmer und kommt kurz darauf mit einem in feines sonnenblumengelbes Seidenpapier eingewickeltes Päckchen zurück, das sie mir überreicht. »Endlich, es ist fertig.«

Ich rühre mich nicht von der Stelle. »… für mich?«

»Wie willst du denn sonst in die Scala gehen? In deiner Latzhose?«

Zaghaft schiebe ich einen Fingernagel unter das Klebeband. Das Seidenpapier rutscht zur Seite, und zwischen meinen Händen halte ich einen weichen, glatten Stoff in der Farbe von altem Gold. Ich hebe ihn hoch: Adelaide hat aus dem Unterkleid ein Oberteil mit passender Hose geschneidert.

»Das scheint mir besser zu dir zu passen«, erklärt sie und wartet auf meine Reaktion.

»Verrückt, das ist verrückt.« Ich drücke mein Gesicht in den Stoff.

Es riecht so neu, ich weiß nicht, woher ich den Mut nehmen soll, das zu tragen, aber ich werde es tun, und wenn es das Letzte ist, was ich mache.

»Also, ich habe auch etwas für dich«, sage ich daraufhin zu Aria.

Ich gehe zurück zur Wohnungstür, wo ich ein sperriges, in Zeitungspapier eingeschlagenes Paket abgestellt habe.

Die Kleine, die gleich begriffen hat, was sich darin verbirgt, stürzt sich darauf. Schließlich hat sie lange genug gewartet.

»Es ist wunderschön!«, ruft sie aufgeregt, nachdem sie das Puppenhaus vollständig ausgepackt hat. »Da ist die Küche, da das Wohnzimmer, die Schlafzimmer, die Garage … Und es gibt sogar ein Werkstattzimmer wie das deine, Gea! Ich will hier auch eins haben.«

Adelaide schnappt nach Luft. »Dafür haben wir jetzt das Geschäft.«

So verdutzt, wie sie dabei dreinschaut, muss ihr das wohl erst in dem Moment klargeworden sein, als sie es ausgesprochen hat.

Auch auf mich hat diese Aussage noch eine gewisse Wirkung, als ob sie erst jetzt Realität geworden wäre.

»Hier drin sind auch noch zwei Puppen!«, ruft Aria. »Ich werde sie Gea und Adelaide nennen, und sie werden Freundinnen sein.«

Ihre Mutter sieht sie mit einer Mischung aus Zärtlichkeit und Sorge an und blickt dann zu mir hoch, als wollte sie fragen, ob das wahr ist.

»Freundinnen und Partnerinnen«, bestätige ich langsam und genieße den Klang dieser beiden Worte. »Und das ist dein Verdienst.«

»Von wegen! Das haben wir alles dir zu verdanken.«

»Zum Teil vielleicht, aber ...«

»Ich würde vorschlagen, wir machen fifty-fifty, als gute Partnerinnen?«

Ich schüttle Adelaide die Hand und erkläre ihr, dass ich direkt ins *Nuovo Mondo* kommen werde. Vorher müsse ich allerdings noch ein paar Dinge erledigen. Und dann bin ich schon weg.

Zwei Stufen auf einmal nehmend, laufe ich die Treppe hinunter, überquere den Hof, eile an Dalias Tür und klopfe.

Seltsam, aber sie erscheint nicht sofort auf der Schwelle. Wieder klopfe ich, eine kleine Melodie improvisierend. Nichts. Ich klopfe und klopfe. Eine schreckliche Vorahnung ergreift mich.

»Signora Dalia?« Das Herz pumpt, der Puls flattert. »Signora Dalia?«

Doch gerade als ich im Geist das erste »Wenn« formulieren will, öffnet sich endlich einen Spalt weit die Tür, aus der eines ihrer Augen und ihre Nase hervorlugen.

»Bist du es wirklich, Gea?«

»Ja, Signora Dalia, warum fragen Sie?«

Ich stoße einen Seufzer der Erleichterung aus.

»Ich habe dich nicht so aufdringlich in Erinnerung.«

»Und dabei habe ich auch noch eine gute Nachricht.«

Geduldig warte ich darauf, dass sie mir öffnet, aber sie scheint nicht die Absicht zu haben.

»Darf ich reinkommen?«, frage ich schließlich.

Ein kurzes Zögern. »Kommt gerade jemand?«

Ich schaue nach rechts und dann nach links; der Hof ist menschenleer. »Nein, niemand.«

Signora Dalia öffnet den Spalt ein wenig, um Platz für das andere Auge zu schaffen, die Nase hinauszustecken und sich selbst zu überzeugen. Als sie sich genügend überzeugt hat, zieht sie mich in die Wohnung und schließt schnell die Tür. Ihr besorgter Gesichtsausdruck entspannt sich.

»Niemand darf es erfahren.«

»Was denn, Signora Dalia?«

Kaum habe ich sie das gefragt, fällt mir auf, dass sie eine Schürze trägt, die voller Farbflecken ist. Ein kobaltblaues Ausrufezeichen ziert ihre Wange direkt unter der Brille, und sie macht einen äußerst lebendigen Eindruck. Sie gibt mir ein Zeichen, ihr auf den Flur zu folgen, wo sie die Möbel von den Wänden weggerückt hat. Eine Plastikfolie bedeckt den Boden. Es riecht intensiv nach Farben. Nach Indischgelb, dunklem Zinnoberrot, hellem Violett, Immergrün.

»Sie hätten mich um Hilfe bitten können!«

»Ach, du hattest doch Besseres zu tun, Schätzchen. Aber die Wohnung war so traurig ohne die Bilder. So leer. Ich habe mich einsam gefühlt. Und ich musste etwas mit den ganzen Ölfarben machen, die übrig geblieben waren.«

Ich muss schmunzeln, als ich sehe, dass die Küche so geblieben ist, wie sie vorher war, das heißt, eingerichtet für diejenigen Personen, denen der Zutritt in Signora Dalias persönliches Universum nicht gestattet ist. Ich bin stolz darauf, eine der wenigen zu sein, die dazu berechtigt ist.

Wir stoßen mit einem Glas Strega auf meine gute Nachricht an.

»Dann werde ich ja wohl mal bei euch vorbeischauen müssen«, meint sie seufzend nach dem ersten Schluck von dem Likör, »aber ich hoffe doch, dass du noch Zeit haben wirst, mir die Haare zu färben.«

Ich bin hin- und hergerissen zwischen dem Wunsch, jetzt gleich auf der Stelle im Laden zu stehen oder die Vorfreude so lange wie möglich hinauszuzögern. Fast im Laufschritt treffe ich im *Nulla* ein.

Ich finde Angelina in entspannter Haltung an einem Tisch sitzend vor. Im Näherkommen sehe ich, dass sie das traditionelle englische Magazin *Horse & Hound* vor sich liegen hat. Auf dem Titelblatt ein Porträt der königlichen Familie mit ihrem strahlenden Lächeln.

»Verstehst du was?«, frage ich über ihre Schulter hinweg.

»Bilder sagen mehr als tausend Worte, mein Schatz. Auf der Rückfahrt im Bus habe ich die Zeitung an einem Kiosk in der Innenstadt entdeckt und nicht widerstehen können.«

Ich werfe einen Blick in Richtung Tresen, hinter dem ich ihren Mann entdecke. Er hat sich gerade den Mund abgewischt, doch er scheint im Dienst zu sein.

Angelina reicht mir die Zeitschrift, bevor sie aufsteht. »Behalte sie, das ist eine lustige Art, Englisch zu lernen. Ich kehre zu meinen Pflichten zurück. Mir wurde bereits eine längere Pause zugestanden, als ich es mir je hätte erhoffen können.«

»Und wie ich sehe, war es nicht einmal nötig, dass Gewerkschaftler eingreifen.«

»Mein Sohn hat genügt! Ach ja, übrigens. Das hat er für dich dagelassen.«

Sie zieht einen graublauen Umschlag aus ihrer Schürzentasche und gibt ihn mir.

Ich öffne ihn, ohne lange zu überlegen, und finde darin ein schwarz-weißes Foto, etwas verschwommen, aber ich erkenne mich sofort wieder. Ich sitze gegenüber von Eugenio im Bus und schaue unsicher und besorgt drein. Das ist erst ein paar Tage her, aber die Gea, die sich an jenem Morgen voller Panik auf die Suche nach ihm gemacht hat, kommt mir jetzt vor wie ein flüchtiger Schnappschuss aus einem Erinnerungsalbum. *Danke*, hat Eugenio auf die Rückseite geschrieben. *Du hast meinen Traum gerettet. Jetzt weiß auch Papà Bescheid. Jetzt trägt auch er seinen Teil dazu bei.*

Mit einem kleinen, wehmütigen Lächeln denke ich an den leeren Kleiderbügel in meiner Wohnung. Keine Busfahreruniform mehr, die heimlich aufbewahrt werden muss, keine Pläne mehr, Eugenio dabei zu helfen, zu sich selbst zu finden. Er hat es früh genug geschafft.

»Ich bin stolz auf ihn«, sage ich laut. »Und wer weiß, wie glücklich seine Großmutter erst wäre.«

Ich begleite Angelina noch zum Tresen. »Ich habe übrigens gerade einen Anruf von Beatrice erhalten, mit einer guten Nachricht: Der Tabakhändler scheint nicht mehr im Rennen zu sein, rechtliche Probleme und so, Schulden, Rückstände ...« Ich genieße ihren erstaunten Gesichtsausdruck, bevor ich erklärend hinzufüge: »Der Laden gehört also uns.«

Angelina greift sich ans Herz, und in dem Moment denke ich: Gute Nachrichten zu verbreiten ist auch nachbarliche Kreislaufwirtschaft. Ich bin so glücklich.

»Schätzchen«, sagt sie schließlich, »ich werde auf euren Partys immer für das Catering sorgen.«

Eine letzte Aufgabe habe ich noch zu erledigen, bevor ich in unser Geschäft gehe.

Nebenan vor dem Tabakladen bleibe ich stehen und hole aus meinem Rucksack den USB-Stick mit den Aufnahmen heraus, die dessen Besitzer schwer belasten.

Mit einer Schnur binde ich den Stick an den heruntergelassenen Rollladen. Eine kleine Überraschung von seinen neuen Nachbarinnen. Jetzt weiß er wenigstens, mit wem er es zu tun hat.

Vor dem *Nuovo Mondo* zu stehen und zu wissen, dass es jetzt uns gehört, ist ein überwältigendes Gefühl. Ich umklammere Dorothys Keramikgans, die endlich an ihren Platz zurückkehren kann, und auch ich habe den meinen gefunden.

Dass es so kommen würde, hätte ich mir nicht einmal im Traum vorstellen können, aber jetzt stehe ich hier. Ein neuer Anfang. Es ist wunderschön und macht gleichzeitig Angst. Aber jetzt weiß ich, der Versuch, mich auf etwas vorzubereiten, ist sinnlos: Ich kann nur loslassen und vertrauen. Es ist meine Reise, und wer weiß, wohin sie mich noch führen wird. Und wenn das Beste wirklich noch vor mir liegt?

Beatrice und Adelaide sind bereits drinnen, ich beobachte sie durch das Schaufenster. Sie verschieben Möbel, gestalten Räume. Ich beobachte sie, während in mir ein simpler Gedanke Gestalt annimmt: Das Leben ist nicht mit einem kleinen Teil zufrieden, es will alles. Wir können weder Hindernissen aus dem Weg gehen noch glauben, dass wir niemals scheitern werden, aber unsere Grenzen sind auch unser Reichtum: Sie zeigen uns, wer wir sind und wie weit wir kommen können, wenn wir den Mut dazu finden. Sie erzählen unsere Geschichte und helfen uns, die Fortsetzung zu schreiben.

Wir machen Fehler, manchmal, um uns zu schützen, manchmal, um uns Raum zu verschaffen. Wir verletzen andere, oft auch uns selbst. Wir können die Vergangenheit nicht loslassen, wir verpassen die Gegenwart, wir verlieren die Hoffnung auf die Zukunft. Aber wir wissen auch, wie man einander zuhört, einander die Hand reicht, an ein gemeinsames Projekt glaubt und vielleicht versucht, es zu verwirklichen, auf jeden Fall, füreinander da zu sein.

Das, so weiß ich jetzt, sind die Dinge, die uns retten.

Ich hole tief Luft. Ich bin kurz davor, endlich den ersten Schritt ins *Nuovo Mondo* zu machen, als ich am Ende der Straße einen blaugraugrünen Panda entdecke.

Er kommt näher. Der Motor heult ein letztes Mal auf und geht dann stotternd aus. Die Türen öffnen sich gleichzeitig. Langsam steigen zwei Männer aus; einer mit Bart und kariertem Hemd, der sich ein wenig verloren umschaut, der andere, viel jünger und ebenfalls mit Bart, aber mit wesentlich entschlosseneren Bewegungen. Aus dem Kofferraum ziehen sie einen großen Segeltuchkoffer heraus, der von einem Riemen zusammengehalten wird.

Ich denke daran, wie ich dem Brief den letzten Impuls versetzt habe, damit er in den Schlitz *Alle anderen Richtungen* fällt, und wie nahe ich dran war, ihn wieder herauszufischen. Jetzt wären diese beiden Männer wahrscheinlich nicht hier, und sie wären auch nicht auf dem Weg zu Großmutters Wohnung, die ich inzwischen mein Zuhause nennen könnte, wenn mir das nicht ein seltsames Schwindelgefühl bescheren würde.

Sie sind so weit weg und doch so vertraut. Das Kind in mir möchte ihnen entgegenlaufen, aber die Gefühle sind zu stark und widersprüchlich. Fünf Jahre. Habe ich mich verändert? Haben sie sich verändert? Können wir eine Arche bauen, die für alle passt? Man kann nicht zurückgehen in der Zeit und den Anfang verändern, aber man kann vielleicht dort anfangen, wo man gerade steht, und das Ende umgestalten.

Ihr Koffer ist groß, vielleicht haben sie vor, eine Weile zu bleiben. Lange genug, hoffe ich, um alles besprechen zu können.

Ich mache den ersten Schritt und gehe auf sie zu.

Eine Italienerin in Paris –
Neuanfang nicht ausgeschlossen

LORENZA GENTILE

Das Antiquariat an der Seine

Roman

Äußerlich ist die 30-jährige Italienerin Oliva Villa immer perfekt gestylt und auf dem besten Weg in das ideale Vorstadt-Leben, nebst attraktivem Verlobten. Von der Leere in ihrem Inneren ahnt niemand etwas. Als Oliva eine Einladung ihrer exzentrischen Tante Vivienne erhält, die vor 16 Jahren von einem Tag auf den andern aus ihrem Leben verschwand, zögert sie nicht lang und fährt nach Paris. Doch vor der berühmten Buchhandlung »Shakespeare & Company« wartet sie vergeblich auf Vivienne.
Immer wieder scheint Oliva ihre Tante in den nächsten Tagen knapp zu verpassen – dafür begegnen ihr Bücher, Gedanken und das Leben selbst mit all seinen Möglichkeiten …

Der Bestseller aus Italien – atmosphärisches Paris, inspirierende Bücher und ein fesselndes Familiengeheimnis.

KNAUR